The Invitat



Montlake

## Das Buch

Für Amelia steht die Karriere an erster Stelle. Zum Dreißigsten schenken ihre Freundinnen ihr einen Wellnesstag im Luxushotel Arlington Hall. Doch statt zu entspannen, rast ihr Puls, als sie den umwerfend attraktiven Jude trifft. Nach einer Begegnung im Dampfbad kommen sie sich nahe. Als Amelia erfährt, dass ihm Arlington Hall gehört, fasziniert sie Jude noch mehr. So intensive Leidenschaft wie mit ihm hat sie nie zuvor erlebt.

Bald merkt sie, wie besitzergreifend er ist, und sie findet heraus, dass ihr Treffen kein Zufall war. Jude hat dunkle Geheimnisse. Soll sie sich auf das gefährliche Spiel einlassen?

## Die Autorin

Jodi Ellen Malpas stammt aus Northampton in den englischen Midlands, wo sie noch heute mit ihrer Familie lebt. Nach jahrelanger Arbeit im familieneigenen Bauunternehmen folgte sie 2013 ihrer Leidenschaft fürs Schreiben und schrieb ihren ersten Roman. Ihre romantischen Liebesgeschichten wurden in zahlreiche Sprachen übersetzt und erobern regelmäßig die Bestsellerlisten.

JODI ELLEN MALPAS

# The Invitation

## PRICKELNDE VERSUCHUNG

ROMAN

AUS DEM AMERIKANISCHEN VON SULA KÜHN

Montlake

Die amerikanische Ausgabe erschien 2025 unter dem Titel »The Invitation«
bei Montlake, Seattle.

Deutsche Erstveröffentlichung bei
Montlake, Amazon Media EU S.à r.l.
38, avenue John F. Kennedy, L-1855 Luxembourg
November 2025


Die Übersetzung dieses Buches wurde durch Amazon Crossing ermöglicht.

Umschlaggestaltung: Allyse Karam
Umschlagmotiv: © janniwet © albatros-design / Shutterstock
Lektorat und Korrektorat: editmove, Ottenhofen
Gedruckt durch:
Amazon Distribution GmbH, Amazonstraße 1, 04347 Leipzig /
CPI Druckdienstleistungen GmbH, Ferdinand-Jühlke-Straße 7,
99095 Erfurt /
CPI books GmbH, Birkstraße 10, 25917 Leck /
Libri Plureos GmbH, Friedensallee 273, 22763 Hamburg

Verantwortliche Person für Produktsicherheit in der EU:
Amazon Publishing, Amazon Media EU S.à r.l.
38, avenue John F. Kennedy, L-1855 Luxembourg
amazonpublishing-gpsr@amazon.com

ISBN 978-2-49671-766-2
e-ISBN 978-2-49671-767-9

www.montlake.de

Für alle Frauen, die je das Gefühl hatten, sich zwischen Karriere und Liebe entscheiden zu müssen.

# Kapitel 1

Obwohl das Fenster meines Büros im fünften Stock nicht zur Straße hinausgeht, kann ich sie trotz geschlossener Tür unten hupen hören. Ich atme tief durch und ignoriere die ständigen Signaltöne auf meinem Smartphone. Alles Nachrichten von ihr.

»Selbstverständlich, Mr Jarvis«, sage ich mit einem Blick auf die Uhr. Ich bin spät dran. »Ich kümmere mich darum und melde mich dann bei Ihnen.« Sie hupt schon wieder.

Gary erscheint in der Tür und legt den Kopf so schief, dass seine graue Haartolle wippt. Die Lippen presst er zu einer schmalen Linie zusammen. Ich werfe ihm einen entschuldigenden Blick zu, hebe die Hand und wende mich wieder dem Anruf zu. »Die Werte sind nur minimal abgerutscht, Mr Jarvis. Kein Grund zur Panik, wirklich.«

»Das können Sie sagen, wenn Sie mit Ihrem eigenen Geld spielen, Amelia.« Mr Jarvis legt auf, ich atme aus und sinke gegen die Lehne meines Schreibtischstuhls.

»Ich dachte, Sie hätten sich für heute freigenommen.« Gary wirft einen fragenden Blick auf den kleinen Koffer neben meinem Schreibtisch.

»Erklären Sie das mal den Kursen im FTSE 100«, brumme ich, raffe Mr Jarvis' Unterlagen zusammen und stecke sie in meine Handtasche. »Mr Jarvis ist im Panikmodus.« Was ich ihm nicht verdenken kann, denn er ist kurz vor dem Ruhestand, und in den nächsten Monaten steht die Auszahlung einiger seiner Geldanlagen an.

Ich schnappe mir meine Handtasche und den Koffer und eile aus dem Büro, bevor von der ganzen Huperei in den umliegenden Gebäuden hier in Kensington der Putz von den Wänden fällt. »Ich bin weg.« Keine Ahnung, wann ich mich wieder bei Mr Jarvis melden kann. Wenn die Mädels durch irgendeine Spa-Behandlung abgelenkt sind, stehle ich mich vielleicht kurz davon, ziehe den Laptop aus der Tasche und versuche, dem Mann zu erklären, dass seine Altersvorsorge sicher ist und im Moment keine drastischen Entscheidungen gefällt werden müssen.

»Ich wünsche Ihnen einen schönen Tag«, ruft Gary mir nach, während ich zum Aufzug hetze. »Und, Amelia?«

Ich drücke auf den Knopf und drehe mich zu ihm um.

Lächelnd nimmt er seine Brille ab. »Alles Gute zum Geburtstag.«

Ja, stimmt. Heute werde ich dreißig. »Danke«, seufze ich und steige in die Kabine. Auf der Fahrt nach unten ins Foyer bleibt mir der Lärm von Abbies Hupe erspart. Doch sobald sich die Aufzugtüren öffnen, geht der Krach weiter.

Ich stürze hinaus auf die Straße, reiße die Beifahrertür auf und stecke den Kopf in den Wagen. »Muss das sein?«

Sie grinst mich nur an.

»Ganz Kensington weiß, dass du hier bist.« Ich werfe meinen Koffer auf den Rücksitz und steige ein.

Abbie gibt ihrem Audi TT die Sporen.

»Wir kommen zu spät zu Charley«, sagt sie. Dabei schaut sie abwechselnd auf die Straße und meinen Schoß. »Schickes Outfit.«

»Danke.«

»So ein cremefarbenes Bleistiftkleid passt ja auch prima zu einem Mädelstag im Spa.«

»Ich musste vorbereitet sein für den Fall, dass ein Zoomcall nötig wird.«

»Und? War er nötig?«

»Nein.«

»Dafür siehst du jetzt aus, als wärst du auf dem Weg zu einem Meeting anstatt zu einem entspannten Wellnesstag mit deinen Freundinnen.«

Ich zeige auf den kleinen Koffer auf dem Rücksitz. »Sobald wir da sind, ziehe ich mich um.«

Abbies Smartphone klingelt. Das Display am Armaturenbrett zeigt einen Anruf von Charley an. »Während ich auf dich gewartet habe, hat sie acht Mal angerufen.« Abbie drückt den Anruf weg.

»Sorry.« Ich werfe einen Blick auf mein eigenes Telefon und erschrecke über die Anzahl der E-Mails in meinem Postfach.

»Jetzt komm schon, mach es aus. Nur für heute«, drängt mich Abbie mit einem durchdringenden Blick aus ihren blauen Augen. Das rotbraune Haar fällt ihr locker geflochten über die Schulter, während ich meines zu einem adretten Business-Bun aufgesteckt habe.

»Ja, in Ordnung«, versichere ich ihr. Eine lose Strähne meines aschblonden Haars kitzelt mich am Hals und ich stecke sie zurück an ihren Platz.

»Tu es jetzt.«

»Was denn?«

»Mach es jetzt aus.«

»Geht auch stummschalten?«

»Nein. Mach es ganz aus. Wir sind für niemanden zu erreichen. Deine Mutter unterstützt Corey heute in meinem Laden und Lloyd hat sich extra freigenommen und passt auf die Kinder auf, damit Charley mitkann. Dann kannst du doch wenigstens dein Smartphone ausschalten.« Sie hebt die Brauen. »Schließlich feiern wir *deinen* Geburtstag. Und zwar nur wir drei, nicht wir drei und alle deine Klienten.«

»Okay.« Ich hole tief Luft und schalte es aus.

»Alles Gute zum Geburtstag.« Abbie lächelt mich an, nimmt meine Hand und drückt sie. Mehr sagt sie nicht. Ich bin dreißig, seit Kurzem wieder Single und wohnungslos. Es könnte besser laufen. Aber auch viel schlechter.

»Danke.«

Wieder klingelt ihr Smartphone, wieder ist es Charley. Diesmal nimmt Abbie den Anruf an. »Zehn Minuten.«

»Dann bis in zwanzig.« Charley seufzt und legt auf. Wenn sie und ich im Lauf der Jahre eines über Abbie gelernt haben, dann das: Behauptet sie, in einer halben Stunde da zu sein, dauert es noch eine ganze. Ist sie angeblich nur noch fünf Minuten entfernt, sind es zehn.

An der nächsten Ampel biegt Abbie ab und wirft mir einen Blick zu. »Wir sollten am Wochenende auf Tour gehen.«

Ich schnaube. »Mir steckt noch das letzte Wochenende in den Knochen.« Ein galliger Geschmack in der Kehle erinnert mich an den üblen Kater an den Tagen danach. »Halbwegs normal fühle ich mich erst seit gestern wieder.«

Abbie lacht. »Aber der Abend war toll.«

»Ich habe immer noch Erinnerungslücken.« Wieder werfe ich einen Blick auf mein Telefon. Wir waren im Amazonico, unserem Lieblingsrestaurant. Zur Aufheiterung. Ein dringend benötigtes Trennungsessen mit meinen Mädels. Alles sehr zivilisiert, bis wir uns an die Bar gesetzt und Pornostar-Martinis bestellt haben. Mein weißes COS-Kleid ist seither komplett ruiniert, voller schwarzer Flecken, von denen ich nicht weiß, woher sie stammen. Stirnrunzelnd schaue ich Abbie an. »Du hast Charley in einem Einkaufswagen nach Hause geschoben«, erkläre ich. Ich hatte gerade einen Flashback.

Sie schnappt nach Luft. »Ja, genau! Deshalb steht das Ding vor ihrem Haus.« Wir glucksen. Wo der herrenlose Einkaufswagen in Charleys und Lloyds Vorgarten herkommt, wäre damit geklärt. »Und zu mir sind wir dann in einer Rikscha gefahren.«

»Oh Gott«, schnaufe ich. Die Erinnerung an Bonnie-Tyler-Songs, die aus den Lautsprechern plärrten, während der Fahrer wie verrückt in die Pedale getreten ist, kehrt zurück. »Sag mal, hast du inzwischen eine Abrechnung vom Amazonico bekommen?«

»Nein.« Abbie schüttelt den Kopf. »Sehr seltsam.«

Allerdings. Am Morgen danach haben wir uns die schmerzenden Köpfe darüber zerbrochen, wer die Rechnung bezahlt hat, und uns beim besten Willen nicht erinnern können. Auch keine unserer Kreditkarten war belastet worden und von einer Barzahlung wissen wir nichts. Beschämt habe ich im Restaurant angerufen und mich entschuldigt. Doch dort hieß es, das sei nicht nötig, die Rechnung sei beglichen. Merkwürdig nur, dass bis heute bei keiner unserer Karten eine Zahlung angefragt worden ist. »Wie weit ist es denn bis zu dem Spa?«, frage ich.

»Von Charley aus etwa vierzig Minuten.«

»Und wo ist es?«

»Arlington Hall. South Oxfordshire.«

»Klingt vornehm.«

»Ja, nicht wahr?«, singt Abbie fröhlich und sucht auf dem Display an ihrem Armaturenbrett nach einem Radiosender.

Ich mustere ihr frisches, ungeschminktes Gesicht. »Danke«, sage ich leise. Nach einem kurzen Blick zu mir schaut sie wieder auf die Straße.

»Hast du noch mehr Blumen bekommen?«

»Ja, letzten Freitag und gestern wieder. Mums Haus sieht langsam aus wie dein Laden.«

»Er sollte sie bei mir kaufen, ich würde ihm Rabatt geben. Hat er noch mal angerufen?«

»Ein paarmal hat er es versucht. Aber es ist einfacher, nicht ranzugehen.«

Sie nickt bedächtig, denn sie weiß, weshalb ich lieber nicht mit ihm telefoniere. Pures schlechtes Gewissen. Es umwabert mich wie ein übler Geruch. Aber mit Nick zu sprechen, würde es nur schlimmer machen. Ist das feige? Ich kann es nicht mal mehr sagen.

Gedankenverloren schaue ich aus dem Fenster. So richtig schlimm ist das, was er getan hat, eigentlich nicht. Er hat nur urplötzlich vom Heiraten und Kinderkriegen angefangen. Von einem Tag auf den anderen wollte er beides – und zwar so schnell wie möglich. Von da an war alles anders. Ich habe mich zurückgezogen, Nick hat nicht lockergelassen. All die kleinen Gemeinsamkeiten zählten auf einmal nicht mehr. Ich arbeite gern mit Zahlen, er arbeitet gern mit Zahlen. Die Leute aus unserem gemeinsamen Freundeskreis waren fast alle in der Finanzbranche tätig. Unsere Gespräche drehten sich um dieselben Themen. Die Arbeit. Die Finanzwelt. Investitionsstrategien.

Bis er auf einmal nur noch vom Heiraten und Kinderkriegen geredet hat. Ständig. Ich konnte nicht mehr atmen, habe ihm gesagt, ich sei noch nicht so weit. Worauf er meinte, ich würde schließlich nicht jünger. Ich sei egoistisch und würde ihm eine gewisse Verbindlichkeit schulden.

Und dann war für mich Schluss.

* * *

Als wir in Charleys und Lloyds Straße einbiegen, muss ich lachen. Unsere Freundin steht mit ihrem Rucksack vor ihrer Londoner Doppelhaushälfte. »Sieht aus, als würde sie schon eine Zeit lang hier warten.« Ich schaue auf mein Telefon, aber das ist aus. Also werfe ich einen Blick auf die Uhr am Armaturenbrett. Seit Charleys letztem Anruf bei Abbie sind einundzwanzig Minuten vergangen. Charley hüpft auf und ab wie ein wild gewordener Springteufel und wedelt heftig mit den Armen, damit wir sie ja nicht übersehen.

Abbie knallt den Handballen auf die Hupe. Ich fixiere sie irritiert. »Wozu der ganze Lärm heute? Sollte das nicht ein entspannter Zen-Tag werden?«

»Machst du Witze?« Sie hält am Straßenrand und starrt demonstrativ auf mein cremefarbenes Bleistiftkleid.

Mit einer Grimasse steige ich aus, lasse den Beifahrersitz nach vorn fahren und klettere auf den Rücksitz. Beim Anblick des Einkaufswagens in Charleys Vorgarten muss ich grinsen.

Unter Abbies Gehupe tänzelt Charley um den Wagen und wirft ihren Rucksack in den Fußraum. Dann lässt sie sich auf den Beifahrersitz fallen, streicht sich das rotblonde Haar aus dem Gesicht und atmet aus dem Mundwinkel laut aus. »Endlich.«

Abbie geht nicht darauf ein. »Uns ist eingefallen, wo der Einkaufswagen herkommt«, sagt sie stattdessen.

»Ach ja? Woher?«

»Ich habe dich darin nach Hause geschoben.«

Einen Moment lang sitzt Charley still da und denkt nach. Vor mir blitzen bruchstückhafte Erinnerungen daran auf, wie wir Charley mit unserem heiseren Hexengelächter übers holprige Pflaster schieben.

»Das erklärt die blauen Flecken an meinem Steißbein. Und ich dachte, ich wäre auf der Treppe ausgerutscht.« Hektisch schlägt sie aufs Armaturenbrett. »Los, los, los!«

Wir lachen und Abbie fährt zackig an. Charley dreht sich um und schaut an mir vorbei aus dem Heckfenster.

»Was ist denn?«, frage ich.

»Abschiedsschmerz.«

»Willst du lieber zu Hause bleiben?«

Sie schnaubt. »Auf gar keinen Fall. Aber es ist so gemein, wie lässig er alles hinkriegt. Kein Hirn wie ein Sieb, keine Müdigkeit. Nichts.« Seufzend dreht sie sich wieder nach vorn. »Sieht einfach so perfekt aus wie immer, während ich ständig Sabber auf den Möpsen und Babykotze im Haar habe.«

»Ieehh.« Abbie rückt ein Stück von ihr ab.

»Hey.« Charley dreht sich wieder zu mir und mustert mich. »Warum zum Teufel steckst du in deinen Büroklamotten?«

Abbie wirft mir über den Rückspiegel einen Blick zu. »Weil sie im Büro war.«

»Petze.«

»Amelia!« Charley gibt mir einen Klaps aufs nackte Knie. »Ich weiß, du bist gerade auf Trennungsdiät – Wein und Arbeit. Aber heute ist dein Dreißigster, verdammt noch mal. Sogar Lloyd hat sich extra Urlaub genommen.«

»Um auf eure Kinder aufzupassen«, gebe ich zurück. »Damit du dir mit deinen beiden ältesten Freundinnen einen Spa-Tag gönnen kannst.« Kennen wir einander tatsächlich seit dreiundzwanzig Jahren? Verrückt!

»Ein Spa-Tag!«, jubelt Charley und klatscht in die Hände. »Ich will das volle Verwöhnprogramm mit prickelnden Getränken, prickelnden Bädern und prickelnden Fantasien.«

»Fantasien?«, fragt Abbie. »Wir sind auf dem Weg zu einem Wellnesstempel, nicht zu einem Sexclub.«

»Du weißt, was ich meine«, brummt Charley. »Für eine, die gerade überhaupt kein Leben hat, ist so ein Tag die wildeste Fantasie.«

»Lloyd verwöhnt dich nach Strich und Faden«, widerspreche ich müde. »Tu bloß nicht so, als würde er dich nicht behandeln wie eine Prinzessin.« Der Mann betet sie an. Und seit sie seine beiden Kinder geboren und ständig Babykotze im Haar hat noch viel mehr. Schwanger waren sie schon kurz nach der

Hochzeit 2020. 2021 kam Elijah und bereits ein Jahr später die nächste Schwangerschaft. Ena. Die Jungvermählten haben keine Zeit verloren, und wir wissen alle drei, wie glücklich sie dieses Familienleben macht. »Du bist sehr leicht zu durchschauen, Charley Chaytor«, sage ich lächelnd.

»Kann schon sein. Aber ein Verwöhntag hat noch niemandem geschadet.« Sie schenkt mir ihr strahlendstes Lächeln. »Herzlichen Glückwunsch, Süße.«

»Danke«, sage ich leise. Schon wieder fällt mein Blick auf mein stummes Telefon. Stumm, weil es aus ist.

»Hey, hat eine von euch inzwischen eine Kreditkartenrechnung für unseren Mädelsabend letztes Wochenende bekommen?« Charley schaut zwischen Abbie und mir hin und her.

»Nein. Darüber haben wir auch gerade gesprochen«, sagt Abbie.

»Aber die meinen, wir hätten bezahlt, oder? Wenn wir jetzt nie wieder in mein Lieblingsrestaurant können, sterbe ich nämlich.«

»Ja, die sagen, wir hätten bezahlt«, bestätige ich.

Sie nickt, legt die Stirn in Falten und dreht sich wieder nach vorn. »Sehr seltsam.«

# Kapitel 2

Wir biegen von einer ruhigen Landstraße ab und fahren durch ein goldenes Tor. Ich hebe die Brauen und schaue jetzt neugierig aus dem Fenster. In der vergangenen Stunde habe ich vor allem gegen die Versuchung angekämpft, heimlich mein Smartphone einzuschalten und nachzuschauen, wie viele E-Mails sich in meinem Postfach stapeln, welche Anrufe ich verpasst habe und wie sich die Börsenkurse entwickeln. Gütiger Himmel, Mr Jarvis ist im Panikmodus, und ich, die Finanzberaterin seines Vertrauens, bin auf dem Weg zu einem Verwöhntag, fast eine Stunde weit weg von der Stadt.

Abbie hält an einer Schranke vor einem alten Backsteintorhaus und lässt das Fenster herunter. Ein Mann in grüner Uniform tritt mit einem Klemmbrett in der Hand aus dem Gebäude und wirft einen Blick auf unser Nummernschild. »Miss Pearson«, sagt er und macht sich eine Notiz. »Willkommen.«

»Danke.« Abbie wirft mir über den Rückspiegel einen Blick zu.

»Sind wir hier richtig?«, fragt Charley. Sie beugt sich über Abbie hinweg zu dem Uniformierten. »Gibt es hier ein Spa?«

»Oh ja«, antwortet er, ohne aufzublicken. »Folgen Sie der Straße am Fluss entlang bis zum Parkplatz. Dort wird Ihnen jemand behilflich sein.« Er streckt die Hand ins Torhaus und einen Augenblick später hebt sich die Schranke.

Charley und ich lehnen uns zurück, Abbie fährt langsam weiter. Wir folgen dem herrlich klaren Flüsschen zu unserer Linken. Hier und da gibt es sogar kleine Wasserfälle, eine Backsteinbrücke spannt sich von Ufer zu Ufer, während sich rechts von uns eine riesige Obstwiese voller prächtiger Apfelbäume erstreckt.

Verwundert registriere ich den Hubschrauberlandeplatz auf der Wiese dahinter und die Golfwagen auf den welligen Rasenflächen. »Was hast du gesagt? Wie heißt dieses Anwesen?«, frage ich beinahe ehrfürchtig.

»Arlington Hall.« Abbie klingt abgelenkt.

»Was zum …?«, flüstert Charley und beugt sich nach vorn. »Ist es das?«

Kletterpflanzen voller zarter weißer Blüten umrahmen eine hohe hölzerne Doppeltür in der Mitte des symmetrischen herrschaftlichen Hauses. Vor den unzähligen Fenstern mit traditionellen Klappläden stehen Pflanzkübel mit sorgsam zurechtgestutzten kleinen Büschen. Alles ist beinahe zu perfekt. Mein Blick wandert hinauf zu dem Turm über dem Eingang. Auf der großen Turmuhr ist es neun Uhr dreißig. Ich lehne mich zurück und schaue mich um. Überall teure Wagen. Hier ein Rolls-Royce, da ein Bentley, dort ein Porsche, daneben ein Ferrari. Ein ganzer Trupp Männer in grünen Uniformen wartet darauf, die Edelkarossen zu parken. Bei ihnen steht ein Page mit einem goldfarbenen Gepäckwagen. Eine elegante junge Frau mit einem Klemmbrett heißt die Gäste willkommen, bevor sie mit einem verdammten Golfcart weiß Gott wohin gefahren werden.

»Abbie«, sage ich leise, während sie um eine Brunnenanlage kurvt, die dem Bellagio alle Ehre machen würde. »Bist du sicher, dass wir hier richtig sind?«

»Ich habe schon fünfmal nachgeschaut.« Sie hält an und stellt den Motor ab. »Irrtum ausgeschlossen.«

»Lass mich mal sehen«, verlange ich.

»Ja, zeig es ihr.« Charley nickt. Wie erstarrt klemmt sie auf dem Beifahrersitz. »Ich hätte mir heute Morgen doch die Haare waschen sollen.«

Abbie scrollt sich durch die Nachrichten auf ihrem Smartphone, dann hält sie mir die Buchungsbestätigung unter die Nase. »Sie haben mir dieses Angebot für einen Wellnesstag geschickt«, erklärt sie. »Ein absolutes Schnäppchen und eine super Sache für deinen Dreißigsten, fand ich.«

»Ja natürlich, und ich bin euch ja auch sehr dankbar. Aber nach einem Schnäppchen sieht es hier nirgends aus.«

»Überhaupt nicht«, stimmt Charley mir zu.

»Kein bisschen«, murmelt Abbie, während ich in der Bestätigungsmail nach einem Link suche. Weil ich keinen finde, google ich schließlich Arlington Hall und klicke mich durch die Seite.

»Wie viel habt ihr bezahlt?«, frage ich, obwohl sich das eigentlich nicht gehört.

»Sechzig pro Person.«

Ich lache so laut auf, dass die beiden sich zu mir umdrehen. »Dann sind wir hier eindeutig falsch. Ein Wellnesstag in Arlington Hall kostet über siebenhundert Pfund.«

»Großer Gott«, stöhnt Abbie und stützt den Kopf in die Hände.

»Vielleicht gibt es ja irgendwo noch ein zweites Arlington Hall«, vermutet Charley. »Und ich wette, für sechzig pro Nase sieht es dort nicht so aus wie hier.«

»Moment mal.« Abbie zeigt auf mich. »Der Mann an der Schranke hat uns erwartet.«

Ich nicke. Wirklich alles sehr rätselhaft.

Gleich neben den großen Holztüren öffnet sich eine Glastür und eine langbeinige schwarze Schönheit tritt heraus. Sie deutet einen Knicks an und lächelt uns durch Abbies geöffnetes Seitenfenster an. »Miss Pearson. Willkommen in Arlington Hall.«

»Sie erwarten uns, richtig?«, fragt Abbie geradezu schüchtern.

»Oh ja«, antwortet die Schönheit. Ihr seidig schimmerndes, glattes schwarzes Haar streift das Klemmbrett, als sie einen Blick darauf wirft. »Sie stehen hier auf meiner Liste. Ich bin Anouska und checke Sie gleich ein. Um Ihre Taschen kümmert sich Stan.«

Ich wühle in meiner Handtasche und bete, dass ich dort ein bisschen Bares für ein Trinkgeld finde. Ich entdecke einen Zehner und stecke ihn Abbie aufatmend zu. »Hier, bitte«, sage ich und sie nimmt ihn dankbar entgegen.

»Okay, dann mal los«, singt Charley, springt aus dem Wagen, schaut bewundernd an dem Gebäude hinauf und macht ein Handyfoto.

»Charley«, zische ich.

»Was ist denn? Lloyd muss das hier unbedingt sehen.«

Ein bisschen verlegen lächle ich den hochgewachsenen, schlanken jungen Mann an, der unsere Taschen nimmt. »Sie kommt nicht so oft von zu Hause raus.«

»Das passiert hier andauernd«, antwortet er und nimmt gnädig lächelnd den Zehner von Abbie entgegen. Gütiger Himmel, irgendetwas sagt mir, dass hier normalerweise deutlich höhere Trinkgelder an der Tagesordnung sind.

»Heilige Scheiße.« Abbie knufft mich in die Seite, als wir über den gepflasterten Weg zum Eingang gehen.

Drinnen sehe ich als Erstes die breite Treppe, die in einem weiten Linksbogen ins Obergeschoss führt. Weißes Holz, edel und makellos, der taupefarbene Läufer wie unberührt, obwohl ihn sicher jeden Tag unzählige Füße betreten. Der Kontrast zwischen traditionellen und modernen Elementen ist atemberaubend. Wir gehen zu einem erhöhten Empfangstisch, an dem eine perfekt gestylte Dame die Gäste eincheckt. Und heute gehören wir dazu. Nicht zu fassen. Ich lasse Abbie die Formalitäten erledigen, rechne aber immer noch damit, dass wir jede Minute auffliegen.

In der Zwischenzeit gehe ich ein paar Schritte nach links, wo mich ein gigantisches Porträt in seinen Bann zieht. In einem kunstvoll geschnitzten weißen Rahmen bedeckt es die Wand bis zur Hälfte des Treppenaufgangs. Und die Frau auf dem Gemälde? Geradezu majestätisch, eine Verkörperung von Klasse und Eleganz. Ich schaue zu ihr hinauf, entdecke das fast unmerkliche anmutige Lächeln. Vielleicht eine Französin, so unglaublich vornehm, wie sie wirkt. Von ihrem akkuraten französischen Zopf fällt mein Blick auf das knielange cremefarbene Bleistiftkleid und wandert weiter zu ihren schlanken Beinen und den saphirblauen Kitten Heels an ihren zierlichen Füßen. Um sie als Ganzes besser ansehen zu können, trete ich ein Stück zurück.

*Umwerfend*, denke ich und frage mich, wer sie wohl ist. Gemächlich schlendere ich weiter durch Luxus und Eleganz, bis mir ein Messingschild an einem Durchgang sagt, dass ich die Library Bar betrete. Über eine Seite des Raums erstreckt sich ein L-förmiger Tresen aus schwerem poliertem Eichenholz. Davor stehen alte, abgewetzte Barhocker. Eingebaute Bücherregale umrahmen den gemauerten offenen Kamin. Hohe Lehnsessel mit blauen Samtbezügen wirken wie zufällig im Raum verteilt, stehen aber doch alle an einem perfekten Platz. Hinter dem Tresen reihen sich auf endlosen Glasregalen an der unverputzten Backsteinwand die verschiedensten Flaschen aneinander. Rauchblaue geriffelte Glaslampenschirme hängen in regelmäßigen Abständen an Messingketten über dem Tresen.

Ich nehme mir eine Cocktailkarte und bewundere das in der Ecke eingeprägte Wappen. In Gold umrahmen zarte Efeuranken und stilisierte Äpfel die Buchstaben AH. Auf der Karte stehen moderne Variationen von Klassikern und Arlington-Hall-Spezialkreationen.

»Darf ich Ihnen etwas bringen?«

Vor mir steht ein Barmann in grüner Weste. »Noch nicht.« Lächelnd lege ich die Karte zurück. »Erst mal muss ich einen Wellnesstag hinter mich bringen.«

»Klingt schrecklich«, sagt er, und ich lache.

»Das können Sie laut sagen.«

»Die typische Garderobe für einen Wellnesstag ist das aber nicht.« Er nickt zu meinem cremefarbenen Bleistiftkleid und poliert dabei ein Glas.

Ich merke, wie ich unnötigerweise mein Haar glatt streiche, und hebe meine Tasche. »Das ändere ich gleich.«

»Dann wünsche ich Ihnen einen entspannten Tag.«

»Danke.« Als ich mich schon abwenden möchte, höre ich ein Räuspern und entdecke den Mann am kurzen Ende des Tresens, der an der Backsteinwand endet. Er sitzt über sein Smartphone gebeugt, eine Strähne seines dichten dunkelblonden Haars fällt ihm in die Stirn. Er streicht sie beiseite und richtet sich auf. Dabei weitet sich die Brust unter seinem Hemd und der Stoff über seinem Bizeps spannt sich.

Ich schlucke und trete einen Schritt zurück. Doch er hat mich bereits dabei ertappt, wie ich ihn mustere.

Zittrig atme ich ein und er neigt den Kopf. Seine Augen schimmern im warmen Glanz der Lampe neben ihm, sein Blick ist gelassen, fast gelangweilt und doch intensiv.

*Du lieber Gott im Himmel.*

Dieser Mann ist einfach makellos, trotz oder gerade wegen der verwegenen Züge und der Stoppeln in seinem Gesicht. Er ist muskulös, aber nicht aufgepumpt, er schweigt, erscheint aber trotzdem laut. Das kräftige Haar ist lang genug, um es hinter die Ohren zu schieben, und genau das tut er jetzt, während er sich zurücklehnt und die Frau anschaut, die ihn so gebannt anstarrt. Sicher passiert ihm das ständig. Noch nie in meinem ganzen Leben habe ich einen derart atemberaubenden Mann gesehen.

Ich blinzle.

Er legt einen Finger an seinen Mundwinkel.

In meinem Magen explodiert etwas. Schmetterlinge?

Lässig legt er den freien Arm über seine Brust und stützt die Hand in die angewinkelte Armbeuge des anderen. Mit dem Zeigefinger tippt er an seine Wange. Versonnen. Meine Lippen öffnen sich wie von selbst.

Luft.

Ich brauche Luft.

*Himmel hilf.*

Ich reiße den Blick von ihm los, wende mich ab. Noch immer fehlt mir Sauerstoff und meine Körpertemperatur schnellt in den unguten Bereich jenseits von verdammt heiß. Was zum Teufel passiert hier? Gibt es in dieser Bar verborgene Energiefelder?

Sind das Funken, die da fliegen?

Ich schlucke, senke den Kopf, bin völlig durcheinander.

Atemlos.

Fasziniert.

Die Versuchung wird zu groß. Zögernd hebe ich den Kopf.

Ich muss ihn einfach anstarren.

Und er wirkt ziemlich amüsiert.

Aber schaffe ich es, mich abzuwenden?

Sein Smartphone klingelt. Ohne die Augen von mir zu lassen, nimmt er es vom Tresen. Langsam habe ich das Gefühl, hier ist ein Kräftemessen im Gang. Wer schaut zuerst weg? Er nimmt den Anruf an, doch sein Laserblick hängt an mir. Und dann spricht er und ich verwandle mich in Mus. Seine tiefe, ruhige Stimme schreddert den letzten Rest meiner Denkfähigkeit und meine Würde gleich mit. Weil ich ihn verdammt noch mal immer noch anstarre, während er zuhört, was sein Gesprächspartner am Telefon zu ihm sagt. Seine schönen Augen bleiben dabei auf mich gerichtet.

»In Ordnung«, sagt er. »In einer halben Stunde habe ich Zeit. Komm in die Library Bar.« Er legt auf, lächelt beinahe, aber nicht ganz.

Ich bin erledigt.

Ich gebe auf.

Er hat gewonnen.

Nicht nur, dass ich wegschaue, ich weiche auch noch zurück.

»Kenne ich Sie?« Seine Frage hält mich zurück.

*Nein, ich starre dich nur an, weil du so unverschämt gut aussiehst.* »Nein, tut mir leid. Ich wollte Sie nicht stören.«

»Sie stören nicht.«

Was soll ich darauf antworten?

Ich lege den Kopf schief und merke, wie mein letztes bisschen Verstand mich verlässt.

»Hey, Geburtstagskind!«, höre ich Abbie rufen. Über die Schulter hinweg sehe ich sie am Durchgang zur Bar stehen und winken. »Komm! Komm jetzt! Auf uns wartet eine Aromatherapie mit Ganzkörperpackung.«

»Ich komme«, sage ich und sehe sie aufgeregt zu Charley zurücklaufen.

Mr Umwerfend schaue ich vorsichtshalber nicht noch einmal an. Ich will nicht riskieren, dass mir die Augen aus dem Kopf quellen. Hastig gehe ich davon und schüttele den Kopf über das Prickeln, das ich am ganzen Körper spüre.

»Genießen Sie die Ganzkörperpackung«, ruft er leise hinter mir her und bringt mich so dazu, doch noch anzuhalten.

Mein Blick will zurück zu ihm. »Danke.«

»Und alles Gute zum Geburtstag.«

Ich drehe mich um und lächle ihn unsicher, aber auch neugierig an. »Danke.«

Er stützt die Unterarme auf den Tresen. Weshalb ist es so schwierig, ihm in die Augen zu schauen?

»Ich muss los.«

»Ich halte Sie nicht auf.«

»Doch, eigentlich schon.« Ich lache. *Ich bin regelrecht lahmgelegt durch deine verdammten Augen, du gut aussehender Bastard.* Hat mich jemals ein Mann so gemustert wie er?

Entschuldigend hebt er die Hände und grinst. Er weiß genau, was er tut. Mir fällt auf, dass auch seine Hände perfekt sind. Perfekt groß, perfekt geformt. Perfekt zupackend? *Kein Ring.*

»Alles Gute …« Ich entdecke den Laptop vor ihm auf dem Tresen. Einen Stift. Aber klar doch, er ist geschäftlich hier. Ein Meeting? Eine Konferenz? Was macht er beruflich? »Alles Gute … für die Arbeit«, sage ich, lächle und hebe meine Tasche. »Ich gehe dann mal zu meiner Ganzkörperpackung.«

Seine Brauen heben sich, sein Blick wandert über meinen Körper. »Was für ein Glückstag für die Packung.«

*Oh mein Gott!* »War nett, mit Ihnen zu plaudern.«

»Ja, finde ich auch«, murmelt er, während ich tief einatme und auf dem Absatz kehrtmache. Ich versuche, mit einem sexy Hüftschwung davonzugehen. Doch vermutlich ist es bloß ein peinliches zittriges Stolpern.

Halb zerflossen komme ich bei Charley und Abbie in der Lobby an. »Ich bin bereit«, krächze ich.

Sie mustern mich. »Was ist denn mit dir los?«, fragen sie wie aus einem Mund.

»Nichts.« Nicht wirklich lässig schlendere ich an ihnen vorbei. Natürlich habe ich keine Ahnung, wo zum Teufel ich hingehe. Ich hoffe nur, dass meine heißen Wangen sich abkühlen, bevor die beiden sie bemerken. »Ich bin bereit, mich einwickeln zu lassen.« *Ein Glückstag für die Packung.* Ich bleibe stehen und suche nach einem Schild, das mir den Weg weisen könnte.

»Vielleicht erst noch ein paar Mimosas?«, schlägt Anouska vor.

»Großartige Idee«, zwitschert Charley.

»Ich bringe Sie zur Library Bar.« Anouska deutet dahin, wo ich gerade herkomme, und mein Herz beginnt zu flattern. Zu flattern, verdammt. Das hat mein Herz noch nie gemacht, nicht mal für meinen Ex. Und nach Wochen des Grübelns über unsere Trennung wird mir in exakt diesem Moment bewusst, dass nicht nur das Gerede über Babys mich vertrieben hat. Etwas hat gefehlt. Aber dass es gefehlt hat, war mir nicht klar, denn wie soll einem etwas fehlen, was man nie hatte? Dieses Gefühl! Nur, was ist das? Eine absolut unerklärliche Anziehungskraft? Mehr als das. Es ist ein irrer Magnetismus, der einem die Knie schlottern und das Herz bis zum Hals schlagen lässt.

Ich schaue zu, wie Charley in der Bar verschwindet. Abbie und Anouska folgen ihr, ich bleibe ein bisschen atemlos zurück. Abbie dreht sich zu mir um und lächelt. »Kommst du?«

Ja, komme ich? Meine Beine gehorchen mir nicht. Ich räuspere mich, hole Luft, suche nach meiner Selbstsicherheit und zwinge meine Füße, sich zu bewegen. Kein Hüftschwung in Sicht.

Schon vom Eingang aus sehe ich, dass er noch immer an der Bar sitzt. »Oh Gott«, flüstere ich und nehme das Glas, das mir der Barmann hinschiebt. »Danke.« Ich werfe einen Blick auf sein Namensschild. »Danke, Clinton.«

»Erst die Mimosas, dann die Packung?«, fragt er lächelnd.

Ich leere das Glas fast in einem Zug. »Sieht so aus.«

»Ich bin den ganzen Tag hier. Wenn Sie mir sagen, welche Cocktails Sie mögen, mixe ich Ihnen gern einen.« Er schenkt mir Sekt nach, dann rückt er die Flaschen auf den Regalen zurecht.

»Hey«, flüstert Abbie, das Glas an den Lippen, und schaut dem Barmann bei der Arbeit zu. »Da hat jemand ein Auge auf dich geworfen.«

Meine Augen werden wie magisch vom Ende des Tresens angezogen. *Er* schaut konzentriert auf sein Smartphonedisplay. »Reiß dich zusammen«, ermahne ich mich leise.

»Clinton ist ein preisgekrönter Mixologe«, erklärt uns Anouska und schlägt die Cocktailkarte auf.

Charley schenkt sich eigenhändig Sekt nach. Als ich ihr einen Blick zuwerfe, zuckt sie die Achseln.

»Die speziellen Arlington-Hall-Kreationen stammen alle von ihm. Mit einer Ausnahme.« Anouska zeigt auf den Cocktail ganz oben auf der Karte. »Den verdanken wir der Frau, die Arlington Hall zu dem gemacht hat, was es heute ist.«

Ich beuge mich über die Karte. »Hey Jude«, lese ich laut.

»Sie hat den Cocktail nach ihrem Sohn benannt.« Anouska lächelt. »Und nach dem Beatlessong, natürlich. Er ist sehr beliebt.«

»Ist sie die Frau auf dem Gemälde in der Lobby?«, frage ich.

»Ja, genau. Evelyn Harrison. Eine unübertroffene Stilikone.«

»Sie ist wunderschön.«

»Ja, das war sie.« Jetzt flüstert Anouska beinahe. »Leider lebt sie nicht mehr.«

»Oh, wie traurig.«

»Sie sollten den Hey Jude probieren. Sie werden ihn lieben.«

»Mir müssen Sie das nicht zweimal sagen.« Charley schiebt sich auf einen Barhocker. »Verscherbelt Arlington Hall öfter mal Wellnesstage für kleines Geld an Normalsterbliche wie uns?«

»Von wem redest du?« Abbie lacht. »Ich fühle mich hier schon ganz zu Hause.«

Ich lächle und schaue natürlich schon wieder zu *ihm. Er* ist immer noch mit seinem Telefon beschäftigt.

»Das war ein einmaliges Werbeangebot. Wir feiern unser Fünfjähriges.« Anouska nimmt Charley den Sekt ab, bevor sie sich noch einmal nachschenken kann. »Lieber nicht zu viel Alkohol vor den Wellnessbehandlungen.«

Charley schiebt die Unterlippe vor. »Für mich ist heute ein Tag ohne Mann und Kinder, Anouska. Den muss ich nutzen.«

Anouska zeigt lächelnd ihre perlmuttweißen Zähne hinter den klatschmohnroten Lippen. »Darf ich Ihnen jetzt den Weg zum Wellnessbereich weisen?«

Wir stellen die Gläser ab, Anouska geht voran. Ich marschiere los und stoße dabei fast mit Charley zusammen, die plötzlich stockstill dasteht. Mit riesigen Augen und offenem Mund. Ich muss gar nicht fragen, was los ist. Auch deshalb nicht, weil Abbie mich in die Seite knufft.

»Der Himmel möge mir verzeihen, dass ich einen anderen Mann so anstarre«, flüstert Charley.

»Verzeihung bewilligt«, haucht Abbie. »Heilige Scheiße.«

Ich schließe die Augen und schlucke, dann schaue ich dorthin, wo auch sie hinschauen. Obwohl ich bereits weiß, dass sein Anblick eine Ohnmacht auslösen kann, bin ich doch nicht darauf vorbereitet. Denn er ist gerade aufgestanden und schlüpft schwungvoll in sein Jackett. Auf seinem markanten Gesicht mit den sexy Bartstoppeln liegt wieder das herausfordernde schiefe Lächeln. Er hat ein Grübchen in der linken Wange, sein Haar ist perfekt zerzaust. Wie kann ein Mann nur so perfekt sein. Und groß. So groß.

»Hi«, japst Charley.

»Hi«, fiept Abbie, und ich bin mir ziemlich sicher, dass sie beide zerfließen, als er an uns vorbeigeht.

Der Hauch eines schwindelerregend männlichen Geruchs verwirrt meine Sinne noch mehr. Wie Sex, nur als Duft. Nach ein paar Schritten bleibt er stehen und schaut über seine

Schulter. Sein Blick ruht auf mir, seine Augen haben die Farbe des Ozeans. Ein wunderschönes gedämpftes Blaugrün.

»Den Hey Jude sollten Sie definitiv probieren«, sagt er ruhig.

»Okay«, antworte ich atemlos.

Dann geht er davon.

Ein völlig unkontrollierbares Zittern überläuft mich. Keine Ahnung, was die anderen in diesem Augenblick tun. Sich den Sabber vom Kinn wischen?

»Er hat dich gemeint«, stellt Abbie fest und hakt sich bei Charley und mir unter. »Und zwar nur dich.«

»Das bildest du dir ein.«

»Ja, klar.« Sie lacht.

»Wenn du ihn nicht willst, ich opfere mich.« Charley wedelt mit dem Ausschnitt ihres Zeltkleids. »Treueschwüre hin oder her.«

Ich lache. »Du bist albern.«

»Ja, ich weiß.« Sie zuckt die Achseln. »Los, lasst uns zum Abkühlen ins Spa gehen.«

»Ja«, flüstere ich und mache rollende Schulterbewegungen, um meine verkrampften Muskeln zu lösen. »Schnell.«

# Kapitel 3

Eigentlich sollte das ein ganz entspannter Tag werden, an dem ich mich nur zwischendurch kurz davonschleiche, um einen Blick auf meine E-Mails zu werfen und mich zu vergewissern, dass die Finanzwelt noch nicht zusammengebrochen ist. Doch anstatt mich zu entspannen und höchstens heimlich ein paar Mails zu lesen, bin ich völlig durcheinander. Vor jeder Ecke, um die ich biege, vor jeder Tür halte ich den Atem an, wappne mich und rätsle, ob die Sterne für mich wohl eine weitere Begegnung mit dem Mann aus der Bar bereithalten. Und ob das unfassbar wilde Prickeln mich dann umbringen wird. Denn genau das spüre ich in seiner Gegenwart: ein wildes Prickeln, das sämtliche anderen Körperfunktionen lahmlegt.

So ungern ich das zugebe.

»Noch ein paar Bahnen?«, fragt Abbie, als wir das Ende des Beckens erreichen, wo sich der Übergang zum Außenpool befindet.

»Ich will noch nicht nach Hause«, seufzt Charley. Eisern hält sie den Kopf über Wasser, damit ihr Haar nicht nass wird, und ich kann sie verstehen. Sie braucht immer ewig, um es zu trocknen, und bislang hat keine von uns ein Wunderspray gefunden, um den Vorgang zu beschleunigen.

»Ich muss mal kurz verschnaufen.« Charlie hält sich am Beckenrand fest, ich stemme mich aus dem Wasser und setze mich auf den Rand des Pools. »Wie läufts eigentlich bei der Arbeit?«, fragt sie mich ein bisschen außer Atem. »Kommst du voran mit deinem Ziel, Partnerin zu werden?«

»Hey, wir haben doch vereinbart, heute nicht über die Arbeit zu reden.« Abbie hievt sich neben mich und wirft Charley einen düsteren Blick zu.

»Nein, das hast du so bestimmt.« Ich knuffe sie in die Seite. »Also sei nicht so streng.«

»Na schön.«

»Es läuft ganz gut. Ich liege im Plan und denke, ich werde bald noch ein paar weitere neue Klienten in meinem Portfolio haben.« Gelegenheiten für eine Firmenpartnerschaft sind selten, und diese ist ziemlich überraschend und vor allem deutlich früher gekommen als erwartet. Einer der Seniorpartner hat sich nach einem leichten Schlaganfall aus gesundheitlichen Gründen zurückgezogen. Jetzt muss ich mich ranhalten und beweisen, dass ich das Zeug zu einer Partnerschaft habe. Ich muss gewisse Zielmarken erfüllen oder besser noch übertreffen. Aber ich bin auf dem besten Weg, und das ist auch gut so, denn das Ende des Geschäftsjahrs steht bevor.

»Wenn ich stinkreich wäre, würde ich dir mein ganzes Geld anvertrauen«, erklärt Charley. »Da das leider nicht der Fall ist, falle ich als Klientin aus.«

Ich lächle. »Trotzdem danke für dein Vertrauen.«

»Sitzt dir dieses schleimige Ekel noch im Nacken?«, fragt Abbie. »Wie heißt der Typ noch mal?«

»Leighton Steers.« Ich ziehe eine Grimasse. »Im Moment ist er mein einziger Konkurrent, aber er gibt alles.« Und er ist skrupellos. »Ich muss ihm immer mindestens einen Schritt voraus sein.«

»Du schaffst das.« Abbie klopft mir aufs nasse Knie und gleitet zurück ins Wasser. »Noch ein paar Bahnen?«

»Bin dabei.« Charley stößt sich vom Beckenrand ab.

»Ich glaube, ich gehe noch kurz in die Dampfsauna«, sage ich, während die beiden bereits mit langsamen Zügen davonschwimmen. Ich schaue zu, wie sie unter der Glaswand hindurch in den Außenbereich verschwinden. Die Vorfrühlingssonne schickt bereits wärmende Strahlen. Mum behauptet gern, bis zu meiner Geburt sei der März immer furchtbar trüb gewesen. Heute tanzen Sonnenstrahlen auf dem bewegten Wasser und zaubern Lichtblitze an die gläsernen Wände. Für diese Jahreszeit ist es ungewöhnlich mild.

Ich schaue zu dem gewölbten Glasdach hinauf, wo sich Kletterpflanzen um die stählernen Pfeiler winden. Auch hier verschmelzen Moderne und Tradition, denke ich und streiche mir das nasse Haar aus dem Gesicht. Das ganze Anwesen ist so gestaltet. Ich stütze die Hände neben meinen Oberschenkeln auf die Fliesen und schaue mich um. Alles hier strahlt eine ungeheure Ruhe aus.

Ich atme tief aus, stehe auf und nehme an der weiß umrahmten Glastür zu den Damenumkleideräumen ein flauschiges weißes Badetuch aus einem Weidenkorb. Nachdem ich mir das Gesicht abgetrocknet habe, trete ich durch die Tür und wickle mir das Badetuch um die Hüfte. Sekunden später habe ich mein Smartphone in der Hand. Zwei verpasste Anrufe von Nick. Ich verziehe das Gesicht. *Löschen.* Und eine Textnachricht.

Amelia, bitte ruf mich zurück. Nick xxx

Wieder eine Grimasse. *Löschen.* Ich lade meine Mails, beiße mir beim Warten auf die Innenseite der Wangen und überfliege dann die vielen neuen Mails, die in meinem Postfach gelandet sind, während ich offline war. Mein Herz schlägt ein bisschen schneller. Sie abzuarbeiten, wird die ganze Nacht dauern. Eine Mail ist von meinem Boss Gary, und die Betreffzeile macht mich neugierig. Das hier muss ich sofort lesen.

> An: Amelia Lazenby
> Von: Gary Panter
>
> Normalerweise würde ich Sie an Ihrem freien Tag nicht stören, aber …
> Es gibt ein neues Gerücht: Tilda Spector will sich zurückziehen.

Ich beiße mir auf die Unterlippe. Immer mit der Ruhe. Schließlich ist es nur ein Gerücht. Tilda Spector ist eine sehr gesuchte unabhängige Finanzberaterin und genießt in der Branche einen hervorragenden Ruf. Sie ist eine Naturgewalt, und falls sie tatsächlich ans Aussteigen denkt, sucht sie womöglich jemanden, dem sie einige ihrer Klienten anvertrauen kann. Mit ihrer Hilfe könnte ich mein Portfolio von beeindruckend zu *sehr* beeindruckend erweitern. Kennengelernt habe ich Tilda Spector vor ziemlich genau zwölf Monaten bei einer jährlichen Konferenz, einem Treffen der wichtigsten Player der Finanzwelt. Die nächste dieser Konferenzen findet bereits in der kommenden Woche statt. Wir beide haben uns auf Anhieb verstanden und sind in Verbindung geblieben. Alle paar Monate schreibt sie mir eine Mail, sagt Hallo und erkundigt sich, wie es bei LB&B für mich läuft. Gary scherzt hin und wieder, Tilda wolle mich stehlen, aber dazu lächle ich nur. Wenn dem so wäre, wäre das ein Riesenkompliment.

Als das Smartphone in meiner Hand plötzlich klingelt, zucke ich erschrocken zusammen. Auf dem Display erscheint der Name meines Ex. »Verdammt!« Ich werfe das Handy ins

Schließfach zurück und knalle die Tür zu. Meinen nagenden Schuldgefühlen zum Trotz verlasse ich den Umkleidebereich. Hinter mir wird das Klingeln leiser, dann höre ich es nicht mehr. Dass ich mich von ihm getrennt habe, ist schon ein paar Wochen her. Wir haben eindeutig unterschiedliche Vorstellungen von der Zukunft, und ich habe keine Ahnung, wie ich ihm das noch erklären soll.

Deshalb nehme ich seine Anrufe inzwischen nicht mehr an.

Hinter einer Doppeltür begrüßt mich ein türkisches Bad. Rund um einen zentralen Raum führt ein Dutzend Türen zu verschiedenen Dampfgrotten und Saunen.

Ich nehme das Badetuch ab und hänge es an einen Haken vor einer Dampfsauna, dann öffne ich die Tür. Dampf schlägt mir entgegen und eigentlich ist es fast zu warm da drin. Ich ziehe die Tür hinter mir zu und werfe einen Blick auf die digitale Temperaturanzeige. »Du liebe Güte«, flüstere ich und spüre, wie die Hitze sich auf mein Gesicht legt. Schnell drehe ich die Temperatur ein wenig zurück, von fünfzig Grad auf fünfundvierzig, taste mich durch den Dampf und setze mich auf eine Bank. Die Füße lege ich auf die Bank gegenüber, strecke die Beine und spüre, wie sich meine Muskeln dehnen.

Dann stoße ich die Luft aus, versuche, alle Spannungen loszulassen, und atme ruhig und tief. Ich lasse den Kopf zurücksinken, schließe die Augen und will einen Moment lang einfach nur … sein.

Bloß zehn Minuten. Alles ausschwitzen, meine Haut reinigen.

Den Stress loswerden.

Die Schuldgefühle.

Ruhe.

Atme.

Lass los.

Herrlich.

Ich summe, überlege, ob ich mich bei Tilda Spector melden, ob ich diesmal die Initiative ergreifen soll. Dass ich zuletzt von ihr gehört habe, ist sicher zwei Monate her. Ich beschließe, später nachzusehen. Oder wäre es zu offensichtlich, wenn ich angesichts der Gerüchte plötzlich aktiv werde? Wieder summe ich. Nur, wenn an den Gerüchten tatsächlich etwas dran ist. Ist es wirklich wahr?

Plötzlich öffnet sich die Tür, kühle Luft umströmt mich und lindert einen Moment lang die drückende Hitze. Schnell wird die Tür wieder geschlossen. Wer immer zu mir hereingekommen ist, möchte die Wärme in diesem Schwitzkasten festhalten. *Verdammt, ist das heiß.* Ich warte auf ein Hallo oder ein Hi, doch es kommt nichts. Deshalb schweige ich ebenfalls. Durch den Dampf hindurch erkenne ich eine Gestalt. Sie ist mir gerade nahe genug, um zu erahnen, dass es sich um einen Mann handelt. Einen großen Mann. Einen großen, schlanken Mann. Athletisch. Als verwischte Silhouette setzt er sich mir gegenüber auf die Bank und meine nasse, heiße Haut beginnt zu kribbeln.

*Oh nein!*

Ich hole tief Luft und habe das Gefühl, mir die Lunge zu versengen. Plötzlich ist es hier drin noch viel heißer. Etwas streift meinen Knöchel. Die Temperatur steigt. Verdammt! Der dampfgefüllte Raum fühlt sich plötzlich an wie elektrisch aufgeladen. Schnell nehme ich die Füße von der Bank und er rutscht auf den frei gewordenen Platz direkt gegenüber von mir. Sehen kann ich ihn nicht allzu deutlich, aber ich spüre ihn. Er beugt sich vor, stützt die Ellbogen auf die Knie. Ich registriere, dass er die Finger ineinanderschlingt, und kann den Blick nicht abwenden. Diese verdammten Hände.

Instinktiv weiche ich zurück, bis mein Rücken die Wandfliesen berührt. Obwohl mir klar ist, dass er mich ebenfalls nur schemenhaft sieht, fühle ich mich nackt und verletzlich. Weiß er überhaupt, dass ich es bin, die hier sitzt? Ich werfe einen

Blick auf die Temperaturanzeige, sie zeigt sechsundvierzig Grad Celsius. Nur warum zum Teufel fühlt es sich dann so viel heißer an? Ich atme ein, atme aus, wische mir die Schweißperlen von der Stirn. Atme ein, atme aus.

Noch heißer.

Ich halte es nicht mehr aus.

Ich stehe auf, stürze durch die unerträgliche Hitze nach draußen, schnappe nach Luft und zittere zugleich am ganzen Körper. »Shit«, flüstere ich, schließe die Tür und starre auf das milchige Glas. Ich sollte mich abtrocknen und zu den Umkleidekabinen zurückgehen. Ich sollte in ein Eisbad springen, um wieder zu mir zu kommen.

Die Tür geht auf, Dampf quillt heraus.

*Oh, shit.*

Wie ein mythisches Wesen tritt er aus dem heißen Nebel, und wieder bin ich völlig dahin. Ich habe keine Luft in der Lunge, kann nicht sprechen, nicht denken. Er sieht so verdammt, so gefährlich gut aus. Ich senke den Blick.

*Merk dir das, Amelia.* Gefährlich.

Ich starre auf seine nackten Füße, dann auf seine Waden.

Seine Oberschenkel, die Bauchmuskeln. Seine Brust, seinen Hals, sein Gesicht.

Eine Sekunde lang treffen sich unsere Blicke, dann gleitet seiner langsam an mir nach unten. Einer seiner Mundwinkel hebt sich. »Alles in Ordnung?«

*Nein.* »Ja.« Schnell wickle ich mir das Badetuch um den fast nackten Körper und *er* zieht einen Schmollmund. Ganz schön frech, und sein Grübchen wird dabei noch süßer.

»Ich wollte Sie nicht stören«, raunt er mit seiner tiefen Stimme.

Ich erschaure. Verdammt! »Sie haben mich nicht gestört.«

»Dann halten Sie immer nur ein paar Minuten durch?«

Ich muss mich verhört haben.

»Im Dampfbad«, fügt er hinzu und reibt sich mit einer Hand die Brust. Auf seinen harten Muskeln schimmert ein Schweißfilm.

*Himmel hilf.*

Er nimmt ein Badetuch vom Haken, und alles deutet darauf hin, dass diese exquisite Folter noch weitergehen wird.

»Die Dampfsauna war ganz besonders heiß«, murmle ich. *Weil ich nicht allein war.* Ich fange fast an zu schielen, denn als er sich abtrocknet, zeichnet sich jeder einzelne seiner herrlichen Muskeln unter seiner Haut ab. Der Anblick ist kaum auszuhalten.

»Oh ja, allerdings«, sagt er, und ich winde mich unter seinem bohrenden Blick. Was zum Teufel ist mit mir los? Meine Sinne sind verwirrt, mein Verstand hat schlappgemacht. Und meine Zunge finde ich auch nicht mehr. »Was machen Sie denn so?«

Ich weiche einen Schritt zurück. »Wie bitte?«

»Was machen Sie denn so?«

»Sie meinen, was ich arbeite?«

Sein Lächeln wirkt nachsichtig. Wird er sich jetzt endlich dieses Badetuch umbinden? Ich habe nämlich wirklich ein Problem.

»Ja, genau.«

»Was soll das werden?«, frage ich.

»Ich frage Sie, was Sie beruflich machen.«

»Warum?«

»Sollte ich mir diese Frage für unser erstes Date aufheben?«

Ich lache und er grinst. »Gute Antwort. Ich bin Finanzberaterin.«

»Dann haben Sie ein Händchen für Zahlen?«

»Ich denke, schon.«

»Schön. Ich habe auch sehr geschickte Hände.«

Mein Blick fällt auf diese Hände und kurz stockt mir der Atem. »Und damit machen Sie was?« Dieser Kerl macht mich neugierig. In dem Anzug vorhin hat er nach Geschäftsmann ausgesehen.

»Gehen Sie mit mir essen, dann finden Sie es vielleicht heraus.«

Erneut lache ich, aber eigentlich nur, weil mir die Worte fehlen. »Ich soll mit Ihnen essen gehen?« *Mit dem allergrößten Vergnügen.* »Nein.« Ich schüttle den Kopf.

»Warum nicht?«

»Ich kenne Sie ja gar nicht.«

»Möchten Sie mich gern kennenlernen?«

Ich bin völlig überfordert. Wieder schaue ich auf seine Hände. Wir stehen beide fast nackt hier herum und er bittet mich um ein Date?

»Ich gehe nicht mit Ihnen essen«, wiederhole ich. Keine Dates, keine Männer, keine Ablenkung. Im Moment hasse ich mich für dieses Versprechen. *Halte dich fest an deinen Plan, bald als Partnerin in die Firma einzusteigen.* »Aber danke für das Angebot«, setze ich lächelnd hinzu.

Jetzt rubbelt er auch noch seine hautengen schwarzen Schwimmshorts trocken. »Falls Sie es sich noch anders überlegen, wissen Sie ja, wo Sie mich finden.«

»In einer Dampfsauna?«

»Oder an der Bar oder am Telefon.« Er lächelt und ich bin verloren. Keiner kann mir erzählen, dass Frauen, denen er dieses Lächeln schenkt, nicht auf der Stelle ohnmächtig umsinken. Mir ist schwindlig, mir schlottern die Knie, meine Innereien sind in Aufruhr. »Sie haben ja ein Händchen für Zahlen«, sagt er. »Also werden Sie sich sicher an meine Nummer erinnern, wenn ich sie Ihnen jetzt sage.«

Der Mann hat Nerven. Im Moment erinnere ich mich nicht mal an meinen Namen.

Er hebt die Arme, streckt seinen perfekt geformten Torso und trocknet sich das Haar ab. Ich finde das nur sehr schwer auszuhalten.

Entschlossen wende ich mich ab und gehe davon. Jetzt ist mir noch viel heißer als vorhin in dem Schwitzkasten. Ich kann nur beten, dass ich nicht auch noch anfange, über ihn zu fantasieren. Nein, so schwach bin ich nicht! Ich reibe mir die Schläfe. *Sei stark, Amelia. Denk daran, du bist gerade dabei, eine Trennung zu verarbeiten.*

»Meine Nummer ist null, sieben …«

Ich hebe abwehrend eine Hand und zwinge mich, weiterzugehen.

»Es war nett, mit Ihnen zu plaudern, Amelia«, ruft er hinter mir her.

Ich bleibe wie angewurzelt stehen, starre stur geradeaus. Mit einem Blick zurück tue ich mir keinen Gefallen. Aber woher kennt er meinen Namen? Vielleicht hat er ihn in der Bar von meinen Mädels aufgeschnappt. Oder von Anouska.

»Ja, nett.« *Und ich wäre beinahe geschmolzen.*

Während ich noch dastehe, geradeaus ins Nichts starre und nach Resten meines Verstandes suche, löst sich mein Badetuch und fällt mir auf die Füße. Ich schaue an mir hinunter, sehe nackte Haut und einen Bikini und spüre seinen Blick auf meinem Hintern. *Shit.*

Wie peinlich soll es denn noch werden? Ich bücke mich nach dem Badetuch, versuche, dabei meinen Hintern nicht allzu sehr in die Luft zu recken und dann so lässig wie möglich davonzugehen. Dabei spüre ich die Hitze seines Blicks im Rücken.

Sobald ich in der Damenumkleide in Sicherheit bin, sinke ich auf eine der hölzernen Bänke und schnappe nach Luft. »Ganz große Klasse, Amelia«, stöhne ich und vergrabe den Kopf in den Händen. »Verdammt große Klasse.«

»Hey, was ist denn mit dir los?« Charley poltert herein und zieht sich das Band aus den Haaren. Abbie folgt ihr und meine Freundinnen schauen mich beide fragend an.

»Ich war gerade in der Dampfsauna.« Ich muss es dringend loswerden. »Und dort hat sich jemand zu mir gesetzt.«

Abbies Augen weiten sich, Charley lässt sich neben mir auf der Bank nieder. »Der Barmann?«

»Nein, nicht der Barmann.« Ich lache.

»Der Gott?«, japst Abbie.

Ich nicke. »Er hat ein Dinnerdate vorgeschlagen.«

»In der Dampfsauna?«

»Nein, draußen.«

»Und du warst im Bikini?«

»Ich hatte ein Badetuch um«, murmle ich verlegen. »Bis es runtergefallen ist. Oh mein Gott, er hat mich um ein Date gebeten, während ich vor ihm gestanden und mir fast die Möpse abgeschwitzt habe. Und zwar nicht nur, weil ich gerade in der Dampfsauna gesessen hatte. Ich war knallrot, mein Haar hat an meinem Gesicht geklebt, und er hat seinen unverschämt perfekten, verschwitzten, harten Körper abgetrocknet.« Mit einem Grinsen auf den Lippen, das alles gesagt hat, was ich wissen muss. Er ist ein Player.

»Durchtrainiert?«, fragt Abbie.

»Ja. Hart. Definiert. Umwerfend.« Ein Traum.

»Bei manchen Männern sieht man sofort, dass unter den Klamotten etwas Sehenswertes steckt«, stellt Abbie fest. »Bei ihm war jedenfalls klar, dass sich ein Blick unter den teuren Stoff lohnen würde.«

Charley verdreht die Augen, obwohl sie ganz sicher derselben Meinung ist. »Wie heißt er eigentlich?«

Ich lege die Stirn in Falten. »Keine Ahnung.« Aber meinen Namen kennt er.

»Und du hast zugesagt, oder?«, will Abbie wissen.

»Nein. Ich habe abgelehnt.«

»Warum?«

Einen Moment lang denke ich nach. *Ja, warum?* Weil er allem Anschein nach ein Player ist? Er sieht genau aus wie ein Mann, der nichts Ernstes will. Nicht heiraten, keine Kinder. Eigentlich perfekt. Oder nicht?

»Sehr weise.« Charley tätschelt mein Knie und steht auf. »Denn trotz heißem Körper und göttlichem Gesicht wissen wir doch alle, wie ein Fuckboy aussieht, wenn wir einen sehen.«

Ich lache halbherzig, nehme das Handtuch und rubble an meinem Haar herum.

*Gefährlich. Fuckboy.*

Um jeden Preis vermeiden.

# Kapitel 4

Abbie und Charley erlauben mir großzügig, auf dem Nachhauseweg meine Mails zu checken. Zum Glück finde ich keine Katastrophen vor, um die ich mich sofort hätte kümmern müssen. Selbst Mr Jarvis hat mir erstaunlicherweise nur eine einzige kurze Nachricht geschickt, in der er sich dafür entschuldigt, am Morgen überreagiert zu haben. Zu der Entschuldigung hat er sich sicher nur durchgerungen, weil er den ganzen Tag über zuschauen konnte, wie ruhig es am Aktienmarkt geblieben ist. Zudem war am Ende des Handelstags der Trend deutlich positiver als zu Anfang. Panikmodus aus.

Als Abbie in die Straße meiner Eltern einbiegt, atme ich tief aus. Das Gefühl, zu wenig Luft zu bekommen, schleicht sich unweigerlich an. Ich küsse meine Freundin auf die Wange. »Danke für heute. Das war ein wirklich schöner Tag.«

Sie spürt die Niedergeschlagenheit, die mir in die Knochen kriecht, und lächelt sanft. Keine dreißigjährige Frau sollte bei ihren Eltern wohnen. »Du weißt, du kannst jederzeit bei mir unterkriechen«, sagt sie zum hundertsten Mal, seit ich mich von Nick getrennt habe. Aber das ist pure Höflichkeit. Ihre Wohnung ist absolut winzig, und ich würde sie wahnsinnig machen mit den tausend Ordnern, die ich immer von der Arbeit mit nach Hause schleppe.

»Ich weiß«, sage ich mit einem Lächeln.

»Oder bei mir«, sagt Charley grinsend. »Du könntest bei Ena schlafen.«

Ich lache. Ich liebe Charleys Kids ... einmal die Woche, wenn ich bei ihr vorbeischaue und mir eine Tasse Tee mache, während sie durch die Küche hetzt und Spielzeug, Essen und Kleider wegräumt. In Endlosschleife.

»Es ist ja nur übergangsweise. Ich stehe bei sämtlichen Maklern in der Kartei. Wenn etwas in meiner Preisklasse reinkommt, erfahre ich es sofort.« Natürlich liebe ich meine Eltern, aber bei ihnen wohnen? Die ständigen stummen Vorwürfe meines Vaters ertragen? Für ihre Hilfe bin ich ihnen unendlich dankbar, aber sobald ich etwas finde, ziehe ich aus. »Ich rufe euch morgen an.« Ich springe aus dem Wagen und winke, während Abbie hupend davonfährt.

Im Haus lasse ich unten an der Treppe meine Tasche fallen, streife die Schuhe ab und folge den Geräuschen zu Mum in die Küche. Dad sitzt mit der *Financial Times* am Tisch, Mum rührt am Herd in einem Topf. Es duftet nach Suppe, Lauch und Kartoffeln.

»Riecht gut«, sage ich.

Dad lächelt mich über seine Lesebrille hinweg an. »Darling.« Er winkt mich zu sich und nimmt die Brille ab. »Wie kann es sein, dass ich dich heute an deinem Geburtstag noch gar nicht gesehen habe?«

Lächelnd beuge ich mich zu ihm und lasse ihn meine Wange küssen. »Als ich heute Morgen gegangen bin, hast du noch geschnarcht.«

Er schnaubt empört. »Hier in diesem Haus schnarcht nur deine Mutter.«

»Dennis!«, protestiert sie. »Ich schnarche nicht.«

Dad zwinkert mir zu und zieht mich ein wenig näher. »Es wird sogar schlimmer«, flüstert er mir zu. »Sie behauptet aber, sie atmet nur schwer. Wie war dein Wellnesstag?«

*Anders als erwartet.* »Sehr angenehm.«

»Bist du auf dem Rückweg im Büro vorbeigefahren?« Er deutet auf mein Kleid.

»Nein, schon auf dem Hinweg. Einer meiner Klienten war in Panik, weil der FTSE 100 heute zur Eröffnung die falsche Richtung eingeschlagen hat.«

Sofort wendet er sich wieder seiner Zeitung zu und ich verdrehe die Augen. Der Himmel verhüte, dass ich Berufliches mit meinem Vater bespreche. Also gehe ich zu Mum und sie hält mir einen Löffel zum Probieren hin.

»Hmm, sehr lecker.«

»Muss ich nachwürzen?«

»Nein, schmeckt perfekt.« Mit dem Brotmesser schneide ich Scheiben von einem frischen Laib ab. »Wie war dein Tag in Abbies Blumenladen?«

»Ganz wunderbar«, versichert sie mir. »Dass die Arbeit dort so viel Spaß macht, hätte ich nie gedacht.« Aus dem Augenwinkel sehe ich, wie sie die Nase krauszieht.

Ich schnappe dramatisch nach Luft. »Du hast nicht nur den ganzen Tag gearbeitet, es hat dir auch noch gefallen?« Über die Schulter werfe ich einen Blick zu Dad, der das Gesicht hinter seiner Zeitung versteckt hat. »Hast du das gehört, Dad? Mum ist arbeiten gegangen und fand es sogar schön. Unerhört.«

»Was, Darling?« Mit hochgezogenen Brauen blickt er auf und Mum kichert.

»Nichts.« Er hat mich sehr gut verstanden. »Was gibt es denn noch?« Ich lege die Brotscheiben in den Korb und spähe in den Backofen.

»Lamm-Hotpot. Grandpas Lieblingsessen.«

Ich mache die Ofenklappe wieder zu. »Grandpa und Grandma kommen auch?«

»Sie sitzen schon an ihren Stammplätzen im Wohnzimmer.«

Kaum überraschend, sie sind so gut wie jeden Tag hier. Ich gehe zum Wohnzimmer, um sie zu begrüßen.

»Clark und Rachel müssten jede Minute hier sein«, ruft Mum hinter mir her.

Ich bleibe stehen. »Ein Familiendinner?« Davon hat mir niemand etwas gesagt.

»Heute ist dein Dreißigster!«, antwortet Mum. »Natürlich kommt da die Familie zum Essen.«

Ich setze ein Lächeln auf. »Wie schön.« Eigentlich habe ich nur kurz etwas essen und mich dann in meinem Zimmer um meine Mails kümmern wollen. Morgen habe ich einen sehr langen Tag. Verflixt.

Im Wohnzimmer finde ich Grandpa in seinem Sessel auf der einen Seite des Feuers, Grandma in ihrem auf der anderen. Wie immer ist auch er in die *Financial Times* vertieft. Er hält sich auf dem Laufenden, obwohl er schon lange im Ruhestand war, als Dad angeblich auch aufgehört hat zu arbeiten. Grandmas Stricknadeln klappern wie wild. »Guten Abend ihr beiden.«

»Das Geburtstagskind!« Grandpa schlägt die Zeitung zu und versucht aufzustehen.

»Grandpa, bleib.« Ich eile zu ihm.

»Ich bin kein Hund, Amelia Gracie«, knurrt er und rappelt sich schwerfällig hoch. »Und meine Körperfunktionen sind noch intakt.«

»Außer deiner Blase«, murmelt Grandma trocken und bringt mich damit zum Lachen.

»Was hat sie gesagt?«, fragt Grandpa.

»Nichts. Setz dich wieder.« Ich helfe ihm zurück in den Sessel und gehe zu Grandma. »Was strickst du denn?«

»Einen Schal für deinen Vater.« Sie zieht mich zu sich und drückt mich an ihre füllige Brust. »Alles Gute zum Geburtstag, Grandgirl.«

»Danke, Grandma.«

»Das mit dir und Nick tut mir wirklich leid. So ein netter Junge.«

Ich weiß, dass ihr das leidtut. Das sagt sie mir jedes Mal, wenn wir uns sehen.

»Ja, jammerschade«, fügt Grandpa hinzu und beugt sich wieder über die Zeitung. »So ein netter Junge.«

»Es ist besser so.«

»Sagt wer?« Dad kommt ins Wohnzimmer.

Ich seufze. Ich habe wirklich keine Lust, dieses Thema schon wieder aufzuwärmen. »Ich«, erkläre ich fest. »Ich sage das, Dad.«

Er summt und sieht nicht überzeugt aus. Dann geht zum Glück die Haustür auf und Clarks Stimme rettet mich vor den üblichen täglichen Vorhaltungen wegen meiner fragwürdigen Entscheidungen.

»Ach, wie schön, Clark und Rachel sind hier.« Ich werfe Dad ein breites Lächeln zu und flüchte zur Haustür, wo mein jüngerer Bruder steht. »Danke«, seufze ich und werfe die Arme um ihn.

»Wofür?«, fragt er lachend.

»Dad wollte gerade noch einmal alle Gründe aufzählen, die beweisen, dass ich einen schweren Fehler gemacht habe.«

Er schnaubt und lässt mich los. »Schon wieder?«

»Jap.«

»Herzlichen Glückwunsch zum Geburtstag.« Clark grinst. »Shit, das bedeutet, ich bin nur noch zwei Jahre entfernt von der großen Drei.«

»Danke.« Ich begrüße Rachel, seine Verlobte und ein weiterer lebender Beweis, dass ich alles falsch mache. »Schön, dich zu sehen.«

»Herzlichen Glückwunsch.« Sie umarmt mich.

»Danke. Wie läufts mit der Planung?«

Rachel stöhnt auf. »Das ist beinahe ein Teilzeitjob.«

Was nicht weiter schlimm ist, weil sie ihre Stunden in der Apotheke direkt nach Clarks Heiratsantrag nur zu gern reduziert hat und sich schon darauf freut, wenn sie als Mutter seiner Babys ganz zu Hause bleiben kann. Lange wird das sicher nicht mehr dauern.

»In vier Wochen ist es schon so weit«, fügt sie hinzu, wie um meine Gedanken zu bestätigen. Dann zieht Clark sie ins Wohnzimmer, um unsere Großeltern zu begrüßen. Ich folge ihnen und setze mich auf die Couch.

»Komm, Clark.« Grandpa klopft auf die Armlehne seines Sessels.

»Er ist kein Hund, Grandpa«, sage ich.

»Was sagst du zu diesem Unsinn hier?« Ohne weiter auf mich zu achten, zeigt Grandpa auf einen Artikel in der Zeitung und auch Dad gesellt sich zu ihm und Clark. Die Jungs tun, was Jungs nun mal tun, und ich versuche gar nicht erst herauszufinden, wovon Grandpa redet. Wann meine Meinung willkommen ist, habe ich schon vor langer Zeit gelernt. Und in geschäftlichen Dingen ist das so gut wie nie der Fall. Ich sollte in der Küche sein, wo Rachel schon ist und wo auch Grandma wäre, wenn Mum sie lassen würde.

Stattdessen greife ich zu meinem Smartphone und fange an, mich durch meine E-Mails zu arbeiten. Außerdem schaue ich nach, wann ich zuletzt von Tilda Spector gehört habe. Vor sechs Wochen. Nachdenklich summe ich vor mich hin und beschließe, die Konferenz nächste Woche abzuwarten, um mit ihr zu reden.

»Hey«, sagt Clark und lässt sich neben mich fallen.

»Fertig mit den Jungs-Themen?« Ich grinse ihn an.

»Hör schon auf.« Er knufft mich in die Seite. »Warum bist du bloß so stur und lässt mich nicht mit ihm reden?«

»Du willst versuchen, unserem Vater zu erklären, dass ich sehr wohl in der Lage bin, die Finanzberatungsfirma der Familie mit dir gemeinsam zu leiten?« Clark schürzt die Lippen und ich verdrehe die Augen. »Es ist gut so, wie es ist.« Das ist gelogen. »Ich bin glücklich bei LB&B.« Das ist wahr. »Dass Dad mir bei jeder Entscheidung über die Schulter schaut, würde ich sowieso nicht ertragen. Und dich als meinen Boss? Sorry, aber nein danke.«

»Ich bin ein guter Boss.«

»Schon möglich. Aber du solltest nicht *mein* Boss sein.« Denn ich bin die Ältere. Aber weil ich ein Mädchen bin und unser Vater ein Dinosaurier, hat er meinem jüngeren Bruder den Vorzug gegeben. Clark werfe ich das nicht vor, er ist ein guter Bruder.

»Wie läufts denn bei der Arbeit?«, fragt er.

»Prima. Aber pass bloß auf, dass Dad nicht mitbekommt, wie du mich das fragst.« Ich küsse ihn auf die Wange. »Ich schaue besser mal nach, ob ich Mum in der Küche helfen kann, bevor die Welt untergeht und sich die Männer an den Herd stellen müssen.«

»Haha«, sagt er und gibt mir einen kleinen Tritt. Bis in die Küche schaffe ich es nicht, denn es klingelt an der Haustür.

»Erwarten wir noch Gäste?«, rufe ich auf dem Weg zur Tür.

»Was ist, Darling?«, ertönt die Stimme meines Dads.

»Wer kommt denn jetzt noch?«, frage ich zurück, öffne und stehe direkt vor meinem Ex. »Shit«, schnaufe ich unwillkürlich. »Nick. Was machst du denn hier?«

Er hebt eine kleine, hübsch verpackte Schachtel und lächelt verlegen. »Alles Gute zum Geburtstag«, sagt er, als würde das seinen Besuch erklären. Vermutlich ist das auch der Fall, aber mir reicht das nicht. Wenn er anruft, gehe ich nicht ans Telefon, und seine Nachrichten beantworte ich nicht. Nicht aus Trotz oder Boshaftigkeit, sondern weil ich nicht weiß, was ich ihm sagen soll. Genau wie jetzt, da ich ihn auf der Schwelle meiner Eltern warten lasse. Er sieht aus, als würde es ihm ganz gut gehen. Adrett wie immer steht er da in seinem Anzug, sein Haar ist akkurat frisiert, sein Gesicht glatt rasiert. Er ist ein gut aussehender Mann, wenn man auf den Oxford-Privatschul-Look steht.

»Wer ist es denn, Darling?«, fragt Dad hinter mir und schiebt sich zwischen mich und die Tür. »Nick!«, ruft er glücklich. Natürlich ist er glücklich. »Was für eine nette Überraschung!«

Als Nick mit einem leichten Stirnrunzeln die Hand ausstreckt, weiß ich sofort, dass ich seinen Besuch meinem Vater verdanke. Verdammt!

»Hi, Dennis«, murmelt Nick.

»Komm rein, komm rein. Jenn, rate mal, wer da ist.« Dad zerrt meinen Ex ins Haus und schließt die Tür.

»Das dürfte nicht allzu schwer sein«, knurre ich und werfe Dads Rücken einen düsteren Blick zu.

»Ich dachte, du weißt Bescheid«, sagt Nick leise zu mir. Der überbordenden Gastfreundschaft meines Vaters ist er hilflos ausgeliefert. Ich atme aus, schüttle den Kopf und wedle mit der Hand. Nick kann nichts dafür, dass mein Vater ein Dinosaurierdickschädel ist.

»Mum, Dad, Clark, Rachel!«, singt Dad. »Ratet mal, wer hier ist?«

»Ich schwöre, ich bringe ihn um«, raune ich Clark zu, der in den Flur kommt, um nachzusehen, was los ist.

»Oh«, sagt Clark leise und winkt Nick ein wenig unbeholfen zu. »Das könnte anstrengend werden.«

»Warum kann er mich nicht einfach mein eigenes Leben leben lassen?« Während Dad Nick zu meinen Großeltern ins Wohnzimmer bringt, marschiere ich in die Küche. »Mum«, schimpfe ich und zeige Richtung Tür. »Er mischt sich schon wieder ein.«

»Ach, Darling, er will doch nur dein Bestes.«

»Er weiß nicht, was das Beste für mich ist.« Ich lasse den Kopf in den Nacken fallen und schaue hoch zur Decke. Clark reibt mir im Vorbeigehen tröstend die Schulter.

»Jetzt komm schon«, sagt Mum im Ton einer Friedenstifterin. »Nach deinem Wellnesstag solltest du doch ganz im Zenmodus sein.«

»Ich war im Zenmodus, bis mein Ex hier zum Dinner erschienen ist. Auf Einladung meines Vaters.« Dad kann ein echter Vollpfosten sein, und ein durchtriebener noch dazu. »Weshalb kann er die Nase nicht aus meinen Angelegenheiten lassen?«

»Er ist im Ruhestand, er braucht etwas zu tun«, scherzt Clark. Auf meinen vernichtenden Blick hin entschuldigt er sich schnell.

»Weshalb reden hier alle immer von Ruhestand, wo Dad doch nach wie vor arbeitet?« Er ist fast genauso häufig im Büro wie zuvor.

Mit einem Glas Wasser zieht sich Clark ins Wohnzimmer zurück.

»Komm.« Mum holt das Besteck für besondere Anlässe aus der Schublade. »Hilf mir beim Tischdecken.«

Missmutig schnappe ich mir eine ihrer vielen Schürzen vom Haken, binde sie mir um und hole die Tischsets, während Rachel das Festtagsbesteck in Empfang nimmt. Die Frauen machen mal wieder Frauenarbeit. Mit einem Ohr höre ich zu, wie Rachel und Mum über die bevorstehende Hochzeit sprechen. Mit dem anderen lausche ich darauf, was die Männer nebenan über den Aktienmarkt sagen. Das kann ein langer Abend werden.

* * *

Und das wird er tatsächlich. Lang und quälend. Ich sage nicht viel, und alle tun, als wäre das normal. Alle außer Grandma, die mich immer wieder sanft lächelnd mustert. Nick entschuldigt sich bei jeder Gelegenheit, und ich sage ihm, er solle sich keine Gedanken machen. Lieber konzentriere ich mich auf Grandma, die alles über meinen Wellnesstag hören will.

»Zu meiner Zeit gab es so was noch nicht, Grandgirl. Die einzige Massage, die wir kannten, war eine Fahrt übers Kopfsteinpflaster in einem klapprigen alten Bus.«

Ich lache und bemerke, wie sehr ihre Hände zittern, als sie versucht, eine Karotte zu schneiden. »Darf ich dir helfen, Grandma?«

Sie gibt seufzend auf, und Grandpa tätschelt ihren Arm. Auch ihm ist das Zittern nicht entgangen. »Selbst das Stricken fällt mir zunehmend schwer«, sagt sie. »Ständig lasse ich Maschen fallen.«

»Vielleicht musst du es etwas ruhiger angehen lassen.« Ich schneide alles, was auf ihrem Teller geschnitten werden muss, dann gebe ich ihr Messer und Gabel zurück. »Bitte schön.«

»Danke, Grandgirl.« Sie beugt sich zu mir. »Wo war eigentlich dieser Wellnesstempel?«, bemüht sie sich, mich am Reden zu halten und meine Beklommenheit zu vertreiben. Sie ahnt gar nicht, *wie* beklommen mir zumute ist.

»In Oxfordshire«, flüstere ich zurück. Dad und Nick unterhalten sich angeregt.

»So weit bist du dafür gefahren?«

»Ja, wir waren in Arlington Hall. Sehr vornehm.« Unwillkürlich ziehe ich die Nase kraus. »Sogar einen Hubschrauberlandeplatz gibt es dort.«

»Was du nicht sagst.«

»Oh ja. Ich hatte eine feuchtigkeitsspendende Ganzkörperpackung.« *Was für ein Glückstag für die Packung.* Ich erschaure und schon eine Sekunde später ist mir wieder so heiß wie in der Dampfsauna. *Der Adonis. Gehen Sie mit mir essen.* Verstohlen musterte ich meinen Ex. Adrett. Geschniegelt. Langweilig. Kein bisschen wie der Mann in Arlington Hall.

Nick legt lächelnd Messer und Gabel beiseite und wischt sich mit der Serviette den Mund ab. »Das war köstlich, Jenn.« Er hebt sein Rotweinglas. »Alles Gute, Amelia.«

Alle prosten mir zu und wünschen mir noch mal alles Gute, während ich tapfer lächle. »Danke.«

»Hier.« Nick schiebt mir die kleine Schachtel zu. Oh Gott, warum macht er das? Ich sterbe tausend Tode. Erwartet er, dass ich sie hier vor allen öffne? Ich fühle mich schon erbärmlich genug, er muss mir nicht noch zusätzlich ein schlechtes Gewissen machen. »Das habe ich schon vor ein paar Monaten besorgt«, erklärt er. »Bevor wir … Na ja, bevor du gegangen bist.«

Durch meine Wimpern hindurch schaue ich ihn von unten her an. »Das wäre nicht nötig gewesen.«

Er zuckt die Achseln. »Zurückgeben kann ich es nicht, also dachte ich, ich schenke es dir einfach.«

Ungläubig starre ich die kleine Schachtel an. Und starre.

»Komm schon, mach es auf«, sagt Dad aufgeregt. »Sonst bringt die Neugier uns noch um.«

*Ich könnte dich umbringen, lieber Vater.* Stattdessen nehme ich die Schachtel, reiße das Papier ab und klappe den Deckel auf. Und schnappe nach Luft.

»Ich war noch mal dort und habe es geholt«, erklärt Nick. »Es hat dir so gut gefallen.«

Vor mir liegt das goldene Armband, das ich in einem Antiquitätengeschäft in Camden entdeckt habe, als Nick und ich vor ein paar Monaten nach einem Dinner mit Kollegen nach Hause spaziert sind.

»Nick«, sage ich atemlos. Das kann ich nicht annehmen, aber demütigen will ich ihn auch nicht. Alle schauen zwischen uns hin und her und ich wünsche mir, der Erdboden würde sich auftun und mich verschlucken.

»Wie ungeheuer aufmerksam!« Dad lächelt breit, und ich will ihm dieses Lächeln aus dem Gesicht wischen. »Nicht wahr, Jenn?«

»Ja wirklich«, antwortet Mum verhalten und meidet meinen Blick.

*Nimm das Geschenk an. Nimm es und gib es nach diesem Horrorfilm zurück, wenn kein Publikum dabei ist.* Also nehme ich das Armband lächelnd aus der Schachtel und lege es mir ums Handgelenk. »Danke, Nick.« Die verdammten Schuldgefühle flammen von Neuem heftig auf.

»Gut gemacht«, raunt Clark mir zu – vielleicht als Kompliment für meine Selbstbeherrschung.

»Amelia hat heute einen Wellnesstag gemacht!«, quasselt Grandma, die Gute, drauflos. Sie ist zwar fast neunzig, aber ihre Sinne hat sie noch beisammen – inklusive Spannungssensor.

Ich lächle ihr zu und fingere an dem Armband herum.

»Wo war das noch mal, Grandgirl? Du sagst, es war sehr vornehm.«

»In Arlington Hall«, murmele ich.

»Arlington?« Nick klingt interessiert.

»Ja, hast du schon mal davon gehört?«

»Wer denn nicht? Weshalb bist du für einen Wellnesstag bis nach Oxfordshire gefahren?«

»Das hat Abbie organisiert«, erkläre ich. »Ein echtes Schnäppchen.«

»Ein Schnäppchen in Arlington?« Nick lacht. »Arlington Hall stand auf der *Times*-Liste der Tophotels in England. Dass es dort Schnäppchenangebote gibt, kann ich mir nicht vorstellen.«

Ich mustere ihn mit schief gelegtem Kopf. Weshalb interessiert es ihn, wo ich an meinem Geburtstag war und wie viel das gekostet hat? »Es war eine Werbeaktion zum fünfjährigen Bestehen.«

»Und todschick!«, kommentiert Grandma.

»Und was macht man an so einem Tag?« Grandpa wirkt tatsächlich interessiert.

»Man entspannt und erholt sich, Grandpa.« Ich lächle ihn an und muss sofort daran denken, was den Tag in Arlington Hall tatsächlich so besonders gemacht hat. Noch viel mehr als das phänomenale herrschaftliche Haus und das herrlich angelegte Gelände. Und zu meiner Entspannung hat das definitiv nicht beigetragen. *Gehen Sie mit mir essen.*

»Vielleicht gönne ich mir auch mal so einen Tag im Spa«, verkündet Grandma.

»Wovon in aller Welt willst du dich denn erholen?«, fragt Dad.

»Vielleicht von euch Lazenby-Jungs.« Nacheinander fixiert sie mit ihren alten Augen die Männer der Familie. Dabei spielt ein kaum merkliches Grinsen um ihre Mundwinkel. Die Männer antworten mit einem Schnauben.

»Ich muss los.« Nick steht auf. *Gott sei Dank.*

Froh, dass er geht, springe ich auf. »Danke fürs Vorbeikommen«, sage ich, während er sich von den anderen verabschiedet. »Ich bringe dich raus.«

Ich gehe voraus, Nick folgt mir, dann öffne ich ihm die Haustür. »Ich wollte dir nicht den Abend verderben. Ich dachte, du weißt, dass ich komme. Wenn du mal ans Telefon gegangen wärst, hätten wir vielleicht gemeinsam herausgefunden, was dein Vater plant.«

Ich ignoriere die Spitze über die unbeantworteten Anrufe. »Ja. Tut mir leid, dass er das heimlich eingefädelt hat.«

»Heißt das, es gibt wirklich keine Chance mehr für uns?«

Ich werfe ihm einen überraschten Blick zu. »Nick«, flüstere ich. Ich habe keine Lust, diese Unterhaltung zum x-ten Mal zu führen. »Wir …« Ich zeige zwischen uns hin und her. »Du und ich …«

»Amelia. Kaum habe ich ›Hochzeit‹ und ›Baby‹ gesagt, bist du in einer Staubwolke verschwunden.«

»Ganz so war es nicht.« Ich lache ungläubig auf. »Du hast ständig davon gesprochen.« Ich ziehe die Brauen zusammen. »Du hast gesagt, ich schulde dir Verbindlichkeit, Nick.«

»Was ist daran so falsch? All das mit dir zu wollen?«

Vermutlich gar nichts, aber zu sagen, ich *schulde* ihm das? Sorry, aber das geht gar nicht. »Weshalb war das plötzlich so wichtig für dich?«, frage ich. »Früher war das für dich nie ein Thema und plötzlich konntest du gar nicht mehr damit aufhören.«

Er zuckt mit den Schultern. »Wir werden schließlich nicht jünger.«

*Autsch.* »Du weißt, wie viel mir meine Karriere bedeutet. Ich möchte in meiner Firma Partnerin werden, Nick. Das war doch klar.«

Er rückt näher an mich heran und sofort habe ich wieder das Gefühl, keine Luft zu bekommen. »Ich bitte dich, Amelia. Falls du es wirklich möchtest, kannst du nach einem Baby wieder arbeiten.«

*Falls* ich es wirklich möchte? Was ich möchte, ist eine Karriere, ohne mich dafür rechtfertigen zu müssen. Babys will ich haben, wenn ich so weit bin. Wenn überhaupt. Ich kann und will mich jetzt nicht festlegen und genau darum geht es. Meine Vorstellungen, mein Tempo, mein Leben.

»Nein.« Ich lege meine Hand an Nicks Brust und schiebe ihn ein Stück von mir weg. »Ich will kein Baby.« Hundertprozentig stimmt das nicht. Ich will vor allem jetzt keins. Oder liegt es vielmehr daran, dass ich mir mit Nick kein Für-immer vorstellen kann? Ein bisschen erschreckt mich dieser plötzliche Gedanke. Aber jetzt fällt mir noch etwas auf: Mit dem Thema Hochzeit und Baby hat er mich überfallen, kurz nachdem ich ihm von meinem Plan erzählt habe, bei LB&B Partnerin zu werden. Haben meine Ambitionen ihm Angst gemacht?

Seufzend geht er rückwärts aus der Tür, aber irgendetwas sagt mir, dass er sich noch nicht geschlagen gibt.

»Alles Gute, Nick.« Ich schließe die Tür und marschiere in die Küche. Dad stellt gerade ein paar Teller ans Spülbecken und ich verkneife mir die Spitze, dass das doch Frauenarbeit sei. »Du musst das endlich lassen.«

Einen Moment lang schweben seine Hände mit den Tellern unbeweglich in der Luft. »Was denn lassen?«

»Diese ständige Einmischung.«

»Nicht jetzt.« Mum hält mir ein Geschirrtuch entgegen.

Es fällt mir schwer, es ihr nicht grob aus der Hand zu reißen. Ich nehme es und trockne mit fahrigen Bewegungen einen Teller ab.

»Das ist doch keine Einmischung.« Dad holt Sahne aus dem Kühlschrank. »Ich möchte nur helfen.«

»Ich brauche deine Hilfe nicht, Dad.« Ich stelle den Teller weg und nehme den nächsten. »Ich bin glücklich.« Oder ich wäre es, wenn er auf diese Art Hilfe verzichten würde.

»Du brauchst meine Hilfe nicht?« Seine Stimme ist plötzlich ein wütendes Flüstern. »Dann sag mir, Amelia, wer gibt dir gerade ein Dach über dem Kopf, weil du Knall auf Fall eine tadellose Beziehung beendet und ohne Wohnung dagestanden hast?«

Ich knirsche mit den Zähnen. Schließlich konnte ich nicht mit Nick Schluss machen und dann erwarten, dass er mir die Wohnung überlässt. »Dad …«

»Ihr beiden!«, mahnt Mum uns nervös. Konflikte sind ihr zuwider.

Wieder packen mich Schuldgefühle. Normalerweise habe ich mich unter Kontrolle, wenn mein Vater seine prähistorischen Ansichten verbreitet. Ich habe gelernt, um des lieben Friedens willen den Mund zu halten und keinen größeren Krach zu riskieren. Ändern kann ich ihn sowieso nicht, das ist völlig unmöglich. Aber heute? Das geht zu weit. Dass Nick hier aufgetaucht ist, war einfach zu viel. *Danke, Dad.*

»Wozu hast du mich eigentlich studieren lassen?«, frage ich. »Wenn eine leitende Stelle im Familienunternehmen für mich sowieso nicht infrage kommt?«

Dad wirft Mum einen Blick zu, und in diesem Moment wird mir klar, dass sie die Finger im Spiel hatte. Sie hat ihn überredet; das Studium habe ich ihr zu verdanken.

»Ich dachte, das wäre nur eine Phase«, brummt er.

»Du dachtest, meine Hoffnungen und Träume wären eine Phase?« Ich bin fassungslos.

»Vielleicht ist es ja immer noch so.«

»Du meinst, bis ich endlich merke, dass es meine wahre Bestimmung ist, Hausfrau und Mutter zu sein?« Wie zum Teufel schaffe ich es, das so ruhig zu sagen?

»Bitte, Amelia«, fleht Mum.

»Nein, Mum. Es reicht.«

»Du willst mich bestrafen, weil ich Clark die Firmenleitung überlassen habe, oder?«, sagt Dad. »Darum geht es hier doch.«

»Und du willst mich bestrafen, weil ich eine Karriere will und keine Babys. Weil ich nicht Hausfrau sein möchte.«

»Was ist daran so schlimm? Schau dir deine Mutter an. Sie ist sehr glücklich.«

Ich schaue tatsächlich zu meiner Mutter, und ja, ich weiß, sie ist glücklich. Deshalb bin ich sehr überrascht, als sie meinen Vater kampflustig anfunkelt.

»Nun ja.« Mum strafft die Schultern und richtet sich auf. »Nach dem Tag in Abbies Blumengeschäft heute denke ich, ich habe vielleicht etwas verpasst.«

»Wie bitte?«, japst Dad und macht ein Gesicht, als wäre er verraten worden. »Habe ich mich nicht immer gut um dich gekümmert? Uns ein schönes Leben ermöglicht? Dich geliebt?«

»Ja, das hast du. Ich sage ja nur, eine Frau könnte trotzdem noch etwas anderes wollen.«

Dad, der arme Ahnungslose, ist tief verletzt. »Ich war immer ein guter Ehemann.«

»Du warst ein wunderbarer Ehemann«, bestätigt Mum hastig.

»Und ein guter Vater.« Jetzt schaut er mich an, und verdammt, ich kann ihm nicht widersprechen. Er ist ein wunderbarer Vater. Freundlich, großzügig, liebevoll. Und er unterstützt seine Kinder. Zumindest, wenn sie mit dem entsprechenden Geschlecht das aus seiner Sicht Richtige tun.

»Oder etwa nicht?«, hakt er leise nach.

Ich seufze. »Du bist ein guter Vater, Dad.«

»Und ich werde auch ein wunderbarer Großvater sein.«

Ich lasse den Kopf in den Nacken fallen. »Ganz bestimmt.«

»Dann mach uns zu Großeltern, Amelia. Wir brauchen eine neue Generation von Lazenbys, die eines Tages fortführt, was mein Vater und ich mit harter Arbeit aufgebaut haben.«

Dann sollte ich wohl besser männlichen Nachwuchs bekommen. »Ich möchte jetzt noch nicht Mutter werden, Dad. Erst habe ich noch ein paar andere Dinge vor.«

»Gütiger Himmel«, stöhnt er. »Ich habe genug von diesem Unsinn.« Er schnappt sich seine *Financial Times* und verlässt den Raum, nicht ohne Mum im Weggehen einen vorwurfsvollen Blick zuzuwerfen.

»Ich glaube, ich ziehe besser aus«, sage ich leise.

# Kapitel 5

Abbie öffnet mir lächelnd die Tür. »Willkommen zu Hause.« Sie nimmt mir den Stapel Akten ab, die ich auf einem Arm balanciere. »Wie ich sehe, hast du nur das Nötigste mitgebracht.«

»Keine Angst, den Papierberg nehme ich gleich morgen mit ins Büro.«

»Was ist passiert?«

»Es gab ein Geburtstagsfamiliendinner und Dad hat Nick dazu eingeladen.«

Abbie reißt die Augen auf.

»Ich weiß nicht, wie viel von dieser Einmischung ich noch ertrage.« Er meint es gut, schon klar. Aber ich wünschte, er würde mir einfach mal zuhören. Mich sehen. Mich verstehen. Ich halte Abbie mein Handgelenk hin. »Von Nick.«

Sie verzieht das Gesicht. »Ich habe das Gästezimmer für dich freigemacht.«

»Dein Arbeitszimmer.« Ich schüttle den Kopf. »Ich kann doch auf der Wohnzimmercouch schlafen.«

»Sei nicht albern.«

»Und wo machst du dann deinen Schreibkram?«

»Dafür habe ich im Blumenladen Platz. Wein?«

Ich seufze ein Ja, folge ihr in die kleine offene Küche, lasse meine Taschen auf den Boden und meinen Hintern auf einen der Hocker an der Küchentheke fallen. Das Armband nehme ich ab und lege es zu den Orangen in die Obstschale, während Abbie Gläser und eine Flasche holt. Sie öffnet den Wein und schenkt uns ein.

»Danke. Dafür und dass ich bei dir unterkriechen kann.«

»Na hör mal. Wie oft habe ich dir schon gesagt, dass es hier ein Bett für dich gibt?«

»Ich wollte Mum nicht verletzen. Ich glaube, sie hat mich gern um sich. Oder hatte.«

Abbie stützt sich auf die Arbeitsplatte. »Wie hat sie es aufgenommen?«

»Es macht ihr ziemlich zu schaffen.«

»Und dein Dad?«

Ich lache auf. »Der schmollt, nehme ich an.« Er wird tun, was er immer tut. Still werden, nachdenken. Und dann zu dem Schluss kommen, dass er recht hat. »Dass Mum nach nur einem Tag in deinem Blumenladen erklärt hat, sie hätte womöglich doch etwas verpasst, hat die Sache nicht besser gemacht.«

Abbie lacht. »Corey meint, deine Mum sei ein Naturtalent.«

Ich grinse. »Lass das bloß nicht meinen Dad hören.« Ich probiere den Wein und summe. »Sehr fein.«

»Der ist neu.« Abbie dreht die Flasche zu mir. »Diesen Monat sind nur französische Weine in der Kiste. Was meine Sehnsucht nach Paris natürlich noch größer macht.«

»Vielleicht kannst du ja ein paar Tage nach Paris verschwinden, jetzt, wo du eine neue Auszubildende hast.« Ich grinse sie über den Rand meines Glases hinweg an. »Wow, der ist wirklich gut.«

Abbie schiebt sich um die Küchentheke herum zu ihrem Zweisitzer vor dem Fernseher. »Komm, lass uns über etwas Interessanteres reden als die verstaubten Ansichten deines Vaters.«

»Wie zum Beispiel?« Ich setze mich zu ihr.

»Wie zum Beispiel über den brandheißen Typ in Arlington Hall.«

Um nicht zu grinsen, beiße ich mir auf die Unterlippe. »Ich hätte nicht geglaubt, dass er noch appetitlicher aussehen könnte als in einem Anzug.« Noch ein Schluck Wein. »Bis ich ihn fast nackt gesehen habe.«

Abbie wirft lachend den Kopf in den Nacken. »So durcheinander habe ich dich noch nie erlebt. Schon deshalb musst du mit ihm essen gehen.«

»Ja, vielleicht. Aber Mr Brandheiß hat mir seinen Namen nicht verraten. Deshalb kann ich ihn nicht kontaktieren und ihm sagen, ich hätte es mir anders überlegt. Nicht, dass ich das tun sollte. Oder würde.« Mein Magen zieht sich vor Aufregung zusammen.

»Er wäre es wert, gegen deine eiserne Regel zu verstoßen.«

»Welche meinst du?«

»Kein Sex beim ersten Date.«

»Wir hatten noch nicht mal ein Date und er hat mich so gut wie nackt gesehen.«

»Unerhört.«

Mit einem Schmollmund versuche ich, meine Verlegenheit zu überspielen. Doch die Erinnerung an seinen schweißschimmernden Traumkörper ist sehr lebendig. Der Himmel steh mir bei. Ich trinke den Wein in kleinen Schlucken und drifte in einen Tagtraum. *Ich habe auch sehr geschickte Hände.*

»Amelia!«

Ich zucke zusammen und schaue meine Freundin an. »Was ist?«

Sie grinst wissend. »Du hast an ihn gedacht.«

»Ja, an diesen peinlichen Moment.« *Aber genug von mir.* »Wie läufts denn mit den Dating-Apps?«

Sie schnaubt. »Die sind für mich erledigt.« Dann fällt sie in ihren eigenen kleinen Tagtraum, und ich weiß, sie denkt an Mr Romeo. Natürlich heißt er nicht wirklich so, seinen Namen kennt sie nicht. Romeo nennen ihn nur wir drei Freundinnen, seit Abbie vor zwei Jahren aus Frankreich zurückgekommen ist. Es war nur eine einzige Nacht – die beste Nacht ihres Lebens.

»Abbie«, zische ich.

Sie zuckt zusammen und seufzt. »Ich bin mir immer noch nicht sicher, ob Paris ein Segen war oder ein Fluch.« Sie trinkt einen Schluck Wein. »Aber langsam tendiere ich zu Fluch. Verdammt, er hat die Messlatte für alle Männer unglaublich hoch gelegt, und bis jetzt hat sie keiner auch nur annähernd erreicht. Ich habe aufgegeben.«

»Wünschst du dir jetzt, ihr hättet euch eure Namen verraten?«

»Irgendwie schon.« Sie zieht die Beine unter sich und macht es sich bequem. »Sollen wir uns ›Bridget Jones‹ ansehen?«

»Du liebe Güte, Abbie, sind wir tatsächlich so verzweifelt?«

»Schon möglich. Manchmal denke ich, Charley hat unser gesamtes Liebesglück aufgebraucht.« Sie schnappt sich die Fernbedienung, macht den Fernseher an und zappt sich durch die Sender. »Ach, warte.« Sie springt auf, verschwindet und steht nach einer Minute wieder da. »Schau mal, was ich ganz hinten in meinem Schrank gefunden habe.« Sie hält einen cremefarbenen Hoodie in die Höhe und ich greife lächelnd danach. »Als ich ihn dir zum Geburtstag geschenkt habe, hast du ihn nicht mitgenommen. Und das ist jetzt drei Jahre her«, sagt sie.

Ich breite den Hoodie aus und betrachte den Schriftzug auf der Brust.

I NEED A HUG THAT LEADS TO SEX.

Stimmt, manchmal braucht man eine Umarmung, die zu Sex führt.

Warum habe ich es damals nicht mitgenommen? Nach Hause zu Nick? Diese Frage will ich lieber nicht beantworten. Eine Umarmung könnte ich jetzt definitiv gebrauchen. Aber Sex?

»Danke.« Ich ziehe den Hoodie über mein Kleid und kuschle mich hinein. Abbie setzt sich wieder neben mich. »Wann musst du denn morgen früh los?«

»Ich muss zum Großmarkt, weil deine Spitzenverkäuferin von einer Mutter fast alle meine Blumen verkauft hat. Also etwa um sechs.«

»Dann komme ich mit. Du kannst mich an der U-Bahn rauslassen.«

»Kein Problem. Und denk an Elijahs Geburtstag nächsten Freitag.«

»Klar, mache ich.«

Dann vertiefen wir uns in Bridget Jones' Welt als Single in Schlabberhosen. Doch wie von selbst wandern meine Gedanken immer wieder zurück zu der Dampfsauna.

# Kapitel 6

Gary betritt mein Büro und ich lächle ihn über die Aktenstapel auf meinem Schreibtisch hinweg an. »Guten Morgen.«

Nach einem Blick auf das Durcheinander nimmt er alarmiert die Brille ab. »Was ist passiert?«

»Nichts ist passiert.« Ich versuche, die Stapel so hinzuschieben, dass sie ein bisschen ordentlicher aussehen.

»Amelia.« Er tritt näher, fährt mit den Fingern wie mit einem Kamm durch seine graue Tolle und lässt sich auf dem Stuhl mir gegenüber nieder. Dann beugt er sich vor und schiebt ein paar Akten beiseite, damit er mich sehen kann. »Was ist?«

Ganz automatisch ziehe ich die Nase kraus. Von meiner persönlichen Krise habe ich Gary nichts erzählt. Er soll nicht denken, mein Job könnte darunter leiden, denn ich will meine Chancen auf einen Einstieg als Partnerin nicht verringern. Schließlich muss ich die Seniorpartner davon überzeugen, dass ich besser bin als Leighton Steers, der selbst ernannte Goldjunge der Firma, der noch dazu gern schamlos flirtet.

»Ich habe mich von meinem Freund getrennt«, gebe ich widerstrebend zu. »Und bin zu meinen Eltern gezogen. Allerdings wohne ich seit gestern Abend bei einer Freundin.« Ich zucke die Achseln. »Ihre Wohnung ist winzig.«

»Sie haben sich von Nick getrennt?«, fragt er überrascht und beginnt, seine Brille zu putzen. »Mist. Tut mir leid, das zu hören.«

»Es ist besser so.«

»Aber warum sind Sie bei Ihren Eltern ausgezogen?«

»Was glauben Sie, Gary?«, frage ich trocken zurück. Zu gern hätte ich der Welt verschwiegen, weshalb ich bei der Konkurrenz arbeite und nicht bei der Finanzberatungsfirma meiner Familie. Aber die Tour hat mir der Name Lazenby vermasselt. Lazenby Finance kennt jeder.

»Oh.« Gary schüttelt den Kopf und setzt die Brille wieder auf. »Daddy hat Sie mal wieder an Ihre Verpflichtungen als Frau erinnert, richtig?«

»Richtig.«

»Und jetzt, wo ich Ihren neuen Beziehungsstatus kenne, nehme ich an, Nick …«

»… wollte plötzlich Babys, ja.«

»Nun … Gut, dass Sie sich treu geblieben sind.« Er steht auf. »Gibt es was Neues von Mr Jarvis?«

»Er hat sich beruhigt. Danke übrigens für die Information über Tilda Spector.«

»Gern geschehen. Aber verlassen Sie sich nicht zu sehr darauf, dass an den Gerüchten was dran ist.« Womit er sagen will: *Lassen Sie nicht nach bei der Jagd nach neuen Klienten.* »Und selbst wenn es stimmt, kann sie sich immer noch aussuchen, wem sie ihre erfolgsverwöhnten Klienten überlässt.«

Ich nicke und werfe einen Blick auf die Uhr. »Um eins habe ich die Jahresbesprechung mit Mrs Willer.«

»Dann will ich nicht weiter stören. Ich habe ein Meeting mit den Seniorpartnern.«

Ich gebe mir alle Mühe, meine Neugier zu verbergen. Seit sich Paul Montgomery aus Gesundheitsgründen zurückgezogen hat, rätseln alle, wer an seine Stelle treten wird. Gary weiß, dass ich dieser Aufgabe gewachsen bin, und unterstützt mich. Aber er ist auch ein Fan von Leighton Steers. So wie alle Partner.

»Ein Meeting mit sämtlichen Partnern?« Das kommt selten vor.

Gary lächelt. »Mit allen. Wir behalten Galactia im Blick.«

»Ich auch«, versichere ich ihm. Ich lebe auf den Tag hin, an dem die Gerüchte keine Gerüchte mehr sind und bei den Klienten, die meinen Empfehlungen gefolgt sind, die Kasse so richtig klingelt.

Nachdem Gary gegangen ist, stecke ich eine lose Strähne zurück in meinen Bun und ziehe Mrs Willers Akte zu mir, um sie vor dem Gespräch noch einmal zu überfliegen. Doch im selben Moment klingelt mein Handy und auf dem Display erscheint eine unbekannte Nummer. Für solche Fälle gibt es die Mailbox, aber schon ein paar Sekunden später klingelt das Handy wieder, und ich gehe ran.

»Amelia Lazenby.«

»Hallo, Amelia. Anouska hier, von Arlington Hall.«

Ich richte mich auf. »Hi.«

»Tut mir leid, dass ich Sie stören muss. Ihre Nummer habe ich von dem Gesundheitsbogen, den Sie gestern für Ihren Wellnesstag ausgefüllt haben.«

»Kein Problem, was kann ich für Sie tun?«

»Eine unserer Putzkräfte hat heute Morgen in der Damenumkleide Ihre Geldbörse gefunden.«

»Wirklich?« Ich beuge mich zu meiner Handtasche neben dem Schreibtisch und ziehe sie auf meinem Schoß. »Dass sie fehlt, ist mir gar nicht aufgefallen.«

»Es sind einige Bankkarten und Ihr Führerschein drin. Leider musste ich sie öffnen und nachsehen, wem sie gehört.«

»Ja, natürlich.« Ich stöbere in meiner Handtasche, die Geldbörse ist tatsächlich nicht da. »Inzwischen bezahle ich meistens mit dem Handy, deshalb habe ich noch gar nicht gemerkt, dass sie weg ist.«

»Ich deponiere sie im Safe, bis Sie sie abholen können.«

»Vielen Dank.«

»Wissen Sie schon, wann Sie kommen? Dann sage ich den anderen Angestellten Bescheid, falls ich zufällig nicht im Haus bin.«

Gute Frage. »Kann ich Ihnen kurzfristig Bescheid geben? Ich muss erst eine Freundin fragen, ob sie mich fahren kann.«

»Sie fahren nicht Auto?«, fragt sie verwundert. Schließlich hat sie meinen Führerschein gesehen.

»Doch schon, aber ich habe keinen Wagen. Ich wohne in der City und nehme meistens die U-Bahn. Das ist schneller.«

»Ah, verstehe. Melden Sie sich einfach, wenn Sie wissen, wann Sie die Geldbörse abholen können.«

Ich danke der Frau, lege auf und tippe mit dem Kugelschreiber auf meinen Schreibtisch. Meine Gedanken wandern zurück zur Library Bar. Und dann zur Dampfsauna.

Und mir wird heiß.

*Reiß dich zusammen, Amelia.*

Um mir ein bisschen Luft zuzufächeln, wedle ich mit dem Ausschnitt meines Kleids. Dann werfe ich einen Blick auf die Uhr. »Shit.« Schnell schlage ich Mrs Willers Akte auf und nummeriere meine Notizen von wichtig zu weniger wichtig durch. Auf jeden Fall muss ich Mrs Willer dazu bewegen, auch dieses Jahr in ihren Pensionsfonds einzuzahlen, weil sonst ihre Auszahlungsoptionen schrumpfen. Nach ein paar weiteren Notizen beginne ich den Videoanruf, lehne mich zurück und lächle der Frau zu, die auf dem Bildschirm erscheint. Mir scheint fast, als wäre ihr Haar jedes Mal, wenn wir uns sehen, noch ein bisschen weißer. Nicht aufgrund ihres Alters, sondern dank jeder Menge Bleiche. Sie ist eine attraktive Frau in den

Vierzigern, erfolgreich, hat drei Töchter und einen verbitterten Ex-Mann. »Schön, Sie zu sehen, Mrs Willer.«

»Sie kümmern sich jetzt seit beinahe zwei Jahren um mein Geld, Amelia. Sie kennen meine Kinder so gut wie ich und hassen meinen Ex so sehr wie ich. Ich denke, die förmliche Anrede können wir uns sparen. Nennen Sie mich bitte einfach Violet.«

Ich lächle. »Violet.«

»Dann mal los.« Sie lehnt sich auf einem grünen Samtsessel zurück und nimmt eine Champagnerflöte von dem Tablett, das ihr persönlicher Butler ihr hinhält. »Wie viel habe ich dieses Jahr verloren?«

Lachend hole ich meine Grafiken auf den Bildschirm, um sie mit ihr zu teilen. »Sie sind risikofreudig, Violet. Das birgt gewisse Gefahren. Aber ich freue mich, Ihnen mitteilen zu können, dass Ihre Investitionen um sieben Prozent zugelegt haben.«

»Ach wie wunderbar! Dann bestelle ich mir den neuen Bentley, auf den ich ein Auge geworfen habe.«

»Vielleicht sollten Sie das nicht überstürzen«, erwidere ich.

»Spielverderberin.« Sie gluckst.

»Ein Luxusauto ist die schlechteste aller denkbaren Investitionen, Violet. Darüber haben wir ja bereits gesprochen.« Und verdammt, sie hat schon zehn andere.

»Was wäre die beste?«

Ich lächle. »Weitere Einzahlungen in Ihren Pensionsfonds.«

* * *

Eine Stunde später bin ich freudig überrascht, dass ich Mrs Willer nicht nur dazu gebracht habe, in den nächsten Monaten die maximale Summe in ihren Pensionsfonds zu stecken, sondern auch ihre ISA-Accounts aufzustocken. Laut meinem Terminplan habe ich noch eine halbe Stunde, um mir drüben bei Pret etwas zum Lunch zu holen. Ich schnappe mir meine Handtasche und eile aus dem Büro. Unterwegs schreibe ich an Abbie und Charlie und frage sie, ob sie nach der Arbeit trainieren wollen. Abbie ist dabei, Charlie ist mit einer anderen Kindergartenmutter zum Spieldate und Kaffeetrinken verabredet.

Im Fahrstuhl nach unten schaue ich in den Spiegel, streiche mein Haar glatt und frische meinen zartrosa Lippenstift auf. Dann presse ich die Lippen zusammen und zupfe mein schwarzes Bleistiftkleid zurecht, das mir eine Handbreit unters Knie reicht. Dabei wackle ich in meinen schwarzen Stiletto-Slingbacks mit den Zehen und ziehe eine Grimasse. Jetzt wünschte ich, ich wäre für meine kurze Mittagspause in meine Sneaker geschlüpft. Unten angekommen checke ich auf dem Smartphone die Börsenkurse. Ohne hinzusehen, halte ich den Firmenausweis an einen Scanner, um eine Tür zu öffnen. Dann stöckle ich durch die Lobby, so schnell die hohen Absätze mich tragen. Beim Überqueren der Straße klingelt mein Handy. Es ist Mum. »Wie gehts Dad?«

»Ach bitte, vertrag dich wieder mit ihm, Amelia. Wenn er weiterhin schmollend durchs Haus schleicht, bringt er mich noch um den Verstand. Dass du im Streit gegangen bist, macht ihn ganz krank.«

»Ich bin nicht im Streit gegangen«, sage ich müde. »Aber dass ich sauer bin, darf er ruhig wissen.«

»Das weiß er.«

»Dann hört er also auf, sich in mein Leben einzumischen?«

»Vermutlich nicht«, stöhnt sie. »Du kennst doch deinen Vater.«

Ja. Er ist ein Dickschädel. »Was kann ich tun?«, frage ich. »Außer Babys produzieren und Hausfrau werden?«

Mums Schweigen sagt alles. Ich kann gar nichts tun. Und auf weitere Versuche, mich zu beweisen, habe ich keine Lust.

Dass mir das nicht gelingen würde, wusste ich schon, als ich den Job als bessere Rezeptionistin in der Familienfirma aufgegeben und mir eine Stelle gesucht habe, bei der meine Qualifikationen geschätzt werden.

»Ich komme am Wochenende vorbei«, sage ich seufzend. Eine Funkstille zwischen meinem Vater und mir will ich nicht. Ich liebe den alten Dickschädel von Herzen. Deshalb werde ich wie immer ein Friedensangebot machen und wir werden das Problem unter den Teppich kehren. Ich werde so tun, als würde es mich nicht tief verletzen, dass er mir nicht zutraut, mit Clark zusammen das Familienunternehmen zu leiten. Gleichberechtigt.

»Das ist gut«, seufzt Mum erleichtert. »Rachel will die Sitzordnung für die Hochzeit noch mal durchgehen, wir haben die letzte Anprobe für die Kleider und ihre beste Freundin Josie braucht ein bisschen Unterstützung für den Junggesellinnenabschied. Ich mache Häppchen und es gibt Mimosas.«

»Klingt prima.«

»Wie ist es so bei Abbie?«

*Eng.* »Ich war ja erst eine Nacht dort.«

»Ich wünschte, du wärst nicht gegangen.«

Ohne auf Mums Bemerkung einzugehen, marschiere ich ins Pret und hole mir wie immer einen Salat. Ihr zu sagen, dass es mir nicht guttut, unter den kritischen Blicken meiner Eltern zu leben, würde nicht helfen. Und etwas anderes fällt mir nicht ein. »Ich melde mich.« Ich lege auf, bestelle noch Tee und bezahle.

Mit meinen Mails beschäftigt, gehe ich zurück über die Straße und jongliere meinen Lunch durch die Glastür ins Gebäude.

Und erstarre.

»Was zum …?«, rutscht es mir heraus. Kribbelnde Wellen jagen durch meinen Körper und bringen mich auf meinen Heels ins Wanken. Er steht am Empfangstresen. Im Anzug. Und er sieht schlichtweg atemberaubend aus. »Shit.« Wie ein komplett verunsicherter Teenager stolpere ich zum Damenklo. Das enge Kleid und die hohen Schuhe machen meine eiligen Schritte noch wackeliger.

Drinnen stelle ich meinen Lunch ab und lasse die Tasche zu Boden fallen. Meine Wangen sind pink und heiß. Ich klopfe sie mit den Fingerspitzen. Warum zum Teufel bin ich weggerannt? Oder vielmehr weggestakst? Geeiert? Einfach lächerlich. *Reiß dich zusammen.*

Dazu bleibt mir keine Zeit.

Die Tür geht auf und er füllt den ganzen Rahmen aus, wirft einen Blick hinter sich, tritt ein und lässt die Tür zufallen. Lässig steckt er die Hände in die Hosentaschen und meine Körpertemperatur schießt weiter nach oben. Einfach nur, weil er da ist.

»Ich dachte doch, ich habe Sie weglaufen sehen.« Seine ruhige Stimme streichelt meine Haut.

*Oh mein Gott.* »Das ist die Damentoilette«, platze ich heraus, straffe die Schultern und blinzle gegen sein blendendes Aussehen an.

»Ach ja?« Er schaut sich um. Dabei spannen sich seine Halsmuskeln. *Gütiger Himmel.* Dann fällt sein Blick auf meinen Salat und den Eistee. »Essen Sie immer in der Damentoilette?«

»Ich …« Ich verdrehe die Augen. Wo sind die coolen Antworten, wenn man sie braucht? »Ich wasche mir bloß die Hände.« Ich drehe das Wasser auf, nehme mir Flüssigseife und reibe meine Hände, bis sie schäumen. »Und was tun Sie hier?« Dass mir zweimal in zwei Tagen das atemberaubendste männliche Wesen begegnet, das ich je im Leben gesehen habe, kann kein Zufall sein.

Er lehnt den Hintern an den Waschtisch und stützt die Hände auf die Kante. Er macht es sich gemütlich? Mein Gott, er ist so verdammt heiß, ich könnte weinen. Sein hellgrauer Anzug sitzt wirklich unverschämt gut. Ich schaue zur Tür.

»Haben Sie Angst, jemand könnte uns ertappen?«

»Uns ertappen? Wobei denn?« Ich reibe weiter meine seifigen Hände. »Wie ich Sie frage, warum Sie mich verfolgen?«

Sein leises Auflachen träufelt auf meine Haut wie warmer Honig. Nur mühsam kann ich überspielen, dass mir der Atem stockt. Und das amüsierte Blitzen in seinen Augen, die heute viel grüner erscheinen, verrät mir, wie spektakulär mein Versuch scheitert. »Ich verfolge Sie nicht, Amelia.«

*Sag nicht meinen Namen, sonst sterbe ich vielleicht auf der Stelle einen seligen Tod.* »Treiben Sie sich öfter in Damentoiletten herum und behelligen dort Frauen?«

»Behellige ich Sie?«

Meine Hände sind kurz davor, in einem Berg Schaum zu verschwinden. Aber sagt mir mein Hirn, was nach dem Einseifen kommt? Nein. Ohne auf seine Frage zu reagieren, mache ich einfach weiter und halte den Blick starr auf meine Finger gerichtet.

»Ich helfe Ihnen.«

»Was?«

Plötzlich steht er hinter mir, groß, schlank und muskulös. Heiß. Mein Blick fliegt über den Spiegel zu seinem, während seine Arme mich umfangen und seine Hände sich auf meine Unterarme legen. Ich erstarre, atme ein. Rieche sein Eau de Cologne – moschusartig und doch frisch. Ein Hauch Oud vielleicht? Schwer zu sagen, aber der Duft ist so berauschend wie der Mann selbst.

Reglos schaue ich zu, wie seine Hände an meinen Unterarmen nach vorn gleiten, sich seine Finger zwischen meine schieben und er die Seife einmassiert. Mein Herz hämmert in meiner Brust, und das plötzliche Pulsieren zwischen meinen Beinen zwingt mich, die Oberschenkelmuskeln anzuspannen. *Oh ... mein ... Gott.* Sein Atem wird schwerer, er drängt sich an meinen Hintern. Dabei bleibt seine Miene ernst. Nur seine Lippen teilen sich, seine perfekten weißen Zähne graben sich in seine Unterlippe, und ich tue unwillkürlich dasselbe. Gütiger Himmel, er fühlt sich göttlich an. Seine Hände sind so talentiert, wie ich vermutet habe.

Gebannt schaue ich zu, wie er sich jedem meiner Finger einzeln widmet, mit seinem Mittelfinger durch die Zwischenräume reibt. Mein Blick springt zwischen seinen Augen und seinen Händen hin und her. Plötzlich bin ich nicht mehr in der Damentoilette, sondern irgendwo anders. An einem wundervollen Ort.

»Wie war die Ganzkörperpackung?«, fragt er so entspannt, als würde er mich nicht gerade mit seinen geschickten Händen verführen.

»Absolut traumhaft«, flüstere ich.

»Gut.« Er beugt sich zu mir und schnuppert an meinem Nacken. Mir ist, als müsste mein Körper in Rauch aufgehen, mein Kopf fällt ein wenig zurück. Was zum Teufel tue ich hier? »Sie hatten die ›Relax-und-lass-los‹-Packung. Ich rieche den Lavendel noch auf Ihrer Haut. Sind Sie relaxed?«

Ich schaffe es nicht, ein Stöhnen zu unterdrücken. »Ja.«

Seine Erektion drückt sich sanft an meinen Hintern. »Ich auch.«

»Oh Gott.« Wie in Trance spüre ich, wie das warme Wasser die Seife wegspült. Meine Nippel prickeln so heftig wie eigentlich jeder Quadratzentimeter meiner Haut.

»Oh Gott«, raunt auch er und knabbert an meinem Nacken. Ich bin hinüber, bin kurz davor, mich herumzuwerfen und ihn zu küssen, ihn mit Haut und Haaren zu verschlingen, ganz hemmungslos. Doch das Geräusch eines Papierhandtuchs, das aus dem Spender gerissen wird, holt mich zurück in die Realität. Er tupft mir das Wasser von den Händen. »So nass«, murmelt er.

Dann macht er einen Schritt von mir weg und ich muss mich wieder aus eigener Kraft aufrecht halten. Was gar nicht so einfach ist. Ein leichter Schweißfilm schimmert auf seiner Stirn, seine grünblauen Augen wirken verschleiert. »Gehen Sie jetzt mit mir essen?«

»Sie sind gekommen, um mich zum Dinner einzuladen?«

»Nein. Ich habe einen Termin bei meinem Anwalt. Die Kanzlei ist im dritten Stock. Hier auf Sie zu stoßen, war eine schöne Überraschung.« Er hebt die Brauen und ich bin endgültig zurück auf der Erde. In der Damentoilette mit einem Fremden. Wenn Hände Sex haben können, dann hatten unsere gerade welchen.

Innerlich lachend streiche ich über mein Haar. Als ich hier reingekommen bin, waren meine Wangen gerötet. Jetzt stehen sie wie der Rest von mir in Flammen.

»Also?«

Um Zeit zu gewinnen, ordne ich meinen Bun. Mein Blick trifft auf seinen. »Ich denke nicht.« *Gefährlich.* Unglaublich, was er gerade getan hat. Ich war Wachs in seinen Händen, so wie vermutlich sehr viele Frauen.

»Nicht mal nach dem besten Vorspiel Ihres Lebens?«

Ich lache. »Sie sind ganz schön von sich überzeugt.«

»Sagen Sie mir, dass das nicht das beste Vorspiel war, das Sie je hatten.«

Ich schnappe mir meinen Lunch, schaue ihm ins Gesicht und kämpfe mit aller Macht darum, meinen Körper und meine Stimme unter Kontrolle zu behalten. *Das war das beste Vorspiel, das ich je hatte!* »Es war nett, Sie wiederzusehen.«

»Nett?« Als ich an ihm vorbeigehe, greift er nach meinem Handgelenk und zwingt mich stehen zu bleiben. »Seien Sie doch nicht so steif.«

Ich lache und schaue an ihm hinunter. »Das sagen ausgerechnet Sie?«

Die Antwort scheint ihn zu belustigen. Sein schelmisches Grinsen ist zum Niederknien. »Sie *werden* mit mir essen gehen.«

»Sie sind nicht mein Typ.«

»Und wie ist Ihr Typ?«

»Auf jeden Fall etwas zurückhaltender.«

Er hebt scheinbar resignierend die Hände und weicht einen Schritt zurück. »Das Leben ist zu kurz für Katz-und-Maus-Spielchen, Amelia.«

»Ich spiele gar keine Spielchen.« Bevor ich mich um Kopf und Kragen rede, verlasse ich die Damentoilette und stakse mit weichen Knien zum Aufzug. Dabei hole ich mir mit zittrigen Fingern Abbies Nummer aufs Handydisplay und rufe sie an. Sie geht nicht ran, also versuche ich es noch mal. Wieder vergebens. *Komm schon, Abbie. Ich brauche dich!*

Ich schreibe ihr eine Textnachricht.

Geh ans Telefon! Los, mach!

Wieder wähle ich, und diesmal meldet sie sich flüsternd. »Was ist denn passiert? Ist alles in Ordnung?«

»Oh mein Gott, Abbie«, jammere ich und drücke auf den Rufknopf für den Aufzug. Dabei schaue ich über meine Schulter zur Damentoilette. »Er ist hier.«

»Was?«

»Der Mann von Arlington Hall. Ich habe mir gerade meinen Lunch geholt und plötzlich stand er hier in der Lobby. Er hat hier im Haus einen Termin bei seinem Anwalt.«

»Shit. Hast du mit ihm gesprochen?«

Ich lache. »Ich glaube, unsere Hände hatten gerade Sex.«

»Wovon zum Teufel redest du?«

»Ich bin in die Damentoilette geflüchtet und habe mich dort versteckt. Er ist mir gefolgt.«

»Weshalb hast du dich versteckt?« Noch bevor ich antworten kann, redet sie weiter. »Oh mein Gott, du magst ihn!«

»Ich kenne ihn doch gar nicht.« Nur meine Hände kennen jetzt seine. Wieder drücke ich auf den Rufknopf.

»Moment. Wir brauchen dringend einen Dreier.« Ein Knistern in der Leitung, Abbie ruft Charley an und holt sie dazu. »Amelias Hände hatten gerade Sex mit den Händen des unverschämt heißen Typs von unserem Wellnesstag.«

»Scheiße, wovon redest du?«, fragt Charley und entschuldigt sich dann sofort bei ihren Kindern, weil man so etwas nicht sagen darf.

»Er stand plötzlich hier bei meiner Arbeit in der Lobby«, bringe ich Charley auf den neuesten Stand. Dabei spähe ich über meine Schulter und erstarre. Ich klappe den Mund zu, denn da steht er und schaut zu, wie ich auf den Aufzugknopf einhämmere, während ich aufgeregt in mein Smartphone plappere. Lächelnd richtet er den Blick auf das Handy an meinem Ohr. Sicher ahnt er, dass ich einen Hilferuf an meine Freundinnen absetze. *Na prima.* »Jetzt schaut er mich an«, flüstere ich. »Ich schmelze, verdammt.«

Meine Freundinnen lachen, die Aufzugtür geht auf. Ich stürze in die Kabine und kann endlich wieder atmen.

»Erzähl mir von dem Handsex«, verlangt Charley. Im Hintergrund höre ich Geklapper und Getöse. »Wie muss ich mir das vorstellen?«

»Er ist mir in die Damentoilette gefolgt und hat mir geholfen, meine Hände zu waschen. Ich glaube, ich habe gestöhnt. Nein, ich weiß, ich habe gestöhnt. Er hat seinen Ständer an meinen

…« Ich breche ab, denn er steht an der Aufzugtür und hindert sie daran, sich zu schließen. »Ich muss Schluss machen«, flüstere ich, und schon ist er bei mir.

»Amelia! Nein!«, ruft Abbie, als ich das Telefon vom Ohr nehme. »Was war mit seinem Ständer?«

Die Tür schließt sich. »Ich will alles über den Handsex hören!«, beharrt Charley.

Hastig beende ich mit dem roten Icon den Anruf, bringe damit meine Freundinnen zum Verstummen und habe das Gefühl, gleich sterben zu müssen. Er ist mir so nahe. Deshalb rücke ich einen Schritt von ihm ab, starre nach Luft ringend auf die verspiegelten Türen und fixiere dann seine edlen braunen Schuhe und die perfekt sitzende Anzughose. Doch wie von selbst wandert mein Blick an seinen Beinen nach oben.

»Immer noch steif«, murmelt er.

»Gütiger Himmel.« Ich lache. »Und jetzt verfolgen Sie mich in den Aufzug?«

Er beugt sich an mir vorbei, streift dabei mit dem Arm meine Brust und hält inne. »Offenbar bin ich hier nicht der Einzige, bei dem etwas steif ist.«

Ich presse die Lippen zusammen und versuche, meinen Nippeln zu befehlen, sich flach zu legen, während er auf den Knopf für den dritten Stock drückt. Frans Franklin & Co Anwaltskanzlei. Okay, er ist also tatsächlich geschäftlich hier. Dieses Wiedersehen ist ein Zufall, einfach nur ein Zufall.

Der Aufzug setzt sich in Bewegung, er stellt sich neben mich und verschränkt die Hände. Diese verdammten Hände. Mein Smartphone klingelt. Abbie. Ich drücke den Anruf weg. Dann Charley. Auch ihren Anruf nehme ich nicht an. Stattdessen beobachte ich den Gott aus den Augenwinkeln und schaue schnell beiseite, als er mich dabei ertappt.

Der Aufzug hält an, die Tür geht auf und er verlässt die Kabine. Endlich kann ich wieder atmen, zumindest ein bisschen. Er schaut mich an, seine Lider sind schwer.

»Meine Hände möchten gern noch mal Sex mit Ihren haben.« Er legt den Kopf schief, die Tür geht zu.

»Heilige Scheiße.« Ich lasse mich mit dem Rücken gegen die Wand fallen, fächele mir mit der Salatpackung Luft zu und versuche, meinen Körper unter Kontrolle zu bekommen, bevor er in Flammen aufgeht. Dann muss ich lachen. Oje! »Heilige Scheiße.«

Bis ich mich wieder halbwegs gefangen habe, haben die Mädels mich noch fünf weitere Male angerufen und ich bin zurück auf meinem Stockwerk. Allerdings viel später als geplant. Ich muss mich auf das Gespräch mit meinem Klienten vorbereiten. Deshalb schreibe ich den beiden nur kurz, dass wir uns nach der Arbeit beim Training sehen, und ignoriere ihren Protest. Charley schreibt zurück, sie komme auch, und ich muss grinsen. Offenbar ist meine heutige Begegnung mit dem gut aussehenden Prachtstück aus Arlington Hall für sie Grund genug, um das Spieldate ihrer Kinder abzusagen, sie länger in der Krippe zu lassen und den eigenen Hintern ins Fitnessstudio zu bewegen.

Als ich noch immer ziemlich erhitzt in mein Büro eile, finde ich dort Gary. »Hey.« Ich stelle meinen Lunch auf den Schreibtisch. »Wie war das Meeting mit den Partnern?«

»Der verkrampfte Uriel ist immer noch verkrampft und Sue so furchterregend wie immer.« Er legt eine Akte auf meinen Tisch. »Sehen Sie sich die neuen kurzfristigen Anlagemodelle von Hello World an. Die könnten Ihnen gefallen.«

»Danke.« Ich lasse mich in meinen Sessel fallen und ziehe den Salat zu mir. Doch mein Appetit ist weg, mein Magen verknotet. Naserümpfend schiebe ich den Salat beiseite.

»Die Konferenz nächste Woche«, fährt Gary fort.

»Ja?«

»Sie findet nicht wie üblich im Hilton statt.«

»Ach? Was ist passiert?«

»Im Hilton gab es wohl eine versehentliche Doppelbuchung. Zum Glück hat sich bereits eine Alternative gefunden.«

»Wo denn?«

»Arlington Hall«, antwortet er lächelnd. *Wie bitte?* »In Oxfordshire. Unglaublich vornehm. Hat nur die allerbesten Bewertungen.«

Gary geht und ich starre ihm mit offenem Mund hinterher.

Arlington Hall. Was zum …?

# Kapitel 7

Als Abbie und Charley im Studio zu mir stoßen und mich dankenswerterweise von meiner prickelnden Begegnung mit dem Adonis ablenken, habe ich schon drei Meilen auf dem Laufband hinter mir. Nach der Mittagspause war ich bei der Arbeit furchtbar unkonzentriert – was bei mir sonst eigentlich nie vorkommt. Die beiden Telefonate mit meinen Klienten am Nachmittag müssen ein ziemlich wirres Gestammel gewesen sein, bei dem ich verzweifelt versucht habe, mich an die Empfehlungen zu erinnern, die ich ihnen geben wollte. Beide haben nach diesen ungewohnt chaotischen Besprechungen ziemlich beunruhigt gewirkt. Besten Dank auch …

*Wie zum Teufel heißt er eigentlich?*

Abbie steigt auf das Laufband rechts von mir, Charley nimmt das zu meiner Linken. Normalerweise laufen wir in einer anderen Formation. Ich immer ganz rechts, Charley ganz links und Abbie in der Mitte – gestaffelt nach Alter, von der Ältesten zur Jüngsten. Das bin ich. Jetzt nehmen mich die beiden in die Zange, und während sie noch ihr Tempo suchen, spüre ich ihre Blicke.

»Rede«, befiehlt Charley und bindet sich beim Joggen die wilden Locken zusammen.

»Na los!«, bekräftigt Abbie. Sie zieht ihren Sport-BH zurecht, damit ihre üppigen Brüste den nötigen Halt haben.

Ich blase die Backen auf und merke, wie mir der Schweiß ausbricht. »Er will immer noch ein Dinnerdate.«

»Und diesmal hast du Ja gesagt«, fleht Abbie geradezu. Mein schiefes Lächeln gibt ihr die Antwort, die sie nicht hören will.

»Nein, das wäre dumm gewesen«, hält Charley dagegen, und ich drehe mich zu ihr. Glücklich, sie auf meiner Seite zu haben, lächle ich sie an.

»Hey, sie hatte schon Handsex mit ihm«, lacht Abbie. Mein Blick fliegt wieder zu ihr. »Was bedeutet da schon ein harmloses Abendessen?«

Ich verdrehe die Augen.

»Erklär mir das mit dem Handsex.« Charley dreht die erhobenen Hände hin und her.

»Es war mehr eine Art Massage«, antworte ich und atme dabei gleich etwas kürzer als die beiden. Eine sehr sinnliche Massage. »Weil ich irgendwas tun musste, habe ich mir die Hände eingeseift.«

»Weil du ihm sonst die Kleider vom Leib gerissen hättest?« Abbie gluckst.

»Ja«, gebe ich atemlos zu. »Ist euch aufgefallen, wie attraktiv er ist?«

»Na hör mal! Genau deshalb frage ich mich ja, weshalb du nicht einfach mit ihm essen gehst.«

»Weil sie klug ist«, antwortet Charley an meiner Stelle.

»Ich bin klug«, bestätige ich. Nur, warum habe ich ihm dann erlaubt, mich in der Damentoilette praktisch zu verführen? Ich schürze die Lippen. Ich darf nicht so streng mit mir sein. Was dieser Mann mit seinen Händen tun kann!

»Nein. Du bist blöd wie ein Kastenbrot«, widerspricht Abbie. »Du bist Single. Frei! Lass dich zum Essen einladen.«

»Für mich klingt es, als würde er mehr wollen als Wein und einen vollen Teller«, gibt Charley zu bedenken.

Mein Kopf dreht sich zu ihr.

»Ein bisschen Körperkontakt nach dem Essen schadet nichts«, beharrt Abbie.

Ich schaue sie an.

»Wirklich nicht?«

Zurück zu Charley.

»Definitiv nicht.« Abbie grinst. »Wie langweilig es im Bett mit Nick war, will ich mir gar nicht vorstellen.«

Ich lege die Stirn in Falten und drehe mich wieder zu Abbie. »So übel war es gar nicht.« Oder?

»Aber so gut auch wieder nicht.«

»Woher willst du das wissen? Wie es mit Nick im Bett gelaufen ist, habe ich euch nie erzählt.«

»Richtig. Aber nach ein bisschen Handsex mit dem mysteriösen heißen Gott konntest du mich gar nicht schnell genug ans Telefon kriegen.«

Ein wohliger Schauer mischt sich mit Schuldgefühlen. Das stimmt. Sex mit Nick war tatsächlich so vorhersehbar und langweilig wie die vorgestrige Einstellung meines Vaters.

»Hat Nick dich zum Kommen gebracht, wenn er in dir war?«, fragt sie.

»Abbie!«, japse ich.

»Das ist wirklich sehr direkt!«, schimpft Charley, die jetzt auch ein bisschen kurzatmig wird.

»Wie sieht es bei dir aus?« Abbie lässt sich nicht beirren. »Kennt Lloyd die magischen Moves?«

Charley hebt das Kinn. »Was verheiratete Paare im Schlafzimmer tun, ist privat.«

»Bullshit.« Abbie schnaubt und lacht. »Bei der zweiten Flasche Wein an meinem Dreißigsten hast du mir erzählt, dass Lloyd gern deine Perle poliert, während du ihm einen Finger in den …«

Ich pruste so heftig los, dass ich beinahe vom Laufband falle. »Charley!« Ich schaue sie mit großen Augen an und balanciere mich mühsam aus. Ihr knallrotes Gesicht – und die Röte kommt nicht vom Laufen – verrät mir, dass sie das tatsächlich gesagt hat. »Wie kriegt man das überhaupt hin?«

»Sixty-nine«, knurrt sie.

»Nie wieder teile ich mir mit dir eine Tüte Chips.«

»Ich wasche mir die Hände, verdammt noch mal.«

»Apropos Hände!«, singt Abbie. »Hättest du kommen können?«

Mein Kopf schwingt so rasch zwischen den beiden hin und her, dass mir ein Schleudertrauma droht. »Ich glaube schon«, gebe ich zu und durchlebe noch einmal diese unfassbaren Momente. »Ich war wie eine Marionette und er hatte die Fäden in der Hand.«

»Klingt reizvoll«, stellt Abbie fest.

»Und gefährlich«, hält Charley dagegen. »Pass auf, dass du dich nicht verlierst. Schließlich hast du dich von Nick getrennt, weil du du selbst bleiben willst.«

»Du bist die Stimme der Vernunft.« Ich tätschle ihren Arm. »Danke.«

»Immer wieder gern.«

Abbie streckt Charley die Zunge heraus.

»Wann machen wir den nächsten Mädelsabend?«, fragt Charley.

»Noch keine Abbuchung vom Amazonico?«, frage ich, und beide schütteln die Köpfe.

»Die sagen doch, wir haben bezahlt. Also können wir wieder hin, oder?«, fragt Charley.

»Ich denke schon.«

»Also wann?«

»Für uns ist es einfacher«, erinnere ich unsere liebe Freundin und zweifache Mutter. »Also mach einen Vorschlag.«

»Nicht am Samstag«, sagt Abbie. »Da stehe ich den ganzen Morgen im Laden und nachmittags bin ich mit dem Blumenschmuck auf einer Hochzeit beschäftigt.«

»Am Sonntag auch nicht. Ich habe Mum versprochen, mit meinem Vater Frieden zu schließen. Vielleicht am Freitag?«

»Lasst mich den Boss fragen«, sagt Charley.

»Wer bei den Chaytors der Boss ist, ist doch klar.« Abbie lacht.

»Glaubt ihr, es gibt noch mal einen Schnäppchentag in Arlington Hall?«, fragt Charley. »Die Auszeit zu dritt war so schön.«

»Zu dritt und mit dem Gott.«

Ich unterdrücke ein Lächeln. »Nächste Woche habe ich dort eine Konferenz.«

»In Arlington Hall?« Abbie drückt den Pausenknopf ihres Laufbands und schnappt sich ihre Wasserflasche.

»Ja. Eigentlich hätte die Konferenz im Hilton stattfinden sollen, aber dort gab es versehentlich eine Doppelbelegung.«

»Und jetzt scheucht deine Firma euch alle nach Oxfordshire?«

»Jap.«

»Ohh. Nimm deinen Bikini mit. Vielleicht kannst du dich ja zwischendurch in die Dampfsauna schleichen und dort noch mal mit dem Gott schwitzen.«

»Wie stehen die Chancen, ihn dort wiederzusehen?«, fragt Charley.

Die Vorstellung ist irritierend aufregend. Ja, wie stehen die Chancen? Immerhin sind wir uns jetzt schon zweimal begegnet, in Oxfordshire und in London. Und auch die Chance, uns an zwei aufeinanderfolgenden Tagen an zwei verschiedenen Orten zufällig über den Weg zu laufen, war verschwindend gering.

# Kapitel 8

Weil Charley leider völlig vergessen hat, dass Lloyd an diesem Freitag mit seinen Jungs unterwegs ist – ein Termin, der schon lange feststand –, gehen wir Mädels nicht gemeinsam essen. Stattdessen fallen Abbie und ich im Chaytor-Haushalt ein, mit Wein und Knabberzeug für uns Große und Marshmallows für die Kleinen.

»Du lieber Himmel, bitte nicht zu viele künstliche Konservierungsstoffe um diese Uhrzeit«, stöhnt Charley, während sie die Chips in eine Schale schüttet und ich Elijah mit dem Rascheln der Tüte voller schwammig weichem Zuckerschaum zu mir locke. »Sie sind schon aufgedreht genug.«

»Schau mal, was Tante Amelia hier hat«, säusle ich und sehe lächelnd zu, wie er mit seinen nackten Patschfüßchen über die Holzdielen des Küchenbodens saust. Ich schnappe ihn, schwinge ihn hoch und nehme ein Marshmallow zwischen die Zähne. Er stibitzt es sich kichernd und ich kaue den kleinen Rest. »Sag Danke!« Er drückt mir einen feuchten Kuss auf die Wange. »Mach den Wein auf«, sage ich zu Abbie, die gerade Ena in den Hochstuhl setzt und anschnallt.

»Wann gehen die kleinen Krabben denn schlafen?«, fragt sie.

»Wenn ihr sie mit Zuckerbomben füttert, in etwa sechs Stunden.«

Erschrocken reiße ich Elijah die Süßigkeit aus der Hand, Abbie nimmt mir die Tüte ab, lässt den Tretmülleimer aufschnappen und wirft sie hinein. »Gibts hier irgendwo Schlaftabletten?«

Lachend setze ich mich mit Elijah auf dem Schoß an die Kücheninsel und Charley schiebt ein volles Weinglas vor mich. »Danke.«

»Bist du froh, dass Wochenende ist?«, fragt sie.

»Oh ja.«

»Warum denn?« Sie gibt Ena ihre Tommee Tippee Babytasse. »An den Wochenenden arbeitest du doch auch immer.«

»An diesem Wochenende auf jeden Fall«, stöhne ich. »Wegen des freien Tags an meinem Geburtstag ist einiges liegen geblieben.« Und natürlich auch wegen meiner bewegten Tagträume. *Sie werden mit mir essen gehen.* Nur wenn ich es wirklich will. Dabei bin ich mir fast sicher, dass er mich all meiner Zögerlichkeit zum Trotz überreden könnte. »Ich …« Auf der Kücheninsel vibriert mein Smartphone über die Marmorplatte.

»Wag es ja nicht ranzugehen«, warnt Abbie und zieht es aus meiner Reichweite.

»Hey, das könnte ein Klient sein.«

»Ja, genau, und es ist Freitagabend.« Sie wirft einen Blick aufs Display.

»Wer ist es?«

»Kein Name«, sagt sie, und ich bin beruhigt. Meine Klienten habe ich allesamt abgespeichert. »Vermutlich bloß so ein lästiger Werbeanruf.« Sie nimmt den Anruf an und schaltet den Lautsprecher ein. »Hi, das ist Amelias Anschluss. Sie kann Ihren Anruf gerade nicht entgegennehmen, weil sie von heißem

Handsex mit einem Wildfremden träumt. Bitte hinterlassen Sie eine Nachricht. Sobald sie gekommen ist, ruft sie zurück.«

Charley erstickt fast an ihren Kartoffelchips, während ich nur fassungslos den Kopf schütteln kann.

»Sie muss gar nicht träumen«, antwortet eine tiefe sexy männliche Stimme ganz ernst. »Ihre Hände würde ich mit dem größten Vergnügen noch mal vögeln, und auch andere Körperteile, wenn sie das will.«

Kartoffelchipskrümel schießen in einem Hustenanfall aus Charleys Mund und ich lasse beinahe ihr älteres Kind fallen. Abbie wirft mein Telefon auf die Kücheninsel, als stünde es in Flammen, und starrt mich mit großen Augen ungläubig an.

»Nein«, flüstere ich wie erstarrt. Verlegen und völlig durcheinander fixiere ich das Handy, auf dem der Anruf noch auf mich wartet.

Elijah hopst auf meinem Schoß auf und ab. »Klingeling!«, freut er sich. »Hi, hi!«

Charley hechtet regelrecht auf die Kücheninsel, um mit dem Mund möglichst nahe an das Telefon zu kommen. »Es sind Kinder im Raum!«

Mit Elijah auf dem Arm rapple ich mich hoch und drücke den Anruf weg. »Oh mein Gott«, schnaufe ich, meine Freundinnen starren mich mit offenem Mund an.

»Du musst unbedingt mit ihm essen gehen«, drängt Abbie. »Für diesen erotischen Showdown lebe ich ab jetzt.«

»Nein«, blafft Charley. »Er will ganz eindeutig nur das Eine.«

»Und was ist daran verkehrt?«, erwidert Abbie. »Sie ist frei. Soll sie etwa leben wie eine Nonne, bis eines Tages vielleicht der Mann für immer auftaucht?«

Guter Einwand, finde ich. Dieser Mann ist nicht der Typ für ein Für-immer. Und weil ich im Moment gar nicht auf der Suche nach so jemandem bin, ist er eine gute Wahl. Eine sichere Wahl.

Oder etwa nicht?

Charley lacht sarkastisch auf. »Von einer Frau, die jeden anderen mit einem One-Night-Stand in Frankreich vergleicht, mit einem Mann, der ihr nicht mal seinen Namen verraten hat, würde ich mir keine Beziehungstipps geben lassen.«

»Er kannte meinen Namen auch nicht«, protestiert Abbie. »Das war eine stillschweigende Übereinkunft.«

»So was ist nicht gesund.«

»Tut mir leid, aber nicht bei jedem läuft es so perfekt wie bei dir.« Abbie schenkt sich Wein nach. »Vögle den Gott, Amelia«, blafft sie. »Das ist ein Befehl.«

»Um Himmels willen.« Charley hält Ena die Ohren zu und nickt mich auffordernd an. Offenbar soll ich auch ihrem Sohn die Ohren zuhalten. Ich zucke die Achseln. In der einen Hand habe ich das Weinglas, mit der anderen muss ich den Kleinen auf meinem Schoß festhalten.

»Ich …« Wie von fern höre ich eine männliche Stimme und lege die Stirn in Falten. »Hört ihr das?« Alle sind still und lauschen. »Da. Da ist es wieder.« Ich folge dem Klang der Stimme.

Und lande bei Elijahs Fingern.

Er hält mein Smartphone in seinen Patschhändchen.

Das Display leuchtet.

*Oh mein Gott, er hat ihn zurückgerufen!*

Ich springe auf, übergebe Elijah an Abbie und nehme dem Kleinen das Telefon weg. Sofort fängt er an zu brüllen. »Shit. Tut mir leid«, sage ich zu Charley. Beklommen starre ich die Nummer auf dem Display an.

»Rede mit ihm«, zischt Abbie und wedelt mit der Hand.

Ich seufze resigniert. Kann es noch peinlicher werden? Mit meinem Weinglas und dem Smartphone verlasse ich die Küche. »Hi.«

»War das deine Freundin?«

»Von wem genau sprichst du?« Ein Blick über die Schulter zeigt mir, dass Abbie mir mit gespitzten Ohren hinterherschleicht. Weit kommt sie nicht, dann schleift Charley sie zurück in die Küche und drückt sie an der Kücheninsel auf einen Hocker. Ich gehe ins Wohnzimmer, schiebe ein paar Spielsachen vom Sofa und setze mich.

»Von der lauten Person.«

»Das war Elijah.«

»Dein Freund?«

Ich verdrehe die Augen und versuche, nicht zu lächeln. »Das war Charleys Ältester. Noch fast ein Baby.«

»Und Charley ist?«

»Eine meiner besten Freundinnen.«

»War sie auch mit im Hotel?«

»Ja. Verheiratet, Kinder, Haus.«

»Klingt grauenhaft.«

Ich verliere den Kampf gegen mein Lächeln und es wird immer breiter. »Erst verfolgen Sie mich, jetzt rufen Sie mich an. Woher haben Sie meine Nummer?«

»Von den Formularen, die Sie an Ihrem Wellnesstag ausgefüllt haben.«

»Und wie haben Sie die in die Finger gekriegt?«

»Ich kenne Anouska.«

Darauf würde ich wetten, und Details will ich lieber nicht wissen. »Das sind vertrauliche Informationen.«

»Ich habe ihr gesagt, es sei ein Notfall.«

»Und wie muss ich mir diesen Notfall vorstellen?« Ich trinke einen Schluck Wein.

»Eine schmerzhafte Dauererektion.«

Ich huste, warte auf ein Lachen von ihm. Doch er lacht nicht. »Hören Sie …«

»Oje«, schnaubt er. »Ich glaube, jetzt kriege ich Ärger.«

»Ich fühle mich geschmeichelt, aber ich nehme gerade eine Auszeit von Männern.«

»Warum?«

»Die Einzelheiten müssen Sie nicht kennen.«

»Stimmt, aber ich möchte sie trotzdem gern hören.«

*Nimm den Sex.*

Das ist dünnes Eis. »Ich mache gerade eine Trennungsdiät. Wein und Arbeit und sonst nichts.«

»Klingt ziemlich langweilig. Wo bleibt da die Abenteuerlust?«

»Sie schlagen ein Abenteuer vor?« Eigentlich sollte das nicht nach einem Flirtversuch klingen, tut es aber trotzdem.

»Ach, Amelia. Das und noch viel mehr.«

»Warum?«

Einen Moment lang schweigt er, und ich frage mich, was er denkt. Was er jetzt sagen wird. »Alle reden davon, dass es so etwas gibt wie die perfekte Chemie von der ersten Sekunde an. Mir ist so was noch nie passiert.« Seine Stimme ist leiser geworden, ich habe mein Glas auf mein Knie gestützt und starre auf den schwarzen Fernsehmonitor. »Außer mit Ihnen.«

Ich beiße mir auf die Unterlippe. Das klingt faszinierend, *zu* faszinierend. Er ist eine ganz bestimmte Sorte Mann, und damit meine ich nicht sein Aussehen, obwohl es nicht von dieser Welt ist. Ich meine seine Aura. Diese Aura sagt »Playboy« und sein Verhalten verstärkt diesen Eindruck noch. Sex mit ihm ist vermutlich ein unvergessliches Erlebnis. Vielleicht möchte ich danach sogar mehr. Dabei bin ich schon jetzt auf ungute Weise fast süchtig nach seiner Hartnäckigkeit.

Und nach seinen Händen.

»Nehmen Sie meine Einladung zum Dinner an«, verlangt er leise.

Ich darf nicht schwach werden. Muss der Versuchung widerstehen. Ich will Partnerin in meiner Firma werden, nicht um meinem Dad oder dem Unternehmen etwas zu beweisen, sondern um mir zu zeigen, dass ich das kann. Ich muss meinen Plan weiterverfolgen, muss fokussiert bleiben. Schließlich will ich mich nicht selbst enttäuschen. Mit seinem Dirty Talk und dem Handsex hat er mich schon viel zu sehr abgelenkt. Um wie viel größer diese Ablenkung noch werden könnte, wenn ich nachgeben würde, will ich gar nicht wissen. »Ich muss leider höflich ablehnen.«

»Eine höfliche Ablehnung akzeptiere ich nicht.«

»Dann muss ich wohl weniger höflich sein.« Ich stehe auf. »Verpissen Sie sich.«

Er lacht, und allein das Geräusch bewirkt, dass ich mich wieder setze. »Eines sollten Sie über mich wissen, Amelia: Ich liebe Herausforderungen.«

»Ich denke, was ich über Sie wissen sollte, ist Ihr Name.«

»Wozu, wenn Sie nicht mit mir essen gehen wollen?«

»Es ist einfach unfair, denn Sie wissen offenbar ziemlich viel über mich.«

»Wie zum Beispiel, dass Sie allergisch gegen Nüsse sind?«

»Sie haben die Formulare wirklich sehr genau gelesen.« Ich überlege, welche Fragen noch auf dem Vordruck standen.

»Besonders hat mir Ihre Antwort auf die Frage nach einer möglichen Schwangerschaft gefallen.«

Einen Moment lang muss ich grübeln. Was habe ich geschrieben?

»Nein, verdammt! Und schon gar nicht jetzt!«, sagt er, und ich höre das Lächeln in seinen Worten. »Sogar auf einem Formular können Sie starrköpfig sein.«

Starrköpfig. Ich spüre die Anziehung, aber ich will das nicht. Ich will beruflich weiterkommen. »Vielleicht suchen Sie sich dann besser eine Frau, die es ein bisschen lockerer nimmt«, sage ich und lege auf.

Seltsamerweise fühlt sich das nicht gut an. Ihm die kalte Schulter zeigen, ist das eine. Aber ich bringe mich damit um eine Erfahrung, die verdammt einzigartig sein könnte. Allerdings bin ich skeptisch und denke, es ist gut so. Ich starre auf das dunkle Handydisplay und beiße mir auf die Unterlippe.

Jetzt ist es sowieso zu spät.

Ich stehe auf, atme tief durch und gehe zurück in die Küche. Die Mädels blicken auf, ich schüttle den Kopf.

Abbie seufzt.

Charley lächelt sanft.

# Kapitel 9

Nachdem ich mir am nächsten Morgen im Studio den Hintern abgeschwitzt habe, um die Anspannung loszuwerden und meine wanderlustigen Gedanken in den Griff zu bekommen, gehe ich durch die automatische Tür von M&S, schnappe mir einen Korb und rufe auf dem Weg zum Obst Abbie an. »Ich bin bei M&S«, sage ich und werfe eine Packung Mangoscheiben in den Korb. »Was möchtest du zum Abendessen?«

»Such dir was aus.«

»Ist viel los bei dir?«

»Die Hölle! Ist plötzlich wieder Valentinstag? Ich glaube, jeder einzelne Mann hier im Land hat heute Blumen für die Frau in seinem Leben gekauft, dabei haben wir noch nicht mal zehn Uhr. Oder ist vielleicht Vollmond?«

Ich nehme lachend eine Flasche Wein aus dem Kühlregal. »Du meinst ein Vollmond, der die Frauen verrückt macht, und die Männer glauben dann, sie seien schuld?«

»So in der Art.«

»Ich bringe Hähnchenbrust mit.« Ich lege eine Packung davon zu den anderen Einkäufen. »Für Hähnchen Kiew. Was meinst du?«

»Oh ja, und dazu diese leckeren käsetriefenden Kartoffeldinger. Und bring noch zusätzlichen Käse mit. Ich bin in Kitsch-und-Käse-Laune.«

Lächelnd gehe ich zu den Milchprodukten und packe verschiedene Käsesorten in den Korb. »Bei dem Essen hätte ich mir das Training heute Morgen sparen können.«

»Wer geht denn auch samstagmorgens um acht ins Studio?«

»Ich.« Ich schürze die Lippen. »Das macht mich fit für den Tag.« Im Vorbeigehen nehme ich ein Baguette aus einem Korb in der Backabteilung. »Dann heute Abend also Käse und ein Mädelsfilm?«

»Klingt wunderbar. Wein musst du nicht mitbringen. Ich habe noch fast die ganze Kiste von dem leckeren französischen. Hey, ich muss Schluss machen. Grade kommen schon wieder zwei Kerle rein.« Abbie legt auf, ich stecke das Handy in die Sporttasche und schiebe sie höher auf meine Schulter. Auf dem Weg zur Kasse werfe ich noch ein paar süße Snacks in den Korb. Schließlich müssen wir den Käse irgendwie wieder ausgleichen.

Mit meinen Einkäufen schlendere ich durch den Park zu Abbies Wohnung und genieße die Vorfrühlingskühle auf meiner klammen, noch trainingsfeuchten Haut. In der Wohnung werfe ich die Sportschuhe ab und lege den Einkauf auf die Küchentheke. »Alexa, spiel meine Lieblingsmusik«, sage ich und packe das Obst und den Naturjoghurt aus. Lächelnd höre ich die ersten Takte von Blondies »Heart of Glass« aus allen Lautsprechern in Abbies Wohnung plätschern. »Alexa, lauter!« Ich ziehe mein Sweatshirt aus und werfe es über einen Stuhl. Dann fülle ich Obst und Joghurt in eine Schale, verstaue tanzend und singend die Lebensmittel und lasse mich dann zum Frühstück nieder. Ich öffne den Laptop und überfliege beim Essen die neuesten Meldungen, immer auf der Suche nach Nachrichten zum Thema Galactia. Nichts. Nur jede Menge Spekulationen, diverse Theorien, aber keine echten

Anhaltspunkte, dass die Firma demnächst einen großen Coup landet. Ich ziehe einen Schmollmund, nehme einen Löffel Joghurt und lehne mich zurück. »Jetzt macht schon. Findet das Öl«, flüstere ich dem Bildschirm zu und sende positive Gedankenwellen ins Universum.

In Blondies Gesang mischt sich das Klingeln meines Smartphones. Ich springe auf und laufe zu meiner Sporttasche. »Hey«, schnaufe ich. Es ist Abbie. Auf dem Weg zurück in die Küche höre ich sie etwas sagen, kann sie aber beim besten Willen nicht verstehen. »Moment!«, rufe ich und sage Alexa, sie soll die Musik leiser drehen.

»Kleine Privatparty?«, fragt Abbie.

»Jap, zum Frühstück darfs heute ein bisschen wilder sein.« Ich ziehe das Band von meinem Pferdeschwanz und schüttle mein Haar.

»Das habe ich schon mitbekommen. Mrs Hobbs hat mich gerade angerufen.«

»Wer ist Mrs Hobbs?«

»Die liebe alte Dame von oben. Sie hat an die Tür geklopft, aber du hast sie wohl nicht gehört.«

Ich verziehe das Gesicht. »Shit. Sorry.« Ich haste zur Tür, mache sie auf, sehe aber bloß einen leeren Flur. »Vielleicht kannst du ihr ein paar Blumen mitbringen.«

»Brav sein, solange Mami bei der Arbeit ist, okay?« Sie legt auf und ich entdecke mehrere verpasste Anrufe auf meinem Display. Fünf, um genau zu sein, und sie sind nicht von Abbie. Beim Anblick der bekannten unbekannten Nummer beschleunigt sich mein Herzschlag. Das war *er*. Ich gehe zurück zum Tisch und sinke auf den Stuhl, dabei klingelt das Telefon in meiner Hand.

»Shit.« Ich zucke zusammen, lege das Handy weg und befördere es mit einem Schubs bis ans Ende des Tischs. So als wäre die Gefahr, dass ich schwach werde und rangehe, geringer, je weiter es von mir entfernt ist. Aber es klingelt. Und klingelt. Und klingelt.

*Duschen!*

Ich lasse das Handy auf dem Tisch liegen und stelle mich unter die Dusche. Energisch massiere ich Shampoo in mein Haar, während ich mich in Gedanken ermahne, der Versuchung zu widerstehen. Der Gefahr aus dem Weg zu gehen. Auf die Stimme der Vernunft zu hören.

In ein Badetuch gewickelt gehe ich zurück in die Küche und habe schon wieder vier verpasste Anrufe. »Du lieber Himmel, lass es doch einfach!«, schimpfe ich und lösche sie vom Display.

Doch das Handy klingelt schon wieder. Diesmal erstarre ich und ein Kribbeln durchläuft mich. Wie verrückt ist das denn? »Hallo?«, antworte ich barsch, höre aber, wie atemlos ich klinge, und spüre, wie mich ein Schauer überläuft. Keine Ahnung, wie dieser Kerl das macht, aber er bringt mich um den Verstand.

»Spielen Sie immer dieses Ich-bin-schwer-zu-kriegen-Spielchen?« Seine männlich harte und zugleich seidige Stimme macht alles noch schlimmer. Plötzlich kann ich ihn sogar riechen.

»Ich spiele gar nichts«, versichere ich ihm.

»Ah. Und was tun Sie so an diesem schönen Samstagmorgen?«

»Ich war im Studio.« Machen wir jetzt Small Talk? »Und bei M&S.« Ich runzele über mich selbst die Stirn. »Und Sie?«

»Ich war auch im Studio.«

Ich halte den Atem an. »In welchem?«

»Nicht in Ihrem«, versichert er mir und ich atme aus. »Das wäre doch ziemlich seltsam, oder?« Dazu kann ich nur schnauben. Und das hier ist etwa nicht seltsam? »Dann also heute Abend«, fährt er fort. »Da gehen Sie mit mir essen.«

»Das klingt nicht wie eine Frage.«

»Sollte es auch nicht.«

Die Falten auf meiner Stirn werden tiefer, meine Gedanken drehen sich im Kreis und ich setze mich. *Es ist bloß ein Essen.* Aber wie er das angeht, seine unfassbare Hartnäckigkeit, sagt etwas anderes. Er will nicht nur ein Dinner. Frustriert knurre ich: »Ich möchte nicht mit Ihnen essen.«

»Wir können das Essen auch überspringen.«

Einen Moment lang bleibt mir der Mund offen stehen. Wie jemand so verbissen sein kann und so krass, will mir nicht in den Kopf. »Hören Sie.« Ich stehe auf. »In meinem Leben sind im Moment andere Dinge wichtig.«

»So wichtig, dass Vögeln ausgeschlossen ist?«

»Haben Sie das jetzt wirklich gesagt?«

»Oh ja, Baby, habe ich. Und Sie werden nachgeben.«

Obwohl er mich nicht sehen kann, schicke ich ihm einen düsteren Blick. Seine unverschämte Selbstsicherheit ärgert mich. Genau wie die Tatsache, dass er recht haben könnte. Er sieht aus wie eine Erfahrung, die sich keine Frau entgehen lassen sollte. *Heilige Scheiße.* »Ich lege jetzt auf«, sage ich und bin erbost über meine zittrige Stimme.

»Wo sind Sie gerade?« Er lässt sich nicht beirren.

»Was?«

»Wo sind Sie?«

Ich schüttle irritiert den Kopf. »In der Küche meiner Freundin.«

»In der Küche Ihrer Freundin?«

»Ich wohne bei ihr, bis ich selbst etwas finde.«

»Ah ja, richtig. Weil Sie sich kürzlich von jemandem getrennt haben.«

»Ja.«

»Sitzen Sie?«

»Nein.«

»Sollten Sie aber.«

»Warum?«

»Setzen Sie sich, Amelia«, befiehlt er. »Jetzt.« Mechanisch lasse ich mich nieder. »Schalten Sie den Lautsprecher ein.« Jetzt flüstert er beinahe. »Und legen Sie das Telefon auf den Tisch.«

»Was zum Teufel …«

»Tun Sie es einfach.«

»Nein«, blaffe ich. »Warum sollte ich?«

»Trauen Sie sich selbst nicht?«

Ich knirsche mit den Zähnen, aber die Neugier siegt. »Natürlich traue ich mir.«

»Dann tun Sie es.«

Mit einem Seufzen, das er ruhig hören darf, befolge ich seine Anweisung.

»Legen Sie die Hände auf Ihre Oberschenkel.«

Ich beiße mir auf die Lippen. Seine Stimme hat eine Wirkung auf mich, die eine Stimme allein gar nicht haben sollte. Ich schlucke und lege meine Hände auf meine Schenkel. Meine Haut wird heiß, meine Muskeln spannen sich an. Ich weiß, was passiert, aber kann ich es aufhalten?

»Lassen Sie sie da liegen«, sagt er. »Und hören Sie mir zu. Hören Sie mich?«

Ich schlucke mühsam. »Ich höre«, flüstere ich und mich überläuft ein Zittern.

»Die Hände nicht bewegen.«

Ich schließe die Augen und überlasse mich ganz seiner Stimme.

»Denken Sie daran, wie meine Finger sich zwischen Ihre gedrängt haben, Amelia. Das hat Ihnen gefallen, oder? Wie meine großen, geschickten, schlüpfrigen Hände Ihre gerieben haben.«

*Ja, verdammt.* Aber ich presse die Lippen fest zusammen.

»Hat. Ihnen. Das. Gefallen?«

»Ja«, stoße ich hervor. Ich muss es einfach zugeben.

»Liegen Ihre Hände noch auf Ihren Oberschenkeln?«

»Ja.«

»Lassen Sie sie dort.«

»Okay«, bestätige ich mühsam. Meine Muskeln stehen unter Spannung, meine Muschi zieht sich zusammen.

»Oh ja, das hat sich verdammt gut angefühlt, oder?«, flüstert er, und plötzlich bin ich zurück in der Damentoilette und seine Hände massieren meine. »Ich hätte Sie über das Waschbecken beugen und von hinten nehmen können, und es hätte Ihnen gefallen. Geben Sie es zu. Es hätte Ihnen gefallen.«

Ich hole tief Luft, eine meiner Hände stiehlt sich zur Innenseite meines Oberschenkels, die Anspannung steigt, ich zittere heftiger. Ich muss dieses Pulsieren besänftigen, mich anfassen, das Kribbeln loswerden. »Es hätte mir gefallen.«

»Jetzt sind Sie nicht mehr so steif und abweisend, stimmts?«, raunt er. »Sie sitzen da und wollen gern kommen, nur durch den Klang meiner Stimme.«

Meine Hand legt sich über der Sporthose auf meine Muschi und mein Atem stockt.

»Sie fassen sich an«, flüstert er. »Fuck, Sie fassen sich an. Fühlt sich das gut an?«

Ich kann nicht sprechen, nur atmen, Hitze durchströmt mich, und mein Herz beginnt zu jagen. Ich presse mich fester an den Stuhl, spüre, wie sich die Welle in mir aufbaut.

»Fühlt sich das gut an?«, fragt er diesmal fordernd. »Sagen Sie es mir, Amelia.«

»Unglaublich gut«, stöhne ich und werfe den Kopf in den Nacken. Die Welle. Sie kommt.

»Lass es zu, Baby. Und vergiss nie, wer es geschafft hat, dich nur mit seiner Stimme kommen zu lassen.«

Jetzt sind wir beim Du.

Brrrt, brrrt, Brrrt!

Ich zucke zusammen, werde aus meiner Trance gerissen und schnappe nach Luft. Die Welle verebbt. »Oh mein Gott.«

Blinzelnd schaue ich zur Sprechanlage an der Tür. Ich atme schwer, bin wie benommen. Was ist gerade passiert?

»Amelia?«

Vor mir auf dem Tisch liegt mein Telefon, meine Hand liegt zwischen meinen Beinen. *Fuck*. Hastig schnappe ich das Handy.

»Amelia?«, drängt er.

»Ich muss Schluss machen.«

»Nein, Amelia. Jetzt nicht auflegen.«

Ich drücke den Anruf weg und haste auf wackeligen Beinen zur Sprechanlage. »Hallo?«, japse ich.

»Paket für Abbie Pearson.«

Ich drücke auf den Knopf für die Haustür. »Einfach unten im Eingang abstellen. Danke.« Ich lege auf, sinke gegen die Wand und versuche, zu Atem zu kommen.

Wachs in seinen Händen.

Was dieser Mann mit mir machen könnte.

* * *

Abbie nimmt eine gelbe Rose aus einem Metallkübel und fügt sie in den Strauß ein, den sie gerade bindet. Ich folge ihr durch ihr Geschäft. »Ich weiß nicht, warum du nicht einfach mit ihm essen gehst«, sagt sie. »Schlimmstenfalls springt ein kostenloses Dinner für dich raus, bestenfalls noch zusätzlich ein Ritt auf dem Hengst.«

Ich verdrehe die Augen. »Du bist nicht besonders hilfreich.«

»Warum bist du dann zu mir gekommen und nicht zu Charley gegangen?« Gekonnt fügt sie dem Strauß ein paar Eukalyptuszweige hinzu. »Du musst nicht antworten, ich weiß, warum.«

Mit zusammengekniffenen Augen schaue ich zu, wie sie in aller Gelassenheit weiterarbeitet. »Warum?«

»Weil du gern mit ihm essen gehen willst und weißt, dass ich dir rate, es zu tun, während Charley dagegen ist. Deshalb bist du hier. Gib mir einen Zweig Weidenkätzchen, bitte.«

Ich reiche ihr einen.

»Noch einen, bitte.« Mit düsterer Miene gebe ich ihr den nächsten und schaue zu, wie der Strauß wächst. »Danke.« Sie wandert weiter und ich wandere mit. »Geh mit ihm essen. Was ist das Schlimmste, was passieren kann?« Sie legt den fertigen Strauß auf einen Stapel Einwickelpapier.

»Er hat bloß mit mir geredet, und ich wäre beinahe gekommen, Abbie«, gestehe ich und weiche schnell aus, als sie zu mir herumfährt. »Er ist ein absolut begnadeter Verführer. Und ich habe Angst vor der Macht, die er über mich bekommen könnte.«

Abbie bläst die Backen auf. »Was willst du von mir hören, Amelia? Du findest ihn höllisch anziehend, und offenbar beruht das auf Gegenseitigkeit.«

»Ich habe gerade eine Trennung hinter mir«, erwidere ich. »Und ich will Partnerin in meiner Firma werden.«

»Glaubst du, mit Mr Heiß-wie-die-Sünde ins Bett zu gehen, hat darauf irgendeinen Einfluss?«

Ich lache leise auf. Ja, möglicherweise schon, weil ich andauernd an ihn denken muss und mir nicht vorstellen kann, dass sich das ändert, wenn ich nachgebe und nehme, was er mir anbietet.

Also lieber nicht.

*Sei vernünftig.*

»Kann ich dir hier irgendwie behilflich sein?« Einfach in Abbies Wohnung herumsitzen kann ich jetzt nicht. Und arbeiten auch nicht. Dafür bin ich viel zu aufgewühlt. Genau das ist ja das Problem. Ein Anruf von diesem Gott, und ich bin völlig von der Rolle.

Lächelnd nimmt Abbie mich an den Schultern und schiebt mich hinter die Theke. »Du kannst kassieren.« Sie wirft mir eine bunte Schürze mit Blumenmuster und dem Schriftzug »Flora Flora« auf der Brust zu. »Corey zeigt dir, wie das Kartenlesegerät funktioniert. Ich muss jetzt die Blumen für die Hochzeit aus dem Kühlraum holen.«

Dankbar verstaue ich meine Handtasche hinter der Theke. Als mein Smartphone klingelt, zögere ich kurz.

Abbie hebt die Brauen. »Hartnäckig ist er, das muss man ihm lassen.«

»Oder sein Ego ist zu gigantisch, um aufzugeben«, halte ich dagegen und kämpfe gegen die Bilder von ihm an, die sich in meine Gedanken stehlen wollen.

An diesem Tag ruft er noch fünf Mal an.

Ich lasse das Telefon klingeln.

# Kapitel 10

Mit brennender Lunge verlangsame ich mein Tempo zu einem gemütlichen Joggen, nehme das Handtuch von den Griffen des Laufbands und wische mir die Stirn ab. Ein Blick auf die Uhr sagt mir, es ist gerade mal sechs Uhr früh. Auf der Reihe von Fernsehmonitoren vor mir wechselt das Bild perfekt synchron von »Sky News« zu »Good Morning Britain«. Lächelnd atme ich aus und fühle mich endlich wieder mehr wie ich selbst, nachdem ich den Rest des Wochenendes bei meinen Eltern verbracht, bei den Hochzeitsvorbereitungen geholfen und mich danach in meine Arbeit vertieft habe. Seit Samstagabend hat er nicht mehr versucht, mich anzurufen. Jetzt ist es Mittwoch. Offenbar hat er endlich aufgegeben und ich bin erleichtert. Denn leider weiß ich inzwischen nur zu gut, was mit mir passiert, wenn er auf den Plan tritt: Mein Körper reagiert ganz instinktiv auf ihn – und zum Teufel mit der Vernunft!

Vor mir erscheint einer der Angestellten, macht seine breite Brust noch breiter und verschränkt die Arme.

»Außer mir ist noch niemand da, Chris. Keiner sieht, was ich mir auf die Monitore hole.« Ich ziehe mein Smartphone von dem Band an meinem Arm und walke flott weiter. »Wir haben doch gesagt, bis halb sieben.«

»Der Boss ist heute schon früher gekommen, und beim Training will keiner was von der Finanzwelt hören.«

Ich deute in den leeren Raum. »Aber die traurigen Nachrichten der echten Welt interessieren die Leute?«

»Ist das, was am Aktienmarkt passiert, denn nicht traurig?«

»Gestern bei Börsenschluss war es das jedenfalls nicht.« Ich lächle. »Die Risikobereitschaft hat sich ausgezahlt. Galactia ist auf eine Goldader gestoßen.« Ich erwecke mein Display zum Leben und lächle über die herrlich grünen Zahlen, die mir entgegenleuchten.

»Galactia?«

»Seit Monaten gibt es Gerüchte, dass die Firma bald findet, wonach sie sucht.«

»Gold?«

»Öl, Chris.« Mit meinen Empfehlungen habe ich etwas gewagt und gewonnen. Ich freue mich schon auf die vielen freudigen Anrufe meiner Klienten.

»Gerade hast du von einer Goldader gesprochen.«

»Das war sinnbildlich gemeint.« Seufzend bleibe ich stehen und wische weiter zu meinen E-Mails. Mr Gibbs, der in den einschlägigen Chats unterwegs ist und den Aktienmarkt genauso aufmerksam beobachtet wie ich, hat bereits geschrieben. Er schickt mir ständig Updates, die ich gar nicht brauche. Oft frage ich mich, weshalb er mich mit seinem Geld spielen lässt, wo er doch offenbar ausreichend Zeit hat, es selbst zu tun. Aber ich will mich nicht beklagen. Er ist ein wichtiger, kapitalkräftiger Kunde und trägt dazu bei, dass ich die Zielmarken erreiche. Und Partnerin werden kann. Nachdem ich eine kurze Antwort an ihn getippt habe, springe ich vom Laufband und gehe duschen. Vor mir liegt ein langer Tag.

Die Finanzkonferenz.

Eine großartige Gelegenheit zum Netzwerken und auch, um bei Gary diskret vorzufühlen, wen sich die Seniorpartner als neuen Partner wünschen. Zudem wird Tilda Spector da sein. Ein Gefühl gespannter Vorfreude durchrieselt mich. Ich muss mich in Bestform präsentieren, deshalb auch der verrückt frühe Besuch im Studio.

In der Umkleidekabine ziehe ich mir die Sportschuhe aus und überfliege dabei den Zeitplan für den Tag. Registrieren und Kaffee um neun, Keynote-Vortrag um zehn. Sprechen wird nicht ganz zufällig der CEO von Global Finance LLP, der Firma, die das Event heute sponsert. Um elf folgen Präsentationen einiger Finanzinstitute, um eins gibt es einen leichten Lunch. Zwischen zwei und vier dann Besprechungen in kleinem Rahmen, später die Abschlussrede und schließlich ein Galadinner. Veranstaltungsende um neun.

Ich blase die Wangen auf. Ein wirklich langer Tag. Auf dem Weg zur Dusche überlege ich, was ich zu Tilda Spector sagen soll. Ich werde warten, bis sie zu mir kommt. Das wird sie ganz sicher tun. Auf keinen Fall möchte ich eine der vielen aus der Branche sein, die sie heute umschwärmen werden wie Fliegen. Seit jeher interessiere ich mich vor allem für Anlagemöglichkeiten mit mittlerem und hohem Risiko. Wobei ich nur kalkulierbare Risiken eingehe und das Geld meiner Klienten so investiere, als wäre es mein eigenes. Tilda hat mir einmal erzählt, dass auch sie es so hält.

Ich denke, ich bin gut gerüstet für den Tag.

Nach dem Duschen föhne ich mein Haar und bin schon dabei, es wie üblich zu einem Bun hochzustecken. Aber warum eigentlich? Ich lasse es offen fallen, kämme es mit den Fingern und schlüpfe in mein sündteures Victoria-Beckham-Bleistiftkleid. Ein sehr extravaganter Kauf, aber die Farbe, eine Art cremiges Oyster, hat es mir angetan. Noch dazu kann ich es den ganzen Tag tragen, ohne dass es irgendwie knautscht oder knittert.

Beim Verlassen des Studios kommt ein Anruf von Clark. »Hey«, begrüße ich ihn und mache mich auf den Weg zur U-Bahn.

»Soll ich dich mitnehmen?«

»Nope.«

»Ach komm schon. Wir haben denselben Weg«, sagt er. »Sei nicht albern.«

»Ich bin nicht albern. Die Fahrtkosten kann ich abrechnen und die Stunde im Zug für Mails an meine Klienten nutzen und um ein paar Berichte zu schreiben. Wenn ich mit dir fahre, tun mir hinterher die Ohren weh, weil du mal wieder erfolglos versuchst, mich zu überreden, ins Familienunternehmen einzusteigen.«

»Ich sage kein Wort. Versprochen.«

Lächelnd bleibe ich vor der U-Bahn-Station stehen, um nicht tief unten in den Eingeweiden Londons den Empfang zu verlieren. »Und ich glaube dir kein Wort.«

»Wie wars am Sonntag?«

»Darüber darf ich nicht reden.« Es hat Spaß gemacht. Wein, Kleider, Sitzpläne. Außerdem habe ich Abbie und Charley eine Einladung zum Junggesellinnenabschied gesichert.

»Ich meine nicht die Hochzeitsplanung. Ich meine zwischen Dad und dir.«

»Wir vertragen uns wieder«, versichere ich ihm. »Er hat getan, was er immer tut, und ich habe seine Nicht-Entschuldigung angenommen.« Ein schuldbewusstes Lächeln, eine Umarmung, ein Schulterklopfen und ein Kuss auf mein Haar. Genau das wird sich nächste Woche wiederholen oder vielleicht in der Woche darauf, wenn ihn wieder mal der Drang überkommt, mein Leben in Ordnung zu bringen, obwohl es gar nicht in Ordnung gebracht werden muss.

»Aber du wohnst weiterhin bei Abbie.«

»Bis ich was anderes finde. Ja.«

»Und Mum kommt damit klar?«

»Als ich bei Mum und Dad gewohnt habe, war ich immer schon weg, wenn sie aufgestanden sind, und abends habe ich sie vielleicht eine Stunde lang gesehen. Aber nur, wenn ich keine Überstunden gemacht habe oder mit den Mädels unterwegs war. Allzu sehr wird sie mich nicht vermissen.« Wir wissen beide, dass ich mir das bloß einrede. Dabei sollte ich Mum eigentlich nicht für Dads Einmischungen bestrafen. Sie hat mich gern um sich, selbst wenn ich fast nie da bin. Doch mir ständig anhören zu müssen, was ich alles falsch mache, ist unglaublich anstrengend. Ich bin dreißig, und in einem hat Dad absolut recht: In diesem Alter bei seinen Eltern zu wohnen, ist nicht gesund. Wobei es auch nicht viel gesünder ist, bei meiner besten Freundin unterzukriechen. Himmel, ich hoffe wirklich, ich finde bald eine Wohnung. »Hör mal, ich trete hier vor der U-Bahn-Station von einem Bein aufs andere, nur damit du mir ein schlechtes Gewissen machen kannst.«

»Du sollst kein schlechtes Gewissen haben, du sollst bei mir … *mit* mir arbeiten.«

»Träum weiter. Wie oft war Dad letzte Woche im Büro?«

»Zweimal. Vielleicht dreimal. Oder waren es viermal?«

»Clark«, sage ich müde.

»Okay, fünfmal.«

Ich lache. »Was bedeutet, dass Dad zwar im Ruhestand ist und dir die Zügel überlassen hat, du aber in Wahrheit immer noch bei ihm arbeitest.«

»Nicht mehr lange, aber hier ist Diplomatie gefragt.«

Da kann ich nicht widersprechen. Dad kennt nichts anderes als das Familienunternehmen. Er sucht noch einen Platz in seinem Leben danach. Mum war immer Hausfrau und Mutter, Dad hat das Geld verdient. »Er hat bald Geburtstag. Wie wärs, wenn wir ihm ein paar Golfstunden schenken?«, schlage ich vor.

»Verdammt, ja. Prima Idee. Kümmerst du dich darum und sagst mir dann, was ich dir schulde?«

»Okay, geht klar.«

»Darf ich dich wenigstens in Oxfordshire vom Bahnhof abholen, damit du nicht auch noch mit dem Taxi zum Hotel fahren musst?«

»In Ordnung«, lenke ich ein. »Mein Zug kommt Viertel nach acht dort an.«

»Ich werde da sein.«

Mitten auf der Treppe in die Tiefe klingelt mein Smartphone schon wieder. Ich sehe eine Nummer von außerhalb der Stadt und nehme den Anruf an. »Hallo.«

»Morgen.«

Ich bleibe so abrupt stehen, dass ein Mann mich im Vorbeilaufen streift. *Leg auf. Leg auf.* Mir wird schlagartig heiß, mein Hirn setzt aus und mein Herz beginnt zu rasen. Genau deshalb muss ich diesen Kerl meiden. Urplötzlich habe ich vergessen, wohin ich gehe und wer ich bin. Nach nur einem Wort. Und beim letzten Mal, als er mit mir gesprochen hat, hat es fast mit einem Orgasmus geendet.

»Das ist nicht Ihre Handynummer.« Ihn zu siezen, scheint mir sicherer.

»Richtig. Aber wenn ich vom Handy aus anrufe, gehen Sie ja nicht ran. Deshalb dachte ich, ich versuche es mal so.«

Schlau. »Im Moment passt es gar nicht.« Ich mache kehrt, gehe die Treppe wieder hinauf und versuche, den gestressten Pendlern auszuweichen.

»Aber kommenden Samstag passt es. Dann gehen Sie mit mir essen.«

Du meine Güte. Wie kann man bloß so stur sein? So viel zum Thema »Er hat aufgegeben«. »Hören Sie eigentlich nicht, was ich Ihnen sage?«

»Ich höre Sie genau, Amelia. Sie wollen mich.«

Und schon spüre ich wieder das Pochen zwischen den Beinen. Um mich herum tobt das übliche morgendliche Londoner Chaos, doch alle Geräusche sind verebbt. Ich höre nur seine Worte in mir nachhallen.

»Am Samstag«, wiederholt er.

»Nein.«

»Verdammt, Amelia«, schnauft er ärgerlich. »Es ist bloß ein Dinner.«

»Ach ja?« Ich lache auf. »So wie Sie sich ins Zeug legen, klingt es nach viel mehr.«

Stille. Dazu fällt ihm offenbar nichts ein.

»Okay, ich muss Schluss machen.«

»Nein, Amelia. Warten Sie.«

Eine Frau biegt eilig um die Ecke, schon wieder werde ich angerempelt und diesmal sogar gegen eine Mauer geworfen.

»Ach herrje! Entschuldigen Sie!«, stammelt die Frau. »Ich habe Sie gar nicht gesehen.«

Benommen blinzelnd starre ich auf mein Handy.

»Amelia?«, höre ich ihn sagen. »Amelia, reden Sie mit mir!«

Ich lege auf und atme tief durch.

»Ist alles in Ordnung?«, fragt mich die Frau. Ich setze ein Lächeln auf und versichere ihr, dass nichts passiert ist. Und ich bin ihr dankbar. Ich war kurz davor einzuknicken. »Es tut mir wirklich leid«, bekräftigt sie und hetzt weiter.

Ich bleibe noch einen Moment stehen, um mich zu sammeln und mir ins Gedächtnis zu rufen, wohin ich eigentlich will. Nicht nur jetzt im Augenblick, sondern ganz allgemein. In meiner Karriere, in meinem Leben. Dann eile ich die Treppe hinunter zur U-Bahn. Meine Kehle ist eng und ich spüre so etwas wie Zorn in mir aufsteigen.

Nicht heute.

Heute geht es um mich und meine Ziele.

# Kapitel 11

»Nicht gerade verkehrsgünstig gelegen, was?« Über schmale Landstraßen lenkt Clark seinen Wagen nach Arlington Hall. »Wer ist denn auf die Idee gekommen, die Konferenz ausgerechnet hierher zu verlegen?«

»Im Hilton gab es wohl versehentlich eine Doppelbuchung. Also musste eine Notlösung her.« Ich hebe meine Sonnenbrille, schaue hinauf in den strahlend blauen Himmel und atme die Landluft ein, die durch das leicht geöffnete Seitenfenster von Clarks Range Rover Sport weht. Dass es mir auf der Zugfahrt nicht gelungen ist zu arbeiten, macht mich noch unruhiger, als ich sowieso schon gewesen bin. »Es riecht so sauber hier, findest du nicht?«

»Es riecht nach Pferdemist.«

»Du könntest nicht auf dem Land leben?«

»Verdammt, nein. Sieh doch bloß.« Mein Bruder deutet auf eine Anzeige an seinem Armaturenbrett. Dort zeigt ein einziger kleiner Balken, wie schlecht die Netzabdeckung hier draußen ist.

Ich setze die Sonnenbrille wieder auf und werfe einen Blick auf mein Smartphone. Bei mir erscheint kein einziger Balken. Angestrengt fixiere ich das Display, ein Balken flackert auf und ich schnappe nach Luft. Doch so schnell, wie er gekommen ist, ist er auch wieder weg, und ich lasse das Telefon in meine Handtasche fallen.

»Weshalb hast du dir die neue Frisur zugelegt?« Aus dem Augenwinkel schaut er mich an und lächelt.

Mit leichtem Unbehagen ziehe ich die Finger durch meine aschblonden Wellen. »Die ist nicht neu.«

»Du trägst dein Haar offen.«

»Und?«

»Das tust du bei der Arbeit sonst nie.«

»Weil es mir im Weg ist.« *Steif.* Ich rutsche nervös hin und her.

»Verflixt schmal, diese Straßen«, schimpft Clark und biegt langsam um eine Kurve. »Verdammt!« Ein Warngeräusch ertönt und er tritt so kräftig auf die Bremse, dass ich mich reflexartig am Armaturenbrett abstütze.

»Großer Gott! Bitte bring mich lebend dorthin«, schnaufe ich.

»Falls wir heute überhaupt noch ankommen. Wie zum Teufel soll ich an diesem Monster vorbei?«

Ich sehe, was er meint. Düster blicke ich auf den gigantischen gelben Traktor, der auf uns zusteuert. Das Monster nimmt die gesamte Breite der Straße ein, seine Räder pflügen sich links und rechts über den Seitenstreifen. »Ich glaube, er will, dass du rückwärtsfährst.«

Clark wirft einen Blick in den Rückspiegel. »Ich habe keine Ausweichstelle gesehen. Du?«

»Ich habe nicht darauf geachtet.« Der Traktor hält einfach weiter auf uns zu. »Hat er uns nicht bemerkt?«

»Shit.« Clark legt den Rückwärtsgang ein und gibt Gas. Ich recke den Hals, um ins Führerhaus des Traktors sehen zu können. Der alte Mann am Steuer schaut über den Range Rover hinweg, und ich frage mich, ob er uns überhaupt registriert.

»Er kaut einen Strohhalm«, sage ich. »Und hat einen Eimerhut auf. Wirklich sehr ländlich.«

»Na prima«, knurrt Clark und lenkt seinen Wagen rückwärts in die kleine Ausweichstelle, die endlich aufgetaucht ist. Der Traktor donnert vorbei, ohne dass der Farmer ein einziges Mal zu uns herüberschaut. »Gern geschehen«, blafft Clark ungläubig. »Vollpfosten!« Er fährt zurück auf die Straße und gibt Gas, sodass wir bald vor dem goldenen Tor stehen, hinter dem die Ländereien von Arlington Hall beginnen. »Wahnsinn«, murmelt er.

»Das kannst du laut sagen.« Mit dem Blick folge ich dem kristallklaren kleinen Fluss.

»Du warst schon mal hier?«

»Ja, zum Wellnesstag mit meinen Mädels.«

»Ach ja, richtig.« Clark fährt langsam zum Torhaus. »Deshalb kam mir der Name so bekannt vor, als ich die Info-Mail mit dem neuen Veranstaltungsort gelesen habe.« Er lässt sein Fenster herunter und lächelt den Mann am Tor an. Es ist derselbe, der auch letzte Woche hier gestanden hat. Ich lese sein Namensschild. Nelson. »Clark Lazenby und Amelia Lazenby. Wir sind wegen der Konferenz hier.«

»Herzlich willkommen.« Der Mann zeigt die Zufahrt entlang. »Jemand wird Ihnen einen Parkplatz zuweisen.«

»Danke.« Die Schranke hebt sich, Clark fährt hindurch und bestaunt mit offenem Mund das parkartige Gelände. »Holla, sogar einen Hubschrauberlandeplatz haben die hier. Wem das alles wohl gehört? Den hätte ich gern in meiner Kundenkartei.«

»Ihr Name war Evelyn Harrison«, sage ich. »Aber sie lebt nicht mehr. Wem es jetzt gehört, weiß ich nicht.«

»Das finde ich sicher schnell raus.« Mein Bruder grinst mich siegessicher an und biegt um den großen Brunnen. »Heilige Scheiße, das ist ein Jaguar E-Type Roadster.«

»Ein was?«

Er zeigt auf einen silbernen Oldtimer und besabbert sich fast dabei. »Mein absolutes Traumauto.«

»Ich dachte, der Range Rover ist dein Traum.«

»Das war er mal. Shit. Ein 1961er?« Er hält an, steigt aus und geht einmal bewundernd um den schimmernden Jaguar. »Weißt du, wie selten die sind? Und der hier ist in einem eins a Zustand. Der muss ein kleines Vermögen wert sein.«

»Seit wann interessierst du dich für Vintagekarossen?« Ich nehme meine Arbeitstasche aus seinem Wagen, die Sporttasche lasse ich auf dem Rücksitz.

»Seit einer meiner Klienten mir seine Sammlung gezeigt hat.«

Vor uns ragt das Hauptgebäude von Arlington Hall in den blauen Himmel und ich hole tief Luft. Eine ungute Vorahnung beschleicht mich. Eigentlich verrückt, aber sie lässt sich nicht abschütteln. Als ich vor etwas mehr als einer Woche schon einmal hier war, ist mir etwas völlig Unerwartetes passiert: Ich hatte Schmetterlinge im Bauch.

»Hier entlang, bitte, Madam.« Ein grün uniformierter Mann weist mir den Weg zum Empfang. Ich betrete das Gebäude und stehe nach wenigen Schritten vor Evelyn Harrisons Porträt.

»Das ist sie«, sage ich zu Clark. »Beeindruckend, oder?« Schon allein ihre Haltung, so unfassbar elegant.

Clark nickt. »Bei manchen Leuten sieht man sofort, dass sie steinreich sein müssen.« Er entdeckt ein paar Kollegen und schon ist er unterwegs zu ihnen. Im selben Moment tritt Anouska aus einer Tür hinter dem Rezeptionstisch. Einen Augenblick lang mustert sie mich mit gerunzelter Stirn, dann erkennt sie mich offenbar wieder und lächelt. Vermutlich hat mein offenes Haar sie verwirrt.

»Hi.« Ich mache einen Schritt auf sie zu.

»Miss Lazenby. Schön, Sie zu sehen.« Sie wirkt ein wenig verlegen, fürchtet womöglich, ich könnte sie fragen, weshalb sie einem Wildfremden Informationen aus einem vertraulichen Formular gegeben hat.

»Ich bin wegen der Konferenz hier und möchte auch gleich meine Geldbörse abholen.«

»Sehr gern. Ich hole sie aus dem Safe.« Sie eilt davon und ist kurz darauf mit der Geldbörse wieder zurück. »Die Registrierung ist dort drüben.« Sie zeigt auf einen Glaskorridor, der zu einem anderen Teil des Gebäudes führt. »In der Kent Suite. Bei der Registrierung bitten wir die Teilnehmer auch, ihr Dinner auszuwählen.« Sie lächelt schief. »Bitte erwähnen Sie dabei Ihre Allergie.«

»Auf jeden Fall.«

»Ist es sehr schlimm?« Sie begleitet mich durch den gläsernen Tunnel.

»Es geht. Jedenfalls bin ich nicht tot umgefallen, als ich mit zehn vom Nutellatoast einer Freundin abgebissen habe.« Ich greife in meine Handtasche. »Aber weil es im Lauf der Jahre hin und wieder unliebsame Überraschungen gab, habe ich die hier immer bei mir.«

Ein bisschen beklommen schaut Anouska auf meine EpiPens. »Überraschungen?«

»Bei Pret habe ich einmal aus Versehen den falschen Eiskaffee mitgenommen.« Bei der Erinnerung daran ziehe ich wie von selbst die Nase kraus. »Da war Mandelsirup drin.«

»Oje. Und dann?«

»Ich habe Atemnot bekommen und Herzrasen, bin schnell auf die nächste Damentoilette gerannt, habe mir einen EpiPen gesetzt und die Wirkung abgewartet.«

»Und das hilft? Sie geben sich so eine Spritze und dann wird es gut?«

»Ja, aber schön ist das nicht.« Ich stecke die Pens zurück in die Handtasche. »Bei meinen ersten allergischen Reaktionen hat mich meine Mutter zur Beobachtung ins Krankenhaus gebracht. Aber mit der Zeit habe ich gelernt, auf meinen Körper zu hören und nicht in Panik zu geraten.« Zu gern würde ich sie fragen, woher sie den Adonis kennt. Wer er ist. Wie alt. Wie er heißt und was er arbeitet. Energisch schüttle ich diese Gedanken ab. Dass er sich ständig in meinen Kopf schleicht, ärgert mich.

»Wenn ich irgendetwas für Sie tun kann, jederzeit gern. Melden Sie sich einfach bei mir.« Eine Art Friedensangebot, weil sie Informationen über mich weitergegeben hat?

»Danke.«

Sie geht davon und mein Lächeln fällt in sich zusammen, ich habe jemanden entdeckt. Er mich offenbar auch, denn er strafft die Schultern, pumpt sich regelrecht auf und ich stöhne genervt. Eigentlich war klar, dass er auch hier ist. Das war kaum zu vermeiden. Bei der Arbeit versuche ich, möglichst wenig mit ihm zu tun zu haben. Doch das Problem ist, Leighton Steers liebt es, gesehen zu werden. Und gehört. Und bewundert.

»Lazenby«, sagt er und fährt sich mit der Hand durchs Haar. Er hätte Staubsaugervertreter werden sollen, so aalglatt, wie er ist.

»Steers«, antworte ich mit einem kühlen Lächeln.

»Was ist mit deinem Haar passiert?« Mit einer Hand hebt er meine blonden Wellen an und wedelt damit, und ich muss meine gesamte Selbstbeherrschung aufbieten, um ihm nicht zwischen die Beine zu treten. Er ist nicht vorsätzlich sexistisch, es liegt einfach in seinen Genen.

»Finger weg von meinem Haar, Steers«, warne ich ihn mit einem kleinen Schuss Humor, aber trotzdem sehr ernst. Er hebt die Hände und tritt einen Schritt zurück. Unerträglich, dass dieser Vollpfosten mein größter Konkurrent um eine Firmenpartnerschaft ist.

»Nett hier, oder? Ich wette, der verdammte Glückspilz, dem die Bude gehört, tritt abends das Geld in die Säcke.« Er lässt die Augenbrauen tanzen. »Aber ich sage dir was: Bevor wir heute

Abend nach Hause fahren, habe ich diesen dicken Fisch als neuen Klienten im Netz.«

»Die Leute, denen das alles hier gehört, haben ihre Finanzen sicher gut im Griff.«

»Was mich nicht davon abhält, das Netz auszuwerfen.« Breitbeinig stiefelt Leighton davon, um sich dann schulterklopfend zu ein paar anderen Kerlen von LB&B zu gesellen.

»Gott, wie ich ihn hasse.«

»Warum denn?« Garys Assistentin Shelley stellt sich zu mir und hält mir einen Teilnehmerausweis hin. »Weil er so sexistisch ist oder so vernagelt? Oder einfach nur, weil er ein Kotzbrocken ist?«, fragt sie trocken und ich nehme den Ausweis lachend entgegen. »Vielleicht hilft es, wenn ich dir sage, dass ich hoffe, du lässt ihn alt aussehen und wirst Partnerin.«

»Danke.«

»Ich muss noch die anderen Namensschilder verteilen. Für Leighton habe ich ein ganz spezielles.« Sie hält eine kleine weiße Karte mit dem Wort ARSCH darauf hoch und steckt sie hinter seinem Namen in die Kunststoffhülle. Mit zusammengepressten Lippen schaue ich zu, wie Shelley weiterzieht, lege mir das Band mit dem Namensschild um und ziehe dann umständlich mein Haar darunter hervor. Ich hätte es doch aufstecken sollen.

Nach einer Tasse Kaffee und einem Hallo hier und da werden wir durch einen weiteren Glastunnel gebeten, und ich bin erneut ganz überwältigt von Arlington Hall. Unser Weg führt vorbei an Becken aus glattem Stein, aus denen Wasserzungen in eine mit Kieseln ausgekleidete Rinne fließen, die sich über die gesamte Länge des Tunnels erstreckt. Über uns bilden gewaltige Palmwedel eine Art Laubengang. Am Ende des Korridors führen hochglanzlackierte weiße Türen in ein großes Auditorium, das mit seinen tiefroten Samtsesseln und aufwendigen goldfarbenen Verzierungen an ein altes Theater erinnert. Alles sehr Art déco und absolut atemberaubend.

»Das ist der luxuriöseste Konferenzsaal, den ich je gesehen habe«, murmelt Gary und nickt hinauf zum goldfarbenen Kranzgesims unter der Saaldecke. Mit jedem neuen Raum, den ich hier auf Arlington Hall betrete, wächst meine Bewunderung für Evelyn Harrison.

Ein Helfer zeigt mir meinen Platz in der dritten Reihe, wo ich mich in einem komfortablen Sessel niederlasse, mit Shelley an der Innenseite und Gary und Leighton auf den beiden Plätzen weiter außen. Ich sehe viele bekannte Gesichter, überall schüttelt man sich die Hände und nickt einander zu.

»Dein Haar ist sehr schön so«, sagt Shelley, und unwillkürlich streiche ich es mir hinter die Schultern.

»Danke.« Damit, dass die andere Frisur so viel Aufsehen erregen würde, habe ich nicht gerechnet. Ich blättere das Veranstaltungsprogramm durch, das auf dem Sitz gelegen hat, und suche nach Zeitfenstern, in denen ich Einzelgespräche mit wichtigen Kontakten führen kann. Ein leises »Ping« von meinem Smartphone signalisiert, dass eine Nachricht eingegangen ist. Tilda Spector hat sie geschickt und ich öffne sie lächelnd.

Sind Sie hier? Ich habe Sie noch nicht gesehen. TS.

Dritte Reihe. In der Nähe des Mittelgangs., antworte ich.

Dann schaue ich mich um und suche das Auditorium nach ihrem silbernen Schopf und ihrer typischen auffälligen Brille ab. Ich kann sie nirgends entdecken. Dafür kommt eine weitere Nachricht bei mir an.

Ah! Sehe Sie. Ich sitze vier Reihen hinter Ihnen. Mit dem offenen Haar habe ich Sie nicht gleich erkannt. TS.

Ich verdrehe die Augen, dann schaue ich mich um und entdecke sie. »Hey.« Ich winke ihr zu. »Wäre schön, wenn wir nachher kurz reden können, falls Sie Zeit haben.«

»Für Sie habe ich immer Zeit, Amelia.« Ihre freundlichen braunen Augen strahlen. »Wie geht es Nick?«

Ich spüre, wie mein Lächeln schmal wird. »Nick geht es gut.«

Tilda nimmt einen kleinen Spiegel aus ihrer Designerhandtasche und wirft einen Blick auf ihre Lippen. Sie ist ein bisschen spleenig und in der Branche dafür bekannt, genauso klug und weise wie stylish zu sein. Ihre Brille wählt sie immer passend zu ihrem Outfit. Heute trägt sie ein kobaltblaues Kostüm, der Brillenrahmen hat dieselbe kräftige Farbe. »Wir sprechen nach dem Lunch.«

Ich nicke, dann schaue ich zur Bühne und spüre dabei Leightons wachsamen Blick. An Gary vorbei lächle ich ihn betont freundlich an. Bald betritt eine Frau in einem Hosenanzug das Podium und stellt sich das Mikrofon passend ein. Während sie darauf wartet, dass es im Saal still wird, fährt sie mit der Hand über ihr straff zurückgebundenes Haar, und mir schießt durch den Kopf, wie steif sie damit aussieht. Mit einer Grimasse schiebe ich mir eine Haarsträhne hinters Ohr. Mich an einem Arbeitstag mit meinem Haar zu beschäftigen, ist ungewohnt. Zum ersten Mal überlege ich mir, weshalb ich es eigentlich immer zusammenbinde oder aufstecke. Um ernst genommen zu werden, gestehe ich mir ein. Warum mein Haar dabei eine Rolle spielt, ist mir schleierhaft. Aber als ich noch in der Firma meines Vaters gearbeitet habe, hat einmal ein Mann zu mir gesagt: »Gut gemacht, Amelia. In Ihnen steckt also doch mehr, als Ihr hübsches Gesicht einen glauben lässt.« Worauf ich mich gefragt habe, ob die Leute mich so sehen – als ein hübsches Gesicht und sonst nichts. Das ist sechs Jahre her und von da an habe ich mein

Haar bei der Arbeit nie wieder offen getragen. Eigentlich komplett daneben.

Oder auch nicht.

»Herzlich willkommen, Ladys und Gentlemen, zur jährlichen FSA-Finanzkonferenz.« Die Frau lässt eine Pause für freundlichen Applaus. »Ich bin Kerry Gallow und werde die Veranstaltung heute moderieren. Ich freue mich schon sehr darauf, Ihnen diesen Tag so angenehm und produktiv wie möglich zu gestalten.« Sie nickt lächelnd und stützt die Hände auf die Seiten des Sprecherpults. Wirklich verdammt steif. »Bevor ich das Wort für die offizielle Begrüßungsrede an den legendären Garret Palmer, CEO von FSA, übergebe, überlasse ich die Bühne gern noch unserem Gastgeber. Denn, wie Sie wissen, wurde die Konferenz sehr kurzfristig hierher nach Arlington Hall verlegt. Ich darf um einen Applaus für den Besitzer des Hauses bitten, Mr Jude Harrison.«

Damit dreht sie sich zum Bühneneingang und beginnt zu klatschen. Die Teilnehmer erheben sich von ihren Plätzen und klatschen ebenfalls. Leighton beugt sich über Gary hinweg zu mir. »Der dicke Fisch!« Er zwinkert mir zu.

»Verfang dich nicht in deinem Netz«, murmle ich und schaue wieder nach vorn. Was für ein Idiot.

»Gütiger Himmel«, flüstert Shelley genau in dem Moment, in dem mein Blick auf den Mann fällt, der jetzt die Bühne betritt.

*Ach du heilige Scheiße!* Meine Hände klatschen plötzlich in Zeitlupe, mein Lächeln gefriert. »Himmel hilf!«, flüstere ich, während mich ein heißer Blitz durchzuckt und ich das Gefühl habe zu verbrennen.

»Ja, nicht wahr?«, wispert Shelley aus dem Mundwinkel. »Kerle wie er sollten verboten sein.«

Jude Harrison. Der Besitzer von Arlington Hall.

Hey Jude.

*Den Hey Jude sollten Sie definitiv probieren.*

»Shit, shit, shit.« Da steht er. Lange Beine, grauer Anzug, Killerkörper. Mit der Hand streicht er sich eine dunkelblonde Strähne hinters Ohr, sein gelassener Blick wandert durch den Saal.

Großer Gott, er ist …

Ja, er ist göttlich.

Er stellt sich ans Rednerpult, räuspert sich und wartet darauf, dass der Applaus und vielleicht auch die Ehrfurcht verebben. Nach und nach setzen sich alle wieder und er beginnt zu sprechen. »Guten Morgen. Ich bin Jude Harrison.« Er beugt sich ganz leicht über das Mikro, während seine völlig unverfänglichen Begrüßungsworte meine Haut kitzeln wie Federn. Ich erschaure und schnappe nach Luft. Auf meinen nackten Armen bildet sich eine Gänsehaut. »Wir freuen uns über die Ehre, Sie in diesem Jahr hier in Arlington Hall zu Ihrer Konferenz begrüßen zu dürfen.«

Er lächelt schief und ich presse die Oberschenkel zusammen, um das aufkommende Pochen zwischen meinen Beinen zu verscheuchen. Wie? Wie kann er mir das antun?

»Obwohl Sie eigentlich ganz woanders sein wollten«, fügt er mit ernstem Blick hinzu. Seine Zuhörer lachen höflich, und ein Blick in die Runde zeigt mir, dass jede Frau im Raum wie verzaubert ist.

Jude Harrison.

*Heilige Scheiße.*

»Ich glaube es einfach nicht«, murmle ich vor mich hin.

»Was denn?«, fragt Gary.

»Nichts.«

»Arlington Hall ist ein ganz besonderer Ort«, fährt Jude Harrison fort, als es wieder still wird. »Vielleicht möchten Sie sich zwischen Ihren anstrengenden geschäftlichen Besprechungen ein wenig auf dem Gelände umsehen. Genießen Sie aber auf jeden Fall das Essen, und gönnen Sie sich nach Ihrer Arbeit hier ein paar entspannte Stunden. Vielleicht kann ich Sie sogar zu einem unserer berühmten Cocktails verführen.«

Ich setze mich aufrechter hin. *Entspannt*?

*Herrje.* Weiß er, dass ich hier bin? Von Sekunde zu Sekunde wird mir heißer. Unruhig rutsche ich auf meinem Platz herum, dann fällt sein Blick auf mich und ich explodiere innerlich. Er lächelt nicht, fixiert mich nur einen Atemzug lang. Er spricht mit mir, ohne ein Wort zu sagen. *Mach dich locker*. Bei einer Finanzkonferenz? Nie im Leben, obwohl ich im Augenblick tatsächlich am liebsten einen Schluck Alkohol trinken würde. Ich bin mit den Nerven am Ende.

»Die besten Geschäfte macht man bekanntlich oft bei einem entspannten Drink«, fügt er mit einem lockenden Unterton hinzu. »Ganz besonders empfehle ich dafür unseren Hey Jude, benannt nach mir und kreiert von meiner leider viel zu früh verstorbenen Mutter, der wunderbaren Evelyn Harrison.« Plötzlich ist mein innerer Aufruhr vergessen, denn ich sehe, wie Trauer über seine unirdisch attraktiven Züge gleitet. Einen Moment lang senkt er den Blick und scheint leicht in sich hineinzulächeln. *Du bist längst nicht so cool, wie du dich gibst, Jude Harrison.* Evelyn Harrison, die anmutige und elegante Schönheit auf dem Porträt, war seine Mutter. Jetzt fällt mir tatsächlich die Ähnlichkeit auf. Auch sie hatte diese ungewöhnlichen schönen Augen auf dem schmalen Grat zwischen Blau und Grün, fast wie der Ozean. »Sie hat Arlington Hall zu dem gemacht, was es heute ist«, setzt er hinzu und räuspert sich. »Und ich schätze mich glücklich, weiterzuführen, was sie hinterlassen hat.« Jude Harrison atmet ein und dann langsam wieder aus, so als würde, über seine Mutter zu sprechen, ihn tief bewegen. »So wünsche ich Ihnen jetzt in meinem Namen und im Namen meiner Familie einen erfolgreichen Tag. Sicher werden Sie nach diesem Tag ebenfalls das Gefühl haben, dass Arlington Hall ein ganz besonderer Ort ist. Ich hoffe, Sie verlassen uns mit guten Erinnerungen, ganz gleich, ob sie dabei an ein einträgliches Geschäft, das erlesene Essen, die Cocktails oder an neue Bekanntschaften denken.« Wieder fällt sein Blick auf mich. »Ich stehe Ihnen zur Verfügung. Bitte zögern Sie nicht, auf mich zuzukommen. Und ich hoffe sehr, wir sehen uns wieder.«

Während alle anderen aufstehen und applaudieren, bleibe ich sitzen, denn ich traue meinen Beinen nicht. Eisern fixiere ich den Rücken des Mannes vor mir. Erst als Shelley mich fragend ansieht, schaffe ich es irgendwie, mich hochzurappeln.

Sobald Jude Harrison dabei wieder in mein Blickfeld gerät, muss ich nach Luft schnappen.

Sein Blick sucht mich in der Menge, ich verbrenne innerlich und mein Herz schlägt wie wild. Was hier passiert, ist völlig verrückt.

Schließlich nickt er, tritt vom Rednerpult zurück und steckt die Hände in die Hosentaschen. Außer Sichtweite. Ich deute es als stumme Botschaft. Was will er damit sagen? Dass er seine Hände bei sich behalten wird?

Ich senke die Lider, brauche eine Pause von diesem intensiven Blick. Sicher wusste er, dass ich hier sein würde. Ich habe ihm gesagt, ich hätte ein Händchen für Zahlen. Ihm gesagt, was ich beruflich mache. Und er hat garantiert die Teilnehmerliste gesehen. Weshalb hat er mich nicht gewarnt, anstatt einfach auf die Bühne zu spazieren und mir den Schock meines Lebens zu versetzen? Er wollte mich kalt erwischen. Mir eine Falle stellen? Ich höre den leisen Nachrichtenton meines Handys, schlucke und lese.

Mit dem offenen wilden Haar sind Sie noch schöner.

Ich blicke auf und sehe, dass er sein Smartphone in der Hand dreht. Er schaut mir direkt in die Augen, dann streicht er mit der freien Hand sein Haar zurück.

Nehmen Sie sich heute Zeit für mich.

Das ist eine Anweisung, keine Bitte. Meine Brust zieht sich zusammen, plötzlich fällt mir das Atmen schwer. Aber ich muss atmen, brauche Luft. »Entschuldigung«, sage ich zu Gary, schiebe mich an ihm vorbei und spüre, wie Panik in mir aufsteigt.

»Ist alles in Ordnung?«, fragt er, während ich mich zittrig an Leighton vorbeizwänge.

Mist, wie kann ich mein seltsames Verhalten erklären? Ich brauche einen Moment, um mich zu sammeln. Mich zu beruhigen. Die Kraft wiederzufinden, die nötig ist, um hier heute weiterzukommen. »Ja, nur ein kleiner familiärer Notfall.« Ich schwenke mein Smartphone. »Bin gleich wieder da.« So schnell mich meine hohen Absätze tragen, eile ich durch den Mittelgang. Im Vorbeigehen suche ich einen Moment lang Clarks Blick und er schaut mich besorgt an. Ich hebe lächelnd die Hand, um ihm zu signalisieren, dass alles in Ordnung ist. Dabei ist gar nichts in Ordnung. Seit über einer Woche versuche ich, Jude Harrison aus dem Kopf zu kriegen. Seine Hände, sein Haar, sein umwerfendes Gesicht, seine hochgewachsene, schlanke Gestalt. Seine Brust, sein Kinn. Seine verdammten Augen voller Sex und Sinnlichkeit. Und das, was er mit mir anstellen kann, ohne mich auch nur anzurühren. Ohne auch nur in Sichtweite zu sein. Und jetzt ist er hier?

»Nein«, sage ich energisch zu mir selbst und haste durch den Glastunnel. Leider habe ich keine Ahnung, wo die Damentoilette ist. Bislang habe ich nur die in der Umkleide des Wellnessbereichs benutzt. »Mist.« Ich entdecke Anouska.

»Miss Lazenby?«, sagt sie, als sie mich kommen sieht.

»Ich suche die Toilette.«

»Einfach dort entlang und dann rechts.« Sie zeigt zurück in den Glastunnel.

»Danke schön«, rufe ich, kehre um und bleibe dann abrupt stehen, weil Jude Harrison durch die Doppeltür aus dem Auditorium tritt und dabei ein wenig aufgewühlt aussieht.

Und besorgt.

»Amelia«, sagt er und mustert mich von oben bis unten.

Ich für meinen Teil lasse das Mustern lieber sein. Denn ich weiß, was ich sehen werde, wird alles nur noch schlimmer machen. Nicht, dass ich es sehen müsste. Alles an diesem Mann hat sich in mein Gedächtnis gebrannt.

»Was ist denn passiert?« Er macht einen Schritt auf mich zu, ich weiche einen zurück. Er hält inne, und die Sorge auf seinen Zügen ärgert mich.

Was passiert ist? Wo bitte soll ich anfangen? Alles aufzuzählen, würde den ganzen Tag lang dauern, aber dafür fehlt mir die Zeit. Ich lasse ihn stehen und gehe weiter Richtung Damentoilette. Sofort mischt sich das Geräusch seiner edlen Schuhe in das Klicken meiner Absätze auf dem Marmor.

Ich fahre herum. »Wagen Sie es nicht, mir zu folgen«, blaffe ich, weiche zurück und versuche, ihn mit meinen Augen an der Stelle festzunageln, an der er jetzt steht. In seinen Augen liegt Unsicherheit. In meinen sieht er Gereiztheit, nehme ich an.

Ich erreiche die Tür und stürme hindurch. Für den Luxus, der mich umgibt, habe ich im Moment keinen Blick. Ich lege mein Smartphone auf den cremefarbenen Marmorwaschtisch, stütze die Hände aufs Waschbecken und schließe die Augen. Jude Harrison. Ihm gehört Arlington Hall? Verdammt!

Hinter meinen geschlossenen Lidern tauchen Bilder auf. Bilder von ihm. In der Library Bar, in seinem teuren Anzug, in den schwarzen Schwimmshorts im Spa, sein Spiegelbild, als er meine Hände verführt hat. »Nein. Nein. Nein!« Ich reiße die Augen auf, fixiere mich im Spiegel und befehle meinem Gehirn einen Reset. Der Tag heute ist wichtig. Verdammt wichtig. Wie kann er es wagen, mich abzulenken? Wie kann er es wagen!

»Reiß dich zusammen, Amelia«, sage ich leise zu mir. »Vergiss nicht, weshalb du hier bist.«

Die Tür geht auf und der Spiegel verrät mir, dass er sich natürlich nicht um das schert, was ich gerade gesagt habe.

*Wasch dir jetzt bloß nicht die Hände.*

Im Spiegel sucht er meinen Blick und lässt langsam die Tür los. »Amelia?«

»Jude.« Zum ersten Mal spreche ich den Namen aus, den ich jetzt kenne. Ich weiß jetzt, wer er ist und was er beruflich macht.

»Sie sind sauer«, murmelt er.

»Sorry, aber wundert Sie das?«

»Na ja, ein bisschen überrascht mich das.« Er bleibt an der Tür stehen. Klug.

Ich senke den Kopf, schaue ins Waschbecken. Womit zum Teufel hat er denn gerechnet? Wie oft habe ich ihm schon eine Abfuhr erteilt? Obwohl er mich fast um den Verstand bringt, obwohl ich ihn unfassbar anziehend finde. Dass ich der verrückten Chemie zwischen uns beiden auf den Grund gehen möchte, tut nichts zur Sache. Und verdammt, auch dass ich ihn nicht aus dem Kopf kriege, ist egal. Ich habe ihm gesagt, er soll mich in Ruhe lassen. Das müsste doch reichen, aber er tut es einfach nicht.

*Fuck.*

»Sie tragen Ihr Haar offen«, sagt er, als wäre das viel mehr als nur eine andere Frisur.

Ich verziehe das Gesicht. *Steif.* »Richtig«, bestätige ich in sachlichem Ton. Im Moment fehlt mir die Kraft, darüber nachzudenken, warum ich mich gerade heute für diesen Look entschieden habe.

»Warum können Sie mich nicht anschauen?«

»Ich kann Sie anschauen. Ich will es nur nicht.«

»Warum?«

»Lassen Sie das«, antworte ich zähneknirschend.

»Nein.«

»Jude. Bitte.«

»Zwingen Sie mich nicht, es zu sagen. Zwingen Sie mich nicht, Ihnen zu gestehen, wie anziehend ich Sie finde.«

Ich atme ein und ein Schauer überläuft mich. Jetzt tritt er hinter mich, ganz dicht. Ich spüre, wie ich in seinen Bann gerate, bin wie hypnotisiert. Seine Aura zieht mich magisch an. Dieser Mann könnte mich komplett aus der Spur werfen. Nicht weil Heiraten und Kinderkriegen hier ein Thema wären, sondern allein, weil er pure, überwältigende und nahezu unkontrollierbare Lust in mir auslöst. Er ist entwaffnend, clever, erfolgreich und sieht atemberaubend aus. Zu verleugnen, wie sehr er mich fasziniert, wie sehr ich ihn will, wäre schlichtweg idiotisch. »Heute geht das nicht.« Heute nicht und nie.

Seine Hand findet in mein Kreuz und ich erstarre. Die Berührung brennt sich durch mein Kleid in meine Haut. Schon gleitet die Hand weiter, herauf zu meinem Nacken.

»Jude, bitte.« Unter seinen Fingern, die meinen Nacken massieren, bröckelt mein Widerstand. Die Vorderseite seines Körpers berührt meinen Rücken, seine freie Hand schiebt sich auf meinen Bauch.

»Worum bitten Sie mich, Amelia?« Er zieht mich fest an sich, streicht mein Haar beiseite, und ich spüre seinen Atem auf meiner Haut.

Ein Feuersturm jagt durch meine Venen, ich ertappe mich dabei, wie ich den Hintern an ihn dränge.

»Sagen Sie es mir.«

Ehrlich gesagt, weiß ich gar nicht, was ich will. Ihn? Das hier? Mehr Platz? Einen klaren Kopf? Luft zum Atmen?

Widerstand?

Aber wie soll man dem Unwiderstehlichen widerstehen? Und wie unwiderstehlich Jude Harrison ist, hat er schon mehrfach unter Beweis gestellt.

»Dinner«, flüstert er und bombardiert dabei alle meine Sinne.

Ich stöhne auf und lasse mich von meinen Gefühlen mitreißen. Wieder bin ich Wachs in seinen Händen. Ich habe keine Kontrolle über meine Reaktionen, mein Kopf und mein Körper beugen sich seinem Willen.

»Ja«, flüstert er. Es ist die Aufforderung an mich, es ebenfalls zu sagen.

Mein Atem wird noch schwerer, ich spüre ein Ziehen in den Brüsten, meine Oberschenkel spannen sich an.

»Vergessen Sie das Galadinner nach der Konferenz. Essen Sie mit mir.«

Wieder ein Stöhnen. Mein Gott, er hat die Macht über meinen Körper, löst in mir völlig neue und absolut überwältigende Gefühle aus.

*Mehr davon!*

Sein Mund liegt an meinem Ohr, ich stehe unter Strom. Ich wende ihm mein Gesicht zu, warte darauf, dass seine Lippen zu meinen finden.

»Sie schulden mir eine Chance, Sie besser kennenzulernen.« Er drückt die Lippen in meine Halsbeuge. »Und Sie schulden sich die Chance zu erkunden, was möglich ist.«

Ich soll ihm etwas schulden?

*Du schuldest mir eine gewisse Verbindlichkeit, Amelia.*

Schlagartig ist die Magie verflogen. Jude schaut mich im Spiegel an, seine Hände legen sich fester an meinen Hals und meine Hüfte, so als würde er merken, wie ich mich zurückziehe, und wollte es verhindern.

»Ich muss zurück zur Konferenz.«

Ungläubig legt er die Stirn in Falten. »Was?«

Ich winde mich aus seinem Griff, ziehe mein Kleid zurecht und ordne mein Haar, um mich wieder sehen lassen zu können. Verdammt, ich hätte es doch aufstecken sollen.

»Amelia, was zum Teufel tun Sie?«

»Ich bin beruflich hier«, zische ich. »Nicht Ihretwegen.« Ich stakse zur Tür. »Und ich schulde Ihnen gar nichts.«

»Was zum …?«, schnauft er. »Amelia!«

Ich will die Tür aufreißen, doch er zieht mich am Handgelenk zurück.

»Was soll das?« Jetzt reicht es mir endgültig. Die Keynote-Rede ist in vollem Gang und er hält mich von meiner Arbeit ab. Ich bin abgelenkt, bin nicht am Ball. Das kann ich nicht zulassen.

»Gerade wollten Sie mich noch küssen. Was ist passiert?«

»Ich will Sie nicht sehen. Nicht heute, nicht morgen.«

Er weicht zurück. Dass er so verletzt aussieht, macht mich noch wütender.

»Und rufen Sie mich nie wieder an.« Diesmal reiße ich die Tür wirklich auf, stürme hinaus und werde noch zorniger. Wie kann er es wagen! Ich bin ihm etwas schuldig? Ich schulde ihm eine Ohrfeige, nicht mehr und nicht weniger. »Verdammt. Verdammt!«, zische ich und ziehe noch einmal an meinem Kleid. Der Stoff klebt an meiner klammen Haut. Dieses Gefühl von Bedrängnis ist neu für mich, und es gefällt mir kein bisschen.

Als ich wieder im Auditorium bin, habe ich bereits fünfzehn Minuten der Eröffnungsrede verpasst. Ich entschuldige mich bei Gary, versichere ihm, es sei alles in Ordnung, und setze mich.

Aber kann ich mich konzentrieren? Nein. Und das macht mich noch wütender.

# Kapitel 12

Auf dem Weg aus dem Auditorium bin ich den Tränen nahe – aus purer Frustration und Enttäuschung über mich selbst. Ständig bin ich in Tagträume abgedriftet, während herausragende Persönlichkeiten aus der Finanzwelt über ihren Werdegang und wichtige Veränderungen in den letzten Jahren gesprochen haben. Und natürlich auch über ihre Zukunftsprognosen. Ich dagegen hatte ununterbrochen Jude Harrison im Kopf und konnte mich nicht konzentrieren. Deshalb verlasse ich den Raum ohne tiefgreifende Erkenntnisse, zumindest, was berufliche Dinge angeht. Nur eines weiß ich genau: Jude Harrison ist ein Mann mit einer Mission. Und ich will ihn.

Aber ich sollte ihn nicht wollen.

Erst nach dem Dinner mache ich mich auf die Suche nach Tilda Spector, um zu retten, was zu retten ist. Vor der Kent Suite steht eine Kellnerin mit einem Tablett voller Cocktailgläser. »Nein danke«, lehne ich lächelnd ab und nehme mir ein Glas Wasser. Ich entdecke Tilda auf der anderen Seite des Raums. Sie winkt mir zu und ich lächle. Das Lächeln auf dem Weg zu ihr nicht zu verlieren, fällt mir allerdings schwer, denn an Tildas Seite klebt mein Konkurrent Leighton – das Ekel – Speers. »Tilda«, sage ich und lasse mich von ihr mit Wangenküsschen begrüßen.

»Amelia! Wie fanden Sie den Tag heute?«

Ich verziehe das Gesicht. Nicht nur, weil Leighton Tildas Beispiel folgt und mich ebenfalls auf die Wangen küsst, sondern auch, weil ich keine wirklich gute Antwort parat habe. Deshalb sage ich schlicht: »Großartig. Und Sie?«

Bevor sie antworten kann, sagt Leighton: »Tilda hat mir gerade erzählt, dass sie daran denkt, sich zur Ruhe zu setzen.«

Nur gut, dass er Ohren hat, sonst würde sein Grinsen um den ganzen Kopf reichen. Er nippt an einem Cocktail, was mich nicht überrascht. Vermutlich hat er zum Abendessen auch schon reichlich Gratiswein gebechert.

»Ach tatsächlich?« Es gelingt mir, aufrichtig überrascht zu klingen. Dann ist an den Gerüchten also tatsächlich etwas dran.

»Etwas kürzerzutreten«, stellt Tilda richtig und fixiert Leighton mit hochgezogenen Brauen. »Ich bin erst zweiundfünfzig.«

»Und Sie sehen so umwerfend aus wie immer.«

Sie lacht leise auf, dann nimmt sie mich am Ellbogen und führt mich zu seiner Enttäuschung von ihm weg. Ich kann es nicht lassen und grinse ihn über die Schulter hinweg spöttisch an.

»Kommen Sie. Wir setzen uns einen Moment.« Tilda geht mit mir zu einem Tisch, rückt mir einen Stuhl zurecht und fordert mich mit einer Geste auf, Platz zu nehmen. »Jetzt erzählen Sie mal.« Sie lässt sich neben mir nieder. »Wie sieht die Zukunft für Amelia Lazenby aus?«

*Sie wird Firmenpartnerin, hoffe ich.* »Von einem Ruf wie Ihrem in der Finanzwelt kann ich nur träumen, Tilda.«

»Ich habe den Eindruck, Sie sind auf dem besten Weg.«

Mein Wasserglas bleibt vor meinen Lippen in der Luft hängen. »Tatsächlich?«

»Gary schwärmt in den höchsten Tönen von Ihnen.«

»Wirklich?« Warum zum Teufel, klingt meine Stimme so piepsig?

Sie lacht. »Bloß keine falsche Bescheidenheit. Bei LB&B haben Sie sich in Rekordgeschwindigkeit nach oben gearbeitet. Nick muss sehr stolz auf Sie sein.«

Ich ziehe die Schultern hoch. *Nein, nicht wirklich.* Er wollte meine Karriere ausbremsen. *Du schuldest mir eine gewisse Verbindlichkeit.*

»Ist er auch hier?«, fragt sie und schaut sich um. »Ich habe ihn noch gar nicht gesehen.«

»Ich glaube, dieses Jahr hat seine Firma jemand anderen geschickt.« Auf der Teilnehmerliste steht er jedenfalls nicht, ich habe nachgesehen. Seufzend hole ich Luft. Zeit für ein Geständnis. Geheimhalten möchte ich unsere Trennung nicht, ich habe nur keine Lust, darüber zu reden. Und Nick schweigt sich offenbar darüber aus. Macht er sich immer noch Hoffnungen? »Nick und ich sind nicht mehr zusammen.«

»Ach! Jetzt bin ich überrascht.« Sie lehnt sich zurück. »Was ist denn passiert? Nein, entschuldigen Sie bitte. Das geht mich nichts an.«

»Kein Problem. Ich denke, wir haben uns in gegensätzliche Richtungen entwickelt.«

Tilda summt, als würde sie vermuten, dass mehr hinter meiner ausweichenden Antwort steckt. Doch sie lässt das Thema auf sich beruhen. »Wie sieht denn Ihr Klientenportfolio derzeit aus?«

Normalerweise spreche ich darüber nicht mit anderen Finanzberatern, aber vor mir sitzt Tilda Spector. Wenn sie ihr Ohr anbietet, redet man. »Recht solide, denke ich, aber es gibt natürlich noch Luft nach oben, und es darf gern noch wachsen.«

Sie nickt. »Das darf es immer. Ich habe gehört, Sie haben kürzlich einen gewissen Mr Neilson dazugewonnen.«

»Ja, richtig. Allerdings eher zufällig. Einer unserer Seniorpartner hat die Firma verlassen und wir anderen haben seine Klienten übernommen. Kennen Sie Mr Neilson?«

»Oh ja.«

Das klingt nicht gut. »Aha?« Jetzt bin ich neugierig. »Wollen Sie mir etwas über ihn erzählen?«

Tilda beugt sich lächelnd näher. »Man munkelt, seine Noch-Ehefrau ist dabei, ihm das Fell über die Ohren zu ziehen. Vermutlich wird er bald sein Depot auflösen und alles zu Geld machen, um es dann verstecken zu können.«

»Shit«, murmle ich, entschuldige mich dafür und versuche, mir ins Gedächtnis zu rufen, was sein Portfolio wert ist. »Er spielt auf Sicherheit«, sage ich nach einem kurzen Moment des Nachdenkens. »Ziemlich viele festverzinsliche Sparbriefe und Ähnliches.«

»Auf die er schnellen Zugriff hat«, bestätigt Tilda. »Ich dachte, jemand sollte Sie warnen.«

*Wunderbar.* Nicht, dass ich viel tun könnte. Ich kann keinem Klienten verbieten, seine Anlagen aufzulösen, ganz gleich aus welchem Grund. Auch nicht, wenn jemand, wie offenbar Mr Neilson, sein Geld einfach verstecken will. Was genau genommen sowieso nahezu unmöglich ist. Wenn ich von offizieller Stelle um Belege und Nachweise gebeten werde, stelle ich sie zur Verfügung. Seine zukünftige Frau muss dann allerdings beweisen, dass er das Geld, von dem sie glaubt, er habe es, nicht irgendwie verpulvert hat. »Vielen Dank für den Hinweis.«

Tilda nimmt einen Schluck von ihrem Drink und zieht die Brauen hoch. »Du meine Güte, haben Sie dieses Zeug probiert?« Sie winkt eine Kellnerin an den Tisch und nimmt eines der geriffelten Cocktailgläser von ihrem Tablett. Die Innenseite ist mit einem Palmblatt ausgekleidet, die Flüssigkeit darin weißlich wolkig. »Bitte schön.«

»Nein, lieber nicht.« Ich winke lächelnd ab.

»Schauen Sie sich um, Amelia.« Mit ihrer perfekt manikürten Hand macht Tilda eine ausholende Geste, und ich sehe, dass fast jeder im Raum ein Glas mit einem Palmblatt in der Hand hält. »So einen Cocktail haben Sie ganz sicher noch nie getrunken.«

»Nein, wirklich.« Ich muss meine Sinne beisammenhalten, und nicht nur, weil ich beruflich hier bin.

»Möchten Sie meinen Rat dazu hören?« Tilda zwinkert mir zu.

»Sehr gern«, antworte ich nervös, denn wenn sie mir jetzt sagt, ich soll lockerer werden, dann schreie ich vielleicht.

»Trinken Sie immer ein paar Gläser weniger als die anderen.« Sie drückt mir den Cocktail in die Hand. »Die haben inzwischen alle mindestens zwei Cocktails intus und dazu noch den Wein vom Abendessen. Das hier ist mein erster und ihrer sicher auch.«

Lächelnd nehme ich einen Schluck und er rinnt mir samtig durch die Kehle. »Heilige Scheiße, der ist wirklich verdammt gut!«, rutscht es mir heraus, und Tilda gluckst. »Sorry.«

»Sie müssen sich nicht entschuldigen. Das war sehr erfrischend, Amelia.«

»Das Zeug ist wirklich unglaublich lecker.« Ich schmecke Wodka, Lychee und ein bisschen Ananas.

»Allerdings. Er hat nicht zu viel versprochen.«

»Wer denn?«

»Der beeindruckende junge Mann, der uns hier in Arlington Hall willkommen geheißen hat. Wir trinken gerade den Hey Jude.«

Ich betrachte das Glas. »Oh.« Und sofort spüre ich Blicke. Jude steht an der Tür und sieht wütend aus. Offenbar leckt er nicht seine Wunden. Im Gegenteil, er wirkt ziemlich angriffslustig. *Verdammt!*

Ich stelle das Glas ab und schiebe es weg. Noch eine Zurückweisung, die er selbstverständlich registriert. Dann konzentriere ich mich ganz auf Tilda. »Sie wollen also kürzertreten?«

Lachend lehnt sie sich zurück. »Ja. Ich habe genug Zeit im Haifischbecken verbracht und muss nichts mehr beweisen. Jetzt möchte ich andere Interessen verfolgen. Die Aasgeier kreisen bereits, um sich auf die dicksten Brocken zu stürzen.«

Himmel hilf, ich hoffe, sie betrachtet mich nicht als einen dieser Aasgeier. »Das kann ich mir vorstellen.« Ich setze ein Lächeln auf.

»Sie sind kein Aasgeier, Amelia, und auch deshalb mag ich Sie. Haben Sie je daran gedacht, sich einen Mentor oder eine Mentorin zu suchen?«, fragt sie. »Nicht jemanden, der Ihnen erklärt, wie man Geld richtig anlegt. Das können Sie. Sondern jemanden, der Ihnen dabei hilft, Ihre Karriere voranzubringen. Sie haben ganz eindeutig alles, was man dafür braucht. Aber es geht nicht nur um Zahlen und gute Abschlüsse. Auch persönliches Wachstum ist wichtig. Wo sehen Sie Ihre Grenzen, was sind Ihre Prinzipien, welche Ziele verfolgen Sie für Ihre Klienten und welche für Sie persönlich? All das sind ebenfalls Bausteine einer Karriere. Verraten Sie mir doch mal eins Ihrer Ziele.«

Unter Judes versengendem Blick habe ich Mühe, mich zu konzentrieren. »Ich will bei LB&B Partnerin werden.«

»Warum?«, gibt sie zurück. »Was wollen Sie damit beweisen und wem?«

Ich beiße mir auf die Unterlippe. »Ich will mir selbst beweisen, dass ich das kann. Dass meine Entscheidung, auf andere Angebote zu verzichten, richtig war.«

Sie lächelt wissend. Tilda kennt meinen Vater, Tilda kennt jeden. »Verschwenden Sie keine Zeit damit, anderen etwas beweisen zu wollen. Sie sind die Vorsitzende Ihres eigenen persönlichen Vorstands, Amelia. Überlegen Sie sich gut, wen Sie noch in diesen Vorstand holen.« Sie steht auf. »Es war schön, dass wir uns unterhalten konnten.«

»Oh ja, das finde ich auch, Tilda.«

Sie geht davon, und obwohl ich längst nicht so viel erreicht habe wie erhofft, habe ich doch das Gefühl, aus diesem Gespräch viel Wertvolles mitzunehmen. Es gibt mir Auftrieb, macht mich aber gleichzeitig traurig, weil mein Vater mich nie ermutigt oder mir wertvolle Ratschläge gibt.

Seufzend betrachte ich das Cocktailglas vor mir auf dem Tisch. Dass der Drink so verführerisch schmeckt, ärgert mich. Er ist fast so verlockend wie der Mann, nach dem er benannt ist. Und dass ich unbedingt einen weiteren Schluck möchte, ärgert mich auch. Wie von selbst graben sich meine Zähne in meine Unterlippe, wie von selbst findet mein Blick zum Ursprung der Hitze. Er hat sich nicht bewegt, schaut mich immer noch an. Breitbeinig steht er da, die Hände in den Taschen.

»Und? Was hast du erfahren?« Leighton lässt sich auf den Stuhl fallen, auf dem gerade noch Tilda gesessen hat. Mit den Ellbogen auf den Knien beugt er sich zu mir und kommt mir damit eindeutig zu nahe.

Ich lehne mich zurück und kneife ein Auge zusammen. »Ich soll dir erzählen, was ich gerade mit Tilda Spector besprochen habe?«

»Klar. Wir sind doch Freunde, oder?« Er wirft mir ein Lächeln zu, das viele Frauen vermutlich anziehend finden würden. Sein Pech, dass ich ihn ziemlich gut kenne.

»Freunde?«

Er schürzt die Lippen und rückt noch näher. »Gern auch mehr, wenn du möchtest. Soweit ich gehört habe, bist du seit Neuestem wieder Single.«

Ich muss lachen. Dieser Kerl würde sich bedenkenlos nach oben vögeln. Er würde einfach alles tun. Andere bescheißen, auf ihnen herumtrampeln. Ja sicher, in unserer Branche muss man zielstrebig sein, gelegentlich sogar rücksichtslos. Aber was Tilda gerade gesagt hat, klingt in mir nach. *Sie sind die Vorsitzende Ihres eigenen persönlichen Vorstands, Amelia. Überlegen Sie sich gut, wen Sie noch in diesen Vorstand holen.*

»Mehr?« Ich rücke ein wenig näher an Leighton heran und lächle kokett. Ich bin nicht sein Typ. Schon allein, weil ich Hirn habe und deshalb weiß, dass es klug ist, sich von ihm fernzuhalten. Ganz gleich ob privat oder bei der Arbeit. Dort muss ich ihn wohl oder übel ertragen, bis ich ihn hoffentlich eines Tages nicht mehr ertragen muss.

Sein Blick fällt auf meine Lippen. »Mehr«, raunt er. »Sicher kann man sich in dieser Luxusbude ein Zimmer nehmen.«

Dieser Kerl löst bei mir vor allem Brechreiz aus. Doch bevor ich ihm sagen kann, dass er sich verziehen soll, schnellt er plötzlich von mir weg, fällt auf den Hintern und sein Drink wirbelt durch die Luft. Im selben Moment erscheint eine Gestalt vor mir. Mein Blick wandert an ihr nach oben bis zu den ozeangrünen Augen. Judes Killerblick nagelt mich auf meinem Stuhl fest, sein Kiefer zuckt.

Jude Harrison zeigt eine weitere Seite seines Charakters.

»Verdammt, was soll das?«, schreit Leighton, der wie ein Käfer auf dem Rücken liegt.

»Entschuldigen Sie bitte«, knurrt Jude und dreht sich langsam zu ihm. »Ich bin wohl mit dem Fuß an Ihrem Stuhlbein hängen geblieben.« Er streckt Leighton die Hand hin. »Lassen Sie mich Ihnen aufhelfen.« Er klingt, als wollte er Leighton nicht aufhelfen, sondern ihn zerfetzen.

Leighton akzeptiert die Hand und Jude zieht ihn auf die Füße. Dabei scheint Leightons eine Seite irgendwie zu schrumpfen. Er lacht nervös. »Kein Problem«, fiept er. Hat er Schmerzen? Er stößt einen zischenden Laut aus und starrt dabei auf Judes Hand, die seine umfasst hält.

Jude lässt los und Leightons Hand fällt schlaff und blutleer an seine Seite. Was zum Teufel passiert hier gerade? Ich stehe auf, glätte mein Kleid und Jude rückt ganz nahe an mich heran. Ein wenig versetzt steht er vor mir, mein Blick liegt auf seiner Schulter. Er hat das Kinn hoch erhoben, die Hände in den Hosentaschen vergraben.

»Verdammt, Amelia. Streuen Sie nicht auch noch Salz in die Wunde.«

»Wie bitte?«

»Sie haben mich gehört.« Er dreht sich zu Leighton. »Ich besorge Ihnen einen frischen Drink.«

»Prima. Und ein Zimmer für heute Nacht wäre schön.« Leighton grinst und ich spüre den unbändigen Drang, ihm das Grinsen aus dem Gesicht zu schlagen. Die Art, wie Jude die Schultern spannt und hebt, verrät, dass es ihm ähnlich geht. Ich bin kurz davor, ihm zu sagen, dass es nicht so ist, wie er denkt. Aber bin ich ihm das schuldig?

»Ein Zimmer«, wiederholt Jude bedächtig.

Leighton hat sich wieder gefangen und klopft ihm auf die Schulter unter dem teuren Jackett. »Erzählen Sie mir etwas über Ihre langfristige Finanzplanung«, sagt er zu Jude.

Ich schüttle den Kopf und weiß nur, ich muss hier raus und an die frische Luft. Dieser Tag war ein Desaster. Eine Minute später finde ich mich auf einer Terrasse voller schmiedeeiserner weißer Tische und Stühle wieder. An einem Tisch etwas abseits setze ich mich auf eines der grünen Polster und wähle Abbies Nummer. »Hol Charley am besten auch gleich dazu«, sage ich und lehne mich erschlagen zurück.

»Oh shit«, sagt sie. »Was ist passiert?«

»Er ist hier, in Arlington Hall«, antworte ich.

»Er?«

»Sein Name ist Jude Harrison und ihm gehört das ganze Anwesen.«

»Oh mein Gott.«

»Bei der Konferenz habe ich praktisch nichts erreicht, habe nur geschwitzt und versucht, ruhig zu atmen, damit ich keinen verdammten Herzinfarkt kriege.« Ich will mein Haar zurückstreichen und merke, dass es offen ist. Verdammt! Mit dem Telefon am Ohr drehe ich es im Nacken zu einem Pferdeschwanz zusammen, damit die Strähnen meine feuchten, klebrigen Wangen nicht kitzeln. »Er hat eine Begrüßungsrede gehalten und ich habe zwischen den Zeilen gelesen. Dann ist er mir auf die Damentoilette gefolgt und …«

»… ihr hattet wieder Handsex?«

»Nein.« Ich verdrehe die Augen und lasse mich gegen die Rückenlehne fallen. »Er hat ganz dicht bei mir gestanden, und ich weiß nicht, was noch passiert wäre. Aber in letzter Sekunde bin ich zur Vernunft gekommen und gegangen. Später ist er dann einem meiner männlichen Kollegen gegenüber ziemlich grob geworden.« Ich hole Luft und reibe mir die Schläfe. »Abbie, er ist eine Naturgewalt, und ich weiß nicht, ob ich ihm gewachsen bin.«

»Unterschätz dich nicht«, sagt sie sanft. »Du bist die stärkste Frau, die ich kenne.«

Ich lächle, aber das Lächeln bleibt schwach und kostet mich viel Kraft. »Im Moment fühle ich mich gar nicht so.« Mit jeder Sekunde, die ich in Jude Harrisons Orbit verbringe, ganz gleich, ob direkt in seiner Gegenwart oder am Telefon, bröckelt diese Kraft ein wenig mehr.

»Das ist die Macht magnetischer Anziehung.«

»In meinem Leben gibt es keinen Platz für einen Mann. Ich habe gerade erst einen rausgeworfen.«

»Nicks Vorstellungen waren auch ziemlich daneben.«

»Und die von Jude Harrison sind es nicht?« Ein Kellner erscheint neben mir und ich blicke auf. »Für mich bitte nichts, danke.«

Lächelnd nimmt er ein Glas Hey Jude von seinem Tablett und stellt es mir hin. »Mit besten Grüßen von Mr Harrison.«

Ich lache düster auf.

»Was ist denn?«, fragt Abbie.

»Er hat mir gerade einen Cocktail geschickt. Den Hey Jude. Vielleicht ein Friedensangebot.«

»Unfassbar, dass ihm der ganze Laden da draußen gehört.«

»Wir haben Charley gar nicht dazugeholt.«

»Du weißt auch so, was sie sagen würde. Außerdem ist sie heute mit Lloyd zum Dinner bei seinen Eltern. Ich bin auf dem Weg zum Einkaufen. Chablis, Käse und Bridget?«

Unser Krisenbekämpfungsset. »Jap«, schnaufe ich, denn die Situation fühlt sich definitiv nach Krise an. »Ich komme nicht allzu spät.«

Ich lege auf und betrachte einen Moment lang das Glas vor mir, wohl wissend, dass er mich beobachtet. Deshalb stehe ich auf und gehe zurück ins Gebäude. Den Drink lasse ich unberührt auf dem Tisch stehen.

»Da bist du ja.« Clark tanzt auf mich zu. »Wir gehen ins Evelyn's. Los, komm mit.«

»Ins Evelyn's?«

»Das ist der Nachtclub hier im Hotel. Nach Hause will jetzt keiner. Wir genehmigen uns noch ein paar Drinks.«

Ich will jetzt nicht in einen Club, der nach Judes Mutter benannt ist. »Hast du heute Ausgang?« Sicher freut sich Rachel nicht, wenn mein Bruder reichlich spät und sturzbetrunken zu Hause auftaucht. Betrunken ist er schrecklich. Lallt, schwankt, ist anhänglich und leckt einem beim Reden fast das Ohrläppchen.

»Mein Boss hat mir das Okay gegeben. Also los, Schwesterlein. Lebe wild und gefährlich.« Er klatscht in die Hände und tanzt mit ein paar ziemlich eindeutigen Moves davon. Dieser Blödel. Wie ein aufgeregtes Kind an Weihnachten.

»Was ist mit deinem Wagen?«, rufe ich hinter ihm her.

»Rach fährt mich morgen nach der Arbeit her, damit ich ihn holen kann.«

»Dann viel Spaß, aber ohne mich.« Ich wedle mit der Hand. Auf mich wartet ein Wein-und-Käse-Koma mit Abbie, der ich mein Herz ausschütten kann. »Ich nehme den Shuttlebus zurück nach London.«

»Ach, den haben wir ein paar Stunden nach hinten verschoben«, erklärt Shelley und geht beschwingt an mir vorbei Richtung Evelyn's. »Mehrheitsbeschluss. Tut mir leid.« Sie bleibt stehen.

Ich lasse die Schultern hängen. »Dann fahre ich mit dem Zug.«

»Ach, komm schon, Amelia«, drängelt sie. »Lebe wild und gefährlich.«

Die anderen haben gut reden. Für mich könnte das *zu* gefährlich werden.

»In einen Club?« Ich zeige an mir hinunter. »In dem Outfit?«

»Schau dich doch um«, sagt Shelley lachend. »Siehst du etwas anderes als Anzüge und Bleistiftröcke?« Damit tanzt sie davon.

»Das hier ist ein Kleid«, murre ich. »Von Victoria Beckham«, füge ich hinzu, als würde das einen Unterschied machen. Du lieber Himmel. In einem Club war ich zum letzten Mal auf Ibiza, direkt nachdem wir unseren Abschluss in der Tasche hatten. Ein toller Urlaub, und keiner von uns wollte je wieder nach Hause und erwachsen sein.

Um mich herum haben sich sämtliche Konferenzteilnehmer in Bewegung gesetzt. Die Freiheit von allen Zwängen im Job ist auch zu verlockend. Mal loslassen, ein bisschen über die Stränge schlagen. Für Reue und Kopfschmerzen ist morgen noch Zeit. Und sicher wird auch jemand in einer Toilettenkabine landen, mit jemandem, mit dem er dort nicht landen sollte. Partys dieser Art waren bislang nie mein Ding, und das sollte sich auch nicht ausgerechnet heute ändern. Ganz besonders nicht, weil der Club Jude Harrison gehört.

Nach einem Blick auf die Uhr öffne ich meine Uber-App und suche für die Fahrt zum Bahnhof nach einem Wagen in der Nähe. »Keine verfügbaren Fahrzeuge?«, stöhne ich einen Moment später ungläubig. Ein wenig ratlos gehe ich zur Rezeption und sehe Anouska dort stehen. »Hey, gibt es hier ein Taxiunternehmen, das mich zum Bahnhof bringen kann? Einen Uberfahrer finde ich im näheren Umkreis gerade nicht.« Mit einem Lachen deute ich an, wie verrückt das ist.

Sie zieht eine Grimasse. »Das kann ich mir vorstellen. Wir sind hier wirklich weitab vom Schuss. Ein Uber muss man sich lange im Voraus bestellen und das nächstgelegene Taxiunternehmen ist in Oxford. Soll ich für Sie dort anrufen?«

»Oh ja, bitte.«

»Kein Problem.« Nach ein paar Klicks auf ihrem Smartphone beginnt sie zu reden, erklärt, wo ich bin und wo ich hinmöchte. Dann legt sie die Stirn in Falten und verdeckt das Smartphone mit der Hand. »Die können in frühestens zwei Stunden hier sein.«

»In zwei Stunden?«

Sie nickt bedauernd.

»Wie in aller Welt reisen denn Gäste ohne eigenes Auto hier an und wieder ab?«

»Mit einem Chauffeur, entweder ihrem eigenen oder einem von uns. Und einen Hubschrauberlandeplatz haben wir auch.«

»Ach ja, richtig.« Ein bisschen fassungslos atme ich aus. Dann fällt mir zum Glück der Wagen meines Bruders ein. »Vielen Dank, aber vielleicht finde ich eine andere Möglichkeit«, sage ich zu Anouska und wähle Clarks Nummer. Natürlich geht er nicht ran. Frustriert stehe ich am Eingang zur Library Bar, wo ein paar verstreute Gäste sitzen, sich leise unterhalten und an ihren Drinks nippen. Im Hintergrund läuft gedämpft entspannter Jazz. Ich atme ein und lasse den Blick zum Ende des Tresens driften. Dabei erinnere ich mich an jedes Detail des Augenblicks, in dem ich Jude Harrison zum ersten Mal gesehen habe. Nur dass er zu dem Zeitpunkt für mich nur irgendein Geschäftsmann war, wenn auch alles andere als ein gewöhnlicher. Wie sehr ich mich doch getäuscht habe. Verdammt!

Weil mir nichts anderes übrig bleibt, mache ich mich auf den Weg zu Evelyn's. Die Tür am Ende des Glastunnels führt hinaus in die kühle Nachtluft. Draußen folge ich einem beleuchteten Kiesweg durch mit weißer Klematis bewachsene Laubengänge zu einem gläsernen Gebäude. Von innen strahlen Lichter heraus, drinnen bleibe ich einen Moment lang stehen und sehe mich staunend um. Das ist kein Nachtclub wie jeder andere, das ist eine Cocktailbar auf Steroiden mit einem DJ und samtbezogenen Sesseln, auf denen noch nie nach ein paar Gläsern zu viel der Mageninhalt eines Gastes gelandet ist. Um die ovale Bar in der Mitte stehen hohe Hocker. Röhren an der Decke werfen ein gedämpftes Licht auf den Tresen aus weißem Naturstein.

Die Gäste stehen und sitzen in kleinen Gruppen zusammen, nur meinen Bruder kann ich nirgends entdecken. »Wo bist du?«, murmle ich. Im selben Moment schallen die ersten Takte des Songs »Silence« von Delerium aus den Lautsprechern, und sofort stürzt ein ganzer Trupp Mittvierziger zur Tanzfläche. Lächelnd schaue ich zu, wie sie sich von gediegenen Finanzberatern in ausgelassene Clubbesucher verwandeln.

Erst draußen auf der Terrasse finde ich meinen Bruder und ertappe ihn beim Rauchen. »Du rauchst seit zwei Jahren nicht mehr.« Ich werfe ihm einen missbilligenden Blick zu.

»Pssscht!«, nuschelt er und nimmt gleich noch einen Zug. »Verpetz mich nicht bei Rachel.«

Herrje, seine Aussprache ist bereits ziemlich schwammig. »Leihst du mir deinen Wagen?«

»Hä?«

»Deinen Wagen. Kann ich damit nach Hause fahren? Taxis gibt es hier in der Gegend offenbar nicht, und ein Uber muss man im Voraus buchen.«

»Amelia, meine geliebte Schwester, hast du ein Auto?«

»Du weißt, dass ich keins habe.«

Gierig saugt er das Nikotin in seine Lungen, lässt den Kopf in den Nacken fallen und bläst den Rauch dankenswerterweise hoch in die Luft und von mir weg. »Stimmt. Und deshalb weiß ich auch, dass du keine Versicherung hast.«

»Greift denn nicht deine Versicherung, wenn ich mit deinem Auto fahre?«

»Nein. Und selbst wenn du versichert wärst, würde ich dich nicht fahren lassen, denn deine Versicherung würde dann nur Feuer und Diebstahl abdecken. Wenn also irgendein Idiot meinen funkelnagelneuen Range Rover rammt, bin ich am Arsch.«

Ich ziehe einen Schmollmund. »Du vertraust mir nicht?«

Er lacht. »Dir würde ich mein Leben anvertrauen. Du bist die verlässlichste und vernünftigste Frau, die ich kenne. Aber den anderen, die da draußen rumfahren, traue ich nicht.«

»Bitte, bitte?«, versuche ich es noch einmal.

»Die Antwort ist Nein.«

Verdammt, so betrunken ist er offenbar gar nicht. »Und was soll ich dann machen?«

»Mitfeiern, Amelia!« Er nimmt den letzten Zug, drückt die Zigarette aus und schlingt seinen Arm um meinen Nacken. »Warum willst du unbedingt hier weg?«

»Will ich doch gar nicht.«

»Komm, lass dir von deinem kleinen Bruder einen Drink spendieren.« Er gibt mir einen feuchten Schmatz auf die Wange.

»Okay.« Offenbar habe ich keine Wahl. Schnell schreibe ich an Abbie, dass ich hier gestrandet bin. Sie soll sich keine Sorgen machen. »Ich nehme einen Chablis.«

Gemeinsam gehen wir hinein. Noch immer läuft derselbe Song und auf der Tanzfläche ist die Hölle los. Unwillkürlich suche ich mit Blicken den Raum ab. Alle meine Muskeln sind gespannt. Was Clark sagt, kann ich nicht hören. Aber er klopft auf einen Barhocker und ich verstehe. Ich schiebe mich auf das grüne Polster, die Rückenlehne ist geformt wie eine Muschel, die Beine schimmern in Gold. Edle Flaschen mit teurem Alkohol und erlesene Gläser stehen in den Regalen in der Mitte der ovalen Bar.

»Ich habe dich mit Spector sprechen sehen«, ruft Clark mir ein bisschen undeutlich ins Ohr. Dann lässt er die Augenbrauen tanzen. »Willst du mir verraten, worüber?«

»Es gibt nichts zu verraten.« Wird die Musik etwa lauter? »Es hieß ja, dass sie sich zur Ruhe setzt. Und sie hat bestätigt, dass sie kürzertreten möchte.«

»Und was hat sie zu dir gesagt?«

»Sie meint, ich soll über einen Mentor nachdenken.«

»Ich kann gern dein Mentor sein.«

Ich gebe mir alle Mühe, das nicht als Kränkung zu empfinden. »Na, besten Dank«, sage ich mit einem Lächeln, das er nicht fehldeuten kann. »Verpiss dich.«

Clark schiebt mir lachend meinen Wein hin und lehnt sich an den Tresen. Ich sehe, wie sich seine Lippen bewegen, kann ihn aber nicht verstehen.

»Was?« Ich rücke näher.

»Ich sage, das habe ich nur gesagt, weil ich ein bisschen betrunken bin!«

»Ein bisschen?«

»Ja. Und Nick ist der langweiligste Typ, der mir je begegnet ist.«

Ich lache in mein Glas. »Und das sagst du mir jetzt?«

»Was?«, schreit er.

»Ich sage …« Großer Gott, wie soll man bei dem Lärm hier reden? Man kann ja kaum einen Gedanken zu Ende bringen. Vielleicht besser so. »… das sagst du mir jetzt?«

»Du bist zu gut für ihn. Er hat dich … Ich weiß nicht. Auch irgendwie langweilig gemacht.«

»Du lieber Himmel, Clark!«

»Ja, im Ernst«, brüllt er und schiebt sich noch näher an mein Ohr. »Er hat dir das Gefühl gegeben, du wärst in deinem Job nicht gut genug. Aber sein Plan ist in die Hose gegangen, denn dadurch bist du sogar noch besser geworden.«

»Willst du damit behaupten, er wollte mich von Anfang an nur als Mutter seiner Kinder?«

»Nein, nicht nur. Du bist eine sehr schöne Frau, Amelia. Ich kann dir bloß mit Mühe meine Freunde vom Leib halten, dabei würde ich dich sogar ganz gern mit ihnen ver-ver-verkuppeln.« Er wirft mir einen ernsten Blick zu, dann mustert er mich kurz von oben bis unten und ich muss lachen.

»Mit allen?«

Clark schnaubt entrüstet. »Dir ist sicher aufgefallen, dass Nick die Idee mit dem Heiraten und Kinderkriegen erst gekommen ist, als du ihm gesagt hast, du willst Partnerin bei LB&B werden.«

Erstaunt schaue ich ihn an. Ja, das ist mir aufgefallen. Vielleicht ein bisschen spät, aber immerhin.

»Was ich damit sagen will«, nuschelt Clark so laut, dass ich ihn gerade noch hören kann. »Mit dir hat sich Nick übernommen. Er ist weder selbstbewusst noch stark genug, um mit einer Frau zusammen zu sein, die ihn auf der Karriereleiter überholen könnte. Fuck, und du warst schon ganz nah dran.«

»Und welche Schlüsse ziehen wir daraus?«

»Dass meine Schwester einen bestimmten Typ Mann braucht. Nick jedenf…falls nicht.« Er hebt sein Glas und ich stoße mit ihm an.

»Im Moment brauche ich gar keinen, aber danke.«

»Gut.« Er beugt sich vor. »Kuss für deinen Bruder.«

Ich küsse ihn auf die Wange und verdrehe innerlich die Augen. Dass er immer wieder vergisst, dass ich die Ältere bin, ist leider nicht neu.

»Okay, und jetzt mach dich locker und hab ein bisschen Spaß. Man kann ehrgeizig sein und tro-tro-trotzdem spontan. Weißt du das?«

Mein Lachen bleibt mir im Hals stecken, denn ich sehe Jude auf uns zusteuern. Er sieht aus wie ein wütender Stier und ich ahne, warum.

»Oh nein.«

»Was?« Clark beugt sich wieder dichter zu mir.

»Bitte nicht.« Ich schiebe mich von meinem Hocker und stelle mein Glas ab, bereit, mich zwischen Jude und meinen Bruder zu stellen. Aber ich bin zu langsam. Bevor ich etwas tun kann, drückt er Clark bereits mit dem Rücken auf den Tresen. Mein armer Bruder weiß nicht, wie ihm geschieht, und Jude knurrt ihm ins Gesicht. Ich kann es nicht glauben. »Was soll das?«, zische ich und stoße Jude wütend zurück. Schwer atmend steht er vor mir und fährt sich mit der Hand durchs zerzauste Haar.

»Finden Sie das in Ordnung?«, schreit er über die laute Musik hinweg. »Sich jedem x-beliebigen Kerl an den Hals zu werfen, um mich zu provozieren?« Er rückt näher, beugt sich über mich, sein Gesicht berührt beinahe meines. »Verdammt, ich stehe hier vor Ihnen, Amelia, und Sie wollen die anderen nicht.«

Einen Moment lang bin ich wie erstarrt, dann fliegt plötzlich, und ohne dass ich es steuern kann, meine Hand auf ihn zu und klatscht in sein Gesicht. Glaubt er wirklich, ich spiele mit ihm? Ich bin eine Frau, verdammt, kein kleines Mädchen, keine Dramaqueen.

Jude blinzelt schockiert, ich ziehe meine brennende Hand zurück. *Shit.*

Mein Bruder ist völlig perplex. Glaubt er, das ist der Typ Mann, der zu mir passt? »Sieht aus, als bräuchtest du deinen großen kleinen Bruder gar nicht, um auf dich aufzupassen«, brüllt Clark gegen den Lärm an und zeigt auf meine Hand.

»Clark«, sage ich voller Ärger über meine zittrige Stimme. »Darf ich vorstellen, Jude Harrison.«

Eine Sekunde lang bleibt Jude der Mund offen stehen. Clarks Worte sind trotz der lauten Musik zu ihm durchgedrungen. »Shit«, sehe ich seine Lippen sagen. »Verflixt, Amelia. Ich …«

Ich will keine Entschuldigung hören. Ich drehe mich zu Clark und gebe ihm einen Kuss auf die Wange. »Ich rufe dich an.« Dann marschiere ich an Jude vorbei und gehe. Wohin genau und wie zum Teufel ich hier wegkommen soll, weiß ich immer noch nicht. Aber ich muss raus hier, sonst ersticke ich. Notfalls gehe ich zu Fuß. Ich brauche frische Luft.

»Amelia! Warte!«, ruft Jude hinter mir her.

Ich schaue noch einmal zurück, sehe, wie er Clark in eine aufrechte Sitzposition zieht, ihm den Anzug abklopft, dabei aber den Blick an mich heftet. Ich gehe schneller.

Dass er mir hinterhereilt, überrascht mich nicht.

Ich stoße die Tür zur Terrasse auf, schiebe mich hektisch zwischen den Rauchern hindurch, und bin zurück auf dem Pfad. Meine Absätze knirschen im Kies, während ich zügig durch den Laubengang marschiere.

»Amelia!«

Das Geräusch seiner Schritte mischt sich mit meinen. Er rennt. Verdammt! Ich bleibe stehen und ziehe mir die Heels von den Füßen. Aber ich bereue es sofort, denn die Steinchen graben sich schmerzhaft in meine nackten Sohlen. »Shit!«

Meine Hoffnung, ohne Schuhe schneller flüchten zu können, ist dahin. Zischend sauge ich die Luft ein und kämpfe mich durch den Kies.

»Amelia! Verdammt noch mal!«

Er darf mich nicht einholen. Doch ein Blick über meine Schulter zeigt, wie er näher sprintet.

»Stopp!«, schreie ich und werfe mich so heftig zu ihm herum, dass mein zum Pferdeschwanz gedrehtes Haar sich löst und mir um den Kopf fliegt. Gott, wie viele Leute haben gesehen, was im Club passiert ist? Und wie soll ich das erklären, vor allem meinem Bruder?

Strauchelnd kommt Jude zum Stehen. Außer Atem ist er auch, aber immerhin hat er sich seine verdammten Füße nicht blutig gerannt. Wütend stapfe ich auf ihn zu. Im Moment ist mir der Schmerz egal. Ich schlage die Handfläche gegen seine harte Brust, schubse ihn rückwärts. Er ist über einen Kopf größer als ich.

»Das muss aufhören. Jetzt sofort.« Ich komme wieder zu Atem, gebe mir auf jeden Fall Mühe, obwohl das in Jude Harrisons Nähe sehr schwierig ist. Ruhe! Ich will ruhig sein! »Schluss damit, Jude.« Ich wende mich ab. Zähneknirschend kämpfe ich mich mit schmerzenden Füßen vorwärts. Aber auch an einer anderen Stelle tut es seltsamerweise weh.

In meiner verdammten Brust.

Nur warum zum Teufel?

Ich schaffe es bis zur Tür des Glastunnels und reiße sie auf. Er erwischt sie, bevor sie sich hinter mir schließen kann, und tut wie üblich genau das Gegenteil von dem, was ich verlange. Er folgt mir durch den Glastunnel, am Empfang vorbei, durch den Wellnessbereich und in einen der Umkleideräume. Ich tue, als wäre er gar nicht da, aber so richtig will mir das nicht gelingen. Ich ziehe meine Tasche aus einem Schließfach, werfe sie über meine Schulter und mache kehrt. Wieder stapfe ich an ihm vorbei und versuche, das elektrische Knistern zu ignorieren, das jedes Mal aufkommt, wenn wir uns so nahe sind. Das ist Wut, nicht Chemie.

Doch bis zur Tür zu kommen, gelingt mir nicht. Er zieht mich zurück, zerrt mich vor sich hin, nimmt mir die Tasche von der Schulter und wirft sie beiseite.

»Glauben Sie, ich spiele Ihnen was vor?«, fragt er angespannt.

Ich schaue in seine Augen und ertrinke.

Alles in mir kribbelt vor Verlangen. Diese Art Begierde kannte ich bisher nicht. Noch nie habe ich etwas so sehr gewollt. Mit aller Macht kämpfe ich dagegen an und scheitere doch kläglich.

Seine Lippen teilen sich, seine Augen schauen mich an wie durch Nebel.

Wie von selbst spannen sich meine Oberschenkelmuskeln, ich spüre ein Ziehen in den Brüsten.

»Warum machen Sie es uns so verdammt schwer?«, fragt er.

Ich atme ein, schlucke. Schüttle den Kopf.

»Amelia«, flüstert er und schiebt sich näher. »Lassen Sie es zu.«

Ich schaue zu Boden, suche nach den richtigen Worten und nach inneren Anweisungen, die ich befolgen könnte. Dass in seiner Nähe mein Verstand derart versagt, macht mir Angst. Meine Machtlosigkeit macht mir Angst. Meine Unfähigkeit zu tun, was vernünftig wäre. Und dass er meinen Kopf füllt und wie mein Körper auf ihn reagiert.

»Nein«, wispere ich.

»Warum?«

»Weil ich es nicht will.«

»Bullshit.«

»Ich will es nicht«, wiederhole ich. »Auf keinen Fall!«

»Verdammter Bullshit, Amelia!«

Wieder dieser unaufhaltbare Kontrollverlust. Fatal. Ich schaue ihm ins Gesicht, wir sind beide atemlos. Mein Verstand gibt mir widersprüchliche Befehle.

Küss ihn!

Lass es!

Lauf weg!

Doch mein Verlangen ist zu stark. So als müsste ich auf der Stelle sterben, wenn ich ihn jetzt nicht küsse.

Jude fixiert mich und wartet. Seine Augen sind mehr grün als blau, irgendetwas bewegt sich in ihren Tiefen. »Lass es zu«, flüstert er.

Lass es zu.

Die Chemie und sein Magnetismus sind stärker als ich.

»Lass es zu«, beschwört er mich. Seine Lippen bewegen sich langsam.

Ich verliere meinen inneren Kampf, lehne mich an ihn, ziehe seinen Kopf zu mir und unsere Lippen prallen aufeinander. Ich seufze vor Lust und Verlangen.

Seine Arme schlingen sich um meine Taille, er taumelt rückwärts und schlägt mit dem Rücken gegen die Wand. »Fuck«, sagt er atemlos, und schon findet seine Zunge zu meiner, weich und heiß.

Mein Kuss ist heftig, voller Frustration, aber gleichzeitig voller Erleichterung. Wie flüssiges Feuer durchjagt mich das Drängen und brennt zwischen meinen Beinen. Ich bebe. Er schmeckt unvergleichlich, fühlt sich unvergleichlich an. Sein Geruch hüllt mich ein, Oud & Musk, und mein Verstand setzt aus. Nichts existiert mehr, nur das Verlangen. Es ist so stark, dass es mir Angst macht. So riesig und unstillbar. Und dieser Kuss bestätigt alle meine Befürchtungen.

Er ist perfekt.

Eine Hand auf seiner Wange, die andere an seinem Hals ziehe ich ihn näher zu mir. Stöhnend nimmt er die Hände aus meinem Haar, legt sie an mein Gesicht und küsst mich, wie jede Frau geküsst werden sollte. Mit Leidenschaft und ohne Kompromisse. Und so, dass sie das Gefühl hat, dem anderen ganz zu gehören.

Dann dreht er sich mit mir und jetzt landet mein Rücken an der Wand. Sein harter Körper presst sich in voller Länge an mich, sein Mund und seine Zunge sind gnadenlos.

Unser erster Kuss ist befeuert von Zorn und verdammt elektrisch. Er ist alles, was ich mir verboten habe. Rückhaltlos. Kopflos. Gegen jede Vernunft.

Ein weiterer Schritt über eine rote Linie auf gefährliches Terrain.

Ein weiterer Beweis dafür, dass Jude Harrison mir den Verstand raubt. Dafür sorgt, dass der intelligente Teil von mir sich komplett abschaltet.

Nein!

Ich reiße den Mund von seinem, lege die Handflächen auf seine Brust und stoße ihn weg. Mein Atem geht schwer. »Okay«, japse ich und versuche, wieder zu Sinnen zu kommen. »Jetzt hast du, was du wolltest.«

Seine Augen weiten sich ungläubig. Lachend tritt er zurück und wischt sich grob über den feuchten Mund. »Soll das ein Witz sein?«

»Ich mache keine …«

Schon liegt seinen Mund wieder auf meinem, er küsst mich hart, ergreift Besitz von mir. Und wieder bin ich Wachs in seinen Händen, füge mich seiner Macht. Starke große Hände packen die Rückseite meiner Oberschenkel und ziehen mich an seinem hochgewachsenen Körper hinauf. Ein lautes Ratschen. Mein Kleid! Aber auch das kann mich jetzt nicht mehr bremsen. Nicht diesmal.

»Du bringst mich um den Verstand!«, knurrt er, drängt seine Zunge in meinen Mund, beißt mir auf die Unterlippe und küsst mich dann tief. Wie von selbst umschlingen meine Arme seine Schultern und ziehen ihn an mich. Mein Mund lässt zu, was seiner mit ihm macht.

Ich kann nicht aufhören!

»Gut?« Seine Lippen finden zu meinem Hals, saugen und knabbern.

Mein Kopf fällt zurück, mein Blick ist vernebelt. Sein Mund wandert über meine Haut, leckt und beißt, küsst und saugt.

»Ja«, seufze ich. »Oh ja.«

Urplötzlich hält er inne, atmet tief durch, löst sich von mir und stellt mich zurück auf die Füße. Verwirrt schaue ich zu, wie er sein Haar zurückstreicht.

»Danke für den Beweis für das, was sowieso klar war.« Sein Mund prallt wieder auf meinen, es gibt also eine Zugabe. Er küsst mich hart, aber trotzdem brav. »Ich wette, jetzt schaffst du es nicht mehr, Nein zu sagen, wenn ich dich um ein Dinnerdate bitte, Amelia.« Seine Stimme ist stark und tief. Seine Hände links und rechts an meinem Kinn sorgen dafür, dass ich ihm in die Augen schaue. »Verdammt, Amelia. Schaffst du das noch?« Dann lässt er mich los, wendet sich ab und geht.

Ich kann nur mit offenem Mund dastehen und ungläubig zuschauen, wie sich die Tür hinter ihm schließt. Alle meine Nervenenden schreien nach seinen Berührungen, nach seinem Mund, dem Feuer, den elektrischen Funken.

Der Freiheit von allen Gedanken.

Danach, die Kontrolle aufzugeben.

Ich starre mich im Spiegel an. Gerötete Wangen, wilder Blick. Meine Gedanken jagen, versuchen zu erfassen, was gerade passiert ist. Ich spüre seine Lippen noch immer auf meinen. »Shit.« Ich stütze die Hände aufs Waschbecken und atme. »Shit, shit, shit.«

Was war das?

Ich ziehe mein Kleid zurecht, brauche ein paar Augenblicke, um mich zu sammeln, bevor ich die Tür öffne und nach ihm sehe. Ich will eine Erklärung.

Nicht, dass ich eine brauche. Ich weiß, was gerade passiert ist.

Genau wie er gesagt hat, ist jetzt bewiesen, was *uns beiden* klar war. Was ich aber verdammt noch mal nicht verstehe, ist, weshalb er einfach aufgehört hat, wo ich doch ganz offenbar zu viel mehr bereit gewesen wäre. Nach allem, was bereits war, nach all den Andeutungen, den zufälligen Treffen, der Chemie, dem Belauern und Jagen, lässt er mich plötzlich stehen.

Weshalb hat er mich nicht genommen?

Ich lache auf.

Es geht um Kontrolle. Jude Harrison ist ein Mann, der die Kontrolle haben will.

Aber ob ich sie ihm überlasse, ist meine Entscheidung.

Ich greife nach meinem Smartphone, entdecke ein paar verpasste Anrufe von Clark und verziehe das Gesicht. Die Tasche stelle ich zurück ins Schließfach, dann gehe ich in die Lobby. Jude ist nirgends zu sehen. Auch in der Library Bar sitzt er nicht. Ich schaue mir mein Kleid genauer an und fluche leise über den Schlitz an der Seite, der jetzt ein paar Zentimeter länger ist, als er sein sollte. »Mist.«

Ziemlich durcheinander gehe ich zurück ins Evelyn's und sehe mich dort nach ihm um. Aber auch hier ist er nicht.

»Wo zum Teu-Teufel warst du?«, nuschelt Clark, den ich wieder auf der Terrasse beim Rauchen finde. Mit dem Smartphone in der Hand mustert er mich von oben bis unten.

»Ich musste mal.« Damit nehme ich seinen Drink von dem hohen Stehtisch neben ihm, trinke einen großen Schluck und atme zittrig aus.

»Was war das denn?«, fragt er. So richtig sicher steht er nicht mehr auf seinen Beinen. Er ist auf dem besten Weg zur Besinnungslosigkeit. »Du und … wie heißt er noch mal?«

»Jude Harrison.« Hektisch suche ich nach einer halbwegs glaubhaften Erklärung für Judes seltsames Verhalten. »Du stehst auf seinem Parkplatz.«

»Was?« Clark wankt und sieht jetzt nicht nur betrunken aus, sondern auch ziemlich verwirrt.

*Du lieber Himmel.* »Dein Wagen steht auf dem Platz, der für ihn reserviert ist.« Ich schnaube bekräftigend, schüttle aber innerlich über mich selbst den Kopf. Meine Augen sind noch immer auf der Suche nach ihm.

»Da hat aber jemand zi-ziemlich überreagiert, oder?« Stehen wird Clark eindeutig zu schwierig und er lässt sich auf einen Hocker fallen. »Ich habe genau da geparkt, wo ich parken sollte.« Er steht wieder auf. »Der Typ in der grünen Uniform hat mir den Platz gezeigt«, schimpft er. »Wir sollten uns beklagen.«

»Moment!«, rufe ich, als er davontorkeln will. »Ich habe mich darum gekümmert.« Verdammt, was für ein Schlamassel. »Also mach dir keine Gedanken, genieß den Abend.« Ich drücke ihm sein Glas in die Hand und hoffe, mein Lächeln ist überzeugend. »Deine große Schwester hat das schon erledigt.«

Jetzt grinst er ganz jungenhaft und ist wirklich mein kleiner Bruder. »Deine Ohrfeige war ein echter Kracher.« Er stolpert davon, Richtung Tanzfläche.

Ich lasse mich auf einen Stuhl fallen und atme tief durch.

* * *

Kurz nach Mitternacht bin ich endlich zu Hause. In Arlington Hall habe ich warten müssen, bis die Party im Evelyn's vorbei war. Jude hat sich nicht mehr blicken lassen. Es war wie eine langsame Folter. Schlimmer noch, ich habe mir gewünscht, dass er zu mir zurückkommt, dass er nach mir sucht. Falls er mir eine Lehre erteilen wollte, falls er dafür sorgen wollte, dass ich mich noch mehr nach ihm sehnte, ist ihm das gelungen. Obwohl ich gar nicht weiß, wie meine Sehnsucht noch größer werden sollte. Ich muss ununterbrochen an ihn denken. An unseren Kuss. Die Gefühle, seinen Geruch, mein unzähmbares und ungesundes Verlangen nach ihm. Ich bin absolut ratlos und völlig von der Rolle.

Abbie liegt in ihrem Bademantel auf der Couch und zappt sich durch die Fernsehsender. Lächelnd schaut sie mich an. »Ich wollte nicht ins Bett, solange du nicht zu Hause …« Ihr Lächeln fällt in sich zusammen, sie springt auf und wirft die Fernbedienung beiseite. »Was ist los? Was ist passiert?«

Ich weiß nicht, was mit mir los ist. Ist es die Müdigkeit? Der Stress? Der Druck? Alles?

Mit einem jämmerlichen Fiepen lasse ich meine Tasche zu Boden fallen und schlage die Hände vors Gesicht. Schon eine Sekunde später ist Abbie bei mir und legt die Arme um mich. Genau das, was ich jetzt brauche.

»Amelia?« In ihrer Stimme liegen tausend Fragen.

»Wir haben uns geküsst, und dann ist er verschwunden. Einfach verschwunden, verdammt, so als hätte er mir etwas bewiesen.« Abbie schaut mich mit großen Augen an. »Was für ein beschissener Mistkerl, oder?«

»Und? Hat er dir etwas bewiesen?«, fragt sie leise.

»Ja. Oh ja.« Wieder vergrabe ich das Gesicht in den Händen. »Er meint, dass ich es jetzt nicht mehr schaffe, noch mal Nein zu sagen, wenn er mich um ein Dinnerdate bittet. Oh mein Gott, Abbie. Ich habe ihm genau das gegeben, was er wollte.« Wie kann man nur so bescheuert sein!

Ich spüre ihren Arm um meine Schultern. »War das nicht fast unvermeidlich?«

»Vermutlich«, murmle ich. »Es ist bloß … Ach, ich weiß nicht. Ich glaube, er hat eine Seite, die man erst auf den zweiten Blick sieht.«

»Du meinst, ein Anwesen in Oxfordshire im Wert von vielen Millionen?«, gibt sie zurück.

Ich überspiele mein Schniefen mit einem Lachen und sie schiebt mich zur Couch und zieht mich neben sich.

»Und ein hitziges Temperament«, füge ich hinzu. »Erst hat er den Stuhl umgestoßen, auf dem ein Kollege von mir gesessen hat, dann hat er Clark auf den Tresen gedrückt.« Mein Bruder war vermutlich betrunken genug, um mein Gefasel von wegen falschem Parkplatz zu glauben. Hoffentlich.

»Trotzdem hast du dich von ihm küssen lassen.«

Ich lasse verlegen die Schultern hängen und wische mir mit dem Handrücken über die Augen. »Genau genommen habe ich ihn geküsst. Zumindest beim ersten Mal.« Ich zeige auf den Schlitz in meinem Kleid, der inzwischen bis zu meinem Oberschenkel reicht. »Er hat mir das Kleid zerrissen.«

»Mist. Ich liebe dieses Kleid.«

»Ich weiß«, murmle ich und inspizierte den Schaden. Eine gute Schneiderin kann das Kleid vielleicht retten. »Aber sag, wie war dein Abend? Tut mir leid, dass ich es nicht zu einem Käsekoma nach Hause geschafft habe.«

Abbie drückt mich glucksend an sich. »Verglichen mit deinem war er furchtbar langweilig.« Gleichzeitig atmen wir aus und lassen uns gegen die Couchlehne fallen. »Geh schlafen. Morgen früh kannst du sicher wieder klarer denken.«

»Okay«, sage ich leise und starre in die Ferne.

*Ich wette, jetzt schaffst du es nicht mehr, Nein zu sagen, wenn ich dich um ein Dinnerdate bitte, Amelia.*

Klarer denken?

In Jude Harrisons Nähe ein Ding der Unmöglichkeit.

# Kapitel 13

Der Rest der Woche zieht sich zäh in die Länge und ich schleppe mich mühsam bis zum Freitag. Seit der Konferenz kann ich mich kaum konzentrieren und schaue ständig auf mein Smartphone. Er meldet sich nicht, und ich ärgere mich darüber, dass ich ununterbrochen rätsle, warum. Am Morgen nach der Konferenz hat Clark mich angerufen und mit Fragen gelöchert. Ich bin bei meiner Notlüge mit dem falschen Parkplatz geblieben. Weiter gebohrt hat er zwar nicht, aber ein gewisses Misstrauen war ihm anzumerken.

Tilda Spector hat recht behalten. Am Freitagmorgen weist mich Mr Neilson per E-Mail an, seine Investitionen zügig aufzulösen. Meine Stimmung macht das kein bisschen besser, denn die Lücke, die er in meinem Portfolio hinterlässt, muss ich unbedingt schnell wieder schließen. Ich habe Zielmarken zu erfüllen. Ich sollte neue Klienten dazugewinnen, sollte wachsen. Stattdessen verliere ich Kapital, und der Hügel, den ich erklimmen muss, um Partnerin zu werden, wird höher. Zu allem Überfluss muss ich mir auch noch anhören, wie Leighton Steers mit potenziellen neuen Klientinnen prahlt: den Cartwright-Schwestern, zwei unglaublich langweiligen, aber sehr erfolgreichen Unternehmerinnen aus Liverpool, die er derzeit umgarnt. Um ihre Creator Tech Tools hat sich quasi über Nacht ein Hype entwickelt. Verdammt, für ihn wäre das ein ganz dicker Fisch, der ihm große Anerkennung von den Partnern einbringen würde.

Gedankenverloren trommle ich mit einem Stift auf den Schreibtisch. Meine Gedanken kreisen abwechselnd um die Fragen, ob Leighton mir die Chance auf die Partnerschaft vermasseln wird, und weshalb zum Teufel Jude Harrison mich mit seinem Mund um den Verstand und genau dahin gebracht hat, wo er mich haben wollte. Nur um mich dann atemlos und schwindelig stehen zu lassen. Meine Hand schließt sich fester um den Stift, meine Fingerknöchel werden weiß.

»Mist«, flüstere ich und werfe den Stift auf die Tischplatte. Er rollt weg und mein Blick folgt ihm. »Warum bist du gegangen?« Das Telefon klingelt und ich zucke zusammen. Hektisch greife ich danach, lasse es aber sofort wieder fallen, als ich sehe, wer mich anruft. »Verdammt!« *Nein, nein, nein.* Meine Füße stemmen sich in den Boden und ich schiebe meinen Sessel vom Schreibtisch weg. Abstand!

Aber ich will eine Antwort.

Also schnappe ich mir das Handy wieder und nehme den Anruf an. »Ja?«

»Klingt kühl«, sagt er sanft.

Ich atme langsam ein und versuche, lockerer zu werden. »Was kann ich für dich tun?«

»Geh mit mir essen.«

*Ich wette, jetzt schaffst du es nicht mehr, Nein zu sagen, wenn ich dich um ein Dinnerdate bitte, Amelia.*

Ich schürze die Lippen und werfe mir das offene Haar über die Schulter. »Danke, aber nein danke.« Ich lege auf und schaue zur Decke. Was zum Teufel tue ich da? Ich springe auf und gehe hin und her. Dabei fluche ich leise vor mich hin. Ich bin albern. Ich spiele das Spiel, von dem ich behaupte, es niemals zu spielen. Was will ich beweisen? Ich möchte ja mit ihm essen gehen. Ich will ihn im Kopf haben und in mir auch.

Ich will ihn.

Und jetzt, wo ich eine Kostprobe von ihm hatte, ist das Verlangen wie eine Sucht. »Verdammt, was willst du beweisen, Amelia?«, schreie ich mich an und werfe die Arme in die Luft.

»Alles in Ordnung?«

Ich fahre herum und sehe Gary an meiner Bürotür stehen. Besorgt schaut er mich an und ich setze eilig ein Lächeln auf. »Ich denke nur über ein paar kleinere Strategieänderungen nach.« Betont ruhig setze ich mich wieder an meinen Schreibtisch, nehme meinen Stift und lächle noch breiter. »Was gibt es denn?«

»Was war das mit Ihrem Bruder und diesem Jude Harrison?« Gary setzt sich in den Sessel mir gegenüber. Ich erstarre, mein Lächeln gefriert. Seit der Konferenz hat Gary im Homeoffice gearbeitet, wir haben uns noch nicht ausgetauscht. Ganz sicher will er nicht hören, was wirklich war, und ich will es ihm nicht sagen.

»Nichts.«

»Jemand hat eine Auseinandersetzung erwähnt.«

Ich schüttle den Kopf. »Ein kleines Missverständnis.«

»Worum ging es denn?«

»Ich glaube, um einen Parkplatz. Nichts Ernstes.« Ich wedle lässig mit der Hand und ziehe eine Akte zu mir. »Schlechte Neuigkeiten«, sage ich schnell, um ihn abzulenken. Diesen Satz will kein Finanzberater bei der Arbeit hören. Meist bedeutet er Verluste. »Mr Neilson möchte, dass ich alle seine Anlagen zu Geld mache.«

Gary reißt die Augen auf. »Das sind Investitionen von zwanzig Jahren!«

»Ich weiß.« Ich lasse die Schultern hängen. »Aber ich hole das wieder auf. Ich habe noch ein paar Eisen im Feuer und bei der Konferenz hatte ich eine interessante Unterhaltung mit Tilda Spector.«

»Ah ja?« Er horcht auf. Wem Tilda ihre Klienten anvertraut, ist Gary nicht wichtig. Solange sie sie nur jemandem in dieser Firma gibt, ganz gleich ob Leighton oder mir. Leider hat Tilda mir nicht verraten, an wen von uns beiden sie denkt. Ich weiß noch nicht einmal, ob sie unsere Firma wirklich berücksichtigen will.

»Ich halte Sie auf dem Laufenden.« Wieder setze ich ein Lächeln auf.

Er nickt und steht auf. »Schönes Wochenende, Amelia.«

»Ihnen auch«, rufe ich betont heiter hinter ihm her. Ich werde es damit verbringen, einen Plan B, C und D auszuarbeiten. Denn dass Mr Neilson seine Anlagen zu Geld machen will, zeigt deutlich, wie schnell man Klienten und ihr Anlagekapital verlieren kann.

Ich lese eine Nachricht von Abbie in unserer WhatsApp-Gruppe. Sie fragt, ob ich etwas gehört habe. Kein Kommentar. Charley war nicht besonders angetan, als Abbie ihr die neuesten Entwicklungen geschildert hat. Abbie dagegen scheint zu glauben, ein bisschen Spaß würde mir guttun. Nur dass auf einen Anruf zu warten, alles andere als spaßig ist. Aber eben hat er ja angerufen, und ich habe versucht, wenigstens einen Teil der Kontrolle wieder an mich zu ziehen. Kämpfe ich auf verlorenem Posten? Ich kenne mich ja selbst kaum noch. Seufzend lehne ich den Kopf zurück und bin sauer auf mich. Zeit fürs Fitnessstudio – zum zweiten Mal heute.

Noch bevor ich aufstehen kann, höre ich ein »Ping« von meinem Smartphone. Dass mein Herz sofort einen Sprung macht, gefällt mir nicht. Ohne den Kopf zu bewegen, schiele ich aufs Display und sehe, dass unter seiner Nummer eine Textnachricht eingegangen ist. Mein Herzschlag beschleunigt sich. Aber schaffe ich es, nach meinem Telefon zu greifen und die Nachricht zu lesen?

Ich starre es nur an, starre und starre und versuche, dabei keinen Herzstillstand zu erleiden.

*Verdammt, Amelia! Reiß dich zusammen.*

Ich blase die Backen auf und ziehe das Handy mit spitzen Fingern zu mir. Danach dauert es noch eine geschlagene Minute, bis ich den Mut finde, mir die Nachricht anzusehen.

Check deine E-Mails. Jude.

Ich kaue auf der Innenseite meiner Wange. Mit flattrigem Magen hole ich mir schließlich meine E-Mails auf den Computermonitor, sehe die Mail von Arlington Hall und schnappe nach Luft. Beim Lesen wird mir das Atmen mit jedem Wort schwerer.

Sehr geehrte Miss Lazenby,

wir freuen uns auf Ihren Aufenthalt in Arlington Hall und bestätigen hiermit Ihre Buchung für einen Luxuswellnesstag. Einer unserer Chauffeure holt sie morgen Vormittag um 11:00 in 10 Green Street SE1 ab. Ihre Buchung umfasst drei Luxusanwendungen, die Sie bei Ihrer Ankunft aus unserem reichhaltigen Angebot auswählen können. Anschließend werden Sie in der Orangerie, unserem bekannten und beliebten, mit einem Michelin-Stern ausgezeichneten Restaurant, mit einem Champagnerdinner verwöhnt.

Im Anhang finden Sie neben unseren AGBs

auch eine Informationsbroschüre. Wir hoffen, Sie verlassen Arlington Hall erfrischt und erholt und mit einem Gefühl neuer Klarheit. Sollten Sie Fragen haben, können Sie sich gern per Mail an uns wenden.

Wir freuen uns sehr auf Ihr Kommen.

Mit besten Grüßen – das Reservierungsteam

Ich lehne mich zurück, mein Blick klebt am Bildschirm. Meine Haut kribbelt, und ich frage mich, woher er Abbies Adresse kennt. Aber vermutlich hat er sie von einem der Formulare, die wir bei unserem Wellnesstag ausgefüllt haben. *Mit einem Gefühl neuer Klarheit.* »Du lieber Himmel«, flüstere ich und schnappe mein Smartphone. Zeit für einen Videoanruf bei den Mädels. Zuerst meldet sich Abbie, gleich darauf auch Charley, und ich sehe, dass sie zusammen in Charleys Küche sitzen. »Was machst du bei Charley?«, frage ich Abbie. Charley schaukelt Ena auf ihrer Hüfte.

»Ich bin gleich nach der Arbeit hergefahren. Denn, sicher erinnerst du dich, heute ist Elijahs Geburtstag.«

Ich versuche, nicht erschrocken die Augen aufzureißen. »Natürlich«, krächze ich. »Ich mache gerade Feierabend und bin bald da!« Ich lege auf, beschließe, dass mein Dilemma warten muss, schnappe mir meine Tasche und spurte aus dem Büro. »Verdammt!« Ich drücke den Knopf für den Aufzug.

Ich bin wirklich eine ganz schlechte Freundin.

* * *

Nach einem Notkauf bei Hamleys stehe ich schließlich mit Geschenken und einem Lächeln vor Charleys Tür. »Wo ist denn das Geburtstagskind?«, rufe ich. Mit einem gigantischen Plüschbären in den Armen kämpfe ich mich durch den Flur in die Küche und bleibe mit dem riesigen Ding fast in der Tür stecken. Ich höre Abbie lachen, kann sie aber nicht sehen.

»Tante Ammy!«, kräht Elijah freudig.

»Hey, Baby!« Ich lasse den Bären auf den Boden fallen, Elijah klettert begeistert auf das riesige Spielzeug, das mich ein kleines Vermögen gekostet und mir in der U-Bahn einige verwunderte Blicke beschert hat. »Warum hast du mich nicht daran erinnert?«, zische ich Abbie zu.

Sie isst gerade eine Olive und kaut langsamer. »Habe ich.« Sie wirft sich eine weitere Olive in den Mund. »Letzte Woche und am Mittwoch noch mal. Da habe ich dir geschrieben.«

Stirnrunzelnd werfe ich einen Blick auf mein Smartphone. Und tatsächlich, da ist Abbies Nachricht. »Mist.«

»Was ist denn?«, fragt Charley.

Ich fahre zu ihr herum, grinse und übernehme Ena, die sie mir in die Arme drückt. »Nichts. Wie war der Tag?«

Charley wirft mir einen müden Blick zu, geht ans Spülbecken und spült ein Weinglas aus. »Spar dir die Mühe, Amelia Lazenby. Du hast seinen Geburtstag vergessen.«

»Ich habe nur vorübergehend meine mentale Notiz verlegt«, erwidere ich mit schlechtem Gewissen und lasse die Schultern hängen. »Tut mir leid.«

»Schon gut.« Charley bespritzt mich mit Wasser. Das ist ihre Art zu sagen, dass sie mir verzeiht. »Was mich aber tatsächlich interessiert, ist, warum du es vergessen hast.«

»Ja, warum, Amelia?«, pflichtet Abbie ihr mit einem irritierend sarkastischen Unterton bei. »Warum vergisst unsere kleine Miss Durchorganisiert den Geburtstag unseres Süßen?«

Seufzend lasse ich mich mit Ena auf einem Hocker nieder, drücke ihr einen Kuss aufs Haar und schnuppere an ihr. Auch wenn ich kein eigenes Baby will – den Duft von Babys liebe ich. »Ihr wisst schon, dass ihr mit dieser Frage eure Zeit verschwendet. Die Antwort dürfte bekannt sein.«

»Hast du noch mal was von ihm gehört?« Charley schenkt mir ein Glas Wein ein.

Ich schaue zwischen meinen beiden Freundinnen hin und her, die mich gespannt fixieren. Anstelle einer Antwort öffne ich die Mail auf meinem Smartphone und schiebe es Charley hin. Abbie springt auf, stellt sich hinter sie und liest über ihre Schulter hinweg mit. Ich warte, nehme einen Schluck Wein und beobachte ihre Gesichter. Die kleine Ena spielt mit einem Untersetzer und klopft damit auf die Arbeitsplatte.

»Holla«, schnauft Abbie. »Das nenne ich mal eine Einladung.«

Mit meinem Blick gebe ich ihr zu verstehen, dass ich gern etwas hören würde, was ich nicht schon weiß.

»Schön, dass du auch mal an was anderes denkst als an die Arbeit«, fügt sie hinzu.

»Haha.«

»Geh hin.«

»Moment«, schaltet sich Charley ein. »Lasst uns mal vernünftig sein.«

»Vernünftig? In Bezug auf was?« Lloyd spaziert in die Küche und zerrt sich die Krawatte vom Hals. Er lässt seine Aktenmappe fallen und schaut uns fragend an.

»Es geht darum, ob Amelia eine Einladung zu einem Wellnesstag annehmen soll. Von einem Prachtkerl, der ihr an die Wäsche will«, erklärt Abbie bereitwillig.

»Von dem Prachtkerl, dem das traumhafte Hotel gehört, wo der Wellnesstag stattfinden soll«, fügt Charley hinzu, und Lloyds Augenbrauen schießen in die Höhe. »Derselbe Prachtkerl, der ziemlich aggressiv und besitzergreifend geworden ist, als Amelia sich mit einem anderen Mann unterhalten hat.«

»Der andere war mein Bruder«, stelle ich klar. So wie sie es sagt, klingt es, als hätte ich einen ganzen Männerharem am Start.

»Ich dachte, das war der Vollpfosten von deiner Arbeit.« Charley gibt mir mein Handy zurück.

Der arme Lloyd wirkt ein bisschen ratlos. Kurzerhand nimmt er seine Tochter von meinem Schoß. »Ena und ich schauen uns jetzt Clarkson's Farm an.« Er küsst mich aufs Haar. »Pass auf dich auf.«

Ich lächle. »Geht klar.«

»Die neuen Haare stehen dir«, fügt er hinzu, hebt Elijah vom Boden auf und flüchtet mit einem Kind unter jedem Arm aus der Küche. »Komm mit, Geburtstagskind.«

»Das sind keine neuen Haare!«, rufe ich hinter ihm her und lasse mich gegen die Stuhllehne fallen.

»Geh hin«, wiederholt Abbie resolut.

Charley schluckt, als würde sie mit sich kämpfen. Was sie sicher auch tut. »Ich kann dir keinen Rat geben.«

»Sehe ich genauso«, erklärt Abbie trocken und fängt sich dafür von Charley einen Knuff zwischen die Rippen ein.

»Schalte einfach dein Hirn ein, okay?«

Ich nicke.

Mein Hirn einschalten. Ja, klar.

Leider hat Jude Harrison mir längst bewiesen, dass das alles andere als einfach ist. In seiner Gegenwart vernünftig zu sein, fällt mir unsagbar schwer.

# Kapitel 14

Am nächsten Morgen bleibe ich länger im Bett als sonst. Dabei bin ich eigentlich eine Frühaufsteherin. An Wochentagen bin ich morgens um sechs im Fitnessstudio, um sieben geduscht und um acht im Büro. Samstags trainiere ich um acht, bin um zehn bei M&S, kaufe Leckereien fürs Wochenende und gesunde Sachen für die Arbeitstage.

Doch jetzt ist es Samstagmorgen, wir haben halb zehn, und ich habe weder trainiert noch geduscht, geschweige denn darüber nachgedacht, was wir aus dem Supermarkt brauchen. Um halb sieben habe ich gehört, wie Abbie zum Großmarkt aufgebrochen ist. Offenbar hat sich ihre neue Auszubildende, alias meine Mutter, für heute zu einem weiteren Einsatz angemeldet. Obwohl meine Freundin ganz sicher wusste, dass ich wach war, hat sie nicht an meine Tür geklopft. Aber eine Textnachricht hat sie mir geschrieben. Ich soll sie wissen lassen, ob ich gehe.

Die Einladung annehme.

Oder doch nicht.

*Ich wette, jetzt schaffst du es nicht mehr, Nein zu sagen.*

Aber sicher doch. Wie albern. Ich überlege, ob mein Unterbewusstsein mich am Aufstehen hindert. Ob es mir einflüstert, der Chauffeur werde einfach wieder wegfahren, wenn ich im Bett bleibe und nicht zur Tür gehe. Ja, vermutlich. Kluges Unterbewusstsein. Das Problem ist nur, dass Jude Harrison deutlich mächtiger ist als mein Unterbewusstsein. Und als mein Widerstand.

Ich angle mein Smartphone vom Nachttisch und rufe meinen Dad an, um ihn zu fragen, was er heute macht. Und wie er mit Mums neuen Aktivitäten klarkommt. Sie war immer fest in ihrer Rolle als Ehefrau, Mutter und Hausfrau verwurzelt. Für sie freue ich mich, dass sie etwas Neues probiert. Aber meinen Dad bringt das sicher ziemlich durcheinander.

»Morgen«, begrüße ich ihn und lehne mich gegen die Kopfstütze.

»Morgen, Darling.« Dass er so fröhlich klingt, überrascht mich. Ich habe damit gerechnet, dass er schmollt.

»Was machst du denn heute?«

»Du meinst, weil deine Mutter sich herumtreibt, anstatt gemütlich mit mir zu Hause zu sitzen?«

Lächelnd drehe ich mich auf die Seite. »Du bist im Ruhestand, ihr könnt die ganze Woche gemütlich zu Hause sitzen.«

»Genau.« Er lacht. »Ich bin im Ruhestand und deine Mutter zieht verflixt noch mal los und sucht sich einen Job.«

»Sie hilft bei meiner Freundin aus. Und jemand, der noch fast täglich ins Büro geht, ist nicht wirklich im Ruhestand.«

»Ich bin einfach gern auf dem Laufenden.«

»Ah ja.« Ich werfe die Decke zurück und stehe auf. »Und was hast du heute vor?« Lieber nicht über die Arbeit sprechen. Ich muss mich dringend um die Golfstunden für ihn kümmern.

»Ich habe eine Anzuganprobe.«

»Oh, schön.«

»Und Clark und ich gehen mit seinem Trauzeugen zum Lunch. Wie heißt der noch mal?«

»Grant.«

»Ja genau, Grant. Ein paar andere Jungs sind auch dabei.«

Ich setze den Wasserkessel auf. »Prima.«

»Und danach möchte dein Bruder mit mir zu einer dieser Mikrobrauereien, von denen er so schwärmt.«

»Betrinkt euch nicht.«

»Du kennst mich, Darling. Bei Alkohol werde ich nicht schwach.«

»Gott behüte.« Ich werfe einen Teebeutel in eine Tasse und hole die Milch aus dem Kühlschrank.

»Und was machst du heute?«, fragt er.

Ich bleibe an der offenen Kühlschranktür stehen. Ja, was mache ich? Gute Frage. »Ich schaue mich nach einer Wohnung um.« Ich muss dringend bei den Maklern anrufen.

»Ach ja?«

»Ja. Bei Abbie kann ich nicht ewig wohnen und du machst mich wahnsinnig ...«

»Ganz schön frech!«

»Das war ein Scherz.« Mit einem Lachen trage ich die Milch zu meiner Tasse. »Ich schaue morgen bei euch vorbei.«

»Okay, Darling. Hab einen schönen Tag.«

»Du auch. Schick Fotos.« Ich lege auf, lasse das Handy auf der Küchentheke und streife in meinem »I NEED A HUG THAT LEADS TO SEX«-Hoodie durch Abbies kleine Wohnung. Vielleicht komme ich dabei ja zur Vernunft.

Nach drei Runden und einer Tasse Tee ist die Vernunft noch immer nicht in Sicht. Im Gegenteil: Zum ersten Mal, seit meine Freundin ihn mir geschenkt hat, finde ich die Botschaft auf dem Hoodie ziemlich passend.

Ich dusche, rasiere mir die Beine, wasche mir das Haar, und creme mich ein. Dann föhne ich mein Haar und lasse es offen. Ein bisschen getönte Feuchtigkeitscreme, ein bisschen Rouge, etwas Mascara und Lipgloss, dann packe ich ein paar Sachen ein. *Dinner in einem Sternerestaurant.*

Zusammen mit meinem schwarzen Slipkleid aus Satin landen goldfarbene KG-Heels in meiner Tasche. In ein Badetuch gewickelt stehe ich da und überlege, was ich anziehen soll. Die Bügel mit den Büroklamotten schiebe ich genauso beiseite wie meine Sportsachen und die Loungewear. Bleiben meine lässigen Wochenendoutfits. Jeans? Ein bisschen zu lässig. Ein Kleid? Nicht warm genug. Ich entscheide mich für eine bequeme cremefarbene Hose von Reiss und ein Crop-Top aus Satin. Zu guter Letzt glätte ich mir das Haar, schaue mir dabei im Spiegel in die Augen und frage mich, ob ich eigentlich weiß, was ich tue.

Nein. Die Antwort lautet Nein. Als würde ich neben mir stehen und eine Fremde beobachten, beende ich meine Vorbereitungen. Aber für was?

Eigentlich völlig klar. Genau wie es auf meinem Hoodie steht, wird es bei einer Umarmung nicht bleiben. Ich weiß, was passiert, wenn ich seine Einladung annehme.

Ich werde noch tiefer in diese Sache hineinschlittern.

Ich atme ein und überlege, wie ernst so etwas werden kann. Zu welcher Sorte Mann Jude Harrison gehört, ist völlig klar. Aber warum sein Angebot ablehnen? Schließlich gehe ich keinerlei Verpflichtungen ein.

Aber dieser Kuss …

Allein beim Gedanken daran überläuft mich ein wohliges Kribbeln. Dieser Kuss war nicht von dieser Welt. Und offenbar wusste er ganz genau, dass ich danach nicht mehr Nein sagen würde.

Ich fürchte, er wird recht behalten.

Ich höre draußen einen Wagen vorfahren, gehe ans Fenster und spähe durch die Gardine. Ein älterer Herr in einer grünen Uniform steigt aus einem Rolls und öffnet die hintere Tür. Ich schlucke. »Dann mal los«, murmle ich, schnappe mir meine Tasche und den cremefarbenen Trenchcoat, hole tief Luft und straffe die Schultern. Einen Augenblick später ziehe ich Abbies Wohnungstür hinter mir zu. Draußen tippt der Fahrer zur Begrüßung an seine Mütze und ich lächle.

»Miss Lazenby.« Er rückt seine runde Brille zurecht und deutet auf den Wagen. »Ich bin Humphrey und heute Ihr Chauffeur.«

»Vielen Dank, Humphrey.« Er greift nach meiner Tasche und ich überlasse sie ihm. »Danke schön.« Damit schiebe ich mich auf den dick gepolsterten Rücksitz des Rolls-Royce und staune über diesen unsagbar opulent ausgestatteten Wagen. Noch nie habe ich auf derart weichem Leder gesessen, in einer Konsole steht eine Flasche San Pellegrino bereit, und es gibt genügend Schalter und Knöpfe, um damit ein Raumschiff zu starten. Der Chauffeur nickt und schließt die Tür. Ich höre, wie sich der Kofferraum öffnet und wieder schließt.

Gleich darauf zeigt ein leises »Ping« von meinem Smartphone an, dass eine Nachricht eingegangen ist.

Ich hoffe, der Tag heute wird schön für dich. Jude.

Irgendetwas sagt mir, er wird schon dafür sorgen. *Wird es ernst?* Ich beiße auf meine Unterlippe, meine Daumen schweben über dem Display. Weil ich nicht weiß, was ich ihm antworten soll, schreibe ich nichts und speichere nur seine Nummer. Jude Harrison. *Himmel hilf.*

Humphrey schiebt sich auf den Fahrersitz und schaut mich über den Rückspiegel an. »Haben Sie noch einen Wunsch, Miss Lazenby?«

»Ich hätte gern ein bisschen klaren Verstand.«

»Wie bitte?«

»Nein, schon gut.« Ich nehme die Flasche San Pellegrino und schraube sie auf. »Ich habe alles, was ich brauche.«

»Wunderbar.« Er wirft mir ein Lächeln zu. »Falls Ihnen doch noch etwas einfällt, tippen Sie einfach an die Abtrennung.«

»An welche Abtrennung?«, frage ich genau in dem Moment, in dem sich ein Sichtschutz zwischen den Vorder- und den Hintersitzen hebt. »Oh.«

»So sind sie ungestört, Miss Lazenby.«

»Sie stören mich nicht«, antworte ich, aber noch bevor ich den Satz beenden kann, hat sich der Sichtschutz geschlossen. Zwei Displays sind darin eingelassen und beide erwachen im selben Moment zum Leben. Ich sehe Drohnenaufnahmen von einem aufwendig gearbeiteten goldenen Tor. Weiter geht es über eine Obstwiese zwischen Bäumen voller großer roter Äpfel hindurch, dann schwenkt die Kamera über einen klaren, sprudelnden Fluss. Einen Augenblick lang schwebt sie über dem Wasser und zeigt wohlgenährte orangefarbene Fische. Vorbei an Schilfhalmen und Seerosen folgt sie langsam der Strömung. Nach und nach wird die Kamera schneller, gewinnt an Höhe und richtet sich auf das Hauptgebäude von Arlington Hall. In seiner ganzen Pracht liegt es im Sonnenlicht. Ich schnappe nach Luft, meine Haut prickelt, mein Herz schlägt heftig. Atemberaubend.

Es folgt eine Tour über das Gelände, durch einen ummauerten Küchengarten voller frischer Kräuter und Gemüse, zum Labyrinth, zum Golfplatz, zu den Tennisplätzen und zum Außenpool. Man sieht, wie Gäste begrüßt werden, ein Helikopter landet und in der Orangerie kunstvoll angerichtete Speisen serviert werden. Golfwagen fahren über hügelige Rasenflächen, Clinton erscheint mit einem Cocktailshaker, dreht ihn, wirft ihn in die Luft, fängt ihn wieder auf, und ich lächle. Dann eine Nahaufnahme des Cocktails, der in ein Glas mit einem Palmblatt gegossen wird. *Hey Jude.*

Ich atme tief ein.

Jetzt ein Blick in die Suiten. Erlesene Möbel, riesige Betten, Badezimmer aus weißem Marmor mit frei stehenden Badewannen mit Klauenfüßen. Duschkabinen mit genug Platz für eine ganze Familie, Doppelwaschbecken und Badezimmerschränke, in denen man den Inhalt der gesamten Kosmetikabteilung eines Nobelkaufhauses unterbringen könnte.

Hier war das Teuerste gerade gut genug.

Evelyn Harrisons Traum.

Einfach überwältigend.

Ich rufe Abbie und Charley an. In Rekordzeit erscheinen ihre Gesichter auf meinem Handydisplay. »Ich sitze in einem Rolls-Royce«, sage ich und schwenke mein Telefon, damit sie die luxuriöse Innenausstattung bewundern können. »Mit einem Chauffeur. Sein Name ist Humphrey.«

»Ist das Amelia?«, höre ich meine Mutter sagen. Verdammt! Schnell halte ich wieder das Gesicht in die Kamera und werfe Abbie einen beschwörenden Blick zu.

»Nein, es ist Charley«, flötet Abbie und flüchtet aus dem Blickfeld meiner Mutter. »Sorry.« Sie zuckt mit den Achseln. »Ich glaube, sie hat es mir abgekauft.«

»Du gehst also hin«, stellt Charley mit einer Teetasse an den Lippen fest.

»Jap.« Ich konnte nicht anders. Ich hätte ablehnen sollen, aber Jude Harrison ist eine Droge, nach der ich süchtig bin.

»Ich will später sämtliche Details«, sagt Abbie. »Falls du heute überhaupt noch nach Hause kommst.«

Darüber habe ich noch gar nicht nachgedacht. Werde ich heute noch nach Hause fahren? Mein Magen flattert, ein seltsames Gefühl. Vorfreude? Ich kann es mir kaum eingestehen, aber zum ersten Mal im Leben reizt mich etwas, was rein gar nichts mit Zahlen zu tun hat. Ich bin aufgeregt und zugleich beklommen. »Okay.«

»Bist du nervös?«, fragt Charley.

»Ich weiß nicht, was auf mich zukommt.«

»Eine Ganzkörperbehandlung, würde ich sagen.« Abbie lacht.

»Du bist schrecklich«, schimpft Charley empört. »Außerdem hat Amelia eine goldene Regel: Kein Sex beim ersten Date.«

»Genau.« Ich nicke. Aber wie ein erstes Date fühlt sich das für mich nicht an.

»Dann genießt du also nur eine Massage und eine kosmetische Behandlung und gehst anschließend mit ihm zum Dinner?«

Ich nicke. Bestätigende Worte kommen mir nicht über die Lippen. »Ich rufe euch später wieder an. Ich wollte euch nur sagen, dass ich unterwegs nach Arlington Hall bin.« Sie nicken beide, werfen mir Küsse zu, dann wird das Display dunkel.

Ich lehne mich zurück und schließe die Augen.

Mit ihm essen wie bei einem ganz normalen ersten Date – genau das sollte ich tun. Das Problem ist nur, bei Jude Harrison greifen all meine Regeln nicht. Deshalb kann ich nichts versprechen und mich auch nicht festlegen. Denn wenn ich mich festlege und dann doch schwach werde, werde ich nur von mir selbst enttäuscht sein. Deshalb lasse ich lieber alles auf mich zukommen und entscheide dann aus dem Augenblick heraus.

# Kapitel 15

Sobald der Rolls-Royce zum Stehen gekommen ist, lässt Humphrey den Sichtschutz herunter, steigt aus und öffnet mir die Tür. Draußen vor dem Wagen schaue ich an dem imposanten Gebäude hinauf, und schon einen Augenblick später bittet mich ein Angestellter hinein. Ich bedanke mich bei Humphrey, der meine Sachen an Stan übergibt und an seine Mütze tippt. Beim Anblick des Nummernschilds des Rolls-Royce schüttle ich den Kopf. Hier wurde wirklich an jedes Detail gedacht.

AH1.

In der Lobby begrüßt mich Anouska. »Miss Lazenby.«

»Bitte nennen Sie mich Amelia. Haben Sie eigentlich auch irgendwann mal frei?«

»Hin und wieder ein Wochenende.« Lächelnd weist sie Stan an, meine Sachen in die Windsor-Suite zu bringen. Eine Suite? Gehört zu einem Wellnesstag hier automatisch eine Übernachtung?

»Muss ich einchecken?«, frage ich und zeige auf den weißen Empfangstisch.

»Ich kümmere mich heute für Sie um alles«, antwortet Anouska. »Welche Behandlungen soll ich für Sie buchen? Eine Massage?«

»Definitiv.« Ich kreise mit den Schultern und spüre, wie verspannt sie sind. Sie gibt mir einen ledergebundenen Ordner. Ich schlage ihn auf und überfliege die Wellnessoptionen. Doch ich bin viel zu nervös, um mich wirklich damit zu beschäftigen.

Anouska hat meinen inneren Kampf offenbar bemerkt. »Eine Maniküre vielleicht? Und eine Pediküre?«

»Oh ja, gern.« Ich klappe den Ordner zu, schaue mich um und überlege, wo Jude wohl steckt. Fragen möchte ich nicht. Anouska weiß vermutlich, warum ich hier stehe.

»Ich freue mich, Sie wieder hier in Arlington Hall begrüßen zu dürfen.«

»Wissen Sie, weshalb ich hier bin, Anouska?«

»Sie sind Mr Harrisons Gast.«

Ich nicke und entschließe mich zur Flucht nach vorn. »Hat Mr Harrison viele *Gäste*?«

Sie lächelt nur. »Kommen Sie, ich zeige Ihnen Ihr Zimmer.«

Keine Antwort. Aber ist das nicht Antwort genug?

»Hier entlang, bitte.« Sie deutet zur Treppe, doch schon auf der ersten Stufe bleibt sie stehen und dreht sich um, denn jemand hat ihren Namen gerufen. Ich ertappe sie dabei, wie sie das Gesicht verzieht. »Katherine«, presst sie hervor und lächelt grimmig. Ich folge Anouskas Blick zu einer schwarzhaarigen Frau in Sportkleidung. Ihr Gesicht ist verschwitzt, doch selbst mit feuchtem Haar und geröteten Wangen ist sie sehr attraktiv. Sie hat lange, schlanke Beine und einen sehr flachen Bauch. Nirgendwo auch nur das kleinste Speckröllchen.

»Wo ist denn Jude?«, fragt sie.

»Er ist gerade anderweitig beschäftigt«, antwortet Anouska kühl. »Kann ich etwas für Sie tun?«

Katherine bemerkt mich und lächelt kurz. Dann wendet sie sich wieder an Anouska. »Sagen Sie ihm, ich suche nach ihm. Er geht nicht ans Telefon.«

»Ist gut.«

Ich folge Anouska die Treppe hinauf. Dabei werfe ich noch einen Blick zurück. Katherine verschwindet durch die Türen zum Wellnessbereich. *Verdammt, wer war das?*

Die geschwungene Treppe endet mit einem kreisrunden Absatz, wo meine Füße in einen tiefen Teppich mit einem Muster aus ineinander verschlungenen Wirbeln in Cremeweiß und Beige versinken. Trotz der hellen Farben ist er absolut makellos. Am liebsten würde ich die Schuhe ausziehen. Wir gehen an einem Dutzend weiß lackierter, mit kunstvollen Ornamenten verzierten Türen vorbei und schließlich bleibt Anouska vor einer Doppeltür stehen. Sie hält eine Karte an ein Lesegerät an der Wand und dreht den goldfarbenen Türknauf. »Da wären wir.« Lächelnd öffnet sie mir die Tür.

Ich trete ein, schaue mich um und bin überwältigt. Die Suite ist größer als Abbies Wohnung, vermutlich sogar größer als das Haus meiner Eltern. Es gibt eine Lounge, einen Essbereich und einen Arbeitsbereich, die gesamte Ausstattung ist cremefarben mit dezenten Akzenten in mattem Gold.

»Ziehe ich hier ein?« Mit einem Lachen überspiele ich meine Verblüffung, und meine Füße tragen mich zum Schlafzimmer, an das ein Ankleidezimmer und ein Badezimmer grenzen.

»Mr Harrison hat uns angewiesen, Ihnen die beste Suite zu geben.«

»Eigentlich schade, denn ich werde ja den ganzen Tag im Wellnessbereich verbringen.«

Anouska lächelt. »Machen Sie es sich bequem, Amelia. Ihre erste Anwendung beginnt in einer halben Stunde. Sie kennen den Weg, oder?«

»Oh ja, danke.« Sie verlässt die Suite und ich entdecke meine Tasche auf dem gigantischen Bett, gehe hin und nehme mein Kleid heraus. Sorgfältig hänge ich es auf einen der goldenen Bügel im Ankleidezimmer. Mein Kleid hat ein ganzes Zimmer für sich allein. Ich hole meine Schuhe und stelle sie auf den cremefarbenen Teppich.

Beiße mir auf die Unterlippe.

Schaue mich um.

In einem Schrank finde ich einen kuschelig weichen weißen Bademantel. Auf einer Brustseite ist das Arlington-Hall-Wappen eingestickt. Als Nächstes werfe ich einen Blick in die großzügige Zimmerbar neben dem Esstisch, öffne einen Kühlschrank und staune über zahllose Flaschen Veuve Clicquot. Ein Champagnerkühlschrank. Aber es gibt noch einen weiteren mit allerlei alkoholischen Mixgetränken. Im dritten Kühlschrank finde ich Limonade und Wasser. In einem Schrankfach stehen teure Gläser. Ich hebe den Deckel des Eiskübels. Er ist gut gefüllt, und selbst die Eiswürfel sind perfekt geformt, glasklar und mit scharfen Kanten.

In meiner Handtasche auf der Couch klingelt mein Smartphone. Ich gehe hin und hole es heraus. Zum ersten Mal erscheint sein Name auf dem Display, denn jetzt ist seine Nummer eingespeichert. Mit kribbelnden Nerven setze ich mich auf die Couch und nehme den Anruf an. »Hi.«

»Hast du es dir schon bequem gemacht?« Seine Stimme streichelt meine Haut, ich drücke den Rücken durch und schaue mich um.

»Ziemlich extravagant für einen Wellnesstag«, sage ich leise.

»Und eine Nacht.«

Ich schlucke und nicke. Er hat dieses Zimmer für uns beide gebucht. *Oh mein Gott.* »Ich gehe nie beim ersten Date mit einem Mann ins Bett.« Normalerweise küsse ich beim ersten Date auch keinen, aber gegen diese Regel habe ich bereits verstoßen. Zudem hätte er mich fast mit einem Telefonanruf zum Kommen gebracht. Ich stehe auf und gehe hin und her, fühle mich ein wenig in die Enge gedrängt und bin noch nervöser als vor einer Minute.

»Du bist also den ganzen Weg hier herausgekommen … wofür genau?«, fragt er.

Ha! »Für eine Massage natürlich.«

Sein Lachen klingt tief und kehlig. Ich bleibe stehen und schaue Hilfe suchend zur Zimmerdecke. Ich mache mir etwas vor. Er ist unwiderstehlich. »Du trägst dein Haar offen.«

Ich erstarre und suche instinktiv mit meinem Blick die Ecken und die Zimmerdecke ab. Mein Gott, hier gibt es doch sicher keine Kameras. Wie komme ich bloß auf so eine Idee? Jetzt plätschert sein Lachen ganz leicht. Er muss damit aufhören, sonst schmelze ich.

»Versteckte Kameras gibt es hier nicht, Amelia. Geh ans Fenster.«

Zögernd trete ich an das Fenster neben der Zimmerbar und schaute über das Glasdach der Orangerie hinweg zu einem anderen Flügel des Gebäudes. Dort erstrecken sich fünf große Fenster über eine gesamte Außenwand, alle Vorhänge sind aufgezogen. Im nächsten Moment tritt er aus der Dunkelheit des Raums an eines der Fenster und ich schnappe nach Luft.

Er trägt nur ein Badetuch um die nackten Hüften.

»Oh Gott«, flüstere ich. Auf seiner breiten Brust schimmern Tröpfchen. Er fährt sich mit der Hand durchs nasse Haar, dann stützt er sich am Fensterrahmen ab. Ich fange fast an zu schielen. Die Augen unter seinen halb geschlossenen Lidern blitzen, ein kleines Lächeln umspielt seine Lippen.

»Schön, dass du gekommen bist.«

»Ich weiß nicht, ob das klug ist.« Ich beschließe, ganz offen zu sein.

»Du glaubst, ich bin nicht gut für dich?«

»Vielleicht.«

»Vielleicht«, wiederholt er ernst. »Vielleicht bist du auch nicht gut für mich.«

»Warum?«

»Weil ich dich nicht aus dem Kopf kriege. Ich denke ständig an dich.«

»Ich weiß, wie sich das anfühlt«, gestehe ich.

»Dann lassen wir von jetzt an die Spielchen?«

»Für mich war das nie ein Spiel.«

Er nickt bedächtig. »Du siehst umwerfend aus.«

»Und du siehst … nackt aus.«

»Fast.« Seine Stimme klingt ruhig, ein wenig rau. So verdammt sexy. »Auf dem Sessel neben dem Bett liegt etwas für dich.«

Mit zusammengekniffenen Augen schaue ich mich um. »Was denn?«

»Sieh es dir an.«

Ich gehe ein paar Schritte rückwärts. Erst an der Tür zum Schlafzimmer drehe ich mich um und entdecke die hübsch verpackte Schachtel auf dem cremefarbenen Brokatüberzug des Lehnstuhls dort. Vorhin ist sie mir nicht aufgefallen.

»Mach es auf«, drängt er mich sanft.

Ich schalte den Lautsprecher ein und gehe vor dem Sessel auf die Knie. Das Handy lege ich auf den Boden, dann löse ich die Schleife und ziehe das Band von der Schachtel. Noch einmal tief durchatmen, dann öffne ich den Deckel und sehe erst einmal sehr viel schwarzes Seidenpapier. Ich schlage es auseinander. »Unterwäsche«, flüstere ich und hebe an einem seiner Träger einen Balconette-BH aus schwarzer Spitze heraus. Er ist von höchster Qualität, die Spitze zart und es gibt exquisite Details. Zwischen den Cups glänzt eine kleine goldene Scheibe, in deren Mitte eine weiße Perle eingelassen ist. Ich werfe einen Blick auf das Etikett und weiß nicht, ob ich mich freuen oder empört sein soll, dass der BH die genau richtige Größe hat. »Woher kennst du meine Größe?«

»Gefällt er dir?«

Ich setze mich auf meine Fersen. »Das ist nicht die Antwort auf meine Frage.«

»Und das Höschen?«

Ich atme aus, lege den BH auf meine Schenkel und nehme das Höschen aus der Schachtel. Auch hier schimmert vorn in der Mitte die kleine goldene Scheibe mit der Perle.

»Für mich siehst du nach einer Frau aus, die Höschen im Bikinistil mag.«

»Mit Damenunterwäsche kennst du dich offenbar aus.«

»Habe ich deinen Geschmack getroffen? Liege ich richtig?«

Er will Anerkennung? Begeisterung? Was hier passiert, passiert eindeutig in der falschen Reihenfolge. Oder ist es die richtige?

»Irgendetwas sagt mir, dass du ein Mann bist, der so gut wie immer richtigliegt, Jude Harrison.« Begierig auf einen weiteren Blick auf seinen fast nackten Traumkörper nehme ich mein Handy und gehe zurück ans Fenster. Ich trete so nahe wie möglich an das Glas und kann mir ein Lächeln nicht verkneifen. Wenn es nass ist, sieht sein Haar dunkler aus, die Wellen sind sexy zerzaust. Dann diese Schultern, die breite Brust. Die perfekt geformten Hüften, der flache Bauch.

Mir kribbeln die Finger. Ich will ihn anfassen.

»Du bist atemberaubend, Amelia Lazenby. Ganz besonders, wenn du lächelst.«

Prompt werde ich rot. Das passt gar nicht zu mir – und doch bin ich in diesem Augenblick ganz ich selbst. Ich ertrinke in Jude Harrisons Welt. »Meine Massage fängt gleich an.«

Er nickt bedächtig, drückt sich vom Fensterrahmen ab, legt die Hand an das Badetuch und hält einen Moment lang inne. Ich halte die Luft an, dann zieht er das Badetuch weg und lässt es zu Boden fallen. Ich atme so heftig aus, dass mein Oberkörper nach vorn fällt. Dabei starre ich auf seine halb erigierte Männlichkeit. »Ich hoffe, du vermisst mich dabei nicht allzu sehr.« Er legt auf und weicht vom Fenster zurück. Jeder traumhafte nackte Quadratzentimeter dieses Gotts schimmert im gedämpften Licht seines Zimmers noch einmal auf. Dann ist er verschwunden.

»Ich vermisse dich jetzt schon«, flüstere ich und lasse mein Handy sinken. Mir läuft das Wasser im Mund zusammen, meine Knie sind wie aus Gummi.

Ich wanke zum nächsten Stuhl. Benommen setze ich mich. Kein Zweifel, ich gerate hier in etwas Großes hinein.

Fragt sich nur, ob ich auch damit klarkomme.

Mit *ihm* klarkomme.

# Kapitel 16

In dem kuscheligen Bademantel gehe ich zum Wellnessbereich, wo mich bereits eine Frau in einem grünen Kittel erwartet. »Miss Lazenby.« Sie lächelt freundlich. »Mein Name ist Maria und ich bin heute für Sie da. Bitte nehmen Sie Platz.«

Ich setze mich und sie setzt sich zu mir. Unwillkürlich schaue ich mich suchend um. Das Bild von Jude, wie er völlig hemmungslos in seiner nackten Pracht am Fenster steht, hat sich in meine Netzhaut gebrannt. Dieses Selbstbewusstsein! Dieser Mann weiß, dass er zum Sterben schön ist, und benutzt seinen Körper wie eine Waffe.

Gibt es einen schöneren Tod?

»Ich gehe gerade Ihre Informationen noch einmal durch. Hat sich seit Ihrem letzten Besuch bei uns irgendetwas geändert?«

»Nein, nichts.« Jemand tritt durch die Tür, ich blicke auf und sehe eine ältere Dame in einem Badeanzug und einer Badekappe wie aus den Fünfzigerjahren.

»Guten Tag, Mrs Hodges«, begrüßt Maria die Frau.

»Guten Morgen, meine Liebe.«

»Sie kommt täglich zum Schwimmen«, raunt Maria mir zu. »Aber jetzt zu Ihnen. Gibt es Zonen, um die ich mich ganz besonders kümmern soll?«

Ich rolle die Schultern und spüre, wie verspannt sie sind. Aber eigentlich bin ich überall verspannt.

Maria macht sich lächelnd eine Notiz. »Verstehe. Wir sind im Massageraum vier, ganz am Ende.« Sie führt mich durch einen Korridor mit Glaswänden, der ein Fitnessstudio und einen Gymnastikraum voneinander trennt. Die Luft in Zimmer vier duftet sauber und klar, das gedämpfte Licht soll vermutlich die Sinne beruhigen. Auf mich verfehlt es leider seine Wirkung.

Maria schlägt das Laken der breitesten Massageliege auf, die ich je gesehen habe. »An der Wand neben der Toilettentür ist ein Haken für den Bademantel und Ihren BH. Am besten, Sie legen sich schon mal auf den Bauch und entspannen ein bisschen. Ich bin in fünf Minuten bei Ihnen.«

»Danke.« Aus unsichtbaren Lautsprechern perlt das Geräusch leise plätschernder Wellen. In den dezenten Lavendelduft mischt sich das Aroma von Rosen. Oh ja, genau das brauche ich jetzt. Ich stehe unter Hochspannung, mein Herz schlägt viel zu schnell. Jemand muss mir den Stress aus dem Körper massieren. Ich schlüpfe aus dem Bademantel und hänge ihn auf. Als ich den BH ausziehe, durchläuft mich trotz der angenehmen Wärme im Raum ein leiser Schauer. Nur mit meinem Höschen bekleidet, lege ich mich auf den Bauch und ziehe das Laken so hoch wie möglich. Ich lege das Gesicht in die gepolsterte Öffnung, schließe die Augen und atme tief aus.

*Lass los.*

*Einatmen, ausatmen.*

*Kann bitte jemand all die Anspannung aus mir rausmassieren?*

Die Tür öffnet und schließt sich wieder und ich höre Maria umhergehen. Glasflaschen klirren leise. Ein paar Mal drückt sie die Hände über dem Laken auf meinen Rücken, dann zieht sie es hinunter bis zu meiner Hüfte.

Ich warte auf ihre warmen Hände auf meiner nackten Haut. Und warte.

Einen Moment lang frage ich mich, ob sie vielleicht noch einmal hinausgegangen ist. Dann legen sich ihre Handflächen in mein Kreuz und drücken mich sanft.

Sofort erwacht in mir ein Sturm.

Meine Augen öffnen sich weit, ich starre auf den Teppich unter mir, die Luft weicht aus meiner Lunge und ich stehe unter Strom. Diese Berührung würde ich unter tausend anderen wiedererkennen, schon allein an der instinktiven Reaktion meines Köpers. *Was zum …?*

Ich will mich umdrehen und mich vergewissern, dass ich nicht gerade den Verstand verliere. Doch seine Hände gleiten auf meine Schultern und drücken mich an die Unterlage, befehlen mir, ich soll so liegen bleiben. *Oh mein Gott.* Plötzlich ist sein Atem an meinem Ohr, der Duft Oud & Musk, so ganz und gar Jude, umweht mich. Er bleibt stumm und atmet nur.

Aber er muss gar nichts sagen, ich höre ihn trotzdem.

Das Universum hört ihn.

Die Energie im Raum ist knisternd elektrisch.

Was passiert hier gerade?

Er nimmt die Hände von meinem Rücken und meine ballen sich zu Fäusten. Nur mit größter Mühe gelingt es mir, mich nicht umzudrehen, um ihn anzuschauen. Ist er nackt? »Das geht doch nicht«, flüstere ich, weiß aber, dass er mich nicht hören kann. Mein Körper schreit nach ihm, meine Haut sehnt sich nach seiner Berührung. Das Pochen zwischen meinen Beinen spricht seine eigene Sprache, will etwas, was ganz in der Nähe ist.

Das sanfte Wellengeplätscher verebbt, aber was ich jetzt höre, macht mich kein bisschen ruhiger. Die schweren

Atemzüge einer Frau füllen den Raum und mischen sich mit meinen eigenen schnellen Atemgeräuschen. Dann ein Chor, auf lateinisch singende Männerstimmen. Schon nach wenigen Takten erkenne ich das Lied.

Enigma. »Sadeness«.

»Oh mein Gott«, murmle ich. Wieder berührt er meinen Rücken. Meine Haut verbrennt unter seinen Händen. Er wechselt ab zwischen sanftem Kneten und Streicheln, federleichten Berührungen und einer kräftigen Massage. Ohne es zu wollen, stöhne ich auf, überlasse mich seinen talentierten Händen. Ich drifte dahin, die Musik füllt meinen Kopf, seine Hände entführen mich in ein Reich der Sinne. Das Einzige, woran ich jetzt noch denken kann, ist, dass ein Kuss oder eine Berührung von ihm meinen Verstand komplett ausschaltet. Dass ich willenlos werde, wenn seine Hände mit meinen seifigen Fingern spielen.

Ich stelle mir vor, was er mit diesen Händen noch alles tun kann, denke daran, wie seine Stimme mich am Telefon fast zum Kommen gebracht hätte.

Begonnen hat es mit einem Blick.

Dann kam eine Berührung.

Aber wo führt das hin?

Ins Bett, keine Frage. Und ich weiß, es wird einfach überwältigend sein. Aber was dann?

Darüber nachdenken kann ich jetzt nicht. Er drückt die Daumen zwischen meine Schulterblätter und ein Strudel von Empfindungen reißt mich mit. Ich rieche ihn, spüre ihn mit hellwachen Sinnen, aber ich will ihn auch sehen. Ihn schmecken. Wieder versuche ich, mich umzudrehen, wieder lässt er es nicht zu. Ich knurre frustriert, befolge aber seine stumme Anweisung, und er massiert mich mit seinen unfassbar weichen und doch starken Händen immer weiter. Meine Gedanken verlieren sich.

Dann lässt etwas Kühles an meinem Rückgrat mich zusammenzucken. Öl. Er träufelt Öl auf meinen Rücken. Von meinem Kreuz aus streichen seine Handballen mit festem Druck bis hinauf zu meinem Nacken. Es ist, als würde er dabei jeden Zweifel aus mir hinauskneten. Ich lasse es geschehen, nehme, was er mir gibt. Selbst wenn ich es wollte, könnte ich jetzt nicht mehr Nein sagen. Und in diesem Augenblick will ich das gar nicht.

Seine Handflächen verteilen das Öl auf meiner Haut, gleiten hinunter zu meinen Hüften und wieder nach oben. Dabei berühren seine Fingerspitzen die Außenseiten meiner Brüste. Mir stockt der Atem und zum ersten Mal höre ich jetzt auch seine Atemzüge lauter werden. Sie sind tief und lang. Er zieht mir das Laken von den Beinen. Nackt bis auf das Höschen liege ich vor ihm. Schutzlos und verletzlich.

Wieder streifen seine Fingerspitzen die Seiten meiner Brüste. Dann haken sie sich auf dem Weg nach unten in mein Höschen. Meine Augen öffnen sich weit, meine Fäuste ballen sich fester. Mein Herz hämmert noch heftiger.

Noch immer füllt die Musik den Raum und ich hebe das Becken, damit er mir das Höschen hinunterziehen kann. Dann liegen seine Hände an meinen Knöcheln und halten mich ein paar Sekunden lang fest, bevor sie auf meine Waden gleiten. Und von dort zu meinen Oberschenkeln. Erst bleiben sie ruhig liegen, dann kneten sie mich in kleinen kreisenden Bewegungen. Schließlich schieben sie sich höher und streichen sanft über meinen Hintern. Seine Lippen pressen sich an meine linke Hinterbacke und ich schnappe nach Luft. Er öffnet den Mund, beißt spielerisch zu und ich presse die Lippen zusammen. Als er ein wenig fester zubeißt, kommt mein Lächeln wie von selbst. Der leichte Schmerz ist gut zu ertragen.

Ein kleiner Klaps und er dreht mich auf den Rücken.

Jetzt sehe ich ihn.

»Himmel«, flüstere ich und spüre die Feuchtigkeit meines Verlangens auf den Schenkeln. Meine Augen erfreuen sich an seiner Nacktheit. Ich stütze mich auf die Ellbogen. Sein zerzaustes Haar fällt ihm ins Gesicht, er kämmt es unwirsch mit den Fingern zurück. Sein Mund ist leicht geöffnet, seine Brust hebt und senkt sich und …

Verdammt!

Ich glaube, ich bin verliebt.

Schnell schüttle ich diesen verrückten Gedanken ab und konzentriere mich wieder auf das, was gerade passiert. Auf den Adonis, der vor mir steht wie eine Marmorstatue und nur darauf wartet, mir prickelnde Wünsche zu erfüllen. Er stützt die Hände neben meinen Füßen auf die Liege und beugt sich vor. Dabei schaut er mir fest in die Augen. Heute sind seine ganz besonders grün und ich entdecke eine Spur von Triumph in seinem Blick. Vielleicht sollte es mich ärgern, dass er so zufrieden mit sich ist, kann es aber nicht. Noch immer bleibt er stumm, und auch ich halte meinen Mund lieber geschlossen, damit mir nicht etwas völlig Idiotisches herausrutscht.

*Sperr mich hier ein und bereite mir für den Rest meines Lebens jeden Tag diese prickelnden Gefühle!*

Sein Blick fällt auf den schmalen Haarstreifen zwischen meinen Beinen, er befeuchtet seine Unterlippe mit der Zunge. Ich sinke auf den Rücken, bedeckte mein Gesicht mit meinem angewinkelten Arm und wappne mich für das, was jetzt kommt. Schon schiebt er seine Hände unter meine Knie und zieht mich schwungvoll auf der Liege nach unten.

Direkt an seinen Mund.

»Jude!« Das Lustgefühl durchzuckt mich so heftig, dass ich hochschnelle.

»Psst«, summt er über meine feuchte, pochende Mitte hinweg, dann gleitet seine Zunge über mein Fleisch. Ich halte den Atem an und kralle die Hände in sein Haar, um nicht mit lautem Stöhnen dem ganzen Haus zu verraten, was hier gerade geschieht.

Mit den Zähnen zwickt er mich in die Haut an den Innenseiten meiner Oberschenkel, dann saugt er daran und beißt fester zu. Sein Unterarm liegt auf meinem Bauch und drückt mich auf die Liege. Ich bin völlig von Sinnen, mein lauter Atem und die Geräusche, die er zwischen meinen Beinen macht, verschmelzen mit dem lasziven Beat des Songs. Seine Zunge umkreist meine Clit, küsst die Spitze, pflügt sich durch meine Mitte und drängt sich in mich, vögelt mich. Ich werfe den Kopf hin und her, spüre, wie die Lust in mir anschwillt. Ich weiß nicht, was tun, weiß nicht, wie umgehen mit dieser exquisiten Folter. Sein Mund bewegt sich schneller, verstärkt den Druck. Seine Finger schieben sich an mir nach oben zu meinen Brüsten und greifen unbarmherzig nach meinen Nippeln. Mein Rücken wölbt sich auf, Jude drückt mich wieder auf die Unterlage. Ich schnappe hechelnd nach Luft. Er leckt mich. Ich wimmere. Er küsst mich. Ich stöhne. Er saugt mich in seinen Mund.

Ich löse den Griff aus seinem Haar, stattdessen schlagen meine Hände jetzt auf die Liege, Schweißperlen rinnen mir über die Schläfen. Meine Bauchmuskeln schmerzen, meine Oberschenkel schreien.

Ich bin kurz davor zu kommen.

Er spürt es und wird noch schneller, sein Mund verschlingt mich. Ich verbrenne, mein Herz hält das Toben kaum noch aus.

Hält es ihn aus?

Ich komme mit einem unterdrückten Schrei, dabei bäumt sich mein Körper so heftig auf, dass ich fürchte, mein Rückgrat könnte brechen. Der Moment höchster Lust zieht sich in die Länge. Noch immer liege ich mit aufgewölbtem Rücken, den Kopf zurückgeworfen, die Augen fest geschlossen. Sein Mund bewegt sich jetzt viel sanfter, doch die Empfindungen, die mich durchjagen, werden davon nicht schwächer. Alles dreht sich, meine Welt hat ihre Achse verlassen und beginnt, sich in eine andere, ganz neue Richtung zu drehen.

In eine Richtung, von der ich nicht weiß, ob sie gut für mich ist.

Und das nur wegen eines einzigen verdammten Orgasmus.

Erschöpft falle ich schließlich ganz auf die Liege, meine Lunge brennt, und ich warte darauf, dass die Nebel vor meinen Augen sich lichten. Jude wischt sich den Mund ab und wirft sich mit einer raschen Bewegung das Haar aus dem Gesicht. Dann kniet er sich ans Fußende der Liege und schiebt sich zu mir herauf. Seine Härte tropft vor Verlangen, befeuchtet meinen Bauch, während sein Gesicht meinem ganz nahe ist, es aber nicht berührt. Lange sieht er mir in die Augen. Ich brauche ihn in mir. Das Verlangen brandet bereits wieder neu auf, mein Körper ist noch nicht fertig mit ihm.

Wird er das jemals sein?

*Gütiger Himmel, ich habe ein Problem.*

Blinzelnd schaue ich in sein schönes Gesicht und spüre, wie in mir etwas passiert. Irgendwo in der Nähe meines Herzens.

Wie kann das sein?

Nein!

Völlig unmöglich. Ich kenne ihn ja kaum.

Aber er kennt mich schon ziemlich gut. *Es muss Sex bleiben! Mehr darf es nicht werden!* Ich will nach seiner Härte greifen, doch er weicht mir aus und schüttelt den Kopf. Ich neige meinen fragend. Statt einer Antwort beugt er sich über mich und küsst mich. Seine Hände bleiben auf der Liege, nur unsere Lippen berühren sich. Ich schließe die Augen und lasse mich von seinem wunderbaren Mund an einen Ort entführen, an den nur Jude Harrison mich bringen kann. Meine Hände tasten sich gierig über seine Brust.

Euphorie!

Himmlische Gefühle.

Ich summe glücklich, genieße den perfekten Druck seiner Zunge. Die Muskeln tief in mir pulsieren noch, schicken kleine Nachbeben durch mich hindurch.

Dann hebt er plötzlich den Kopf, küsst mich auf einen Mundwinkel, steigt von der Liege, zieht sich die Jeans an und geht.

*Was soll das, verdammt?*

Ich schnaube ungläubig, stütze mich auf die Ellbogen und starre die geschlossene Tür an. Er ist einfach gegangen? Ich liege hier, spüre noch das Nachglühen von einem überwältigenden Orgasmus, bin bereit und will ihn, und er ist weg?

Frustriert lasse ich mich auf den Rücken fallen, starre hinauf zur Decke und versuche zu verstehen, welche perfide Strategie er verfolgt.

Ist das seine Art, keine Spielchen mehr zu spielen?

Ich bin immer noch außer Atem.

*Ich wette, jetzt kannst du nicht mehr Nein sagen.*

Aber kann er zu mir Nein sagen?

*Kontrolle.*

Er will, dass ich ihn anflehe. Die Hände, der Telefonsex, der Kuss und jetzt das? Er bringt mich mit seinem Mund zum Kommen und verschwindet?

Dieser Mann übernimmt die Kontrolle und ich lasse es zu.

Ich hebe den Kopf und fluche aus ganzem Herzen. Jude verführt mich ganz langsam, Stück für Stück, zieht die Folter für mich genauso hinaus wie seine eigene Befriedigung. Wieder schnaube ich, doch dann erstarre ich, denn ich höre, wie die Türklinke heruntergedrückt wird.

»Oh mein Gott.« Gerade noch rechtzeitig, bevor Maria hereinkommt, gelingt es mir, das Laken über meinen nackten Körper zu ziehen. Hitze jagt in meine Wangen, als sie mich milde und ein wenig verlegen anlächelt. Dann nimmt sie meinen Bademantel vom Haken.

»Callie wartet in Zimmer zwei auf Sie, für die Maniküre und Pediküre.«

Ich nehme den Bademantel entgegen, bleibe aber liegen. »Danke«, sage ich und wünsche mir sehnlich, dass sich der Erdboden unter mir auftut und mich verschluckt. Noch immer durchlaufen mich kleine Nachbeben von Judes langer, süßer Folter, und sicher weiß Maria genau, was hier gerade passiert ist. Eine Jude-Harrison-Spezialbehandlung.

Die Verlegenheit bringt mich fast um. Bitte gebt mir den Gnadenschuss.

Maria verlässt den Raum, und ich bleibe noch einen Moment lang liegen. Ich weiß nicht, wohin mit mir, so peinlich ist mir das alles. Aber gleichzeitig fühle ich mich federleicht. Eine Last ist mir von den Schultern gefallen, ich habe akzeptiert, was akzeptiert werden musste, nehme alles, was er mir gibt. Und wenn sein Plan aufgeht, werde ich sogar darum betteln. Völlig schamlos.

Seufzend schiebe ich mich von der Liege, schaue mich nach meinem Höschen um, kann es aber nirgends finden. Er hat es mitgenommen? »Verdammt!« Ich werfe mir den Bademantel über, binde ihn zu und stopfe den BH in die Tasche. An der Tür spähe ich den Korridor entlang. Ich kann nur hoffen, man sieht meiner Gesichtsfarbe nicht allzu deutlich an, dass ich gerade einen Höhepunkt hatte. Eilig marschiere ich zu Zimmer zwei.

Eine kurvige junge Schönheit mit rotem Haar begrüßt mich mit einem strahlenden Lächeln. »Sie müssen Amelia sein.«

»Hallo, ja.« Ich ziehe die Tür hinter mir zu und setze mich auf den ausladenden cremefarbenen Ledersessel, auf den Callie zeigt. Davor steht ein Bassin für das Fußbad und Callies Arbeitshocker. »Schön, dass Sie mir die Hände und die Füße machen, Callie.«

»Sehr gern.« Mit schief gelegtem Kopf schaut sie mir ins Gesicht. »Waren Sie im Dampfbad?«

Lachend reibe ich mir die Wangen. »Jap.« Du lieber Himmel, bin ich wirklich so rot und verschwitzt? »Ganz schön heiß heute.«

»Eine wunderbare Art, sich zu entspannen, nicht wahr?«

Ich summe und versuche, die Erinnerungen zu verscheuchen, die sofort vor mir aufblitzen. Alles Bilder von Jude. Noch immer spüre ich ein Kribbeln zwischen den Beinen, noch immer das Pulsieren. Callie klopft auf den Rand des Fußbads und ich ziehe den Bademantel fester um meine Beine und stelle die Füße ins Becken. Ich achte darauf, die Knie geschlossen zu halten. Was zum Teufel hat er mit meinem Höschen gemacht?

Nach einem Blick auf meine Zehen lässt Callie das Wasser ein. Sie hält die Hand in den Strahl, um die Temperatur zu testen. »Nach welcher Farbe ist Ihnen denn heute, Amelia?« Sie hält zwei Fläschchen in die Höhe und ich schaue stirnrunzelnd zwischen beiden hin und her.

»Das sind meine Optionen?« Ich zeige auf das erste. »Nude und …« Ich zeige auf das zweite. »Nude?«

»Beide unterstreichen Ihre Hautfarbe wunderbar.«

»Was ist denn meine Hautfarbe?«

»Ähm.« Sie betrachtet das bisschen Haut, das sie sehen kann. »Ein Fleischton?«

Mein Stirnrunzeln vertieft sich, mein Kopf arbeitet auf Hochtouren. Oh mein Gott! Hat er etwa …? »Hat jemand die Farbe für mich ausgesucht?«

»Nein, nein. Ich finde nur, Sie sind der Nude-Typ.« Ihr Lächeln wird noch breiter.

»Sie kennen mich doch gar nicht.«

Plötzlich ist sie sehr verlegen und senkt den Blick.

»Callie«, wiederhole ich mit ruhiger Stimme. »Hat jemand die Farbe für mich ausgesucht?«

»Ja. Ja, okay. Vielleicht ist Mr Harrison kurz hier gewesen und hat einen Vorschlag gemacht.«

Er schreibt mir eine Nagellackfarbe vor? Ich schnaube und schaue mir die Fläschchen auf dem Glasregal hinter Callie genauer an. »Ich glaube, der da würde mir gefallen. Der dritte von rechts.«

»Meerschaum?«

»Ja.« Ich nicke. Noch nie im Leben habe ich Nagellack in Blau- oder Grüntönen getragen. »Perfekt.« Die Farbe erinnert mich an Judes Augen, und ich schüttle den Kopf, um den Gedanken loszuwerden.

»Aber …«

»Ja, perfekt«, wiederhole ich und frage mich ernsthaft, ob ich dieser Herausforderung gewachsen bin. *Keine Spielchen mehr?* Irgendetwas sagt mir, dass Jude Harrison gerade ziemlich viel Spaß hat. Aber was passiert am Ende dieses Spiels? Wer gewinnt? Ein schmerzhafter Stich in meiner Brust lässt mich das Gesicht verziehen. Mechanisch reibe ich die Stelle durch den Bademantel hindurch. Was zum Teufel ist das?

Er will, dass ich nudefarbenen Nagellack trage. Aber hat er nicht auch gesagt, ich soll lockerer werden? Womit er ganz sicher auch *abenteuerlustiger* meint. Leise lachend schließe ich die Augen und lasse Callie ihre Arbeit tun. Hier sitze ich nun also, aber, mein Gott, was tue ich eigentlich? Mich dem Willen eines Mannes zu unterwerfen, passt nicht zu mir. Genauso wenig, wie ihn anzuflehen, von ihm zu träumen und jeden eigenen Willen zu verlieren. Jude Harrison bringt eine Seite an mir zum Vorschein, von der ich bislang nichts geahnt habe. *Unterwürfigkeit.* Ich weiß nicht, wie ich das finden soll. Aber … ich seufze. Die Abwechslung vom Alltag tut mir gut, einfach loslassen und ganz devot jemand anderem die Zügel in die Hand legen.

Mit geschlossenen Lidern hänge ich meinen Gedanken nach, doch sie drehen sich im Kreis. Keine neuen Erkenntnisse, nur immer wieder dieselbe Schlussfolgerung.

Ich liebe, mit welcher Leichtigkeit er meinen Kopf von allem befreit, was mich sonst fast ununterbrochen beschäftigt. Ich liebe, wie ich mit ihm den Augenblick lebe, ganz gleich, ob er Frustration, Verlangen, Lust oder Wut mit sich bringt. Und wie er meine Gedanken an sich zieht, mich mühelos von meiner Arbeit ablenkt und mir eine Erholungspause von dem Druck erlaubt, unter den ich mich setze. Es ist, als würde ich für eine gewisse Zeit einen anderen ans Steuer lassen. Wenn ich mich ihm unterwerfe, fühle ich mich leicht. Frei. Bereit, ihm zu folgen, wo immer er mich hinführt.

Eigentlich nicht wirklich schlimm, oder?

Ich öffne die Augen und sehe, dass Callie mit meinen Füßen schon fast fertig ist. Sie lackiert mir bereits die Nägel. Ich lächle über den hübschen blaugrünen Lack an meinem rechten Fuß. Callie richtet die UV-Lampe so aus, dass das Gel fest wird, dann wendet sie sich meinem linken Fuß zu.

»Denselben Lack für die Hände?«, fragt sie, ohne aufzublicken.

Ich werfe einen Blick auf meine gepflegten, korallenrot lackierten Nägel. »Ja bitte.«

Jemand klopfte an die Tür und Callie ruft ihn herein. Ich sinke tiefer in den Sessel, denn vor mir steht Jude. Sein Haar ist nun ordentlich hinter die Ohren gekämmt. Ich atme tief ein und denke an das Kratzen seiner Stoppeln an der Innenseite meiner Oberschenkel. *Wo ist mein Höschen?*

Er hebt einen Mundwinkel zu einem wissenden Lächeln und tritt näher. Noch immer trägt er die verwaschenen Jeans, in die er in Zimmer vier gestiegen ist. Nach der Spezialbehandlung. Dazu hat er sich jetzt ein lässiges weißes Leinenhemd übergeworfen und die Ärmel hochgekrempelt. Ein Anblick zum Dahinsinken.

»Mr Harrison.« Callie unterbricht die Arbeit und wirkt plötzlich ein bisschen panisch. Vermutlich wegen der Farbe des Nagellacks. Sie kann nichts dafür, ich werde sie verteidigen.

Stirnrunzelnd betrachtet Jude meine Zehen, dann schaut er mir fragend ins Gesicht. Ich halte seinem Blick stand. »Grün?«

»Meerschaum«, sage ich und deute lässig auf meine Füße. Wieder fällt mir auf, wie sehr die Farbe der von Judes Augen ähnelt, wenn er dabei ist, mich ins Reich der Sinne zu katapultieren. Sein vorwurfsvoller Blick leckt meine Haut. Die Nagellackfarbe ist ihm wirklich wichtig? Ich mustere ihn verstohlen. Zufriedenheit sieht anders aus.

»Würden Sie uns bitte einen Moment lang allein lassen, Callie?«, fragt er ruhig.

*Wie bitte?*

»Selbstverständlich!« Bevor ich etwas sagen kann, ist sie schon aufgesprungen und verschwunden. Und Jude sitzt vor mir auf dem kleinen Hocker.

Ich kralle mich an die ledernen Armstützen des Sessels, halte mich fest und erstarre, denn er umfasst meine Fußgelenke und versucht, meine Beine auseinanderzuziehen. Ich kämpfe dagegen an. *Nein, nicht schon wieder!* Ich spanne meine Muskeln, gebe alles. Aber er ist viel stärker als ich. Meine Beine öffnen sich, ich sinke matt zurück. Wieder unterwerfe ich mich ihm, während er lange zwischen meine Schenkel starrt. Dann atmet er tief aus, seine Brust wird breiter. Seufzend legt er den Kopf schief und studiert mich mit einem intensiven Blick. Ich sitze einfach nur da, spüre seine großen Hände um meine Fußgelenke und lasse es geschehen.

»Wie war die Massage?«, fragt er schließlich, und noch immer sitze ich offen vor ihm.

»Komplett überbewertet«, antworte ich prompt. Damit ernte ich ein kleines Lächeln und einen kurzen Blick. Ich kann nicht anders, ich muss dieses Lächeln erwidern. Dieser Mann ist genauso nervtötend wie wunderbar.

»Vielleicht solltest du eine Rezension auf TripAdvisor schreiben.«

Ich lache laut auf. Wenn ich dort eine ehrliche Rezension hinterlassen würde, wäre er für den Rest seines Lebens ausgebucht. Unwillkürlich frage ich mich, wie viele Frauen wohl vor mir ähnliche Erlebnisse mit ihm hatten.

Und wie viele noch nach mir kommen werden.

Kein schöner Gedanke.

Er zieht sich an meinen Fußknöcheln hoch, richtet sich auf und beugt sich über mich. Sein Gesicht kommt meinem ganz nahe. Dann lässt er einen meiner Knöchel los, seine Finger wandern an der Innenseite meines Oberschenkels nach oben und streichen über meine feuchte Mitte. Meine Lippen öffnen sich, ich stoße den Atem aus, mein Körper reagiert sofort.

»Überbewertet?«, flüstert er, legt die Finger an seine Lippen und leckt sie ab.

*Himmel!*

»Du betreibst ziemlich viel Aufwand, um eine Frau ins Bett zu kriegen«, sage ich, so ruhig es geht, und schaue ihm dabei in die Augen.

»Du fragst dich, ob ich mich immer so ins Zeug lege, wenn ich …«

»… wenn du eine Frau vögeln willst.«

Er sieht aus, als würde er nachdenken. »Ganz eindeutig, nein.«

Vermutlich, weil ihm sowieso keine widerstehen kann. »Dann habe ich wohl Glück«, raune ich, während sein Mund meinem immer näher kommt. Die Hitze seines frischen Atems wärmt mein Gesicht, sein inzwischen vertrauter moschusartiger Duft macht mich benommen.

Er legt die Lippen auf meine, ohne dass ein richtiger Kuss daraus wird. Trotzdem gerät mein Inneres in Aufruhr, und meine Finger zucken. Am liebsten würde ich ihn an mich reißen und in mich ziehen. Doch ich schaue nur in seine Augen und warte ungeduldig. Nie wieder wird ein Kuss mit jemand anderem sich so intensiv anfühlen wie mit Jude Harrison. Ein deprimierender Gedanke. Ganz von selbst stiehlt sich meine Zungenspitze in seinen Mund, trifft auf seine Zunge, und er stöhnt auf. Sofort wird sein Kuss fordernd und einen Moment lang verschlingt er mich geradezu. Dann richtet er sich auf und ich bleibe atemlos zurück.

»Lass uns über Nagellack reden.« Wieder setzt er sich auf den Hocker und legt meine Füße auf seine Oberschenkel. »Blau.« Er schürzt die Lippen.

»Meerschaum, wie schon gesagt.«

»Ich habe Nude für dich ausgesucht.«

»Es sind meine Nägel.«

»Heute Nacht, Amelia, gehörst du ganz mir. Und ich darf bestimmen.« Er steht auf und setzt sich in den Sessel neben mir. *Nur heute Nacht?* »Callie!«, ruft er, und sie steckt den Kopf durch die Tür. Schnell presse ich die Knie zusammen und ziehe den Bademantel zurecht. Jude lächelt nur milde. »Amelia hat es sich anders überlegt«, erklärt er ganz sachlich.

»Habe ich das?«

»Sie möchte gern Nude.«

»Möchte ich das?«

Sein Lächeln ist eine spielerische Warnung. »Überlass das Denken einfach mir.« Damit nimmt er meine Hand.

Callie sitzt bereits wieder auf dem Hocker und entfernt mit einem kleinen Gerät den Meerschaumlack.

»Handmassage?«, fragt Jude.

»Oh nein!« Ich ziehe die Finger weg und schüttele den Kopf. Definitiv nicht.

»Gehört aber zum Service.« Er nimmt die Handcreme von Callies Arbeitstisch. »Nicht wahr, Callie?«

Sie kichert und errötet, beschäftigt sich aber konzentriert mit meinen Füßen, während Jude etwas Creme in seine Handfläche pumpt.

»Und ich weiß doch, wie sehr du eine gute Handmassage liebst«, erklärt er und greift nach meinen Fingern.

Wieder ein kleines Kichern von Callie. Aus dem Augenwinkel späht sie zu mir herauf.

»Ich brauche keine Handmassage.« Mit einem langen Blick bitte ich Jude stumm, das nicht hier und nicht jetzt zu tun. Doch er verteilt bereits Creme auf meiner Haut. Dass er meine Bitte überhört, sollte mich nicht überraschen. Ich beiße die Zähne zusammen, schließe die Augen und suche in mir nach der Kraft, um die nächste Phase seines verführerischen Spiels durchzustehen. Seine Finger gleiten zwischen meine und sofort kommt die Erinnerung an die Momente in der Damentoilette in dem Bürogebäude, wo ich arbeite. Zwischen meinen Beinen erwacht wieder das hungrige Pochen, während gleichzeitig tausend Flüche durch meinen Kopf hallen. Obwohl ich versuche, ganz locker zu bleiben, spürt Callie meine Anspannung. Ich merke es an der Art, wie sie meinen Fuß zurechtrückt.

Judes weiche große Hände massieren meine, in mir lodert ein Feuer. »Jude«, flüstere ich und bewege die Finger, während er die Zwischenräume reibt.

»Nicht gut so?« Er schiebt die Unterlippe vor, als wäre er verletzt.

Mit zusammengebissenen Zähnen starre ich ihn an und kämpfe gegen das immer stärker werdende wohlige Prickeln. Seine magischen Hände bringen mich um.

Er lächelt. »Ich bin so verdammt froh, dass du meine Einladung angenommen hast.«

»Deine Einladung, mich um den Verstand bringen zu dürfen?«, wispere ich aus dem Mundwinkel. Sein Lächeln wird breiter.

»Vielleicht hilft es ja, wenn ich dir sage, dass es mir mit dir genauso geht.« Er beugt sich zu mir, sein Mund ist wieder ganz nahe bei meinem. Dass seine Angestellte diesen knisternden

Austausch mitbekommt, scheint ihn nicht weiter zu kümmern. »Wenn ich dich jetzt küsse, kannst du dich dann noch beherrschen?«, raunt er.

»Wahrscheinlich nicht«, gebe ich zu. »Du?«

»Nein.« Er beugt sich noch näher. »Das liebe ich ja so sehr an unseren Begegnungen.«

»Dass du die Kontrolle verlierst?«

»Dass ich völlig von dir eingenommen bin«, flüstert er. »Kannst du dir vorstellen, wie überwältigend es sein wird, wenn ich endlich in dir bin?«, wispert er mit den Lippen an meinen, und ich stehe völlig unter seinem Bann. Ich öffne mich ihm, und mein Kopf schreit *Ja! Nimm mich jetzt und hier!*

Doch dann geht die Tür auf und der Bann ist gebrochen. Wir blicken beide auf und sehen Anouska. Sie seufzt.

*Ja, genauso geht es mir auch, Anouska. Er ist zum Verzweifeln.*

»Ein Anruf für Sie.« Sie schwenkt ein Mobiltelefon.

»Ich bin beschäftigt«, gibt er zurück und massiert weiter meine Hand, während ich vor Publikum auf meinem Sessel sterbe.

Anouska schaut mich mit einer Mischung aus Neugier und Staunen an, ich zucke hilflos die Achseln. »Es ist Rhys«, sagt sie.

Damit gewinnt sie tatsächlich Judes Aufmerksamkeit. Er lässt meine Hand fallen und steht auf. Ich lehne mich zurück und frage mich nicht zum ersten Mal, was hier eigentlich los ist. Aber diese Frage laut stellen? Ich kenne ihn ja kaum, obwohl ich eine so intensive Verbindung zu ihm spüre wie noch nie zuvor zu einem Mann. Wie ich damit umgehen soll, ist mir schleierhaft, ich kann mich seiner Macht nur fügen.

Oh mein Gott, schon wieder dieses Gedankenkarussell.

Jude nimmt Anouska im Vorbeigehen das Telefon aus der Hand. »Rhys«, sagt er. »Was gibts?«

Anouska hat sich wieder im Griff und verbirgt ihr Erstaunen, Callie arbeitet stumm weiter an meinen Nägeln und entfernt die letzten Spuren des Meerschaumlacks. Ich halte sie nicht davon ab. Mir jagen so viele Fragen durch den Kopf. Wer ist Rhys? Ein Mann? Eine Frau? Weshalb hat Jude so alarmiert reagiert?

»Also doch Nude.« Callie lächelt mich an.

»Ja, Nude.« Ich sinke tiefer in den Sessel.

*Überlass das Denken einfach mir.*

Genau das wünsche ich mir von ganzem Herzen, dass ich mich ohne jedes Zögern und Zweifeln Jude Harrisons Anziehungskraft überlassen könnte. Aber leider leuchten in meinem Kopf tausend Alarmlämpchen auf.

# Kapitel 17

Nachdem Callie mit meinen Fingern und Zehen fertig ist, gehe ich in die Umkleide. Mit nudefarbenen Nägeln.

Jude hat die Farbe bestimmt und ich habe nachgegeben. Was das bedeuten könnte, muss ich mir ein andermal überlegen, denn meine Gedanken laufen heute in einer Endlosschleife. Ich setze mich auf eine Bank und lächle einer Frau zu, die in Sportsachen an mir vorbeigeht. Sicher ins Fitnessstudio oder zu einem Kurs. Ich brauche Unterstützung von den Mädels, deshalb hole ich mein Telefon aus dem Spind und entdecke erschrocken die verpassten Anrufe von Mum. Alle fünf. Ich schaue auf die Uhr, der letzte liegt drei Stunden zurück. Eine Nachricht von Abbie bestätigt meine Befürchtungen.

> Deine Mum ist misstrauisch. Sie weiß, dass du am Telefon warst, fragt ständig, wem der Rolls-Royce gehört und wohin du unterwegs warst. Ich gehe ihr aus dem Weg.

»Shit«, schimpfe ich, setze mich wieder und tippe mit dem Smartphone auf mein Knie. Was kann ich meiner Mutter sagen? Noch während ich versuche, mir etwas auszudenken, ruft sie mich wieder an. »Mum«, sage ich um eine Grimasse herum, stehe auf und gehe auf und ab.

Jetzt kommt eine Frau in einem pitschnassen Badeanzug herein. Sie bleibt stehen und zeigt hinter mich. »Kann ich bitte zu meinem Spind?«

»Oh, Entschuldigung.« Ich mache ihr Platz.

»Spind?«, fragt Mum. »Wer war das? Wo bist du?«

»Im Fitnessstudio.«

»Ach, und du bist in einem Rolls dorthin gefahren? Sag mir, was los ist, Amelia. Und bitte schnell, ich muss mich hier um die Kundschaft kümmern.«

Ich atme aus und lasse mich wieder auf eine der Bänke fallen. Was kann ich ihr sagen? Dass ich ein Date habe? Das würde nur zu weiteren Fragen führen, die ich nicht beantworten will. Und dass ich mich überhaupt mit jemandem treffe, wird ihr auch nicht gefallen. Schließlich habe ich mich erst vor ein paar Wochen von Nick getrennt. Wie kann ich da schon wieder ein Date haben, auch wenn es im Grund gar keines ist? Ich habe keinen verdammten Schimmer, wie ich das hier nennen soll. Wie in aller Welt soll ich es da meiner Mum erklären? Und dann gibt es ja auch noch meinen Vater. Er darf definitiv nichts davon erfahren, denn ihm würde das überhaupt nicht passen.

»Mum«, beginne ich zögernd. Ich will sie nicht belügen. »Nicht alles, was passiert, erzählt man immer auch seinen Eltern.« Etwas Blöderes hätte ich nicht sagen können.

»Also jetzt mache ich mir wirklich Sorgen. Steckst du in Schwierigkeiten?«

»Du lieber Gott, nein. Ich bin nicht in Schwierigkeiten, ehrlich!« Ich lasse den Blick durch die luxuriös ausgestattete Umkleidekabine schweifen. *Das stimmt nicht. Ich habe tatsächlich ein Problem.* »Ich nehme mir nur ein bisschen Zeit für mich, versuche, ein wenig runterzukommen.«

Schweigen.

Vermutlich war diese Erklärung noch blöder. Seit wann ist Runterkommen für mich ein Ziel? Ich bin viel zu sehr damit beschäftigt, Erfolg zu haben und Karriere zu machen. Bei dem Gedanken rolle ich die Schultern und spüre nicht das leiseste Ziehen. Ich bin locker. »Es ist alles in Ordnung, Mum«, beteure ich.

»Und wo bist du?«

»In einem Spa.« Das ist die Wahrheit.

»Wo?«

»In Oxfordshire.« Ebenfalls wahr.

»In Oxfordshire? Warst du da nicht auch mit deinen Freundinnen? Weshalb fährst du so weit weg? Bei uns in der Nähe gibt es doch jede Menge wunderbare Spas.«

*Weil das sündig schöne Wesen, das ich hier zufällig getroffen habe, mich eingeladen hat.* »Mum«, sage ich sanft, aber mit einem leicht warnenden Unterton, der sie daran erinnern soll, dass eine Dreißigjährige nicht bei allem, was sie tut, die Meinung ihrer Eltern einholen muss. »Ich lebe noch, es geht mir gut. Vertrau mir.«

Ihr Schnauben klingt gereizt. »Na schön. Ich muss hier weitermachen. Hast du noch vor, morgen vorbeizukommen?«

»Ich bin um zwölf bei euch.«

»Gut.« Ohne eine Verabschiedung legt sie auf, also ist sie ziemlich sicher sauer. Eigentlich sollte ich nichts verbergen müssen. Schließlich bin ich eine erwachsene Frau. Auch wenn ich im Moment keine Ahnung habe, was mit mir passiert. Ein wenig niedergeschlagen und nicht wirklich entspannt schicke ich Abbie eine Sprachnachricht. Ich fasse das Gespräch mit meiner Mutter kurz zusammen und empfehle Abbie, sie am besten weiterhin zu meiden.

Gerade als ich mein Telefon wieder wegschließen will, kommen Fotos von Dad. Lächelnd mache ich die Nachricht auf und lächle noch ein bisschen breiter über die Aufnahme von ihm in einem eleganten Anzug. Der Schneider steckt gerade den Saum des Jacketts ab. Eins der nächsten Fotos zeigt meinen Bruder in seinen Hochzeitssachen. Mit einem Bier in der Hand schaut er zu, wie an seiner Hose gearbeitet wird. Doch beim letzten Bild fällt mein Lächeln in sich zusammen. »Was soll das, Dad?«, schimpfe ich aufgebracht. Nick grinst mit erhobenen Daumen in die Kamera. Sofort rufe ich Clark an. »Warum ist Nick dabei?«, frage ich anstelle einer Begrüßung.

»Woher weißt du das?«

»Weil Dad mir vor einer Minute ein paar Fotos geschickt hat.«

»Oh.«

»Ich …« Dann geht mir ein Licht auf. »Oh mein Gott«, schnaufe ich. »Ist er immer noch einer von den Brautführern?«

»Was hätte ich denn tun sollen«, flüstert Clark. »Du hast mit ihm Schluss gemacht, Amelia. Da konnte ich ihm nicht auch noch einen Fußtritt verpassen.«

Ich lasse den Kopf in den Nacken fallen und schaue verzweifelt hinauf zur Decke. »Du lieber Gott, Clark!«, jammere ich. »Du hast doch gesagt, du sagst es ihm.« Ich kann nicht während der gesamten Hochzeit meines Bruders meinem Ex aus dem Weg gehen. Ich will feiern, nicht mich verstecken.

»Das mache ich schon noch«, versichert er mir. »Allerdings wird ihm im Augenblick ein Anzug angemessen.«

»Du lieber Himmel.« Ich schlage mir mit der Hand an die Stirn und überlege, ob ich die Flucht nach vorn antreten und Clark diese Aufgabe abnehmen soll. Schließlich habe ich mich von Nick getrennt, nicht er. Aber Clark hat mir angeboten, mit Nick zu reden, und ich habe das Angebot dankbar angenommen, weil ich nicht noch mal diejenige sein wollte, die ihn verletzt. Aber vermutlich hat mein Bruder die Sache nicht ganz zu Ende gedacht. Dabei sollte man doch annehmen, dass Nick von sich aus absagt.

*Tut er nicht, weil er immer noch hofft.*

»Wo bist du eigentlich?«, fragt Clark.

»Ich gönne mir einen Anti-Stress-Tag.« Ein schlechter Witz. Hinter mir öffnet sich die Tür und Anouska erscheint. »Ich muss Schluss machen. Tu mir einen Gefallen und bitte meinen Ex nicht auch noch, Pate für dein erstes Kind zu werden.«

»Sehr lustig.«

»Zeit für das Dampfbad«, singt Anouska, als ich aufgelegt habe.

»Wie bitte?«

Sie wirft einen Blick auf ihr Klemmbrett. »Sechzehn Uhr – Dampfbad.«

Ich weiß nicht, ob ich lieber flüchten oder mich in meinen Bikini werfen und hinspurten soll. »Dampfbad«, murmle ich vor mich hin, und meine gerade noch so lockeren Muskeln fangen wieder an, sich zu verspannen. »Dampfbad, okay.« Ich werfe mein Smartphone in den Spind und ziehe den Bikini heraus. »Hat er gesagt, in welchem Dampfbad ich ohnmächtig umsinken soll?« Vor glühender Leidenschaft, nicht vor Hitze.

Anouska presst die Lippen zusammen. »Im letzten, ganz rechts.« Dann lässt sie mich allein, damit ich mich fürs nächste Level von Judes Verführungsmarathon fertig machen kann. »Nach allem, was schon war, wird es langsam Zeit, dass es zur Sache geht«, brumme ich irritiert vor mich hin. Ich muss die Gespräche mit Mum und Clark aus dem Kopf kriegen und versuchen zu vergessen, dass mein Vater gelegentlich ein starrköpfiger alter Idiot sein kann.

*Zeig was du kannst, Harrison.*

Ich brauche das jetzt.

Ich schlüpfe in meinen schwarzgoldenen Bandeaubikini, werfe mir den Bademantel über und marschiere entschlossen zum Dampfbad. Dass ich dort allein bin, überrascht mich nicht. Als Erstes drehe ich die Temperatur ein wenig herunter und setze ich mich auf die geflieste Bank. Mein Hintern rutscht über die feuchte Fläche.

Dann warte ich auf ihn.

Und warte.

Und warte.

Aber er kommt nicht und das macht mich wütend. Wo zum Teufel ist er, wenn ich ihn wirklich mal brauche? *Ruhig, ganz ruhig!* Ich schließe die Augen, atme tief durch, höre im Kopf aber immer wieder dieselben verdammten Fragen. Was soll das alles hier? Was passiert gerade? Weshalb der gigantische und detailverliebte Aufwand, um mir seinen Willen aufzuzwingen? Und weshalb ist er gerade dann nicht da, wenn ich mich ihm beuge?

Wütend stehe ich auf und mache einen Schritt Richtung Tür.

Sie öffnet sich. Ich bleibe stehen.

Plötzlich spüre ich eine große Ruhe in mir. Die Erfüllung meiner Wünsche ist zum Greifen nahe. Ich sollte mich fragen, was das alles zu bedeuten hat, aber ich verzichte darauf. Nicht jetzt.

Er tritt einen Schritt näher, zieht die Tür hinter sich zu und mir stockt der Atem. Ich kann nicht mehr abwarten, bis er irgendwann beschließt, dass ich mich verlieren darf. Ich brauche das jetzt sofort. Also stürze ich zu ihm, werfe die Arme um seine Schultern und küsse ihn fordernd.

Doch dann lässt mich irgendetwas stutzen. Seine Schultern fühlen sich … nicht breit genug an.

Seine Lippen sind … irgendwie anders.

»Du lieber Gott«, sagt jemand an meinem Mund. Ein Mann.

*Nicht Jude.*

Ich erstarre, mein Hirn versucht zu verarbeiten, was hier los ist. Doch die Ereignisse überschlagen sich. Wieder geht die Tür auf, Dampf entweicht aus dem Raum, und ich sehe, wessen Lippen an meinen liegen. Entsetzt zucke ich zurück und starre durch den feuchten Nebel auf einen erschrocken blickenden Mann.

»Oh. Mein. Gott!«, krächze ich. Der Fremde steht wie erstarrt und blinzelt.

»Was zum …?«

Beim Klang der wütenden Stimme zucke ich zusammen. Zwischen Schleiern aus Wasserdampf steht Jude auf der Schwelle, der Zorn ist ihm ins Gesicht geschrieben.

»Es ist nicht … Ich habe nicht …« Mir bleibt keine Chance für eine Erklärung. Jude packt den Mann und schleift ihn aus dem Dampfbad. »Jude!« Ich eile hinterher und sehe mit Schrecken, dass er den armen, völlig überrumpelten Kerl gegen die nächste Wand drückt. »Jude!«

»Was zum Teufel fällt dir ein, verdammt!«, schreit er ihm ins Gesicht. Der Mann versucht, Judes Hände von seiner Brust zu lösen.

»Genau dasselbe könnte ich Sie fragen!« Der Kerl stößt Jude von sich weg.

»Du bist gefeuert!«

»Was?«

*Was?*

Ich starre den Unbekannten an. Jetzt, wo kein Dampf mir mehr die Sicht nimmt, sehe ich, dass er jung ist, vielleicht Mitte zwanzig. Und er ist ziemlich durchtrainiert. *Gefeuert?*

»Du hast mich gehört, verdammt!« Jude zeigt mit dem Zeigefinger auf das Gesicht des Mannes. »Pack deinen Kram und verpiss dich aus meinem Hotel.«

»Sie …«

»Halt die Klappe und scher dich zum Teufel, Jenson! Bevor ich dich auseinandernehme!«

»Sie können mich mal, Jude. Sie und Ihr krankes Hirn. Mir reichts.« Jenson stapft davon und wischt im Vorbeigehen lauthals fluchend einen Stapel Handtücher von einem Regalbrett. Ich stehe völlig belämmert da, während Jude im Kreis tigert und sich immer wieder mit der Hand durchs Haar fährt.

Dann bleibt er stehen und plötzlich richtet sich sein Zorn gegen mich. »Was zum Teufel war das?«, schreit er mit einer wütenden Geste Richtung Dampfbad. »Willst du mich in den Wahnsinn treiben?«

»Wie bitte?« Der Schock lässt nach und Wut tritt an seine Stelle. »Glaubst du, ich laure in den Dampfbädern in der Umgebung irgendwelchen Männern auf?«

Er dreht mir schnaubend den Rücken zu. »Verdammt, ich weiß, was ich gesehen habe, Amelia!«

»Ich dachte, das bist du!«, blaffe ich empört. »Und dreh mir nicht den Rücken zu!«

Er fährt zu mir herum, sein Unterkiefer ist angespannt, seine Augen sind dunkel, dunkelblau. »Ich war es aber nicht.«

»Ich weiß!« Anouska kommt durch die Tür, ich mache schnell den Mund zu und sie bleibt überrascht stehen.

»Wie kannst du es wagen, dich von einem anderen küssen zu lassen, Amelia! Wie kannst du es wagen?«

Während ich noch ungläubig blinzle, zieht sich Anouska hastig rückwärts durch die Tür zurück, durch die sie gerade gekommen ist. Gut, denn seine Reaktion ist völlig überzogen. »Wie kann ich es wagen?«, frage ich zurück. Für wen hält sich dieser Mann, zum Teufel? »Ich bin nicht dein Besitz. Ich gehöre dir nicht.«

»Irrtum«, zischt er und kommt näher. »Du weißt ja gar nicht, wie falsch du liegst.«

Wie bitte? Plötzlich habe ich rasende Kopfschmerzen. Das ist völlig verrückt. Hilflos sinke ich gegen die Wand. In meinem verdammten Bikini.

»Es war ein Missverständnis«, sage ich ruhig und hoffe, er beruhigt sich ebenfalls, denn so kommen wir nicht weiter.

Meine Kopfschmerzen werden noch stärker. *Willst du mich in den Wahnsinn treiben?*

Seinetwegen stehe ich auch schon kurz davor.

»Und mit wie vielen solchen Missverständnissen muss ich in Zukunft noch rechnen?«, fragt er.

*Zukunft?* Wo zum Henker führt das hin? *Kann mir das bitte mal jemand sagen?* »Hörst du dich eigentlich reden, Jude?«

»Oh ja, verdammt, ich höre mich.« Er schlingt seinen Arm um mich und reißt mich an sich. Meine Hände finden zu seinen Schultern, meine fast nackte Vorderseite wird an ihn gepresst. »Ich will nicht, dass jemand anfasst, was mir gehört.« Seine Stimme wird weicher und er schaut mich an. Ich verzichte darauf zu wiederholen, dass ich ihm nicht gehöre. Das wäre auch völlig sinnlos, denn wenn seine Hände mich berühren, wenn sein Mund auf meinem liegt, seine Augen in meine schauen, dann, Himmel hilf, gehöre ich ihm tatsächlich.

»Ich dachte, das wärst du.«

»Nein, Amelia, das hier bin ich.« Er verschlingt mich mit einem Kuss. Der Kuss ist hart, leidenschaftlich und fordernd. Seine Zunge wütet in meinem Mund und meine hat keine andere Wahl, als sich auf diesen wilden Tanz einzulassen. Ich bin die Sklavin seiner Wünsche. Auch diesmal wieder. Verloren. Auch diesmal ganz in seiner Hand und ganz gefangen von ihm.

Jude beendet den Kuss, schnappt nach Luft und drückt die Stirn fest gegen meine. Dann wendet er sich ab, schaut mir nicht mehr in die Augen. »Es tut mir leid«, flüstert er, atmet ein paarmal tief durch und sieht dabei ziemlich unglücklich aus. Plötzlich macht er auf seinen nackten Füßen kehrt, geht davon und lässt mich mitsamt meinem inneren Aufruhr einfach stehen.

»Jude«, rufe ich. »Jude, halt.«

Er hört nicht auf mich.

Mein Herz rast, meine Lippen sind wund von seinem harten Kuss. Es tut ihm leid? Die Tür schließt sich hinter ihm und ich stehe verloren in dem leeren Raum. Was jetzt? Will er, dass ich gehe? Bleibe? Ist das überhaupt wichtig? Was will *ich* denn?

Ich will hinter ihm herlaufen und eine klare Ansage. Ihn zwingen, alle meine Fragen zu beantworten. Er soll mir sagen, was mit uns werden soll.

Aber das wäre dumm. Schließlich sind wir einfach nur zwei Menschen, die die überwältigende Chemie zwischen sich ausloten.

Richtig?

*Keine Ahnung!*

Ich werfe mir den Bademantel über, verlasse den Spa-Bereich und gehe durch den Glaskorridor. Als ich von dort aus in das Fitnessstudio sehen kann, bleibe ich stehen. Ganz hinten, weit weg von allen anderen, liegt er auf einer Bank und macht mit schnellen fließenden Bewegungen Brustpressen. Powert sich den Zorn aus dem Leib. *Mein Gott, Jude Harrison, was geht bloß in dir vor?*

Ich gehe zurück in den Umkleideraum, hole mir mein Smartphone und rufe Abbie und Charley an. Sobald sie mein Gesicht sehen, bombardieren sie mich mit Fragen, die ich weder beantworten kann noch will. Fragt sich nur, weshalb ich sie angerufen habe.

»Bisher war es … sehr intensiv«, sage ich schließlich und fühle mich elend. »Ich weiß nicht, was passiert. Ich weiß nicht, was er will, was er erwartet.« Ich lache. »Ich weiß nicht mal, was ich will oder erwarte.«

»Oje.« Charley seufzt.

»Dann rede mit ihm«, drängt Abbie.

Klingt eigentlich ganz logisch. Aber ich habe Angst davor, was er sagen könnte. Und was ich ihm vielleicht gestehe.

Seit mir dieser Mann über den Weg gelaufen ist, ist mein Leben eine Achterbahn. Und ich fürchte, das könnte nur der Anfang einer aufregenden, aber furchteinflößenden Fahrt sein.

Ich sollte aussteigen, so schnell ich kann. Eine Komplikation dieser Art will und brauche ich nicht in meinem Leben. Um so viel Unsicherheit und all diese Zweifel zu erleben, bin ich nicht nach Arlington Hall gekommen.

Aber warum bin ich dann noch hier?

# Kapitel 18

Ich frage mich, ob ich überhaupt zum Dinner gehen soll. Ob er nach dem, was im Dampfbad passiert ist, überhaupt da sein wird. Doch dann schiebt jemand eine Karte unter meiner Tür durch, auf der die Restaurantreservierung bestätigt wird. Für zwei Personen. Offenbar geht die Achterbahnfahrt doch noch weiter. Ich rufe mir ins Gedächtnis, dass ich mich gerade von einem Mann getrennt habe, der etwas wollte, was ich ihm nicht geben konnte. Und jetzt stürze ich mich in ein Abenteuer mit einem Mann, der ebenfalls etwas will, was ich ihm nicht geben kann. Die Kontrolle. Oder gibt es einen Mittelweg? Kann ich ihm einen Teil der Kontrolle überlassen? Mir eine Auszeit von allem Druck und allen Erwartungen nehmen, wenn ich das möchte? Könnte das funktionieren? Und wie realistisch ist diese Vorstellung?

Verdammt, woher soll ich das wissen?

Mit ihm sprechen, einfach nur reden. Das ist mein Plan fürs Abendessen. Die Karten auf den Tisch legen und mir anhören, was er dazu meint. Mit einer Bettgeschichte kann ich leben. Eigentlich will ich doch genau das. Womit ich nicht leben kann, ist Drama, ist Streit wegen seiner Stimmungsschwankungen und seinen extremen Reaktionen. Er ist so unglaublich besitzergreifend.

Aber er kann mich nicht besitzen.

Nur, warum zum Teufel schlüpfe ich dann in die Unterwäsche, die er mir geschenkt hat?

Ich schließe die Augen und verstecke mich vor dem riesigen Spiegel, als müsste ich mir selbst dann nichts erklären. Dabei streife ich mir mein Slipkleid aus Satin über und rücke die Träger zurecht. Das seidige Material umschmeichelt meine Figur, der Saum endet kurz unterhalb des Knies, der tiefe U-Ausschnitt reicht beinahe bis zu den Cups des Balconette-BHs, den er für mich ausgesucht hat. Ich setze mich in einen der Sessel und stecke die Füße in meine goldfarbenen Slingback-Stilettos. Zum Schluss fahre mit den Händen unter mein Haar und lasse es mir über den Rücken fallen.

Fertig.

Mehr oder weniger.

Ich verlasse die Suite und gehe hinunter ins Restaurant. Auf dem Weg durch die Lobby werfe ich Anouska ein kleines Lächeln zu.

»Ich wünsche Ihnen einen schönen Abend«, sagt sie in einem leicht wissenden Ton.

»Danke.« Bereits an der Tür des Restaurants entdecke ich ihn weit hinten in der Orangerie an einem Tisch für zwei mit Blick hinaus in den Rosengarten. Als würde er meine Gegenwart spüren, dreht er den Kopf und schaut über seine Schulter. Unsere Blicke treffen sich und mein Herz macht einen Sprung. Mir bleibt die Luft weg. Er raubt mir ganz buchstäblich den Atem. Dieses Gesicht! Einfach umwerfend, so viel männlich markante Schönheit. Sein Blick strahlt, und er steht auf, zeigt sich in seiner ganzen Pracht. Zu seinem hellgrauen Anzug trägt er ein weißes Hemd und eine akkurat geknotete Krawatte in einem dunkleren Grau.

Ich bin hinüber, ganz und gar hinüber, auch wenn das jeder Vernunft widerspricht und überhaupt nicht meine Art ist. Zudem weiß ich, dass sich unter dem perfekten Äußeren auch dunkle Seiten verbergen. Anstatt mich weiter auf unbekanntes Terrain vorzutasten, sollte ich schreiend davonlaufen. Und doch …

Und doch bin ich hier und flehe um mehr. Flehe nach ihm. Er kämpft eindeutig einen inneren Kampf, und ich will unbedingt mehr darüber erfahren. Wie tickt er und wer ist er? Wo kommt er her, wo geht er hin?

Der Maître d'hôtel kommt auf mich zu und ich deute auf Jude. »Mr Harrison erwartet mich.«

»Ah. Guten Abend. Gehen Sie ruhig gleich durch.« Der Mann macht eine einladende Geste und ich stelze auf zittrigen Beinen zwischen den Tischen hindurch zu Jude. Die Hände in den Hosentaschen lächelt er mir lässig entgegen.

Mit klopfendem Herzen stehe ich schließlich vor ihm.

»Schön, dass du gekommen bist.« Seine tiefe Stimme klingt weich. Dachte er, ich würde nicht auftauchen?

»Ich habe mir tatsächlich überlegt, ob ich das soll«, gestehe ich und schaue ihm dabei in die Augen. Heute Abend haben sie einen gedämpften Grauton, nur der Rand der Iris schimmert grün. Er ist ruhig. Verrückt, dass ich das an der Farbe seiner Augen erkenne.

Mit einem leichten Nicken nimmt er eine Hand aus der Hosentasche, beugt sich fast scheu zu mir und legt mir die Hand ins Kreuz. Dann küsst er mich auf die Wange. »Oh ja, du sollst. Definitiv.«

Das muss sich erst noch herausstellen.

Er rückt mir einen Stuhl zurecht. Beim Hinsetzen spüre ich Blicke auf mir. Meine Ankunft scheint einige der Gäste hier zu interessieren, einschließlich der Frau, die ich heute Morgen in der Lobby gesehen habe. Katherine. Zusammen mit einem Mann sitzt sie an einem Tisch auf der anderen Seite des Restaurants. Sie lächelt mich an und ich erwidere ihr Lächeln. Auch drei anderen Leuten, die mich anschauen, lächle ich zu, bevor ich mich wieder dem Mann auf dem Platz gegenüber zuwende. Dem Mann, der offenbar nicht oft mit einer Frau hier zu Abend isst.

In gewisser Weise beruhigt mich das.

»Wein?« Jude reicht mir die Karte.

Ich winke ab. *Überlass das Denken einfach mir.* »Was empfiehlst du?«

Er zögert und legt dann die Karte weg. Ein zufriedener Ausdruck huscht über seine perfekten Züge. Ihm gefällt es, wenn ich ihm die Zügel überlasse. Und warum nicht? Schließlich geht es ja nur um den Wein.

»Ich empfehle Krug.«

»Champagner? Gibt es etwas zu feiern?«

Er winkt den Kellner zum Tisch und bestellt eine Flasche, dann lehnt er sich zurück und schaut mich an. »Braucht man immer einen Anlass, um Champagner zu trinken?« Seine Miene ist ernst, aber entspannt. »Jeder einzelne Tag, den wir erleben, ist ein Grund zum Feiern.«

Ich ahne, dass hinter dieser Aussage eine tiefere Botschaft steckt, und denke an seine Mutter. An die Traurigkeit, die er ausgestrahlt hat, als er kürzlich auf der Bühne über sie gesprochen hat. Seinen Vater hat er nicht erwähnt. »Ich sollte also jeden Tag Champagner trinken?«

Er zuckt mit den Schultern. »Warum nicht?«

»Weil ich dann ziemlich schnell pleite wäre.« Ich lache und er lächelt. Dann kneift er die blitzenden Augen ein wenig zusammen und studiert mich. Wenn er mich weiter so intensiv anschaut, sinke ich demnächst ohnmächtig vom Stuhl.

»Nun, zu deinem Glück …« Seine Stimme ist ruhig. »… liegen in meinem Weinkeller Unmengen davon.« Der Kellner kommt zurück, schenkt uns ein, und Jude nimmt meine Champagnerflöte und gibt sie mir. »Sag mir, wie du ihn findest.«

Ich nehme einen kleinen Schluck und nicke. »Wunderbar.«

»Ja, nicht wahr?«

»Wo ist denn der Weinkeller?« Wie viele versteckte Nischen und Räume es hier gibt! Arlington Hall ist voller Überraschungen und hält immer wieder neue Geschenke parat. Wie sein Besitzer?

»Unter dem Evelyn's.«

»Dass du den Club nach deiner Mutter benannt hast, finde ich schön.«

Er lächelt. »Dort bin ich eher selten. Ich bevorzuge die Library Bar.« Er lässt den Blick durchs Restaurant schweifen und ich tue dasselbe. Wir beide sind hier heute Abend eindeutig die Stars. Mit einem kleinen Lachen wendet er sich wieder mir zu. Dann steht er plötzlich auf, nimmt seinen Stuhl, stellt ihn neben mich und setzt sich zu mir. Mein Blick folgt ihm, ich schaue ihn fragend an. Er hebt sein Glas.

»Worauf trinken wir?« Ich stoße mit ihm an.

»Auf heute.«

Er nimmt einen Schluck, dreht sich mir ganz zu, beugt sich vor und legt mir seine Hand in den Nacken. Dann zieht er mich an sich, bis unsere Lippen sich berühren, und küsst mich sanft. Ganz sanft. Aber die Wirkung ist genauso heftig, als würde er mich verschlingen. Ich schmecke den Champagner auf seinen Lippen, spüre unzählige Blicke. Möchte er hier etwas klarstellen? Ich weiß es nicht, und es ist mir auch egal, denn in diesem Moment versinkt die Welt um mich. Ist das nicht gerade das Schöne daran, wenn ich in Jude Harrisons Orbit eintauche?

Mit geschlossenen Augen gebe ich mich dem leichten Druck seiner Lippen auf meinen hin.

Drifte davon.

Bin verloren.

»Sollen wir bestellen?« Er lehnt sich zurück und legt mir seine Hand an die Wange. »Das Lamm ist unglaublich zart. Es kommt von einer Farm hier in der Gegend.«

Ich nicke und lasse ihn machen.

»Irgendwelche Allergien?« Der Kellner schaut mich an.

»Nüsse«, sagt Jude. »Amelia ist allergisch gegen Nüsse.«

Der Kellner nickt und macht sich, bevor er weggeht, eine Notiz. Jude schenkt mir Champagner nach. »Erzähl mir von deiner Familie.«

»Wollen wir tiefgründige Gespräche führen?« Ich zucke zusammen, denn seine Hand schiebt sich unter meinem Kleid auf mein nacktes Knie. Inzwischen kenne ich Jude Harrisons Vorliebe dafür, sich an unangemessenen Orten unangemessen zu verhalten. Also wappne ich mich für eine langsame Folter direkt hier an diesem Tisch.

»Sehr tiefgründig«, bestätigt er. »So tief wie vorhin meine Zunge in deiner Muschi.« Das sagt er ganz sachlich und schaut ungerührt zu, wie ich mich verschlucke und versuche, diskret zu hüsteln.

»Gibt dir diese Schockstrategie einen Kick?«

»Nein. Wie sehr du mich willst, gibt mir einen Kick.«

Ich lache laut auf, doch er drückt mein Knie, und ich nehme es als Zeichen, still zu sein. »Sicher bist du daran gewöhnt, dass Frauen dich wollen.«

»Nicht die richtigen.«

Ich neige fragend den Kopf.

»Deine Familie?«, wiederholt er. »Komm, Amelia. Lass uns tiefer gehen.«

»Ich habe einen Bruder«, sage ich. Seine Hand verbrennt die Haut auf meinem Knie. »Er ist der Jüngere von uns beiden, du hattest schon mit ihm zu tun.«

Er zieht eine gequälte Grimasse. »Clark.«

»Ja. Er heiratet bald.«

»Ach? Dein jüngerer Bruder heiratet?«

»Jap«, bestätige ich, ein wenig müde, und verdrehe die Augen. »Und mein Dad behauptet von sich, er sei in Rente, ist es aber im Grund nicht.«

»Was hat er denn gemacht?«

»Finanzen.«

»So wie du. Liegt wohl in den Genen.«

»Mein Großvater hat das Familienunternehmen 1959 gegründet. Mit zweiundzwanzig ist mein Dad bei ihm eingestiegen, Grandpa hat sich 2007 zurückgezogen, mein Bruder hat direkt nach der Uni in der Firma angefangen, und Dad hat ihm vor zwei Jahren den Chefposten überlassen. Seither behauptet mein Vater, er sei im Ruhestand.«

Jude legt den Kopf schief. »Und du?«

»Nach der Uni habe ich auch im Familienunternehmen angefangen, bin aber gegangen, als unser Dad anstatt mich meinen Bruder auf den Chefsessel gesetzt hat.«

»Autsch.«

»Kein Problem. Ich bin darüber weg.«

Jude nickt, doch ich sehe ihm an, dass er mir nicht glaubt. »Das erklärt diese gewisse Steifheit.«

»Ich bin nicht steif, Jude Harrison.« Um es ihm zu beweisen, lege ich meine Hand unter dem Tischtuch auf sein Bein und schiebe sie weiter nach oben. Seine Augen weiten sich, schimmern jetzt wieder grüner. Erfreut lächelnd schaut er mich an, als ich über seine wachsende Erektion streiche. Er setzt sich aufrechter hin und ich neige den Kopf. Das elektrische Knistern zwischen uns wird stärker. »Ich habe die Firma verlassen, um meine eigene Karriere voranzubringen.« Ganz leicht reibe ich seine Wölbung. »Die beste Entscheidung, die ich je getroffen habe.«

Er hebt mir das Becken entgegen, seine Lippen öffnen sich leicht. »Weiter.«

»Bei der LB&B Finanzgruppe habe ich als Juniorberaterin begonnen und mir schnell einen Namen gemacht.« Ich drücke ihn sanft. Im Gegenzug schiebt er die Hand an der Innenseite meines Oberschenkels weiter nach oben. »Mein Ziel ist es, bald Partnerin zu werden.«

»Ah ja«, sagt er mit einem Ausatmen und reckt sich mir erneut entgegen.

»Ich muss bloß meine Zielmarken erreichen und die Konkurrenz aushebeln.« Meine Mitte beginnt zu pulsieren.

»Und wer ist die Konkurrenz?«

»Leighton Steers.« Ein Atemzug. »Der Mann, dessen Stuhl du weggetreten hast.«

»Der ist keine Gefahr«, sagt Jude. Seine Hand liegt an meinem Höschen. »Leicht zu eliminieren.«

»Von dir oder mir?«

Sein Finger gleitet in meine Feuchtigkeit und ich schnappe nach Luft. »Von dir«, sagt er. »Aber nimm dich in Acht.«

»Warum das?«

»Weil er dich ganz offensichtlich will.« Sein Finger gleitet in mich und er beugt sich vor. Sein Blick fällt auf meinen leicht geöffneten Mund. »Aber er kriegt dich nicht, oder?«

Ich schüttle den Kopf und seufze, als sein Finger sich zurückzieht und meine Clit umkreist. »Jude«, flüstere ich und spüre, wie sich mein Blut erhitzt. Lächelnd setzt er die süße Qual fort, bearbeitet mich unter dem Tisch. Damit zwingt er mich, die Hand von seinem Schoß zu nehmen und wieder auf den Tisch zu legen. Meine Finger krallen sich ins Tischtuch.

»Was ist mit deiner Mum?«, fragt er und wirkt dabei ganz entspannt. Schön für ihn.

So viel zum Thema »Nur reden«. »Sie ist eine aufopfernde Ehefrau und Mutter.« *Verdammt, mach so weiter, und ich komme.*

»Sehr traditionell?«

»Genau wie es Dad gefällt.« Mit wildem Blick starre ich um mich, mit meiner Lust wächst auch meine Panik. Dass ich mich im Griff habe, wenn ich komme, kann ich nicht versprechen. »Jude, bitte.« Ich könnte ihn stoppen, seine Hand wegschieben. Aber ich schaffe es nicht.

»Schau mich an«, raunt er.

Ich sehe ihn an, lehne mich auf dem Stuhl zurück und schüttele den Kopf. Mit meinem Blick bitte ich ihn, mich zu verschonen. »Du bist schlimm.«

Er schürzt die Lippen, dann drückt er mir mein Champagnerglas in die Hand. Ich kann es nicht fassen. Ganz sicher beobachten uns einige der Gäste, und er bietet ihnen eine Show. »Trink Champagner, wenn du kommst, Amelia.«

Mit zum Zerreißen gespannten Muskeln schaffe ich es, mich auf meinem Stuhl zu halten. Ich nippe an meinem Glas, während Jude ganz ungerührt ebenfalls einen Schluck trinkt.

»Jetzt«, seufze ich, und er drängt zwei Finger tief in mich. Ich ziehe mich um ihn zusammen, mein Becken zuckt und die Champagnerflöte knallt ein wenig fester auf den Tisch, als sie sollte. Mein Gesicht steht in Flammen, der Höhepunkt läuft als sanfte Welle durch meinen Körper. Meine Schenkel pressen sich um seine Hand zusammen, meine verdammten Zehen rollen sich in meinen Schuhen ein.

»Oh, Baby«, stöhnt er, gräbt die Zähne in die Unterlippe und schaut zu, wie ich mich verliere. »Du siehst verdammt umwerfend aus.«

Mit einem Ausatmen sinke ich in mich zusammen, während Jude die Finger langsam aus mir herauszieht und meinen Oberschenkel drückt. Mit einem zufriedenen Lächeln wischt er sich an seiner Serviette die Hand ab.

Ich schlucke. In der Hoffnung, dass die eisige Flüssigkeit die versengende Hitze in mir abkühlen wird, nehme ich noch einen Schluck Champagner.

Entspannt.

Innerlich lache ich ungläubig auf. Was ist bloß mit mir los? Ich erlaube einem Mann, mich mitten in einem Sternerestaurant zum Kommen zu bringen? Verschämt werfe ich einen Blick in den Raum und sterbe tausend Tode, als ich sehe, dass Katherine und ihr Begleiter uns beobachten. Du lieber Himmel.

Jude bemerkt, wo ich hinschaue, und nimmt meine Hand. »Achte nicht auf sie.«

»Sie werden sich beklagen.«

»Ja und dann?«, fragt er. »Wirft man mich aus meinem eigenen Restaurant?«

Ich lache. Auch wieder wahr.

»Sie wissen nicht, was ich gerade mit meinen Fingern gemacht habe, Amelia. Die sind bloß neugierig.«

»Neugierig?«

»Ja.«

»Warum denn?«

»Weil du mit mir hier bist.« Einen Moment lang liegt so etwas wie ein Zögern in seinem Blick, so als wäre er unsicher, ob er das hätte sagen sollen.

Ich lächle und er verdreht die Augen. Das sieht zum Dahinschmelzen aus und offenbar hatte ich recht. Er war noch nie mit einer Frau zusammen hier.

»Erzähl mir etwas über deine bisherigen Beziehungen«, sagt er. Noch immer diese leichte Zögerlichkeit.

»Ist das klug?«, frage ich kokett. Er mustert mich aus dem Augenwinkel, scheint sich ebenfalls zu fragen, wie klug das ist.

»Du hast etwas von Wein und Arbeit als Trennungsdiät gesagt.«

Ich summe leise. Jetzt ist es Wein, Arbeit und Jude Harrison. Ich atme tief durch und wage die Flucht nach vorn. »Ich habe kürzlich eine längere Beziehung beendet.« Er legt fragend den Kopf schief. »Sein Name war Nick.«

»Du hast Schluss gemacht?«

Ich nicke, kaue an einem Mundwinkel. »Wir hatten unterschiedliche Ziele.«

Jude lehnt sich interessiert zurück. »Willst du mir das genauer erklären?«

»Er wollte Verbindlichkeit, ich eine Karriere.«

»Verbindlichkeit …«

»Heiraten, Kinder.«

»Klingt grässlich.« Er grinst, ich lache und spüre, wie die Spannung am Tisch nachlässt. »Er ist also Geschichte?«

Für mich ist Nick Geschichte, ja. Aber ob auch ich für ihn Geschichte bin? Trotzdem sage ich Ja, denn wie Jude sich den Männern in meiner Umgebung gegenüber bislang verhalten hat, war nicht sehr angenehm. Der arme Kerl im Dampfbad fällt mir ein, und obwohl ich Nick nicht liebe, möchte ich ihn nicht Judes Jähzorn aussetzen. »Und bei dir?«

»Du meinst frühere Beziehungen?«

»Ja.« Will ich das überhaupt wissen?

»Nichts von Bedeutung.« Er lächelt, doch seine Augen lächeln nicht mit. Ich überlege, ob ich nachhaken soll. Aber will ich das überhaupt?

Bevor ich mir schlüssig bin, erscheint der Kellner mit zwei Tellern. Er stellt sie so vor uns hin, dass das Arlington-Hall-Wappen exakt oben ist. Dann erklärt er uns, wie die Speisen zubereitet wurden, welche Zutaten enthalten sind und woher die einzelnen Produkte stammen.

»Vielen Dank. Das sieht köstlich aus.«

»Danke, Ken«, murmelt Jude, lehnt sich zurück und nickt mir zu. »Hau rein.«

Ich greife zu meinem Besteck. »Ich weiß nicht, ob man in ein so wunderschön angerichtetes Essen einfach reinhauen sollte.« Auf dem Teller liegt ein Meisterwerk. Ich schneide ein Stück von meinem Lammkotelett ab und es schmilzt mir geradezu auf der Zunge. Der Geschmack nach Minze ist stark, aber nicht zu dominierend. »Wirklich sehr lecker.«

»Oh ja.« Er nickt und beginnt ebenfalls zu essen.

Nachdem er mich nun befragt und dabei unter dem Tisch so unverfroren mit mir gespielt hat, soll auch er ein paar Fragen beantworten.

»Und du? Hast du Geschwister?«

»Zwei Brüder«, antwortet er. »Ich bin der Älteste, Rhys ist achtundzwanzig, Casey einunddreißig.«

*Rhys.* Der Anrufer vorhin war sein Bruder. »Und du bist …?«

Er wirft mir ein kleines Lächeln zu. »Fünfunddreißig. Und du bist gerade dreißig geworden.«

»Hast du sämtliche privaten Informationen auswendig gelernt, an die du dank deiner Machtposition hier herankommst?«

»Ja.« Er greift nach seiner Serviette und wischt sich die Mundwinkel ab. »Meine Machtposition nutze ich schon aus, seit wir uns zum ersten Mal begegnet sind.« Einen Moment lang scheint er wie in Gedanken verloren. Gott, was würde ich dafür geben zu erfahren, was ihm durch den Kopf geht.

»Kann ich dich nach deinen Eltern fragen?« Ich mische mein Blumenkohlpüree mit der köstlichen Soße. Aus dem Augenwinkel sehe ich, wie er ein Stück Karotte auf seinem Teller hin und her schiebt, und nehme an, dass ich einen Nerv getroffen habe. Er starrt auf sein Essen.

»Als mein Vater gestorben ist, war ich vierundzwanzig.« Sein Lächeln ist traurig. »Mum war verloren ohne ihn. Zum Glück hat sie dann Arlington Hall entdeckt. So hatte sie eine Herausforderung, eine Aufgabe. Damals hat es hier noch völlig anders ausgesehen.«

Instinktiv greife ich nach seiner Hand. Er war zu jung, um seinen Dad zu verlieren. Wie er gestorben ist, möchte ich nicht fragen. Das wäre taktlos. Aber auch seine Mutter ist bereits tot.

Jude schaut auf meine Hand und drückt sie. »Ich weiß nicht, wie sie hierher geraten ist, geschweige denn, was sie in dem Anwesen gesehen hat. Es ist sehr abgelegen und eigentlich hatte sie gar keinen Grund, hier in der Gegend zu sein.« Offenbar laufen vor seinem inneren Auge Erinnerungen ab. »Sie hat mich angerufen, mir gesagt, sie sei über ein wunderbares Gebäude mitten im Nichts gestolpert und wolle es kaufen.« Er schnaubt. »Erst habe ich mir Sorgen gemacht, weil das so spontan kam. Doch ich wollte ihr die Freude nicht verderben, also habe ich mich von ihr hier herausschleppen lassen. Und großer Gott, der Kasten war eine verdammte Ruine.«

Ich lächle. »Jetzt nicht mehr.«

»Jetzt nicht mehr«, bestätigt er, legt seine Gabel weg und hält weiter auf dem Tisch meine Hand. »Im dritten Jahr der Restaurierungsarbeiten ist Mum gestorben.« Er sieht meine Betroffenheit und lächelt mich an. So kurz nacheinander hat er beide Eltern verloren? »Sie hat Arlington Hall nie in seinem jetzigen Zustand gesehen. Ist das nicht eine verdammte Tragödie?«

Ja, allerdings. Himmel, jetzt sieht er plötzlich sehr bedrückt aus. »Sicher wäre sie sehr stolz auf das, was du hier tust.«

»Ganz sicher.« Er lässt meine Hand los und schenkt uns Champagner nach. »Aber jetzt lass uns von etwas anderem reden. Eigentlich wollte ich beim Dinner mit dir keine so düstere Stimmung aufkommen lassen.«

*Sorg für ein wenig Leichtigkeit.* »Du wolltest mich nur komplett aus der Fassung und bei einer Plauderei zum Höhepunkt bringen?«

»Ja, genau«, bestätigt er beinahe sachlich. »Aber wie du weißt, bringst du mich ebenfalls aus der Fassung.«

*Wo wir gerade beim Thema sind …* »Sollen wir über die Situation vorhin im Dampfbad sprechen?«

Begeisterung sieht anders aus. »Ich würde lieber vergessen, was passiert ist.«

»Und ich möchte gern verstehen, *warum* es passiert ist.«

Er blickt von seinem Glas auf, mit dem er gespielt hat. »Ist es verkehrt, dich für mich haben zu wollen?«

»Falls wir nicht dieselben Vorstellungen haben, dann ja.«

Seine Augen werden dunkler. Die Antwort hat ihm nicht gefallen. »Und wie sehen deine Vorstellungen aus?«

»Ich weiß es nicht«, gebe ich zu.

»Und ich weiß nicht, wie ich meine Vorstellungen noch deutlicher machen soll. Ich will dich.«

Die Frage, für wie lange, liegt mir auf der Zunge. Aber ich bin klug genug zu wissen, wie dumm diese Frage ist, wenn man jemanden erst so kurz kennt und auch noch nicht mit ihm geschlafen hat. Schon das allein ist verrückt. Ich habe noch nicht mit ihm geschlafen. Alles Mögliche getan und erlebt, aber das nicht. »Dass du so besitzergreifend bist, mir Geschenke machst – das fühlt sich an, als wäre ich in einer Beziehung. Und das, obwohl wir noch nicht miteinander im Bett waren. Oder gehört das alles zu deiner Verführungsstrategie?«

»Verführungsstrategie?«

»Ist es nicht so? Du willst mich doch ins Bett kriegen?«

»Ich hätte dich gleich bei unserer ersten Begegnung haben können, Amelia.«

»Willst du damit sagen, ich sei leicht rumzukriegen?«

»Nein.« Er seufzt. Seine Körpersprache verrät, wie unangenehm ihm dieses Thema ist. »Was ich sagen will, ist, ich bin …«

»… ein sehr talentierter Verführer?«

»Hör auf, mir Worte in den Mund zu legen«, blafft er und ich zucke getroffen zusammen. Er atmet aus und reibt sich die Stirn. »Ich will sagen, ich stehe wirklich sehr auf dich.«

»Ich verstehe dich nicht, Jude. Du hattest mich schon einige Male so weit, hast dafür einen riesigen Aufwand betrieben und doch immer im letzten Moment einen Rückzieher gemacht.«

Schnaufend lässt er sich gegen die Stuhllehne fallen. »Ich will nicht, dass du mich bloß für irgendeinen Fuckboy hältst.«

Ich atme ein. Shit. Ist das nicht genau das, was ich brauche? Einen Mann fürs Bett? Einen, der ganz sicher nicht mehr will, als ich ihm geben möchte? Aber es gibt ein Problem: Jude fühlt sich … anders an. Ich bin ziemlich ratlos, denn er scheint tatsächlich mehr als nur das Eine zu wollen.

»Warum ich?«, frage ich leise.

»Mal davon abgesehen, dass ich wahnsinnig scharf auf dich bin?«

Ein Grinsen zu unterdrücken, gelingt mir nicht ganz. »Ja, davon abgesehen.«

»Du hast Hirn und bist ehrgeizig.« Er zieht amüsiert eine Braue hoch. »Zielstrebig und entschlossen.«

Ich lache ein bisschen. »Seit ich dich kenne, hat meine Entschlossenheit gelitten.«

»Die Entschlossenheit, mir aus dem Weg zu gehen?«

»Genau die.«

»Weshalb willst du mir aus dem Weg gehen?«

Ich presse die Lippen zusammen. Ich will nicht über meinen Ex reden, und ich will Jude nicht sagen, dass ich Angst davor habe, mich ganz auf die Sache mit ihm einzulassen. »Weil sich alles so … unglaublich intensiv anfühlt.«

»Du hast Angst.«

»Ich bin vorsichtig«, gebe ich zurück.

Er nickt nachdenklich und spielt dabei weiter mit seinem Glas.

»Okay – abgesehen davon, dass ich attraktiv bin, Hirn habe und vor meiner ersten Begegnung mit Jude Harrison eine zielstrebige, entschlossene Frau war – was gibt es noch?«

»Willst du Komplimente hören?«

»Ich versuche nur rauszufinden, worauf ich mich einlasse.«

Er kneift die Augen zusammen. Einen Moment lang habe ich wieder das Gefühl, er zögert, doch dann lächelt er. »Ich denke, du bist nicht auf mein Geld aus. Schließlich wusstest du erst mal gar nicht, wer ich bin.«

Hat er das absichtlich so eingefädelt? Vorhin hat er gesagt, nicht die richtigen Frauen würden sich für ihn interessieren. Wollten die anderen vor allem sein Geld? Ist ihm das schon öfter passiert? »Bist du sicher?«, erwidere ich betont lässig und nehme einen Schluck Champagner. »Ich könnte dich heiraten, mich dann scheiden lassen und dir das Fell über die Ohren ziehen.«

Sein Lachen verwandelt mich in Mus. Die Fältchen in seinen Augenwinkeln lassen seine Augen blitzen. »Du würdest mich heiraten?«

*Stopp!* »Nichts überstürzen, Kumpel.«

»Kumpel?«

»Casanova?«

»Wie wärs mit Jude? Einfach nur Jude.«

»Jude.« Ich nicke, hole tief Luft und werde mutig. »Weshalb bist du so besitzergreifend?«

Er schürzt die Lippen, dann wirft er mir ein jungenhaftes Lächeln zu. »Das war ich früher nie.«

Tatsächlich? Interessant. »Und deine kurze Zündschnur?«

Diesmal wirkt er tatsächlich betroffen. Deshalb nehme ich an, dass er tatsächlich Probleme mit Stimmungsschwankungen hat. Und mit seinem Jähzorn. Ein bisschen beruhigt mich, dass ihm das bewusst ist.

»Daran kann ich arbeiten.« Er legt seine Hand mit der Handfläche nach oben auf den Tisch. Ich lege meine Hand hinein und zeige ihm damit, dass er mit Geduld und Verständnis rechnen darf. Hat der Tod seiner Eltern ihn so zornig gemacht? Oder macht ihn wütend, dass er so heftig auf mich reagiert?

Dass Menschen ihre Fehler erkennen und zugeben, ist meiner Erfahrung nach eher selten. Deshalb freut mich seine Aufrichtigkeit. Er will gar nicht zornig sein.

»Wer war dieser Typ?«, frage ich und überlasse ihm meine Hand. Er hebt sie an den Mund und küsst meine Fingerknöchel. Dann legt er sie behutsam zurück auf den Tisch.

»Der, der dich im Dampfbad mit Haut und Haaren verschlungen hat?«

Meine Gabel klirrt auf meinen Teller, ich lächle nicht, aber Jude wirkt nur wenig beunruhigt.

»Jenson«, sagt er. »Einer unserer Personal Trainer. Ich muss ihn wohl anrufen und mich entschuldigen.«

Das beruhigt mich ebenfalls. Wenn er einen Fehler gemacht hat und es merkt, steht er dazu. »Und ihm vielleicht anbieten, dass er hier weiterhin arbeiten kann«, sage ich. »Über einen eigenen Personal Trainer denke ich schon seit einiger Zeit nach.«

»Lass das, Amelia.« Jude lächelt in sein Champagnerglas. »Wenn ein Mann etwas hat, was er will, sollte er es dann nicht mit seinem Leben verteidigen?«

»Nur wenn die andere Person gewollt werden will.«

»Willst du, dass ich dich will?«

Mein Schweigen gibt ihm die Antwort, aber ihm reicht das nicht.

»Willst du das?« Einen Ellbogen auf dem Tisch beugt er sich zu mir. »Sag es mir, Amelia.« Seine freie Hand schiebt sich erneut unter meinem Kleid nach oben. »Willst du, dass ich dich will?«

Ich erstarre, als sein Finger wie zuvor in mein Höschen und mein feuchtes Fleisch gleitet.

»Ich würde sagen, ja«, flüstert er. Dabei drängt er den Finger tiefer in mich. Seine feuchten Lippen öffnen sich, während er beobachtet, wie ich schlucke und erbebe. »Ich denke, darüber müssen wir nicht mehr diskutieren.« Er zieht den Finger zurück, nimmt ihn in den Mund, saugt daran und trinkt dann einen Schluck Champagner.

Ich schüttle ungläubig den Kopf und merke, dass diese Katherine wieder zu uns herüberschaut. Als unsere Blicke sich treffen, wendet sie sich schnell ab. Langsam wird das ein bisschen merkwürdig. Alle anderen Gäste scheinen das Interesse an uns verloren zu haben. Dass Jude Harrison hier mit einer Frau zusammen beim Dinner sitzt, kümmert sie nun nicht mehr. Katherine aber offenbar schon.

»Diese Frau.« Ich neige diskret mein Glas in ihre Richtung. »Mit dem blonden Mann.«

Jude nickt, ohne hinzusehen.

»Wer ist sie?«

»Niemand.«

Die Antwort kommt so schnell und nachdrücklich, dass meine Brauen in die Höhe schnellen. »Du weißt doch nicht mal, wen ich meine.«

Einen Moment lang mahlen seine Kiefer, dann demonstriert er, welch große Umstände ihm meine Nachfrage bereitet, schaut mit Anstrengung über seine Schulter und wieder zurück zu mir. »Das sind Katherine Jenkins und ihr Ehemann Rob. Sie sind Mitglieder im Golf- und im Fitnessclub, essen oft hier oder genehmigen sich in einer der Bars ein paar Drinks.«

»Oh«, sage ich leise.

»Schön, dass wir das geklärt haben« Jude steht auf und ich schaue zu, wie er die Champagnerflasche aus dem Eiskübel zieht und einen Moment lang aufs Tischtuch stellt, bis das Eiswasser am Boden der Flasche darin versickert ist. Seine Augen verdunkeln sich, doch das Grün schimmert immer noch durch, und mein Inneres geht in Flammen auf. »Ich denke, deine Muschi hat ein Date mit meinem Schwanz.«

Ich starre an seiner hohen Gestalt hinauf und bin nicht so geschockt, wie ich es vielleicht sein sollte.

Da ist er, Jude Harrison, wie er leibt und lebt.

Mit einem lasziven Blinzeln zieht er die Champagnerflasche übers Tischtuch. Bevor er sich abwendet und davongeht, geben seine Augen tausend Versprechen ab. Mein Blick hängt an seinem Rücken, seinem geschmeidigen Gang, hängt an der Champagnerflasche, die auf Höhe seines Oberschenkels schwingt.

»Verdammt« flüstere ich. Wir sind unterwegs zum nächsten Level. Auf dem Tisch stehen unsere halb vollen Teller, mein Kopf kämpft mit meinem Herz.

*Hilfe!*

Ich rufe die Mädels an.

»Wie läufts?« Abbie meldet sich wie immer als Erste.

»Muss ich kommen und dich zur Vernunft bringen?«, fragt Charley eine Sekunde später.

»Vermutlich.«

»Warum?«, fragen beide gleichzeitig.

»Weil ich kurz davor bin, ihm ins Ungewisse zu folgen.«

Ich warte nicht ab, bis sie versuchen, mich zur Vernunft zu bringen. Vielleicht weil ich fürchte, es könnte ihnen gelingen. Hastig lege ich auf und trinke den letzten Schluck Champagner. Habe ich wirklich geglaubt, ich könnte mit ihm essen und nur reden? Wem wollte ich eigentlich etwas vormachen? In dem Moment, als seine Hand auf meinem Knie gelandet ist, war dieser Plan null und nichtig. Ein bisschen geredet haben wir immerhin, und verdammt, es war schön, ihn etwas besser kennenzulernen. Was ich gehört habe, hat mir gefallen. Und hinter seiner forschen, selbstbewussten Fassade habe ich Echtheit und Verletzlichkeit entdeckt.

Wobei ich seine Unerschrockenheit mag. Und mir gefällt, mit welcher Leichtigkeit er mich meinen unerbittlichen Erfolgsdrang vergessen lässt. Mir gefällt, dass er mir eine Pause vom ständigen Kampf auf dem Weg an die Spitze verschafft.

Ich mag die Ruhe, wenn mein Kopf dank ihm ganz leer wird und ich nur im Moment leben kann. Und die Alarmlämpchen können mich mal.

Nicht ganz glücklich, dass ich ihm folge, wie an einer unsichtbaren Schnur gezogen, stelze ich hinter ihm her. Aber alles in mir schreit danach, mich in diese Erfahrung zu stürzen. Mit hellwachen Sinnen gehe ich an den anderen Tischen vorbei, die Augen nach vorn gerichtet, meine Entscheidung klar. Ich kann nicht Nein sagen, werde nicht Nein sagen.

In der Lobby angekommen schaue ich die geschwungene Treppe hinauf. Jude ist bereits halb oben. Er hat sein Jackett ausgezogen, der Stoff seines weißen Hemds dehnt sich über seinen breiten Schultern. Die Hand auf dem Geländer nehme ich die erste Stufe. Mein Schritt ist so fest wie mein Herzschlag. Mein Herz klopft laut, aber ganz regelmäßig. Den Blick an Jude geheftet, steige ich hinauf. Oben bleibt er stehen, schaut zu mir herunter und löst dabei seine Krawatte.

Ich habe die Kontrolle aus den Händen gegeben. Ich gehöre ihm, allein durch seine Blicke steuert er meine Bewegungen. Als ich nur noch ein paar Schritte hinter ihm bin, geht er ruhig weiter voran, einen Korridor entlang und nacheinander durch mehrere Türen, die er für mich aufhält. Wir erreichen eine private Lobby. Vor uns liegt eine weitere weiß lackierte Doppeltür. Zu beiden Seiten stehen schmale Tische, auf jedem eine Vase mit wunderschönen Rosen. An der Doppeltür hält er sein Smartphone an einen Sensor. Sie öffnet sich und er geht hindurch. Ich bleibe auf der Schwelle stehen, schaue mich um und suche nach der Quelle der Musik, die uns umgibt. Jan Blomqvist. »Dancing People Are Never Wrong«.

Ich atme tief durch, das Pulsieren zwischen meinen Beinen wird stärker. Jetzt stellt er die Champagnerflasche auf den runden Tisch direkt hinter dem Eingang und schließt die Tür. Dann dreht er sich zu mir, schaut mir in die Augen, schluckt und streckt seine Hand aus. Ich sehe, wie meine sich hebt, unsere Finger sich berühren. Funken fliegen. Ich schnappe nach Luft, Jude flucht.

Und dann reißt er mich an sich und einen Herzschlag später liegt sein Mund auf meinem, hungrig, aber weich. Sein Körper umfängt mich, seine Hände sind in meinem Haar, seine Zunge wildert in meinem Mund.

Und ich gehöre ihm.

Alles Blut weicht aus meinem Kopf, die Chemie zwischen uns ist berauschend.

Hart erwidere ich seinen Kuss, packe seine Krawatte, ziehe sie ihm vom Hals und werfe sie weg, während er rückwärtsgeht und mich mitnimmt. Er rafft den seidigen Stoff meines Kleids an den Seiten zusammen, zieht es mir über den Kopf und lässt es zu Boden fallen. Dann sind seine Hände wieder in meinem Haar, während ich mir mit brennender Ungeduld an den Knöpfen seines Hemds zu schaffen mache. Am letzten Knopf scheitere ich, also reiße ich es einfach auf und ziehe es an seinen Armen herunter. Dabei höre ich sein unterdrücktes Stöhnen. Sein Hemd werfe ich hektisch beiseite, fahre mit den Händen über seine Brust und seinen Bauch. Dann kralle ich die Finger in sein Haar und ziehe ihn stöhnend fester an meinen Mund. Im Nu hat er meinen BH geöffnet und zu Boden fallen lassen. Seine Handflächen liegen auf meinen Brüsten, ich recke mich ihm entgegen. Meine Nippel prickeln unter der Berührung.

»Jude.« Ich bin wild vor Verlangen.

»Amelia«, antwortet er atemlos, reißt seinen Mund von meinem und nimmt mein Gesicht zwischen die Hände. Ich sehe angespannte Kiefermuskeln unter seinen Stoppeln. Er starrt in meine Augen, ich umklammere seine Handgelenke. Unsere Gesichter sind einander ganz nah, unsere lauten Atemzüge vermischen sich. Er sieht fast wütend aus, wie er mich so fixiert. Und ich muss sehr benommen wirken. Dabei bin ich alles andere als verwirrt. Er! Er erweckt etwas in mir zum Leben, von dem ich gar nicht gewusst habe, dass es tot war. Einfach überwältigend. Die Verbindung zwischen uns ist nicht von dieser Welt. Fühlt es sich so an, wenn man den Richtigen findet? Den Einen? Explosionen, Feuerwerke, eine Hitze, in der man sich auflöst? Ich schaue ihm in die Augen und weiß, ich könnte darin ertrinken.

Und das tue ich.

Ich sinke in diese Tiefen, ringe nach Luft. »Was passiert hier?«, flüstert mein Mund ganz von selbst.

Er schaut mir forschend ins Gesicht, seine Hände erhöhen den Druck auf meine Wangen, meine klammern sich fester an seine Handgelenke. »Ich weiß es nicht, verdammt«, antwortet er heiser, bevor er mich hart und fordernd küsst, zur nächsten Wand schiebt und mich dagegenpresst. »Lass uns morgen Früh darüber reden.«

Dem will ich nicht widersprechen. Wenn er mein wildes Verlangen nicht bald befriedigt, verliere ich den Verstand. Ich reiße seinen Gürtel auf, schiebe ihm die Hose über den Hintern und grabe meine Fingernägel in seine festen Pobacken. Er stößt zischend die Luft aus, küsst sich über meine Wange auf meine Schulter, über mein Dekolleté und bis zu einer meiner Brüste. Ich stemme den Hinterkopf gegen die Wand und schaue mit brennender Lunge hinauf zur Zimmerdecke. Sein warmer Mund schließt sich um einen Nippel und saugt daran, meine Finger gleiten über seinen Rücken und krallen sich in seine Schultern.

»Hose!«, befiehlt er rau, stützt die Hände links und rechts neben meinem Kopf an die Wand und schaut mich aus dunklen Augen an. Ich gleite an der Wand nach unten und atme auf Höhe seiner Erektion aus. Eilig hebe ich nacheinander seine Füße und streife ihm Schuhe und Socken ab, dann greife ich nach seinem Hosenbund und zerre die Hose an seinen Beinen nach unten. Er schüttelt sie ab, zieht mich hoch und meine Beine schlingen sich um seine Hüfte.

»Fuck!«, schnauft er, packt mich und trägt mich durchs Zimmer. Seine Lippen liegen wieder auf meinen, meine Brust ist an seine gepresst. Ein paar Atemzüge später spüre ich ein seidiges Laken am Rücken und er liegt auf mir. Unser Kuss ist chaotisch und laut. Er stöhnt, ich stöhne. Er vergräbt die Hände in meinem Haar, ich meine in seinem. Dann dreht er sich mit mir, sodass ich über ihm sitze.

Ich beiße in seine Unterlippe, halte sie mit meinen Zähnen fest und er schließt stöhnend die Augen, dann öffnete er sie wieder und schaut zu, wie ich mich über seine Brust und seinen Bauch zu seinen Boxershorts küsse.

»Shit, Amelia!« Er packt mich und zieht mich wieder zu sich hoch, dreht sich erneut mit mir und revanchiert sich. Er leckt und beißt sich über meine Brüste. Von Leidenschaft überwältigt, werfe ich mich ihm entgegen. Ich ringe nach Luft, atme laut, während sich sein Mund über meinen Bauch küsst und seine Daumen sich in mein Höschen haken. Schweiß tritt mir auf die Stirn, denn jetzt zieht er den Spitzenstoff an meinen Beinen nach unten und küsst die Innenseiten meiner Oberschenkel.

Als seine Zunge durch meine Feuchtigkeit gleitet, schreie ich auf. Meine Bauchmuskeln spannen sich an, Lustwellen durchjagen mich wie Stromstöße. Jude wirft mein Höschen beiseite, geht auf die Knie und zieht mich auf meine. Die Hände in meinem Haar, hält er mich in dieser Stellung fest. Sein Blick ist wild, sein Haar zerzaust. Ich atme in sein Gesicht, greife nach seinen Boxershorts und schiebe die Hände hinein auf seinen Hintern, reibe, fühle, sehe, wie er sich wappnet, während ich ihm die Shorts langsam hinunterziehe und mit den Fingerspitzen über seine Hüfte und seinen Bauch streiche. Zart wandern meine Finger weiter durch Haare und dann tiefer.

Ganz von selbst verlässt meine Zunge meinen Mund und leckt über seine geöffneten Lippen. Tief aus seiner Kehle kommt ein unterdrücktes Stöhnen und er wartet. Dann berühre ich erst federleicht die Wurzel seiner Härte und streichle dann sanft über die ganze Länge. An der feuchten Spitze angekommen, schlinge ich die Hand um den Schaft und reibe mit dem Daumen die empfindlichste Stelle. Fasziniert sehe ich, wie seine halb geschlossenen Augen noch dunkler werden, und beginne mit langsamen, rhythmischen Bewegungen. Sein Griff in mein Haar wird fester, seine schönen Züge sind angespannt. Dann fällt sein Kopf zurück und er erlaubt mir Zugang zu seinem Hals. Ich verwöhne seine Kehle mit meinem Mund, spüre die dunkelblonden Stoppeln an meinen Lippen und meiner Zunge.

Wenn er schluckt, bewegt sich sein Adamsapfel unter meinen Lippen. Plötzlich liegt seine Hand über meiner. »Stopp«, presst er hervor. Sein Atem wird schneller. »Gib mir … Ich brauche … Fuck, gib mir eine Sekunde.«

Ich warte, während er versucht, sich zu fangen, spüre, wie er in meiner reglosen Hand pulsiert. Wieder wende ich mich seinem Hals zu, atme seinen männlichen Duft ein und schmecke das Salz auf seiner Haut. Mit einem tiefen Knurren zieht er mich an meinen Haaren weg.

Fragend schaut er mir ins Gesicht, legt seine Hände an meine Wangen und streichelt sie sanft. »Damit habe ich nicht gerechnet, Amelia.« Er drückt mich auf den Rücken und schiebt sich über mich. »Nach dem hier gibt es kein Zurück mehr.« Er hebt das Becken und gleitet in mich. Dabei atmet er zischend aus und drückt die Augen fest zu. Die Anspannung macht seine Züge noch schöner.

»Ja«, hauche ich, während er mich Zentimeter für Zentimeter ausfüllt. Meine heiße Mitte zieht sich um ihn zusammen. Wie er mich füllt, fühlt sich so richtig an. Mir wird schwindlig, und gleichzeitig fühle ich mich so unfassbar frei, obwohl ich unter seinem harten Körper gefangen bin.

»Atme«, flüstert er und bleibt still liegen, gibt mir Zeit, mein Inneres mit ihm verschmelzen zu lassen.

Dass ich die Luft angehalten habe, habe ich gar nicht bemerkt. Ich atme aus, ziehe die Beine an und spreize sie weiter. »Gott, du fühlst dich so gut an.« Ich spüre, wie er in mir pulsiert.

»Ja?«, fragt er rau, stemmt die Fäuste in die Matratze, stützt sich ab und hebt den Oberkörper an. Dann bewegt er sich mit rhythmischen Stößen, und mit jedem einzelnen davon schwellen die Muskeln in seinen Armen und seiner Brust.

Meine Fersen drücken sich in die Rückseite seiner Oberschenkel. »Ja.« Gierig recke ich mich seinen Stößen entgegen, sein Kinn fällt auf seine Brust, er beißt die Zähne zusammen. Wieder nimmt er sich einen Moment. Von mir aus gern! Ihn mit seinen Empfindungen kämpfen zu sehen, ist wunderschön. Wenn sein Gesicht vor Lust wie gequält wirkt, sieht er einfach atemberaubend aus. Dann bewegt er sich wieder, findet den perfekten Rhythmus, die perfekte Reibung. Und jeder Stoß geht befriedigend tief.

Mein Kopf ist leer, ich spüre nur noch die Lust, die er mir schenkt. Ich könnte für immer so weitermachen, ihm für immer zuschauen und mich für immer so fühlen wie jetzt in diesem Augenblick.

Ich greife nach seinem Gesicht, streiche über die angestrengten Falten, und er schaut mich durch seine Wimpern hindurch an. Das Haar fällt ihm in die Stirn. Wenn er mir jetzt in diesem Moment befehlen würde, mich von einer Klippe zu stürzen, ich würde es tun. So tief geht dieses Gefühl, so tief geht dieser Moment.

Jude stützt sich auf einer Hand ab, mit der anderen zieht er eine meiner Hände über meinen Kopf. Dann stützt er sich auf einen Unterarm, schlingt seine Finger zwischen meine und hält sie ganz fest.

»Küss mich«, flüstert er an meinen Lippen und ich gehorche. Hungrig verschlinge ich seinen Mund und er erhöht das Tempo seiner Stöße. Ich summe, stöhne, bewege die Finger in seinen und kralle die Nägel der anderen Hand in seine Schulter.

Die Welle baut sich auf, Hitze jagt durch meinen Körper in meinen Kopf. Jude schwillt in mir an, schließt seine Finger noch fester um meine und drückt unsere Hände ans Bett.

Plötzlich dreht er sich auf den Rücken, nimmt mich mit und bleibt dabei in mir. Ich sitze über seinen Hüften und schreie auf, weil er jetzt noch tiefer in mich dringt. Die Hände auf seinen Bauch gestützt, atme ich den leichten Schmerz weg. Auch Jude atmet schwer, seine Hände fallen auf meine Oberschenkel. Ich sammle mich, hole tief Luft.

»Okay?«, fragt er atemlos und wartet. Ich kann nur nicken und bewege vorsichtig die Hüften.

Seine Finger graben sich in mein Fleisch, ein raues Stöhnen steigt aus seiner Kehle, und als ich merke, dass alles gut ist, beginne ich mit rhythmischen Bewegungen. Mein Kopf ist dabei so schwer wie meine Lider.

Er hebt mit gespreizten Fingern die Hände. »Halte dich fest«, befiehlt er sanft. Ich lege die Handflächen an seine und schaue zu, wie er langsam die Finger zwischen meine flicht. Unsere Hände sind jetzt fest verbunden, werden zu meinem Anker, während ich ihn reite. Sein Blick wandert zwischen meinen Schenkeln und meinen wippenden Brüsten hin und her und von dort weiter zu meinen Augen. Sein Kiefer spannt sich, er reckt mir das Becken entgegen und ich seufze. Das Blut pocht in meinen Schläfen. Jude nickt. Er sieht, wie nahe ich dem Höhepunkt schon bin. Während meine Bewegungen schneller werden, hält er meine Hände noch fester. »Fuck, Amelia!« Er zieht mich zu sich, küsst mich heftig und drückt mich dann wieder in eine aufrechtere Position.

Das Haar fällt mir ins Gesicht, ich werfe es zurück und konzentriere mich ganz auf meine immer heftigeren Lustgefühle. Wild reite ich seine Härte und er stößt in mich.

»Fuck!« Er zieht mich zu sich, dreht mich auf den Rücken und ist sofort wieder in mir.

Geborgen liegt mein Kopf zwischen seinen Armen, meine Nägel zerkratzen seinen Rücken.

Er zischt, küsst mich hart, beißt mir in die Unterlippe und legt dann seinen Mund an mein Ohr. »Ich will mit dir kommen«, flüstert er mit heißem Atem, und das Kribbeln jagt von meinem Ohr zwischen meine Beine. »Ich will, dass deine Muschi mich bis zum letzten Tropfen aussaugt.«

Seine Worte wirken wie ein Brandbeschleuniger, die Hitze erreicht ihren Siedepunkt.

»Ich komme«, knurrt er und stößt weiter.

Ich hebe mich jedem seiner Stöße entgegen.

Sein Mund küsst sich über mein Gesicht zum anderen Ohr. »Hast du jetzt noch die Kontrolle, Baby?«

Vor meinen Augen tanzen schwarze Punkte, mein Kopf fühlt sich an, als wollte er zusammen mit meinem Körper explodieren. »Jude!«, flehe ich.

Er leckt meine Ohrmuschel, meine Hände irren über seinen Rücken.

»Du kommst«, flüstert er.

»Jude.«

»Jetzt.«

»Jude!«

Er hört auf, sich zu bewegen. Mit einem Aufschrei kralle ich die Hände in das Haar in seinem Nacken, während er den Kopf hebt und mich anschaut. Unsere Blicke sagen mehr als tausend Worte. Tiefes Einverständnis. Das hier ist … ist etwas Großes.

»Jetzt«, raunt er noch einmal, beißt die Zähne zusammen und stößt wieder in mich. Er macht genau da weiter, wo er meinen Höhepunkt unterbrochen hat, treibt mich auf den Gipfel und hat die völlige Kontrolle über meine Lust.

Die Intensität droht, mich zu zerreißen. Jude kommt mit einem Aufschrei und zittert dann so heftig, dass er die Stirn an meinem Hals abstützen muss. Die Hitze seines Atems auf meiner Haut, sein heißer Körper auf mir – das ist erdrückend und doch gut, so gut.

»Großer Gott«, japst er erschauernd.

Die Musik mischt sich in unsere lauten, chaotischen Atemzüge, die Beats sinken in meinen Körper, der sich nur langsam erholt.

Was ist gerade passiert?

Völlig überwältigt starre ich an die Zimmerdecke, bin erschöpft, heiß und verschwitzt.

Und ich habe eine verdammte Angst.

»Okay?«, flüstert er schließlich und bleibt auf mir liegen. Ich habe den Verdacht, er will mein Gesicht nicht sehen und möchte auch nicht, dass ich in seines schaue.

»Und du?« Ich antworte mit einer Gegenfrage.

»Ich glaube, mein Problem ist jetzt noch größer als vor einer Stunde.«

»Meins auch«, antworte ich leise. Völlig unerwartet bildet sich in meiner Kehle ein Kloß. Was zum …? Ich kämpfe mit aller Macht dagegen an, versuche zu verstehen, was mit mir passiert, während sich mein Körper von dem Orgasmus erholt und mein Herz seinen normalen Rhythmus sucht. Fragt sich nur, ob es den je wieder finden kann. Er hat etwas mit mir gemacht, aber was? Ich werde doch jetzt nicht nach dem Sex in Tränen ausbrechen? Und damit unnötigerweise zeigen, dass in der Hitze der Leidenschaft wirklich kein Mensch klar denken kann.

Ich blinzele die ungebetenen Tränen weg und bete, dass Jude genau da bleibt, wo er ist, bis ich diese seltsame Gefühlswallung unter Kontrolle habe. Doch dann bewegt er sich. *Verdammt!*

Er gleitet aus mir hinaus und ich verziehe das Gesicht, fühle mich plötzlich wund. Auf die Unterarme gestützt, streicht er mir das Haar aus dem Gesicht und schiebt es mir hinters Ohr. »Du siehst so rangenommen aus, wie ich mich fühle.«

Ich weiß nicht, wie ich das verstehen soll. Körperlich rangenommen? Oder hat er den verräterischen Schimmer in meinen Augen bemerkt? »Und du siehst umwerfend rangenommen aus.« Fast ehrfürchtig bewundere ich den postorgastischen Jude Harrison. Ein beeindruckender Anblick.

Lächelnd küsst er meine Mundwinkel, dann steht er auf und geht weg.

»Gnade mir Gott«, flüstere ich und stütze mich auf die Ellbogen, um einen guten Blick auf seinen Rücken zu haben. Seinen Hintern.

»Geht klar.«

Ich schnappe nach Luft. »Das hast du gehört?« Ich muss an den Moment an unserem Mädelstag denken, als Charley und Abbie ihn in der Library Bar entdeckt haben und gemeinsam mit mir fast dahingeschmolzen sind.

»Jap«, ruft er und verschwindet durch eine Tür.

Ich lasse mich auf den Rücken fallen und drücke mir ein Kopfkissen auf mein verlegenes Gesicht. Eigentlich müsste ich lächeln, müsste noch immer auf Wolken schweben.

*Ich glaube, mein Problem ist jetzt noch größer als vor einer Stunde.*

Worauf habe ich mich bloß eingelassen? Die Frage ist lächerlich. Was passieren würde, wenn ich hierherkomme, habe ich gewusst. Aber mit dem hier habe ich nicht gerechnet. Das war die intensivste Erfahrung meines ganzen verdammten Lebens. »Oh, Amelia«, flüstere ich, werfe das Kissen beiseite und schaue mir zum ersten Mal wirklich an, wo ich hier gelandet bin. In einem sehr großen, in neutralen Tönen gehaltenen Schlafzimmer. Ausgestattet mit Samt, Chenille und Wildleder. Ich stehe auf, trete ans Fenster und beiße mir auf die Unterlippe. Der Blick geht über das Glasdach der Orangerie hinüber zu einem anderen Fenster. Zu meiner Suite. Hier hat er nackt und verlockend gestanden. Und hier stehe ich jetzt.

Ich wandere weiter zu einem Ankleidezimmer. An zwei gegenüberliegenden Wänden gibt es Schränke mit Schiebetüren. Ich öffne eine davon und spähe hinein. Anzüge. Viele teure Anzüge. Hinter einer weiteren Tür entdecke ich Krawatten in allen Farbtönen. Ich schließe sie und öffne die nächste. Dieser Schrank ist leer. Nur ein Paar edler grüner Mules steht perfekt ausgerichtet auf dem mittleren Regalbrett. Ich greife nach einem der Schuhe und streiche stirnrunzelnd über den exquisiten Seidenstoff. Tausend Fragen jagen mir durch den Kopf. Wem gehören diese Schuhe? Und wird mein verschwundenes Höschen bald neben ihnen liegen? Mit geschürzten Lippen stelle ich den Schuh wieder zurück und schließe den Schrank. Ich gehe weiter in ein Badezimmer voller Granit in Cremefarben und goldfarbener Armaturen. Die Dusche nimmt eine gesamte Wand ein und ist durch eine Glasscheibe abgetrennt. Mitten im Raum steht eine eiförmige Badewanne, über deren Rand der goldene Wasserhahn ragt. An der Wand neben der Dusche gibt es ein Waschbecken, das groß genug ist, um darin zu baden, und eine Tür führt zu einer Toilette. Ich trete ans Waschbecken und schaue mir die Pflegeprodukte an. Lächelnd öffne ich eine Flasche Eau de Cologne und schnuppere. Genießerisch schließe ich die Augen. Das ist Jude in einer Flasche. Ich lese die Aufschrift. Creed.

»Rieche ich gut?«

Ich drehe mich um und sehe, wie er lässig mit der Schulter am Türrahmen lehnt. Die Arme hat er verschränkt und ist noch immer herrlich nackt, genau wie ich. Mit einem schuldbewussten Blick stelle ich die Flasche zurück. »Wohnst du hier?«

»Das ist mein Apartment, ja.«

»Apartment?«

Er streckt die Hand nach mir aus. »Komm, ich zeige es dir.«

Ich schaue an mir hinunter. »Kann ich mich anziehen?«

»Nein.« An der Hand führt er mich aus dem Badezimmer. »Ankleidezimmer«, erklärt er, während wir hindurchgehen. Über seine Schulter hinweg grinst er mich an. »Aber das hast du ja bei deiner kleinen Schnüffelei schon selbst entdeckt.«

Ich verdrehe die Augen und will ihn gern fragen, wem die edlen grünen Schuhe gehören. »So wie du bei deiner Schnüffelei in meinem Wellnessfragebogen auch ein paar Dinge entdeckt hast?«

»Das war ein wichtiger Teil meiner Detektivarbeit«, erwidert er, und ich lasse mich lachend von ihm ins Schlafzimmer ziehen. »Hier schlafe ich.« Weiter geht es in einen großen Wohnbereich. »Wohnen und essen.« Er bringt mich in eine riesige abgetrennte Küche.

»Wow.« Ich lasse seine Hand los und gehe um die Kücheninsel aus Eichenholz herum. Die weißen Einbauschränke sind ganz sicher handgefertigt. Sie haben schöne Reliefs und aufwendig gearbeitete Kanten. Ein riesiger Kühlschrank mit verspiegelten Türen ist das auffallendste Stück der Küche und lässt sie sogar noch größer wirken. Auf den rustikalen Eichenregalen an einer Wand sind Körbe aufgereiht, hier und da gibt es Töpfe mit Zimmerpflanzen. Exakt in der Mitte der hölzernen Insel steht ein Korb voller Orangen, Zitronen und Limonen. Alles ist makellos sauber und sieht fast unbenutzt aus.

Unter dem Spülbecken finde ich die Spülmaschine, öffne sie und stelle überrascht fest, dass sie halb voll ist mit schmutzigem Geschirr. »Du kochst also tatsächlich?«

»Ziemlich oft sogar.« Mit nacktem Hintern setzt er sich auf einen Hocker. »Überrascht dich das?«

»Nur für dich allein?« Ich schließe die Spülmaschine und gehe langsam um die Insel. Dabei lasse ich die Finger über die geölte hölzerne Oberfläche gleiten und beobachte ihn aus den Augenwinkeln. Um seine Lippen spielt ein leichtes Lächeln. Die Art Lächeln, die mein Höschen schmelzen lassen würde, wenn ich denn eines anhätte.

»Für mich allein«, bestätigt er. »Ursprünglich wollte ich heute Abend für dich kochen, dachte dann aber, dass du dich vielleicht nicht so privat mit mir treffen möchtest.«

»Um nicht Gefahr zu laufen, dass du mich unter dem Tisch mit deinen Fingern vögelst?«, frage ich ernst mit hochgezogenen Brauen.

»Du bist ganz schön krass.«

»Sagt der Mann, der mich unter dem Tisch mit den Fingern gevögelt hat.«

Er nimmt mich am Arm und zieht mich zwischen seine gespreizten Oberschenkel. Himmel hilf, sofort bleibt mir wieder die Luft weg. Seine Hände gleiten auf meinen Hintern, meine auf seine Schultern. »Hättest du dich von mir bekochen lassen?«

Ich schüttle den Kopf. »Zu persönlich, zu früh.«

»Und das hier?« Eine seiner Hände wandert über meine Hüfte nach vorn zu meinem pochenden Fleisch. *Verdammt!*

Ich rücke näher an ihn heran und küsse ihn sanft. Er beginnt, mich zu reiben, und ich stöhne in seinen Mund.

»So gierig«, flüstert er an meinen Lippen und führt meine Hand zwischen seine Beine.

Ich umfasse ihn und sein tiefes Knurren lässt mich wohlig erschauern. Ich bin wirklich gierig nach ihm. Hemmungslos und unstillbar.

Seine Finger gleiten im selben Rhythmus durch mein Verlangen, wie meine seinen Schaft reiben. Unsere Küsse werden härter, unser Atem lauter. Schon sind wir unterwegs zum nächsten Höhepunkt. Für mich kommt er so unerwartet schnell, dass mein Oberkörper nach vorn kippt und meine Hand den Takt verliert. Ich werde so ungeschickt und fahrig, dass er sie wegschiebt und selbst weitermacht. Er reißt die Lippen von meinen, in meiner Hitze bewegen sich seine Finger langsamer und zarter. Er schaut zu, wie ich die Welle reite, die einfach nicht verebben will. Während er mich in meiner Lust gefangen hält, jagt er seinem eigenen Orgasmus entgegen, um ihn gemeinsam mit mir zu erleben. Seine Augen werden dunkler, seine Züge angespannter. Doch so schön sein Gesicht in diesem Moment auch ist, ich will sehen, wie er sich selbst Lust verschafft.

Dafür lehne ich mich ein bisschen zurück und schaue zwischen seine Beine. Dieser Anblick allein lässt meinen Orgasmus neu aufflammen. Mein Gott, dieser Mann ist unvergleichlich. Locker um seine Härte geschlossen, bewegt sich seine Faust auf und ab. Die pralle geschwollene Spitze schimmert feucht. Ich weiß nicht, was mich dazu bewegt, doch ich schiebe seine Hand weg, lege meine um die Wurzel und sauge seinen pulsierenden Schaft in den Mund. Dann bewege ich den Kopf langsam auf und ab.

»Fuck, Amelia!«, presst er hervor, seine Hände greifen in mein Haar.

Ich sauge, lecke, bewege mich und spüre ihn ganz tief in meiner Kehle.

»Fuck. Fuck!«

Mit immer rascheren Bewegungen verschlinge ich ihn, und ich schwöre, noch nie hat irgendetwas besser geschmeckt.

»Baby, ich komme.«

Das bremst mich nicht. Nichts auf der Welt würde in diesem Moment diesen überwältigend animalischen Drang in mir bremsen. Die Vene an der Unterseite pulsiert an meiner

Zunge. Jude wird unter mir starr, er schreit auf, dann zuckt er. Heiß und salzig schießt sein Saft in meine Kehle.

Ich schließe die Augen und schlucke, sauge und atme aus. Noch einmal umkreise ich die Spitze mit der Zunge, dann küsse ich mich an seinem Bauch nach oben zu seiner Brust und seinem Hals. Ich steige auf seinen Schoß und suche mit den Lippen nach seinen. Er summt, umfasst meinen Hintern und lässt sich von mir küssen, dann greift er nach meinem Kinn, zieht mich von seinem Mund weg und nimmt mein Gesicht zwischen die Hände. Lange schaut er mich an. Er lächelt nicht, ich kann seinen Gesichtsausdruck nicht lesen, doch in seinen Augen liegt eine Frage. Locker liegen meine Arme um seinen Hals und wir schauen uns an.

»Was?«, frage ich schließlich.

Einer seiner Mundwinkel hebt sich ganz leicht. »Nichts.« Er streicht durch mein langes Haar, während ich mit dem Haar in seinem Nacken spiele. »Durstig?«

Ich nicke. Er steht auf und hebt mich dabei hoch, dann setzt er mich auf den Hocker und geht zum Kühlschrank. Von fern höre ich mein Handy klingeln und schaue über meine Schulter.

»Ich glaube, da muss ich rangehen.« Ich stehe auf. »Wahrscheinlich eine meiner Freundinnen, die fürchtet, der mysteriöse reiche Kerl, der mich stalkt, könnte über mich hergefallen sein.«

»Das mit dem Herfallen lässt sich einrichten«, ruft er hinter mir her.

Lächelnd gehe ich zu meiner Tasche und ziehe das Smartphone heraus. Doch bevor ich den Anruf annehmen kann, hört es auf zu klingeln. Ungläubig schaue ich aufs Display. Zehn verpasste Anrufe? »Dramatisch, Abbie«, murmle ich, gehe zur Couch und rufe sie zurück.

»Gott sei Dank!«, schnauft sie.

»Was gibts denn?«

»Ich wollte bloß sichergehen, dass du noch lebst.«

»Ich lebe noch«, sage ich. Zwar bin ich vor Lust ein paarmal gestorben, aber jedes Mal wieder neu zum Leben erwacht. Einen Moment lang sagen wir beide nichts. »Und?«

»Verdammt, Frau!«, zischt Abbie. »Habt ihr …?«

Ich presse die Lippen zusammen und schaue zum Durchgang zur Küche. »Ich bin in seinem Apartment.«

»Apartment?«

»Er hat eine Privatwohnung im Hotel.«

»Und?«

»Und ich bin nackt«, flüstere ich, drücke die Augen fest zu und versuche, das alberne Kleinmädchengrinsen zu verscheuchen, das sich über mein Gesicht breiten will, während in meinem Bauch ein ganzer Schwarm Schmetterlinge auffliegt.

Abbie schnappt nach Luft. »Deine Stimme.«

»Was ist damit?«

»Oh mein Gott. Du hast dir Gefühle eingefangen.«

»Nein.« Ich ziehe eine Grimasse. »Beim ersten Date fängt man sich noch keine Gefühle ein.«

*Ich glaube, mein Problem ist jetzt noch größer als vor einer Stunde.*

*Meines auch.*

»Verdammt«, flüstere ich, stehe auf und gehe ins Schlafzimmer, von dort weiter durchs Ankleidezimmer und ins Bad. Ich schließe die Tür hinter mir. »Ich mag ihn wirklich, Abbie«, gebe ich zu, setze mich auf den Rand der Badewanne und stütze das Gesicht in meine freie Hand.

»Oje«, schnauft sie. »Das heißt wohl, er ist im Bett so gut, wie er aussieht.«

»Besser«, sage ich leise in meine Hand. »Aber es ist nicht nur das.«

»Ach so ja, da wären noch ein bombastisches Luxushotel und die Tatsache, dass er definitiv in der ersten Reihe gestanden hat, als Gott das gute Aussehen verteilt hat.«

»Er ist charmant.« Ich hole tief Luft und verrate ihr noch mehr. »Wir reden. Wenn ich etwas sage, habe ich das Gefühl, es interessiert ihn tatsächlich. Er ist auf eine trockene, ernste Art lustig, hat Hirn und sagt die richtigen Dinge. Und eine gewisse Verletzlichkeit habe ich auch an ihm entdeckt. Er hat mir erzählt, dass er seine Eltern bereits verloren hat. Seinen Dad, als er selbst gerade vierundzwanzig war, seine Mum während der Renovierungsarbeiten in Arlington Hall. Sie hat nicht mehr miterlebt, wie ihr Traum Wirklichkeit geworden ist.«

»Wow, das ist hart.«

»Ja, allerdings.«

»Und wo ist der Haken?«

»Mal davon abgesehen, dass ich gerade eine Beziehung beendet habe und mich auf meine Karriere konzentrieren muss?«

»Ja, davon abgesehen.«

»Er ist vielleicht ein bisschen besitzergreifend.« *Vielleicht ein bisschen? Nein, sehr.* »Und vielleicht geht sein Temperament manchmal mit ihm durch.« *Vielleicht?*

Abbie summt, und ich weiß nicht, ob mir das gefällt.

»Was denkst du?« Ich will es wirklich hören.

»Ich denke, du könntest im selben Boot landen wie ich.«

»Wie bitte?«

»Aber wenigstens weißt du, wer deine Welt in die Luft gejagt hat.«

Jetzt verstehe ich. »Der Mann in Frankreich«, sage ich leise. Über die kurze, unglaublich intensive Begegnung mit dem namenlosen Typen, den sie in einem Café in einer Seitenstraße kennengelernt hat, ist sie nie weggekommen. Seither vergleicht sie jeden anderen Mann mit ihm. »Träumst du immer noch von ihm?«

Sie lacht. »Jeden verdammten Tag. Und es ist jetzt zwei Jahre her, Amelia. Als es mir dieses Geschenk gemacht hat, war das Universum ganz besonders gemein.«

Ich lache leise und blicke auf. Jude steht mit zwei Gläsern Champagner an der Tür. »Hör mal, ich muss jetzt Schluss machen.«

»Melde dich wieder«, verlangt sie.

Ich lege auf und gehe zu Jude. »Abbie.«

»Sie ist eine gute Freundin.«

»Oh ja.« Ich nehme ihm eines der Gläser aus der Hand. »Und jetzt ruft sie sicher gerade Charley an.«

Jude nickt, nimmt meine Hand und führt mich zurück ins Schlafzimmer.

»Ich glaube, ich sollte mich langsam davonmachen.« Wieder höre ich Musik und schaue mich nach den Lautsprechern um. Moby. »Porcelain«. Himmel, er hat die ultimative Playlist der Verführung.

»Nein, solltest du nicht.«

»Nein?«

»Nein.« Er setzt mich aufs Bett und drückt mich mit dem Rücken auf das Laken.

Der Champagner schwappt aus dem Glas auf meine Brust und ich japse.

»Uups«, flüstert er, stellt sein Glas ab und stemmt eine Faust neben meinem Kopf auf die Matratze. Mit blitzenden Augen greift er nach meiner Champagnerflöte und nimmt einen Schluck.

Sofort bin ich wieder wie gebannt. Eigentlich mein Normalzustand, wenn er in der Nähe ist.

Noch ein Schluck und Jude legt den Mund auf meinen und öffnet die Lippen. Die prickelnde kalte Flüssigkeit rinnt zwischen meine Lippen.

*Und schon geht es weiter!*

Deshalb bin ich ja hier.

Meine Zunge schnellt vor und fängt ein paar Tropfen auf, dann saugt er meine Unterlippe in seinen Mund, lässt sie mit einem kleinen »Plopp« wieder los und küsst sich dann über meinen Hals und meine Brust. Instinktiv recke ich mich ihm entgegen. Ich strecke die Arme über den Kopf und suche nach etwas zum Festhalten. Doch von der Kopfstütze bin ich zu weit entfernt. Also kralle ich die Hände in sein dichtes Haar.

»Jude«, stöhne ich und werfe den Kopf hin und her, während er sich an mir nach unten küsst. »Jude.«

Mein Flehen bleibt unbeantwortet.

Plötzlich steht er auf und nimmt eine brennende Kerze vom Nachttisch. Dann kniet er über mir und ich schnappe nach Luft. Er zieht einen meiner Arme an meine Seite und klemmt ihn mit seinem angewinkelten Bein dort fest. Danach nimmt er die Kerze in die andere Hand und tut mit meinem zweiten Arm dasselbe wie mit dem ersten. Dabei beobachtet er mich aufmerksam, und ich lasse alles geschehen. Jetzt bin ich unter ihm gefangen. Mein Atem wird kürzer, meine Brust hebt und senkt sich heftig. Ich ahne, was jetzt passieren wird.

Er stützt sich auf einen Unterarm, sein Gesicht kommt meinem ganz nahe. Nach einem milden Lächeln beißt er mich in die Wange. Selbst damit schickt er Schockwellen durch mich hindurch, mein Körper will sich aufbäumen, doch das ist völlig unmöglich.

»Halt still«, sagt er und setzt sich auf. Sein Schaft liegt auf meinem Bauch.

Er hebt die Kerze, lässt den Blick über meinen Oberkörper schweifen und fixiert schließlich eine meiner Brüste.

»Oh Gott, bitte«, murmle ich, werfe den Kopf zurück und kneife die Augen zu.

»Komm, Amelia.« Er legt die Hand um mein Kinn und schüttelt sanft meinen Kopf. »Sieh mir zu.«

Ich nehme meinen Mut zusammen, öffne die Augen und schaue in seine. Dunkles, dunkles Grün.

»Tu es«, flüstere ich und balle die Hände zu Fäusten. Sein zufriedenes Lächeln ist überwältigend schön. Als er sich aufsetzt und die Kerze ein wenig neigt, bewundere ich das Spiel seiner Bauchmuskeln. Dann halte ich den Atem an. Der Wachstropfen trifft mich direkt neben meinem Nippel und ich schnappe nach Luft. »Verdammt.« Es brennt heftig, aber nur kurz. Die Hitze verfliegt schnell und der wasserklare, perfekt runde Tropfen wird fest und verliert seine Durchsichtigkeit. Ich atme aus und wappne mich innerlich, denn ich weiß, er ist noch nicht fertig.

Die Anerkennung in seinem Blick ist unsagbar motivierend. »Noch mal?«

Ich schlucke, versuche, ganz entspannt dazuliegen, und warte auf den nächsten Tropfen. Die Kerze schwebt über meiner Brustwarze, neigt sich. Diesmal fallen zwei Tropfen auf meine Haut. Ich beiße die Zähne zusammen und knurre, mein Rücken wölbt sich auf. Dieser Mann bringt mich um.

Nein.

Ich fange meine Gedanken ein, sie sollen diesen Moment nicht zerstören.

»Mehr«, flüstere ich und spanne die Muskeln, während Jude die Kerze noch einmal neigt. »Fuck!« Diesmal waren es drei Tropfen, das Brennen ist stärker und dauert länger an. Ich werfe den Kopf zurück, mein Körper wölbt sich zu einem festen Bogen auf.

»Zu viel?«, fragt er und ist nun ebenfalls atemlos.

»Nein«, zische ich und schaue ihm in die Augen. »Niemals.«

Er legt den Kopf schief und zögert. »Niemals«, murmelt er und küsst mich zart. »Du machst mich fertig, Amelia Lazenby.«

»Nur, wenn du mich nicht zuerst fertigmachst«, hauche ich und dränge hungrig die Zunge in seinen Mund. Ich will alles haben, was ich kriegen kann. Denn es ist, als würde eine innere

Stimme mir sagen, ich solle den Augenblick nutzen, weil es nie wieder so sein wird.

Jude erwidert meinen Kuss, doch lange, bevor ich genug habe, hebt er atemlos den Kopf.

Mein Kopf fällt zurück auf das Laken. Ich funkele ihn düster an, was ihm offenbar gefällt. Ich weiß nicht, wie lange ich das alles noch aushalte. Die Anspannung, seine göttliche Brust vor meiner Nase, die herrlichen Muskeln, sein zerzaustes feuchtes Haar, die nassen, zu allem bereiten Lippen.

»Jude«, flüstere ich und versuche erfolglos, meine Arme freizubekommen.

»Was willst du, Baby?« Langsam und verführerisch wandert sein Blick über meine Haut.

»Dich«, presse ich hervor.

Er schaut mir ins Gesicht. »Oh, du hast mich.« Dann neigt er die Kerze und bewegt sie langsam hin und her, lässt ununterbrochen Wachs auf mich tropfen. »Die Frage ist, hältst du mich auch aus?«

Ich schreie auf, schnelle hoch, so weit es geht, und atme zischend aus. Es dauert eine Weile, bis der Schmerz nachlässt. »Diese Frage stelle ich mir die ganze Zeit.« Ich schnappe nach Luft, mehr ertrage ich nicht.

»Du hältst alles aus.«

»Genug davon.« Ich schaue ihm in die Augen und sehe, er versteht. Er lässt meine Arme frei und belohnt mich mit einem tiefen, langen und anerkennenden Kuss.

»Nur einmal noch«, sagt er leise und richtet sich auf. »Nur einmal.«

Ich sehe, was er beabsichtigt, und halte den Atem an.

Er kippt die Kerze.

Die Hitze trifft meinen Nippel und verdammt, das tut wirklich weh. Ich lege einen Arm über mein Gesicht und kämpfe mich durch den Schmerz. Dann schnelle ich hoch. Aber nicht, weil es so wehtut. Nein. Der Schmerz ist weg und ein Funkenregen purer Lust jagt hinunter zwischen meine Beine. *Großer Gott.* Er zieht meinen Arm von meinem Gesicht, und sobald wir uns in die Augen schauen, weiß ich, ich muss ihn verschlingen. Mit einer schnellen Bewegung bin ich auf seinem Schoß und mein Mund ist auf seinem.

»Fuck!«, japst er unter meinen Lippen. »Amelia! Die Kerze!«

Schwer atmend zucke ich zurück, Jude reißt den umgefallenen Kerzenständer vom Bett, bläst die Kerze aus und wirft sie beiseite. Danach drückt er mich auf das Laken, unser Kuss ist laut und fiebrig, hart und weich, unsere Hände sind überall.

»Heiß?«, fragt er.

»Verdammt heiß, wirklich«, bestätige ich.

»Ich weiß ein Gegenmittel.« Er rollt sich mit mir herum, sodass ich über ihm liege, dann drückt er mich hoch, und schon stehe ich neben dem Bett. Schon sitzt er vor mir auf der Bettkante und greift in den Eiskübel. Ich ahne sofort, was er tun will. Mein Gott, dieser Mann bringt mich wirklich um. Einen Moment lang dreht er einen Eiswürfel in der Hand, und ich nehme meine ganze Kraft zusammen.

Dann legt er den Eiswürfel an meine Brust und umkreist damit meine Nippel. Mein Kopf fällt in meinen Nacken.

Der Eiswürfel gleitet über meinen Bauch.

Zwischen meine Beine.

Und in mich hinein.

Der Schock über die Kälte, die in mich dringt, lässt mich schlucken. Meine Muskeln ziehen sich instinktiv zusammen, doch das Gefühl ist kaum auszuhalten. »Ich weiß nicht, ob ich das kann.«

Jude lässt sich auf den Rücken fallen. »Setz dich auf mein Gesicht.«

*Oh Gott.*

»Setz dich auf mein verdammtes Gesicht, Amelia.« An der Hand zieht er mich zu sich, meine Knie landen links und rechts von ihm auf dem Bett und er hilft mir in die richtige Position. Meine Schenkel umrahmen jetzt seinen Kopf, und ich sehe zu, wie sich meine Muschi an seine Lippen schmiegt.

Als sich die Hitze seines Mundes mit dem Eis vermischt, atme ich lange und tief aus. Das Lustgefühl kommt schlagartig und ist überwältigend.

»Oh mein Gott«, japse ich, während er leckt, saugt und die Zunge kreisen lässt. Mit blitzenden Augen schaut er mir ins Gesicht. Ich stütze mich mit einer Hand auf seinem Bauch ab, schaue hinauf zur Zimmerdecke und konzentriere mich. Lebe ganz in diesem Moment.

Und komme.

Heftig.

Ich reibe mich an seinen Mund, der Druck baut sich weiter auf.

Ich reibe mich stärker.

Der Druck steigt.

»Ja!«, schreie ich, und ein Blitz trifft mich direkt zwischen die Beine. Mein Oberkörper kippt nach vorn, ich falle über seinen Kopf. Er ist unter mir begraben und ich ringe nach Luft. Meine Augen sind fest geschlossen. Die Heftigkeit dieses Höhepunkts nimmt mir jeden Rest von Kontrolle. Ich kann mich nicht bewegen, kann nicht sprechen. Und Jude erstickt vermutlich gerade unter mir, erstickt unter meiner Muschi.

Mit letzter Kraft stütze ich mich auf die Arme und drücke mich hoch. Er hilft mir, und am Ende sitze ich auf seinem Bauch. Lächelnd betrachtet er meinen Oberkörper, löst die getrockneten Wachstropfen ab und schnippt sie weg.

»Wie war es für dich?«, fragt er.

»Ein Stern.«

Er zieht die Brauen zusammen, schnellt hoch, und drückt mich mit dem Rücken aufs Laken. Und was tue ich? Ich kreische wie ein kleines Mädchen und werfe den Kopf zurück. Er verschlingt meine Kehle und ich lache und lache.

»Du bleibst über Nacht«, erklärt er kurzerhand.

»Okay.« Ich spüre sein Haar an meinem Kinn und lächle hinauf zur Zimmerdecke. Plötzlich erscheint sein Gesicht über mir. Die perfekten Züge, das sexzerzauste Haar, die blitzenden Augen, die dunkelblonden Stoppeln. Absolut hinreißend.

Langsam senkt er den Mund auf meinen und küsst mich zärtlich, aber doch nachdrücklich. So als würde ich ihm etwas bedeuten. Und in meiner Brust passiert etwas.

Ich erwidere den Kuss auf dieselbe Art.

*Verdammt!*

Oh ja, wir haben ein Problem.

Ein ziemlich großes.

# Kapitel 19

Auf dem Rücken liegend horche ich in die Dunkelheit. Was sind das für Töne? Walgesang? Ich öffne die Augen und schaue mich um. Noch bevor ich meine Gedanken sortieren kann, sagt mir das wunde Gefühl zwischen meinen Beinen, wo ich bin. Ich lasse den Kopf zur Seite fallen, rieche, dass er mir ganz nahe sein muss. Bei seinem Anblick bin ich schlagartig hellwach.

Mein Herz beginnt zu flattern. »Oh shit«, flüstere ich. Er liegt auf dem Bauch und atmet ganz ruhig durch die leicht geöffneten Lippen. Dieser atemberaubend schöne Mann. »Oh, shit. Oh shit.« Die Erinnerung an gestern und die letzte Nacht läuft in meinem Kopf ab. *Überwältigend.*

Besorgniserregend.

»Oh shit.« Mit einer Grimasse schnappe ich mir ein Kissen und lege es mir aufs Gesicht. Ich bin wie gerädert, aber auf die bestmögliche Art.

»Wovor versteckst du dich?«

Ich spähe unter dem Kissen hervor. Jude hat sich nicht bewegt, nur die Augen geöffnet.

»Morgen«, sage ich ein wenig verlegen. Ziemlich seltsam, nach allem, was wir getan haben. Sicher gibt es keinen Quadratzentimeter meines Körpers, den er nicht kennt, nicht gekküsst oder berührt hat. Und ich bin ganz sicher, dass ich dieses Prachtstück namens Jude Harrison seit der vergangenen Nacht ähnlich gut kenne. Zumindest von außen. Aber was geht in seinem Inneren vor?

»Morgen.« Er stemmt sich auf die Unterarme, der Blick aus seinen betörenden, noch schläfrigen Augen wandert über mein Gesicht. Heute Morgen sind sie heller, grünlich grau. Ruhig.

Wie kann er so zerzaust so verdammt perfekt aussehen? *Morgen.* Ein einziges verschlafenes Wort und ich bin völlig aus dem Häuschen. *Herrje.*

Er mustert mich nachdenklich.

»Was?«, frage ich. »Was schaust du dir so genau an?«

»Dich.« Er schiebt eine Hand über meinen Bauch, zieht mich an der Hüfte zu sich und ist auf mir. Seine Arme liegen um meinen Kopf, ich fühle mich wie in einem Kokon. »Ist das ein Problem?« Er küsst mich neben den Mund und drückt sanft das Becken an mich. Mein erst halb waches Hirn und mein Körper reagieren sofort. Es ist wahr. *Nie genug.* So als hätte mir jemand klammheimlich alle Sinne geraubt.

»Nein, kein Problem.« Ich hebe den Kopf, fange seinen Mund ein, und er summt glücklich in unseren Kuss. Meine Arme schlingen sich um seine Schultern, meine Beine um seine Taille. *Überhaupt kein Problem.* Ich spüre seine Härte und die Gier in mir erwacht aufs Neue. Niemals, nie genug. Ich stöhne in seinen Mund, recke ihm das Becken entgegen und er gleitet still und langsam in mich. Dann nimmt er die Lippen von meinen und vergräbt sie an meinem Hals.

»Gott.« Einen Moment lang liegt er ganz still. Sicher spürte er, wie mein Inneres um ihn pulsiert. Geduldig warte ich darauf, dass er sich bewegt, und streichele zart über seine warme Haut. Ich fühle mich ganz ruhig. Doch schon beim ersten sanften Stoß zerreißen kleine, aber kräftige Lichtblitze die Nebel in meinem Kopf.

Alles passiert ohne jede Hast. Ganz langsam baut die Leidenschaft sich auf. Der Marathon mit Jude Harrison gestern hat das Verlangen nicht gedämpft. Erschreckenderweise bin ich jetzt vielleicht sogar noch unersättlicher.

Ich drifte dahin, spüre jede seiner Bewegungen ganz intensiv und lasse mich davon wiegen. Ich streichle seinen Rücken.

»Die beste Art aufzuwachen«, murmle ich und stupse sein Gesicht von meinem Hals. Ich brauche seine Lippen auf meinen, will mit seinen Küssen kommen.

»Stimmt«, flüstert er. Seine Zunge begrüßt meine, er beißt mir in die Unterlippe, dann hebt er das Becken und verändert stöhnend den Winkel. Ich lege die Hände auf seinen nackten Hintern und ziehe ihn tiefer in mich. Streichle die steinharten Rundungen, grabe die Fingernägel hinein. Er knurrt, ich schlucke diesen Laut. Er stöhnt, ich antworte mit einem Stöhnen.

Genuss pur.

Ohne seine Bewegungen zu unterbrechen, hebt Jude den Kopf und schaut mich an. Schweiß schimmert auf seiner Stirn, Haarsträhnen kleben daran fest. Meine Hände finden über seine Schultern in sein Haar und streichen es zurück, sodass ich sein göttliches Gesicht ungehindert sehen kann.

Sein Kiefer spannt sich. »Amelia.« Er flüstert meinen Namen, seine Stimme klingt gepresst. »Verdammt, Amelia.« Er drückt das Gesicht an meinen Hals und bewegt sich schneller. Mein Pulsschlag beschleunigt sich, mir wird heiß. Dann sinken seine Zähne in meinen Hals und ich weiß, er ist kurz davor zu kommen.

»Kommst du?«, frage ich und er drängt sich nickend tiefer in mich. Es ist so leicht, mit ihm gemeinsam zum Höhenflug anzusetzen. So selbstverständlich.

Ich halte die Luft an, spanne meine Muskeln um seinen Schaft und schon bin ich im freien Fall. Ich pulsiere um ihn, er flucht, wird starr, und ihn überläuft ein heftiges Zittern. Ein Gefühl tiefen Friedens hüllt uns ein, das Prickeln ist stark, aber erträglich.

Perfekt.

Jude schnappt nach Luft und leckt die Stelle, an der er mich gebissen hat. Lässt Küsse auf meine Kehle regnen. Dann ruhen wir uns eng umschlungen aus, schweben langsam zurück zur Erde. Sicher brauche ich eine Woche, um mich zu erholen.

Oder ein ganzes Leben.

Meine Lider werden schwer, Judes Gewicht ist ungewohnt, fühlt sich aber so richtig an. Sein Mund drückt sich an meinen Hals, glücklich und entspannt liege ich unter ihm und in mir erschlafft seine Härte.

»Du riechst zum Anbeißen.« Schwerfällig richtet er sich ein wenig auf und küsst mich auf die Nasenspitze.

Ich summe schläfrig und er gluckst leise. Allein dieses Geräusch gibt mir die Kraft, die Augen zu öffnen. Bei seinem Anblick bin ich sofort hypnotisiert, und mein Herz schlägt schneller. Sicher spürt er es an seiner Haut. *Verdammt!* Eine Haarsträhne fällt ihm in die Stirn und ich streiche sie ihm hinters Ohr. Seinen Blick kann ich nur staunend erwidern.

»Was passiert hier?«, flüstert er, so wie ich in der vergangenen Nacht.

Ich schüttle ganz leicht den Kopf, weiß nicht, woher ich die Kraft und Klarheit nehmen soll, um dieser Frage nachzugehen. Ich habe jeden unserer gemeinsamen Momente genossen. Mit Ausnahme des Missverständnisses im Dampfbad, vielleicht. Jude Harrison scheint fast zu gut, um wahr zu sein. Bei unserem ersten Blickwechsel in der Library Bar hat er mir Angst gemacht, denn mein Körper hat auf ihn in einer Art reagiert, wie ich es noch nie erlebt hatte. Magnetische Anziehung ohne Wenn und Aber. Mit jeder weiteren Begegnung ist diese Angst noch gewachsen. Aber jetzt?

Ich möchte kaum zugeben, was ich empfinde. Ich bin überwältigt, überrumpelt. Und so viel mehr.

Jude seufzt, gibt mir einen braven Kuss, rollt sich von mir hinunter und greift nach der Naturgeräuschebox auf dem Nachttisch. Der Walgesang bricht ab. »Ich müsste längst im Studio sein«, sagt er und fällt auf den Rücken.

»Ich auch.«

Mit einem schiefen Grinsen streckt er sich und ich genieße das Spiel seiner Muskeln. *Gütiger Himmel!* »Sollen wir gemeinsam trainieren?«

Ich stütze mich auf einen Ellbogen und kann der Versuchung nicht widerstehen, mit dem Finger seine Bauchmuskeln nachzuzeichnen. »Und was würde mich da erwarten?«

Er schürzt die Lippen, nimmt dieselbe Haltung ein wie ich und schaut mich an. »Du wärst bald ziemlich verschwitzt und ziemlich nass.« Er zwickt in meinen Nippel und ich stoße einen kleinen Schreckensschrei aus. »Unter anderem.«

»Bevor ich Ja oder Nein sage, hätte ich gern einen ausführlichen Trainingsplan.«

»Du willst Details?«

Ich beiße mir nickend auf die Unterlippe. Was ist bloß in mich gefahren? Warum werfe ich mich nicht gleich vor ihm auf die Knie? »Wie wirst du dafür sorgen, dass ich verschwitzt und nass werde?«

Er stürzt sich auf mich, drückt mich aufs Bett und beißt mir in die Wange. Ich lache, zapple und spüre die Reibung an den richtigen Stellen.

»Mit Leichtigkeit, wie es aussieht.« Er nimmt mein Gesicht zwischen die Hände und zieht genau wie ich die Nase kraus. »Du bist unersättlich.« Er setzt sich auf die Bettkante und greift nach seinem Telefon. Mit der Hand hält er sich das Haar aus dem Gesicht.

Ich will die Gelegenheit nutzen, meine Mails zu checken, da entdecke ich die Uhrzeit auf der Naturgeräuschebox und erstarre. »Oh nein!«

Jude schaut mich über seine Schulter hinweg an. »Was ist?«

Ich lasse mich stöhnend auf den Rücken fallen. Wie zum Teufel konnte ich schlafen bis halb elf? *Blöde Frage.* »Ich muss zum Mittagessen bei meinen Eltern sein.« Und ich bin in Oxfordshire. *Verdammt!* »Kann mich einer von euren Chauffeuren nach London bringen?«

»Ich frage mal nach.« Jude steht auf und geht davon. Einen Moment lang lenkt mich das von meiner Verspätung ab. Ich würde lieber noch bleiben. Unmöglich.

Stöhnend ziehe ich mir das Laken über den Kopf und zucke zusammen. Zwischen den Beinen bin ich schmerzhaft wund. Alle Muskeln tun mir weh und ich bin müde.

Aber noch nie habe ich mich so gut gefühlt.

*Was passiert hier?*

»Alle unsere Chauffeure sind mit Gästen unterwegs.«

Ich schlage das Laken zurück und sehe, dass Jude in seine Boxerbriefs schlüpft. »Shit.«

»Ich fahre dich.«

Ich schüttle den Kopf. »Den ganzen Weg nach London?«

»Klar.«

»Du könntest mich am nächsten Bahnhof absetzen.«

»Das ist kein Problem, Amelia.«

»Die ganze Strecke hin und dann wieder zurück zu fahren, stiehlt dir ziemlich viel Zeit.«

Jude zerrt mich aus dem Bett, stellt mich aufrecht hin und nimmt mein Gesicht zwischen die Hände. »Das ist kein Problem«, wiederholt er. »Okay?«

»Aber …«

»Willst du dich mit mir streiten?« Mit einem strengen Blick neigt er den Kopf.

Ich mustere ihn düster. »Und wenn?«

In seine Augen tritt ein listiges Blitzen, dann bohrt er die Fingerspitzen in meinen nackten Hintern. Mit einem Kreischen packe ich seine Arme und schieße hoch auf die Zehenspitzen.

»Willst du dich mit mir streiten, Amelia?«

Sein Gesicht kommt näher, ich schüttle den Kopf und lehne mich zurück. »Niemals«, flüstere ich.

»Gut.« Er drückt den Mund auf meinen und mir wird schwindelig von seinem tiefen, heißen Kuss. Wieder bin ich Wachs in seinen Händen. Ausführlich darüber nachdenken will ich jetzt nicht. Er ist meine einzige Chance, es noch rechtzeitig zu meinen Eltern zu schaffen. Ich bin nie unpünktlich und will ihnen nicht heute erklären müssen, weshalb ich es ausnahmsweise doch bin.

»Ich muss meine Sachen aus der teuren Suite holen, die du für mich gebucht hast, damit ich nicht dort schlafe«, sage ich um seinen Mund herum.

»Ich hole sie, du kannst inzwischen duschen.« Nach einem Klaps auf meinen Hintern macht er sich auf den Weg und ich schaue ihm noch einen Moment lang hinterher. Etwas Neues und sehr Lebendiges schreit in mir nach mehr. Nicht nach Sex, obwohl ich den natürlich sehr gern nehmen würde. Aber diesmal geht es um dieses einzigartige Gefühl tiefer Zufriedenheit.

# Kapitel 20

»Das ist deiner?« Ich stehe vor dem Vintage-Jaguar, bei dessen Anblick Clark vor ein paar Tagen fast auf die Knie gefallen ist. Jude öffnet mir die Beifahrertür.

»Der auch, ja.« Er hilft mir beim Einsteigen und der Geruch von altem Leder hüllt mich ein. *Der auch?* Jude lässt sich auf den Fahrersitz fallen, setzt sich eine in Gold und Schildpatt gerahmte Ray-Ban auf und fährt sich mit den Fingern durchs Haar. Dann legt er eine Hand ans Lenkrad, die andere an den Ganghebel und schaut mich an. Ich könnte weinen. In den cremefarbenen Chinos und dem weißen Ralph-Lauren-Hemd sieht er so klassisch aus wie der Wagen. Klassisch schön. Klassisch unwiderstehlich.

»Was?«, fragt er.

»Du.«

»Was ist mit mir?«

*Du reißt mich von den Füßen.* »Nichts.« Ich lehne mich zurück, Jude schaltet das Radio ein. Gerade läuft »Waterfall« von den Stone Roses.

»Nichts? Blödsinn«, murmelt er und wirft mir einen zugleich vorwurfsvollen und verspielten Blick zu. *Was passiert hier gerade?* »Wo genau wohnen denn deine Eltern?«

»Was bist du denn für ein Stalker?«

Seine Hand packt mein Knie, ich zucke lachend zusammen.

»Tipp die Adresse ein.« Er gibt mir sein Smartphone. »In Google Maps.«

»Hat dieses Auto kein Navi?«

Er hebt die Augenbrauen und auch die Sonnenbrille. Ich schürze die Lippen und er verliert seinen warnenden Gesichtsausdruck. Dann beugt er sich zu mir und stiehlt sich einen Kuss. Alles ist so leicht, so selbstverständlich. Er ist ruhig. Gelassen. Das sagt mir nicht nur seine Körpersprache, dass sagen mir auch seine Augen, die heute in einem schönen gedämpften Grüngrau schimmern.

Er rückt die Sonnenbrille zurecht und fährt schon los, während ich noch die Adresse meiner Eltern eintippe. Voraussichtliche Ankunftszeit: 12.08 Uhr. Ich ziehe eine Grimasse. Pünktlich werde ich nicht sein. »Mist.«

»Was?«

»Ich komme zu spät.«

»Bloß ein paar Minuten. Hör auf, dich zu stressen.«

»Du hast leicht reden. Du hast keine melodramatische Mutter, die am liebsten immer gleich einen Suchtrupp losschicken würde.« Kaum sind die Worte heraus, könnte ich mich ohrfeigen. Jude schließt die Hände fester ums Steuer, seine Unterlippe verschwindet zwischen seinen Zähnen und seine Haltung wird starrer. *Verdammt!* »Mist, Jude. Es tut mir leid.«

»Schon gut.«

»Oh nein.« Ich könnte mich in den Hintern treten. »Das war dumm und taktlos. Gedankenlos.«

»Wirklich, Amelia. Es ist in Ordnung.«

Voller Ärger über mich selbst greife ich nach seiner Hand, die auf dem Ganghebel liegt. »Erzähl mir etwas über Hey Jude.«

Ein kleines Lächeln. Kurz schaut er zur Seite und holt Luft. Vielleicht sucht er auch nach der Kraft, darüber zu reden. »Das war das Lieblingslied meiner Eltern.«

»Sie haben dich nach einem Beatlessong benannt?« Wie romantisch.

»Ja.« Er lächelt mich an. »Wird es jetzt wieder tiefgründig?«

Ich lache leise. Um wie viel tiefer können wir noch gehen? Gerade als ich sein Smartphone in die Halterung neben dem Steuer stecken will, ploppt auf dem Display eine WhatsApp-Nachricht auf.

Von Katherine? Der Frau aus dem Restaurant? Auf dem Display erscheint nur eine kleine Vorschau auf die Nachricht, und ich weiß, ich sollte sie nicht lesen, sondern schnell die Augen schließen. Aber ich habe sie direkt vor der Nase.

Wie kannst du …

Die Nachricht erlischt. *Verdammt!* Wie kann er … Was? Schnell stecke ich das Telefon in die Halterung und lehne mich zurück. Meine Gedanken rasen. Warum schreibt sie Jude eine Nachricht? Er hat doch gesagt, sie und ihr Ehemann seien bloß Mitglieder im Golfclub und würden gelegentlich in Arlington Hall essen.

»Alles klar?«, fragt er.

»Alles klar.« Ich werfe ihm ein Lächeln zu, doch es kostet mich Mühe, und plötzlich habe ich tausend Zweifel. Wieder ein leises »Ping« von seinem Telefon, eine weitere Nachricht blitzt auf. Jude wischt sie schnell vom Display, doch sofort kommt die nächste. Und dann die nächste und die nächste.

»Da hat aber jemand sehr viel zu sagen.« Ich schaue ihn an. Dass er plötzlich so verkrampft wirkt, gefällt mir nicht.

»Das ist niemand«, erklärt er knapp und ziemlich irritiert.

*Niemand.* Okay.

Schlagartig erscheint gar nichts mehr selbstverständlich und leicht. Mache ich mir zu viele Gedanken? Oder verhält er sich plötzlich seltsam? Was wollte sie? Warum sagt er mir nicht einfach, wer sie ist und was sie möchte, wenn es doch gar nichts bedeutet?

*Oh mein Gott.*

Verrenne ich mich gerade in etwas?

Ich sinke tiefer in den Sitz und suche nach Worten. Nach etwas, was ich sagen kann, um die sich ausdehnende, unerträgliche Stille zu durchbrechen. Mir fällt nichts ein, und Judes Schweigen deutet darauf hin, dass auch er die Spannung zwischen uns spürt.

Stumm sitzen wir während der gesamten Fahrt nebeneinander. Nur die Musik aus dem Radio plätschert durch die dröhnende Stille im Wagen.

* * *

Wir biegen in die Sackgasse ein, in der meine Eltern wohnen, und ich sehe schon von Weitem den Wagen meines Bruders vor ihrem Haus stehen. »Du kannst mich hier rauslassen«, sage ich, denn die Radarohren meines Vaters werden es hören, wenn vor dem Haus ein Auto hält.

Ohne weitere Fragen hält Jude ein paar Häuser entfernt am Straßenrand. Ich kann es kaum erwarten, der beklemmenden Atmosphäre zu entkommen, und öffne die Tür. Ich bin sauer, meine wohlige Zufriedenheit ist dahin. Sicher hätte er mit einer kurzen Erklärung für Klarheit sorgen können. Aber schuldet er mir überhaupt eine? Nein. Und offenbar sieht er das genauso. Die letzte Nacht war dann wohl – ja, was genau? Verdammt, diese Version von mir mag ich nicht. Ich habe gedacht, die Sache mit Jude sei leicht und unkompliziert. Aber was ich jetzt empfinde, fühlt sich alles andere als leicht und unkompliziert an. Sofort stehen mir ein paar Szenen vor Augen, in denen sich gezeigt hat, wie kompliziert es mit Jude sein kann.

»Amelia, warte«, sagt er, als ich schon einen Fuß auf die Straße gesetzt habe.

Ohne ihn anzuschauen, halte ich inne.

»Ich will nicht, dass unser erstes Date so endet.«

*Erstes Date? Du lieber Himmel.* Das war kein erstes Date. Es war, als hätten wir alle üblichen Datingphasen einfach übersprungen und wären schon mittendrin in etwas Großem. Für mich fühlt es sich zumindest so an. Ist das vielleicht das Problem? Dass ich denke, zwischen uns ist mehr, und er nicht? *Mein Problem ist jetzt noch größer als vor einer Stunde.* Du meine Güte, gleich platzt mir der Schädel.

Ich schaffe es, ein Lächeln aufzusetzen, und schaue ihn an. »Alles gut«, sage ich, beuge mich zu ihm und küsse ihn. »Danke fürs Bringen.«

Eine düstere Grimasse zuckt über sein Gesicht. »Gern geschehen. Ich rufe dich an, okay?« Das klingt mehr nach einer Frage als nach einer Feststellung. Und so gar nicht nach Jude.

»Okay.« Noch ein braver Kuss, dann steige ich aus. Beim Weggehen wird mir das Herz mit jedem Schritt schwerer. Ich fühle mich wie im freien Fall, rausche tiefer und tiefer. Mein Herz zieht sich zusammen. *Nein. Nein, nein.*

Gleich im Hausflur treffe ich auf Clark. Er mustert mich von oben bis unten, während ich vergeblich versuche, die Falten in den Kleidern zu glätten, die ich gestern schon angehabt habe. »Da bist du ja«, sagt er. »Mum wollte schon einen Suchtrupp losschicken.«

Ich verdrehe die Augen und lasse meine Tasche fallen. »Ich bin gerade mal zehn Minuten zu spät.«

»In der gesamten Geschichte von Amelia Lazenby bist du noch nie, und ich meine wirklich nie, auch nur eine einzige

Minute zu spät gekommen. Zehn Minuten entsprechen in deiner Welt praktisch einem ganzen Tag.«

»Red keinen Quatsch.« Ich gebe ihm einen Kuss auf die Wange und gehe an ihm vorbei. »Sind Grandpa und Grandma auch da?«

»Sitzen im Wohnzimmer«, ruft er hinter mir her. »Und, ähm, Amelia, geliebte Schwester?«

»Was ist?« Ich drehe mich um und sehe, wie er regelrecht am Fenster neben der Haustür klebt.

»Weshalb fährt dieses göttliche Auto aus Arlington Hall gerade die Straße runter?«

Ich erstarre, in meinem Kopf herrscht plötzlich Leere. »Ähm …« *Lass dir was einfallen!* »Welches Auto?« *Lahme Idee.*

Clark dreht sich zu mir. »Mein Traumauto. Der Jaguar, sehr selten. Hier in diesem Land fahren gerade mal zwei davon durch die Gegend. Einen von den beiden haben wir in Arlington Hall gesehen, und jetzt verlässt er gerade die Sackgasse, in der unsere Eltern wohnen.«

Unwillkürlich ziehe ich eine Grimasse. Mir fällt einfach nichts ein.

»Heilige Scheiße! Du datest diesen Typ aus Arlington Hall.«

*Date? Vögele? Verliebe mich in ihn?* »Nicht wirklich.«

»Ich wusste doch, da läuft was. Weshalb hätte er mir sonst an die Gurgel gehen sollen? Der falsche Parkplatz? So ein Quatsch. Ich habe mir gleich gedacht, dass das nicht sein kann.«

»Du bist so dramatisch.«

»Du bist mit ihm zusammen, oder?«

»Was muss passieren, damit man zusammen ist?«, frage ich matt.

»Man vögelt.«

»Clark!«

»Ich dachte, du fokussierst dich auf deine Karriere? Ich dachte, deshalb hast du mit Nick Schluss gemacht.«

»Mit Nick habe ich Schluss gemacht, weil er mehr wollte, als ich im Moment haben möchte.« Ich mache einen Schritt auf meinen Bruder zu und vergewissere mich mit einem Blick über die Schulter, dass wir noch alleine sind. »Hast du nicht selbst erst vor ein paar Tagen gesagt, Nick wäre nichts für mich?«

»Das war keine Aufforderung, den nächsten erreichbaren Kerl abzuschleppen.«

»Es ist nichts. Wir hatten ein Date und …«

»Und er hat dich am nächsten Morgen nach Hause gefahren? Bloß ein Date?«

Ich schnaube genervt. »Mein Privatleben geht dich nichts an. Und es wäre mir recht, wenn du jetzt einfach die Klappe hältst.«

Clark weicht einen Schritt zurück. Er sieht verletzt aus. »Das ist wohl die Aufforderung, Mum und Dad nichts zu sagen, oder?«

»Pfadfinderehrenwort«, knurre ich ihm ins Gesicht. Das Pfadfinderehrenwort ist eine Tradition aus unserer Kindheit.

»Du warst nie bei den Pfadfindern«, knurrt er zurück.

»Wenn man die vielen Nächte mitzählt, in denen ich mit dir im Garten gezeltet habe, weil du die Hosen voll hattest und es nicht allein tun wolltest, war ich es doch.«

»Das war ein Schlag unter die Gürtellinie.«

»Steck ihn weg.« Ich mache auf dem Absatz kehrt und gehe Richtung Wohnzimmer, um meine Großeltern zu begrüßen.

»Da ist sie ja!« Grandpa legt seine Zeitung weg und Grandma lässt die Stricknadeln sinken. »Du bist spät dran.«

»Das ist jetzt modern, Grandpa«, sage ich und gebe ihm einen Kuss auf die faltige Wange. Dann gehe ich zu Grandma.

Sie nimmt mein Gesicht zwischen ihre Hände, zieht die Nase kraus und drückt sie an meine. Dann erstarrt sie, schnuppert.

»Du riechst nach einem Mann, Grandgirl«, flüstert sie. »Nach einem, der sehr angenehm duftet.«

*Gütiger Himmel!* »Das meinst du nur, Grandma.«

Sie summt misstrauisch und lässt mich los. Im selben Augenblick platzen Mum und Dad herein. Dad wirft einen Blick auf seine Uhr. »Können wir jetzt essen?«

»Amelia, Darling!« Die Ofenhandschuhe an den Händen eilt Mum zu mir und mustert mich. Vergewissert sich vermutlich, dass man mir nicht ansieht, wo ich war. »Alles in Ordnung?«

*Großer Gott.* »Alles bestens, beruhigt euch wieder.« Ich setze mich auf die Couch und ziehe Dads *Financial Times* auf meinen Schoß. »Was gibts denn zu essen?«

»Den berühmten Braten deiner Mutter.« Grandpa macht ein Schmerzgeräusch und reibt sich den Bauch. Dann schaut er verlegen zu der Frau, mit der er seit sechzig Jahren verheiratet ist. »Mit deinem kann er natürlich nicht mithalten, Liebes.«

Ich schlage lächelnd die Zeitung auf und beuge mich über den nächstbesten Artikel. *Krieg. Handel eingestellt. Wertverlust.* Normalerweise würden diese Schlagworte dafür sorgen, dass ich mich interessiert und besorgt auf die Informationen stürze. Aber mein Kopf ist nicht hier. Ist das nicht der Beweis, dass ich mit Jude Harrison vom Regen in die Traufe komme? Frustriert schlage ich die Zeitung zu.

Jemand klopft an die Haustür.

»Fehlt noch irgendwer?« Ich deute Richtung Küche. »Wo ist Rachel?«

»Sie räumt gerade die Spülmaschine aus.«

»Oh, Schwester«, ruft Clark mit einer irritierenden Singsangstimme, und ich eile aus dem Wohnzimmer.

»Wer ist das?«, ruft mein Großvater hinter mir her.

Clark steht bereits an der offenen Haustür.

»Wer ist es?«

Er schaut mich mit gehobenen Brauen vorwurfsvoll an. »Für dich.« Dann tritt er beiseite.

Vor mir steht Jude.

Mir fällt die Kinnlade herunter, mein Körper ist schlagartig im Stand-by-Modus. »Jude«, hauche ich und bin wie gelähmt. Verdammt, was zum Teufel spielt er für ein Spiel?

Er hält etwas in seiner Hand. »Bei deiner Flucht aus meinem Wagen hast du dein Handy liegen lassen.«

Clark schaut neugierig zwischen uns hin und her. »Wir kennen uns«, sagt er zu Jude und streckt ihm die Hand hin. »Wenn wir uns auch noch nicht offiziell vorgestellt worden sind.«

Jude lächelt dünn. »Ich entschuldige mich noch mal.« Er drückt Clark die Hand.

»Nicht der Rede wert.« Mein Bruder schaut mich aus zusammengekniffenen Augen an. »Langsam geht mir ein Licht auf.«

Panisch schiebe ich mich an Clark vorbei nach draußen und ziehe die Tür hinter mir zu. »Danke.« Ich nehme mein Telefon, schalte das Display an und wieder aus, nur um irgendetwas zu tun.

»Gern geschehen«, murmelt Jude und vergräbt die Hände in den Hosentaschen. »Bloß, um keine Zweifel aufkommen zu lassen, Amelia, ich date nie mehr als eine Frau gleichzeitig.«

Wieder dieses Wort. *Daten*. Ich schaue ihn an.

»Genau genommen …«, fährt er fort, und sein mahlender Unterkiefer und die dunkler werdenden Augen verraten seine düstere Stimmung. »… date ich normalerweise gar nicht.«

Er schläft also nur mit Frauen? Verführt sie und holt sie sich ins Bett? Eine nach der anderen? Ich schließe die Augen und atme aus, habe das Gefühl, verrückt zu werden. Gestern und heute Nacht, das war kein Date. Dates sind nicht so überwältigend.

»Ich bin nicht auf der Suche nach etwas Ernstem«, sage ich. Das ist wahr, ich muss mich nur ab und zu selbst daran erinnern. Besonders nach der vergangenen Nacht.

»Meinst du das wirklich so?« Judes Worte kommen nur stockend. »Heute Nacht hat sich nämlich verdammt ernst angefühlt.«

Ist das nicht Teil des Problems? »Es geht alles so furchtbar schnell, Jude.«

»Komm damit klar«, blafft er. »Ich versuche es auch.«

Ich weiche zurück, in meinem Kopf wirbeln die widersprüchlichsten Gedanken durcheinander. Ich weiß nicht, was mit Jude und mir gerade passiert. Aber ich weiß, wie es sich angefühlt hat, als die Nachricht auf seinem Display aufgeploppt ist. Ich war eifersüchtig, verletzt und verletzlich. Es ist alles zu viel.

Über meine Schulter schaue ich zu der geschlossenen Tür. »Ich muss jetzt rein.«

»Sie sollen nicht erfahren, dass du jemanden kennengelernt hast?«

*Jemanden kennengelernt?* Das trifft es nicht ganz. Ich bin überwältigt, völlig aus der Bahn geworfen, hin und weg. »Sie sollen nicht denken, dass es mehr ist, als es ist.«

»Und was ist es, Amelia?« Seine Stimme wird weicher.

»Ich bin mir nicht sicher.«

»Denkst du, du kriegst es demnächst raus und kannst es mich dann wissen lassen?«

Ich nehme meinen Mut zusammen und schaue ihm in die Augen. Sofort wünsche ich mir, ich hätte es gelassen. Er sieht nicht glücklich aus. »Es gibt keinen Grund, jetzt so zu sein.«

»Oh doch!«, blafft er, und ich zucke zusammen. »Erinnerst du dich an letzte Nacht? An heute Morgen?«

Er tritt näher und ich weiche zurück, habe Angst vor seiner Berührung. Angst, ich könnte gleich seinen wunderbaren Duft riechen. Er könnte alle meine noch vorhandenen Sinne füllen. Ich muss nachdenken. Ich brauche Luft, Platz und Zeit.

»Okay.« Sein leises Lachen klingt alles andere als heiter. Es klingt wütend. Ich sehe, wie sich etwas in ihm zusammenbraut, seine dunklen Augen werden noch dunkler. »Du hast gewonnen.« Er wendet sich ab und stapft davon.

Und ich welke dahin, zerfalle. Mein Hirn fragt mich, was zum Teufel ich mir denke, und warum ich etwas so Großartiges kaputtmachen will. Und mein Herz? Mein Herz applaudiert und stärkt mir den Rücken. Es schützt sich.

In mir tobt eine Schlacht.

Ich verziehe mich ins Haus. Im Flur bleibe ich kurz stehen, um mich zu sammeln, und werfe Clark einen warnenden Blick zu.

»Wer war es denn?«, ruft Grandma.

»Bloß jemand, der etwas verkaufen wollte«, rufe ich zurück und gehe mit schwerem Herzen zur Küche. Ich bin völlig durch den Wind.

Ich habe gewonnen?

Warum fühlt es sich dann an wie ein schwerer Verlust?

# Kapitel 21

»Moment mal. Du hattest die beste Nacht deines Lebens und dann hast du es beendet?«, fragt Abbie auf dem Laufband neben mir. »Das verstehe ich nicht. Oder doch, eigentlich schon. Du merkst, du verliebst dich, und das macht dir Angst. Warum hast du ihn nicht einfach gefragt, was in den Textnachrichten stand und wer die Frau ist? Wir sind schließlich Erwachsene.«

»Er soll mich nicht für eifersüchtig, besitzergreifend und dramatisch halten.«

»Sehr galant von dir, besonders, wenn man bedenkt, wie er reagiert, wenn du dich mit einem anderen Mann unterhältst.«

»Oder einen anderen küsse«, murmle ich.

Abbie gluckst. »Ich kann immer noch nicht glauben, dass du das getan hast. Aber dass du nicht dramatisch oder eifersüchtig bist, wissen wir doch.«

Ich war aber eifersüchtig. Gott, und so will ich nicht sein. Selbstverständlich hat ein Mann wie Jude Harrison eine Geschichte. Jeder hat eine. Aber nicht jedem schreibt seine Geschichte zig Textnachrichten. Ich schüttle den Kopf. »Können wir über was anderes reden?«

»Worüber denn? Was ist spannender, als dass du wegen eines unverschämt gut aussehenden Millionärs von der Rolle bist?«

»Wie kommt Mum bei dir im Geschäft klar?«

»Na großartig«, schnaubt Abbie. »Wirklich rasend interessant.«

Ich werfe ihr einen düsteren Blick zu und erhöhe das Tempo des Laufbands. Mit etwas Glück bin ich bald so außer Atem, dass ich sowieso nichts mehr sagen kann.

»Netter Versuch«, schimpft Abbie, die mich natürlich durchschaut. »Aber egal, ich muss jetzt sowieso zum Großmarkt.« Sie knallt die Faust auf den Langsam-Knopf und reduziert ihr Tempo, während ich meines noch höher drehe. »Charley meint, wir sollten dieses Wochenende was unternehmen. Lloyd schuldet ihr ein paarmal Babysitten.«

Ich nicke. Sagen kann ich nichts, ich bin bereits außer Atem.

»Ich rufe dich später an. Vielleicht redest du dann wieder mit mir.«

Wieder ein Nicken und ich lasse das Band noch schneller laufen. Ich sprinte, bis meine Beine taub sind, mein Herz hämmert und mir Schweißbäche über den Rücken rinnen.

*Wie willst du dafür sorgen, dass ich verschwitzt und nass werde?*

»Mist, verdammter!«, schreie ich, stütze die Hände links und rechts auf die Stangen, hebe die Füße und stelle sie auf den Rahmen der Maschine. Mit Judes Stimme im Ohr schaue ich hinunter auf das Band, das unter mir durchrast.

*Mein Problem ist jetzt noch größer als vor einer Stunde.*

*Heute Nacht hat sich nämlich verdammt ernst angefühlt.*

Stöhnend gebe ich auf, stoppe die Maschine und gehe kalt duschen. Der Kälteschock wird mich hoffentlich ins richtige Leben zurückkatapultieren.

* * *

»Guten Morgen!«, ruft Shelley, als ich an ihrem Schreibtisch vorbeigehe. »Schönes Wochenende gehabt?«

»War nicht schlecht.« Ich bringe ein Lächeln zustande und gehe rasch weiter zu meinem Büro. Dort lasse ich meine Tasche auf den Boden fallen, plumpse in meinen Sessel und starre auf den Computerbildschirm, als hätte ich vergessen, was das ist. Ich habe das ganze Wochenende über nicht gearbeitet. Eigentlich undenkbar. Gestern Abend habe ich es zwar versucht, aber bald wieder aufgegeben. Was meine Augen gelesen haben, hat mein Hirn nie erreicht. *Besten Dank auch, Jude Harrison! Verdammt!*

Ich werfe einen Blick auf mein Smartphone. Stapelweise ungeöffnete Mails, unzählige Nachrichten über Marktbewegungen, Übernahmen und Insolvenzen. Seufzend stehe ich auf und gehe in die Küche. Ich brauche einen Kaffee.

Ich stelle eine Tasse unter die Maschine und drücke den Knopf für einen Flat White. Die Hände auf die Küchentheke gestützt, schaue ich zu, wie der Kaffee in die Tasse tropft.

»Wie gehts denn meiner Lieblingskollegin heute Morgen?« Leightons Stimme lässt meine Haut unangenehm kribbeln.

»Die ist voller Tatendrang.«

»Schönes Wochenende gehabt?«

»War nicht schlecht.«

»Aber auch nicht gut?«

Ich werfe ihm einen Blick zu und nehme meine Tasse. »Es war okay.«

»Hätte aber besser sein können?« Lächelnd lehnt er sich neben der Maschine an die Küchentheke.

»Es gibt immer Luft nach oben.«

Anzüglich grinsend mustert er die Vorderseite meines Kleids. »Schwarz steht dir.«

»Danke.« Genervt wende ich mich ab.

»Amelia«, ruft er, als ich schon an der Tür bin. Ich schaue zurück. »Unsere kleine Unterhaltung letzte Woche war noch nicht zu Ende.«

»Welche Unterhaltung?«

»Die bei der Konferenz.«

Ah, er meint das Gespräch, bei dem er herumgesülzt und vorgeschlagen hat, wir könnten uns ein Zimmer nehmen. Ich schaue ihn an. »Gibt es noch was zu sagen?«

Das Lächeln, das über sein Gesicht gleitet, würde ich am liebsten mit einer Ohrfeige wegwischen. Lässig schlendert er näher. »Bist du heute mit jemandem zum Lunch verabredet?«

»Nein.« Ich mache einen Schritt auf ihn zu und sehe, wie er die Schultern strafft und das Kinn hebt. Ich beuge mich zu ihm. »Du willst mit mir zum Lunch?«

»Ja.«

»Warum?«

Eine Sekunde lang wirkt er überrascht, doch er fängt sich schnell. »Mir gefällt, dass du so tust, als wärst du schwer zu kriegen.«

Seine Arroganz ist ermüdend und heute fehlt mir dafür die Energie. »Ich habe zu tun.« Damit wende ich mich ab, lasse ihn stehen und frage mich, ob mein Montag wohl bald ein bisschen besser werden wird. Zurück an meinem Schreibtisch schiebe ich alle Gedanken an Jude Harrison beiseite und stürzte mich in die Arbeit.

# Kapitel 22

Zwei Tage später bin ich, was die Arbeit angeht, wieder im Flow, habe sämtliche Mails beantwortet, und alle Portfolios sind auf dem neuesten Stand. Jude hat sich nicht gemeldet, und wenn ich behaupten würde, das tue nicht weh, wäre das gelogen. Dass ich kein Recht darauf habe, mich so zu fühlen, ist mir klar. Aber ich kann es nicht ändern.

Am Mittwochnachmittag gegen halb fünf bin ich deutlich weiter als gedacht und kann bereits die Anrufe für den Folgetag vorbereiten. Ich sehe mir die Aktienkurse zum Börsenschluss an, mache mir ein paar Notizen und schicke Gary eine Mail mit meinen aktuellen Zahlen und Prognosen. Meine Einschätzungen sind optimistisch, aber mein Erfolg hängt auch davon ab, dass einige weitere kapitalkräftige Klienten mir ihr Geld zum Investieren überlassen. Tilda Spector wäre die Antwort auf meine Gebete. Aber ich bin kein Aasgeier, und verdammt, ich weiß, Leighton hat ein paar dicke Fische am Haken. Die Zwillinge aus Liverpool zum Beispiel. Gott, ich hoffe, sie merken bald, was für ein Kotzbrocken er ist, und legen die Wahrnehmung ihrer finanziellen Interessen nicht in seine Hände.

Kurz nach sechs bin ich fertig. Ich räume meinen Schreibtisch auf, schnappe meine Tasche und verlasse das Büro. Auf dem Weg zu den Aufzügen sehe ich hinter den Scheiben des Konferenzzimmers Gary und Leighton. Dass sie nicht sitzen, sondern lässig an den Tischen lehnen, deutet darauf hin, dass es sich um ein eher spontanes Gespräch handelt. Trotzdem frage ich mich, was dahintersteckt. Gary bemerkt mich und winkt mir zum Abschied zu. Leighton ignoriert mich. Damit kann ich leben, aber verdammt, worüber reden sie?

Im Aufzug schreibe ich an Abbie und frage sie, ob ich etwas von M&S mitbringen soll. Während die Kabine auf dem Weg nach unten auf einigen Stockwerken anhält, rücke ich ein Stück weiter nach hinten. Im Erdgeschoss öffnen sich die Türen. Zusammen mit einem ganzen Pulk anderer Leute steige ich aus und gehe durch die Glastüren hinaus auf die Straße. Draußen schaue ich kurz von meinem Telefon auf und mein Schritt gerät ins Stocken. Ich habe eine Person entdeckt, die ich kenne.

Katherine.

Eine teure Handtasche in die Armbeuge geklemmt, steht sie neben einer Säule auf dem Gehsteig. Sie sieht mich, hebt das Kinn und strafft die Schultern. Daraus schließe ich, dass sie wegen mir hier ist.

Sie wirft sich das dunkle Haar über die Schulter und steuert zielstrebig auf mich zu. Ich ärgere mich, dass ich nervös werde, aber offenbar hatte ich recht. Zwischen ihr und Jude muss etwas sein. Sie trägt hautenge schwarze Jeans, ihre kniehohen Stilettostiefel klicken über den Asphalt.

»Amelia.« Seltsamerweise streckt sie mir die Hand entgegen. »Ich bin Katherine.«

Was immer das zu bedeuten hat, wir sollten uns benehmen wie Erwachsene. Deshalb drücke ich ihr die Hand. »Ja, ich habe Sie in Arlington Hall gesehen.«

Ihr Lächeln wirkt definitiv angestrengt. »Ja.«

»Was kann ich für Sie tun, Katherine?« Ich lasse ihre Hand los. *Sag mir, was in deinen Textnachrichten gestanden hat!*

»Sie können sich von Jude fernhalten.«

Ohne zu wissen, warum, weiche ich einen Schritt zurück. Im Grund habe ich etwas in der Art erwartet, nur nicht, dass sie so direkt damit herausrückt. Das Schlaueste, was ich jetzt tun könnte, wäre, einfach wegzugehen. Keine Fragen zu stellen, mich nicht in irgendein Drama verwickeln zu lassen. Die Sache zwischen Jude und mir ist ja offenbar erledigt.

»Sie sind verheiratet«, sage ich stattdessen ziemlich trottelhaft.

»Und?«

»Und?« Ich lache. »Ist es üblich, dass verheiratete Frauen andere Frauen von Männern fernhalten wollen, die nicht ihre Ehemänner sind?«

»Er ist mein bester Freund.«

*Wie bitte?* Ich blinzele überrascht. Jude hat meine Frage nach ihr weggewischt und mir signalisiert, Katherine sei nicht weiter wichtig. Von Freundschaft irgendwelcher Art ist nicht die Rede gewesen. Dann sind ihre Textnachrichten gekommen, die Stimmung zwischen Jude und mir ist schlagartig gekippt und ich habe es beendet. Oder war er das? *Großer Gott.* »Er hat nicht von Ihnen gesprochen.«

»Na ja, *gesprochen* haben sie während Ihres Essens in Arlington Hall sowieso eher wenig.«

Ich spüre Hitze im Gesicht, werde verlegen und finde plötzlich keine Worte mehr. Mein Gott, hält sie mich für eine Frau, die für wohlhabende Männer die Beine breitmacht? Will sie Jude beschützen, weil sie denkt, ich bin hinter seinem Geld her? Er hat selbst gesagt, für solche Frauen sei er ein Magnet. Zumindest hat er das angedeutet. Gütiger Himmel, es ist ja nicht, als hätte er sonst nichts zu bieten. Er ist umwerfend.

Hat sie Jude gesagt, wie sie mich einschätzt? Höre ich deshalb nichts von ihm? Denn der Jude, den ich kenne, ist hartnäckig. Ein Nein lässt er nicht gelten.

Nicht dass das jetzt noch wichtig wäre.

»Es war nett, mit Ihnen zu plaudern«, sage ich und versuche, dabei nicht allzu sarkastisch zu klingen. Umsonst. Ich gehe an Katherine vorbei und spüre, wie mein Blut zu kochen beginnt. Hinter seinem Geld her. Eine Schlampe. Sie denkt, ich sei beides, und die Vorstellung, dass sie Jude ebenfalls davon überzeugt, macht mich zornig. Dagegen kann ich nicht an.

»Moment noch!«, ruft sie hinter mir her, aber ich gehe weiter. Dann steht sie plötzlich vor mir und ich frage mich, wie sie das in diesen Stiefeln geschafft hat. »Er ist mehr als mein bester Freund.«

Ich hasse dieses scheußliche Kribbeln auf meiner Haut, hasse das Pochen meines Herzens. »Was Jude Ihnen bedeutet, interessiert mich nicht.« Eine glatte Lüge. Ich komme fast um vor Neugier und weiß doch gleichzeitig, dass mich die Antwort zerreißen wird.

»Er ist mein Geliebter.«

Mein Magen zieht sich zusammen, mein Kopf dreht sich. »Wie bitte?« *Ihr Geliebter?* Und nicht *war*, sondern *ist. Lass dich nicht provozieren!* War meine Reaktion auf ihre Behauptung, sie sei seine beste Freundin, nicht schon genug für sie? Verdammt, waren die grünen Mules in seinem Schrank von ihr? Eine Art kranke Visitenkarte, um ihr Revier zu markieren? »Aber Sie sind verheiratet.«

Sie zuckt die Achseln. »Das Arrangement funktioniert.«

»Ihr Mann weiß Bescheid?«, stottere ich.

»Er weiß es.«

Ich starre sie an, bin völlig perplex. Meine Gedanken rasen und verheddern sich. Dazu fällt mir nichts ein. Falls sie eine Auseinandersetzung oder zickiges Gezeter von der aktuellen geldgierigen Schlampe erwartet hat, die ihr bester Freund und Geliebter vögelt, muss ich sie also enttäuschen.

»Wars das?« Ich spüre, wie alles in mir welkt, und versuche vergeblich, die steinerne Fassade zu finden, die ich ihr präsentieren möchte.

»Das wars«, zwitschert sie lächelnd. »War nett, sich mit Ihnen zu unterhalten.« Sie setzt ihre Sonnenbrille auf, wirbelt herum und stiefelt davon. Benommen mache ich mich auf den Weg zur U-Bahn. Aber mit jedem Schritt verebbt der Schock ein wenig mehr und meine Wut wächst. Ich habe es gewusst. Ich habe verdammt noch mal gewusst, dass irgendwas faul ist.

*Lass es, Amelia.*

*Lass es bleiben.*

*Das musst du dir wert sein.*

»Scheiß drauf.« Ich bin Katherine nichts schuldig und Jude schon gar nicht. Vor der U-Bahn-Station bleibe ich stehen und hacke eine Nachricht in mein Telefon.

Katherine ist gerade vor meinem Büro aufgetaucht und hat mir euer kleines Arrangement erklärt. Wäre gut, wenn du dich nicht mehr meldest.

Mit einem Aufschrei stampfe ich mit dem Fuß auf. Ich komme mir so verdammt dumm vor. Er hat sich sowieso nicht mehr gemeldet, Katherine hat sich also umsonst bemüht und hätte sich ihre Atemluft sparen können. Ihr kleiner Fuckboy steht ihr weiterhin zur Verfügung. Plötzlich fällt mir ein, was Jude zu mir gesagt hat. *Ich will nicht, dass du mich bloß für irgendeinen Fuckboy hältst.* Und dabei hat die Frau, mit der er schläft, mit ihrem Ehemann nur ein paar Tische weiter gesessen. All seine betörenden Worte, seine Verspieltheit, der großartige Sex, die Küsse, die Intensität. Alles nur ein verdammter Witz.

Und auf meine Kosten.

Ich hasse ihn. Ich hasse ihn dafür, dass er mich dazu gebracht hat zu glauben, es gebe so etwas wie die perfekte Chemie auf den ersten Blick. Ich hasse ihn dafür, dass er mir so hartnäckig nachgestellt hat, mir endlose Orgasmen beschert hat und die beste Nacht meines ganzen verdammten Lebens. Ich hasse ihn dafür, dass ich mich einen Moment lang gefragt habe, ob er derjenige ist, auf den ich immer gewartet habe. Der für mich bestimmt ist.

Ich hasse ihn.

# Kapitel 23

Ich werde die Wut nicht los. Und dass ich auf meine hitzige Nachricht keine Antwort bekomme, macht es noch schlimmer.

Dass ich sie geschickt habe, ist schon eine Stunde her.

Vielleicht muss er sie erst verdauen, sich irgendeine lahme Entschuldigung ausdenken. Wenn er sich überhaupt die Mühe macht. Vielleicht ist er auch gerade bei Katherine und lässt sich von ihr trösten.

Meine Gedanken drehen sich im Kreis.

*Verdammt!*

Abbie und Charley hören schweigend und mit großen Augen zu, während ich meinem Zorn bei einer Flasche Wein Luft mache. Ich trinke einen Schluck und schimpfe weiter. »Wie konnte ich bloß so blöd sein?« Ich schlage mir mit der Hand an die Stirn. »›Was passiert hier?‹, hat er gefragt.« Ich schaue die Mädels an und trinke wieder einen Schluck. »Er hat mir tief in die Augen geschaut, er war nach dem Orgasmus sogar noch in mir drin, als er die Frage gestellt hat. Geflüstert, übrigens! ›Was passiert hier?‹ Und ich blöde Kuh habe dagelegen und mich gefragt, ob ich drauf und dran bin, mich in einen Mann zu verlieben, den ich grade mal eine Minute lang kenne.« Ich lache sarkastisch. Mehr Wein. »Warum zum Teufel habt ihr mich nicht davon abgehalten, zu ihm zu gehen?«

Beide blinzeln ratlos. Lloyd hat gerade die Kinder ins Bett gebracht, kommt arglos in die Küche und schaut zwischen uns hin und her. »Was ist denn los?«

»Männer sind verdammte Wichser«, blaffe ich, trinke meinen Wein aus und schenke mir nach. »Das ist los.«

Als wollte er aus der Schusslinie gehen, weicht der arme Lloyd einen Schritt zur Seite. Charley tätschelt liebevoll seinen Arm. »Übles Ende.«

»Nick?« Er macht ein verdutztes Gesicht. »Ich dachte, das wäre längst erledigt.«

Ich sacke nach vorn und schlage die Stirn gegen die Marmorplatte. Langsam spüre ich den Alkohol und mir ist ein bisschen schwindelig, aber das fühlt sich gut an. Das letzte Mal habe ich mich so hemmungslos betrunken, als mit Nick Schluss war und wir Mädels im Amazonico nach viel zu vielen Drinks vergessen haben, unsere Rechnung zu bezahlen. Bei Nick habe ich gegen meine Schuldgefühle angetrunken, bei Jude trinke ich gegen den Schmerz. Für heute habe ich mir die Erlaubnis erteilt, mich komplett wegzubeamen. Wozu also noch ein Glas benutzen, wenn ich auch direkt aus der Flasche trinken kann? Ich schnappe sie mir.

»Es geht nicht um Nick«, erklärt Charley.

»Ach, um den reichen Hotelier?«

»Drecksack«, blaffe ich.

»Ich dachte, der wäre nur was für zwischendurch.«

Ich knalle die Flasche auf die Arbeitsplatte und Lloyd zuckt zusammen.

»Ich glaube, ich lasse euch Mädels jetzt besser allein.« Er gibt Charley einen Kuss aufs Haar und flüchtet ins Wohnzimmer, um sich ein Rugbymatch anzusehen.

Meine Kehle wird eng, meine Lippen beginnen zu zittern.

»Oh shit«, schnauft Abbie, springt von ihrem Hocker, hetzt um die Kücheninsel und nimmt mich in die Arme.

»Ich weiß nicht mal, warum ich heule«, schluchze ich und meine Augen quellen über. »Eigentlich war es doch gar nichts. Nur was fürs Bett. Für eine Nacht. Ich bin schon ausgestiegen, bevor sein Betthase bei mir aufgetaucht ist und die Bombe hat platzen lassen.« Moment, nein, das stimmt nicht. Jude ist *ihr* Betthase. Schniefend drücke ich das Gesicht in Abbies Shirt. »Ich komme mir so verdammt blöd vor. Und welcher Mann lässt denn seine Frau einen anderen vögeln?«

»So seltsam ist das gar nicht«, sagt Charley, während Abbie mir mit den Daumen die Tränen weggewischt. »Lloyd und ich waren neulich abends im Tennisclub. Wir haben uns überlegt, ob wir eintreten sollen und später vielleicht auch die Kinder anmelden.«

Ich lege die Stirn in Falten, schiebe Abbie beiseite und fixiere Charley. »Im Tennisclub?«

»Ja, in dem nicht weit von der Highstreet.«

Ich schaue Abbie an und Abbie mich. Sie gibt alles, um nicht loszuprusten. »Du meinst den Swingertreff?«

Charley schnappt nach Luft. »Ihr wisst das?«

»Das weiß jeder auf dieser Seite der Themse.« Abbie gibt auf und lacht schallend.

Ich lasse mich anstecken.

»Ich hatte keine Ahnung«, schimpft Charley. »Und Lloyd auch nicht.« Sie setzt sich auf. »Moment mal.« Sie springt von ihrem Hocker und marschiert ins Wohnzimmer. »Lloyd, wusstest du, dass der Tennisclub ein Swingertreff ist?«

»Vielleicht habe ich irgendwann mal Gerüchte gehört«, gibt er verlegen zu.

»Oh mein Gott, Lloyd! Heißt das, du willst, dass wir swingen?«

»Ach, halt die Klappe, Charley. Ich war bloß neugierig. Aber dann habe ich mich gefühlt wie ein Steak, das jemand über eine Löwengrube hält.«

Ich lache so heftig, dass mir der Wein aus dem Mund spritzt.

»So ein Steak war ich auch!«, blafft Charley empört.

»Ein Filet mignon, Babe.«

Sie schnaubt, kommt zurück in die Küche und nimmt mir die Weinflasche aus der Hand. »Er hat recht. Wir waren Steaks.«

Langsam bekomme ich mich wieder in den Griff, meine Heiterkeit verebbt. Ich glaube, ich war auch ein Steak. Und Jude war definitiv ein Löwe.

Und jetzt bin ich bloß noch ein verdammtes naives Dummchen.

# Kapitel 24

Bis Freitag hat sich mein Kater verzogen, geblieben ist die Enttäuschung. Mich mit den brüllenden Kopfschmerzen zu beschäftigen war angenehmer, als gegen mein Verlustgefühl anzukämpfen.

Was zum Teufel ist mit mir los? Wollte ich nicht genau das? Keine Ablenkung von meiner Arbeit?

Nach dem letzten Telefongespräch für diesen Arbeitstag lege ich das Telefon beiseite und lehne mich zurück. Erfreulicherweise waren die beiden Katertage sehr produktiv. Ich habe mir zwei neue Klienten gesichert und bin meinen Zielvorgaben wieder etwas näher gerückt.

Mit den Portfolios unter dem Arm, an denen ich übers Wochenende arbeiten möchte, mache ich mich auf den Weg zu den Aufzügen. Im Vorbeigehen sehe ich Gary und einige andere Seniorpartner im Konferenzraum sitzen. Ich hebe zum Abschied die Hand, doch Gary steht auf und winkt mich zurück. Also mache ich kehrt und trete ein. »Hey.«

»Das war eine sehr gute Woche«, beginnt er.

»Danke.« Ich lächle in die Runde, die anderen Seniorpartner nicken und murmeln zustimmend.

Bob, der schon länger in der Firma ist als ich auf der Welt, steht ebenfalls auf. »Wir haben heute Abend unser Monatstreffen. Nicht sehr formell, bloß ein lockerer Austausch bei ein paar Drinks. Wir würden uns freuen, wenn Sie ebenfalls kommen.«

Mein Herzschlag beschleunigt sich, das klingt vielversprechend. Sie laden mich zu einem ihrer berühmten Feierabendtreffen ein? »Gern«, antworte ich lächelnd und voller Optimismus. »Sehr gern.«

Gary zwinkert mir zu. Will er mir damit etwas sagen? »Heute Abend sind wir allerdings nicht hier in der Gegend. Die Fahrtkosten können Sie als Spesen abrechnen.«

»Ja.« Sue erhebt sich und streicht ihren Power-Hosenanzug glatt. Die resolute Lady ist die einzige Frau in der Firmenleitung. Ich hoffe sehr, dass sie meine Bemühungen unterstützt. Wir brauchen dringend mehr Frauen in der Führungsetage. »Weibliche Verstärkung wäre wirklich schön«, sagt sie, zieht die Augenbrauen hoch und wirft den Männern ein kokettes Lächeln zu.

Sie antworten mit einer Mischung aus Knurren und Schnauben. Die kleine Versammlung löst sich auf und bald haben alle bis auf Gary und mich den Raum verlassen.

»Die Partner sind sehr beeindruckt davon, wie Ihr Klientenstamm wächst, Amelia«, vertraut er mir mit einem geradezu stolzen Lächeln an.

Beschwingt mache ich mich mit ihm zusammen auf den Weg zum Aufzug. Angesichts des Katers in den letzten Tagen ist diese neue Entwicklung umso beachtlicher. »Was hat das zu bedeuten, Gary?« Normalerweise laden die Seniorpartner niemanden zu ihrem Feierabendtreffen ein. Nie.

»Das bedeutet genau das, was Sie denken, Amelia.« Er drückt auf den Knopf für den Aufzug. »Wir sehen uns um acht.«

Die Türen gehen auf und ich trete in die Kabine.

Gary wirft einen Blick auf seine Armbanduhr. »Ich mache mich direkt von hier aus auf den Weg. Ich muss noch ein paar Mails beantworten. Und Sie beeilen sich besser, falls Sie sich noch etwas Legereres anziehen wollen.« Er deutet auf mein Bleistiftkleid. »Etwas Bequemeres.«

Die Türen fahren bereits zu. »Wo treffen wir uns denn?«

»Im Evelyn's.«

Wie erstarrt stehe ich hinter den geschlossenen Türen. »Wie bitte?« Ich muss mich verhört haben. Oder gibt es eine weitere Bar, einen Club oder ein Restaurant mit diesem Namen? Bitte nicht das Evelyn's! Hastig ziehe ich mein Handy aus der Tasche und wähle Garys Nummer. Kein Netz. »Mist.« Auf dem Weg nach unten hält der Aufzug auf jedem einzelnen Stockwerk und wird immer voller. Nach einer gefühlten Ewigkeit kommen wir in der Lobby an und ich steige aus. Endlich erreiche ich Gary. »Sie haben *Evelyn's* gesagt, richtig?«

»Ja, Sie erinnern sich sicher.«

»Sie meinen das Evelyn's in Arlington Hall?«

»Ja, genau.«

»In Oxfordshire?«

»Wie gesagt, wenn Sie es bis acht Uhr schaffen wollen, müssen Sie sich beeilen.«

Ja, allerdings. Aber warum in aller Welt findet das monatliche Treffen in einem anderen County statt, wo wir doch hier in London zig Bars und Clubs direkt vor der Tür haben?

»Wir haben dort morgen einen Golftag«, erklärt er. »Der Einfall ist mir bei der Konferenz neulich gekommen, und Bob kennt zufällig ein Mitglied des dortigen Golfclubs, das uns für morgen mit Gästepässen versorgt.«

»Wie praktisch«, murmle ich, und mein Magen sackt mir zwischen die Knie.

»Ich würde ja sagen, nehmen Sie sich dort ein Zimmer, aber das gibt unser Budget leider nicht her.« Er lacht und ich stimme ein. Wie ironisch!

»Okay. Dann bis später.« Ich lege auf und schicke tausend Gebete in den Himmel. Natürlich frage ich ihn auch, *warum*. Warum tut er mir das an?

# Kapitel 25

»Du willst wirklich dorthin?« Abbie folgt mir vom Badezimmer in mein provisorisches Schlafzimmer.

»Klar will ich dorthin. Zum monatlichen Feierabendtreffen der Firmenpartner wird sonst nie jemand eingeladen.« Ich rubble mich trocken und ziehe mir das Handtuch vom Haar. »Außerdem hat er gesagt, er würde so gut wie nie ins Evelyn's gehen.« Die Library Bar ist ihm lieber.

»Am Abend nach eurer Konferenz war er dort und ist Clark an die Gurgel gegangen.«

Ich werfe meiner Freundin einen müden Blick zu. »Er weiß ja nicht, dass ich komme.« Statt durch den Haupteingang werde ich durch den Garten zum Club gehen und wenn nötig sogar durch den Schlamm kriechen wie bei einer Wehrsportübung.

»Du bist verrückt.«

Ich setze mich vor dem Spiegel auf den Boden. Vielleicht. Aber ich habe keine andere Wahl. »Es wird schon gut gehen«, versichere ich ihr. Sie stellt kopfschüttelnd einen Korb mit frisch gewaschener Wäsche aufs Fußende meines Betts. »Danke.« Ich lächle sie an.

»Ziehst du den an?« Sie nimmt das oberste Stück von dem Wäscheberg. Es ist der BH, den Jude mir geschenkt hat.

»Wirf ihn weg.«

Abbies Seufzen geht im Geräusch des Haarföhns unter.

* * *

Nachdem wir durchs Tor sind, rollt der Uberfahrer mit vielen bewundernden Ohs und Ahs quälend langsam auf das imposante alte Gebäude zu. Ich rutsche auf meinem Sitz hin und her und zupfte an meinem Haar herum. Als er den Wagen um den Brunnen in der Einfahrt lenkt, sehe ich den ganzen Trupp Angestellter, die dort bereitstehen, um mich zu begrüßen, mir zu helfen, mich zu begleiten.

»Fahren Sie einfach weiter bis ganz ans Ende.« Ich möchte so wenig wie möglich mit den Leuten hier zu tun haben. »Seitlich neben dem Hauptgebäude gibt es noch einen Parkplatz.« Würde man mich hier erkennen? »Von dort aus komme ich durch die Gartenanlage genau dorthin, wo ich hinmöchte.«

»Die signalisieren mir, ich soll hier anhalten.« Er bremst.

»Verdammt«, murmle ich. Am liebsten würde ich mir eine Papiertüte über den Kopf ziehen, aber schon wird meine Tür geöffnet. Widerstrebend steige ich aus und lächle Stan dankend zu. »Ich treffe mich mit einigen Kollegen im Evelyn's«, erkläre ich. »Ich nehme den Weg durch den Garten.«

»Davon würde ich momentan abraten.«

»Warum denn?« Etwas trifft meinen Kopf und ich zucke zusammen. In dem Moment, in dem Stan seinen Golfschirm hebt, öffnet der Himmel bereits alle Schleusen. »Oh mein Gott«, japse ich. Dicke schwere Regentropfen prasseln auf uns nieder. »Herrje.« Während Stan hektisch den Schirm aufgespannt, halte ich mir schützend meine Clutch über den Kopf.

»Bitte schön, Miss.« Er hält den Schirm über mich und wir rennen zum Eingang.

Dort schüttle ich meine Tasche und schaue hinunter auf meine weite weiße Hose und das goldfarbene Seidenshirt. »Mist.« Wir haben ganz schön was abbekommen und auf dem Stoff bilden sich Wasserflecken.

»Die Damentoilette ist gleich da drüben, falls Sie sie brauchen.«

Ich blicke auf, vor mir steht Anouska. Doppelmist. »Danke.« Ich lächle sie schmallippig an. »Könnten Sie mir einen Gefallen tun?«

»Sie möchten ein Handtuch?«

»Sagen Sie ihm nicht, dass ich hier bin.«

Sie legt den Kopf schief. »Dann sind Sie also nicht seinetwegen hier?«

»Nein, wir sind nicht … Ich bin nicht …« Verdammt noch mal. »Es ist vorbei.« Ich lege die Stirn in Falten. »Nicht, dass da etwas war …« *Könnte mir bitte jemand den Gnadenschuss geben?* Ich seufze. »Ich bin bloß gekommen, weil meine Bosse ausgerechnet hier ihren monatlichen Stammtisch abhalten. Die Einladung dazu konnte ich nicht ablehnen.«

»Verstehe.« Anouska nickt. »In dem Fall freut es Sie vielleicht zu hören, dass er gar nicht da ist.«

Mir fällt ein gigantischer Stein vom Herzen. *Gott sei Dank.* Jetzt muss ich ihn nur noch aus dem Kopf kriegen und mich konzentrieren. Ich schaue an mir hinunter. Und mich abtrocknen. »Danke, Anouska.« Ich gehe zur Damentoilette und danke den Handtrocknergöttern für die superstarke Maschine an der Wand. Rasch ziehe ich mein Top aus und lasse es im kräftigen warmen Luftzug flattern. Im Nu ist es trocken. Erleichtert ziehe ich es mir wieder über, schäle mich aus der Hose und wiederhole den Trocknungsvorgang. Der älteren Dame, die hereinkommt und mich verdutzt ansieht, weil ich in einem Trägershirt und goldenen Riemchensandalen am

Handtrockner stehe, werfe ich ein Lächeln zu. »Der Regen«, erkläre ich und schwenke meine Hose in der warmen Luft.

Um Punkt acht Uhr habe ich es geschafft. Was bedeutet, ich werde mich verspäten. Ich eile aus der Damentoilette und nehme unterwegs einen Anruf von Abbie an. »Er ist nicht hier«, sage ich anstelle einer Begrüßung.

»Ich weiß. Weil er gerade hier war.«

Ich bleibe wie angenagelt stehen, mein Blut gefriert. »Was?«

»Er ist hier aufgetaucht und wollte dich sprechen.«

»Du machst Witze.«

»Nein, verdammt, das ist kein Witz. Ich musste ihm beweisen, dass du nicht da bist.«

»Und wie hast du das gemacht?«

»Ich habe ihn in meiner Wohnung herumschnüffeln und in alle Zimmer schauen lassen.«

»Gütiger Himmel.«

»Verdammt, Amelia, er war nicht gut gelaunt.«

Mein Telefon beginnt zu piepsen. »Ich habe dir ja gesagt, er hat ein hitziges Temperament.« Ich schaue aufs Display und verziehe das Gesicht. »Er ruft mich an.« Ich drücke den Anruf weg und spreche weiter mit Abbie. »Bitte sag mir, dass du ihm nicht verraten hast, wo ich bin.«

»Na hör mal! Das würde ich niemals tun! Ich habe ihm gesagt, du hast ein Date.«

Mir fällt die Kinnlade herunter. »Du hast was gemacht?«

»Das war jetzt wirklich ein Witz. Ich habe ihm nicht gesagt, wo du bist.«

»Und was hat er gesagt?« Großer Gott, was hat Abbie gesagt?

»Vor oder nachdem ich ihm meine Meinung gegeigt habe?«

»Davor.«

»Nicht viel. Ich habe ihn gefragt, ob das stimmt mit Katherine.«

»Oh mein Gott«, japse ich. Wieder klingelt mein Telefon, wieder lehne ich den Anruf ab.

»Er hat es weder bestätigt noch abgestritten.«

»Im Moment habe ich dafür wirklich keine Zeit.« Ich eile weiter. Meine Textnachricht an ihn ist zwei Tage her. Warum jetzt? »Ich muss mich konzentrieren.«

»Ich wollte dir nur Bescheid geben.«

»Gut. Wenn er dort ist, ist er nicht hier. Ich rufe dich an, wenn ich hier losfahre. Warte nicht auf mich.«

»Vergiss nicht, dass wir morgen Abend weggehen«, sagt Abbie noch schnell. »Charley freut sich schon sehr.«

»Ja, ich weiß.« Ich lege auf und schalte mein Telefon stumm, denn schon wieder versucht Jude, mich zu erreichen. »Jetzt nicht«, sage ich und überlege, ob ich mit ihm sprechen würde, wenn ich nicht hier wäre. Ich schüttle den Kopf. Darüber will ich jetzt nicht nachdenken.

Die anderen finde ich ganz hinten im Club in den bequemen Samtsesseln. Auf einem kleinen goldfarbenen Tisch in der Mitte stehen alle möglichen Gläser. Gary entdeckt mich, steht auf und winkt mir zu.

»Tut mir leid, ich bin mitten in den Wolkenbruch geraten.« Ich lasse mich von ihm mit einem Wangenkuss begrüßen, dann stehen auch die anderen auf und heißen mich willkommen.

»Was trinken Sie, Amelia?« Bob winkt einem Kellner zu.

Ich setze mich in den Sessel, den Gary mir zurechtgeschoben hat, und ziehe die Cocktailkarte unter einem Glas hervor.

»Der hier ist göttlich.« Sue legt seufzend die pinkfarbenen Lippen um einen Strohhalm. »Wie heißt das Zeug noch mal, Gary?«

»Hey Jude.« Er bestätigt, was ich sowieso weiß, und ich setze ein Lächeln auf.

»Ich glaube, ich nehme einen Dirty Martini.« Etwas, woran ich vorsichtig nippen kann. Ich muss meine Sinne beisammenhalten. *Trinken Sie immer ein paar Gläser weniger als die anderen.* Danke, Tilda.

»Hat jemand die Nachrichten gesehen?«, fragt der unlockere Uriel. Er hat einen Knöchel über sein Knie gelegt und so entspannt wie jetzt habe ich ihn noch nie erlebt.

»Momentan ist wenig Bewegung im Markt«, sagt Spencer.

»Auf eine wundersame Erholung der FTSE-Kurse dürfen wir derzeit wohl nicht hoffen«, knurrt Ted.

»Der Wochenanfang war wirklich sehr verhalten«, bestätigt Gary. »Aber beim Börsenschluss heute war ich recht zufrieden.«

»Und die erfreulichen Nachrichten über HighTac helfen«, fügt Sue um ihren Strohhalm herum hinzu. »Fragt sich nur, ob wir bald eine allgemeine Tendenz in die richtige Richtung sehen.«

Alle summen und Gary lächelt mich über den Rand seines Glases hinweg an. »Was denken Sie, Amelia?«

»Ich?« Ich nehme den Martini entgegen, den der Kellner gerade bringt. Plötzlich stehe ich im Mittelpunkt der allgemeinen Aufmerksamkeit. »Nun ja.« Um etwas Zeit zu gewinnen, nehme ich einen kleinen Schluck und denke dabei unter Hochdruck nach. »Es war tatsächlich ein ziemliches Auf und Ab diesen Monat, aber ich glaube nicht, dass das die Vorzeichen einer allgemeinen Panik am Markt sind. Ich sehe das eher langfristig. Im Lauf der Woche haben einige meiner Klienten ihre Anlageziele erreicht. Eine meiner Empfehlungen war, in eine Global-Defense-Anlage mit sechsjähriger Laufzeit zu reinvestieren. Das Risiko ist zwar hoch, aber wenn die Dinge so laufen, wie ich annehme und hoffe, könnten bis zu zwölf Prozent dabei herausspringen.«

»Zwölf?«, fragt Bob. »Heutzutage kann man sich schon mit acht sehr glücklich schätzen.«

»Ja, richtig. Diese Anlageform ist ein Wagnis, aber solange die zugrunde liegenden Indexe nicht unter fünfundsechzig Prozent ihrer Werte zum Einstiegszeitpunkt fallen, hat man die Garantie, wenigstens das eingesetzte Kapital zurückzubekommen. Und dass die nicht spielen, sieht man schon allein daran, dass die Mindestinvestitionssumme bei fünfzigtausend liegt.«

»Ich liebe Finanzberater, die sich was trauen.« Sue stellt ihr Glas auf den Tisch. »Wo bleibt der Spaß, wenn man nur bescheidene Beträge todsicher anlegt?« Sie schaut Gary an, der breit lächelt. Ein warmes Gefühl durchrieselt mich. Es geht voran.

* * *

Ein paar Stunden später liegen die Gespräche über den Dow Jones und die Kurse des FTSE 100 hinter uns, die Musik ist entspannt und nicht zu laut, und ich bin dank einiger weiterer Dirty Martinis deutlich lockerer als zu Beginn des Abends. Allerdings habe ich darauf geachtet, den anderen immer zwei Gläser Vorsprung zu lassen. Besonders dankbar bin ich dafür in dem Moment, in dem Sue ein bisschen näher zu mir rückt. Ihre Lider sind definitiv ein wenig schwer vom Alkohol.

»Wissen Sie, Amelia«, raunt sie leise. »Ich glaube, falls Leighton Partner wird, gehe ich.«

Ich schnaube. »Nicht doch«, flüstere ich.

»Nein, im Ernst. Er ist eine verdammte Schlange. Wenn Sie so lange im Geschäft sind wie ich, dann wissen Sie es, wenn Sie eine sehen.«

»Die anderen mögen ihn.« Die Gelegenheit, nach Informationen zu fischen, ergibt sich nicht oft, und ich muss sie nutzen.

»Klar, mögen sie ihn. Schließlich sind sie alle Kerle und ziemlich testosterongesteuert. Nur dass ein paar von ihnen sich besser im Griff haben als andere. Leighton ist jung. Er will sich gegenüber diesen Dinosauriern beweisen.«

»Und Ihnen gegenüber?«

»Wie meinen Sie das?«

»Hat er auch Ihnen gegenüber schon versucht, sich zu beweisen?«

Sie schnaubt. »Er ist noch ein Junge. Ich glaube, ich schüchtere ihn ein.«

Ich lache. »Das Gefühl kenne ich.«

»Ach ja?«

Ich winke ab. »Man muss ihn bloß hin und wieder in die Schranken weisen.« Ich stehe auf. »Kann ich Ihnen noch einen Drink holen?« Ich sollte mich nicht zu einem Lästerfest mit der einzigen Seniorpartnerin hinreißen lassen – ganz gleich, wie beschwipst sie ist.

Sue hält ihr leeres Glas hoch. »Auffüllen, bitte!«

»Ich gebe auf dem Weg zu den Ladys die Bestellung auf.« Glücklich lächelnd über den Verlauf des Abends mache ich mich auf den Weg. Ich bin dankbar für alle neuen Einsichten und Insiderinformationen.

Nachdem ich beim Barmann neue Drinks bestellt habe, gehe ich zur Damentoilette, lege frischen Lippenstift auf und werfe einen Blick auf mein Smartphone. »Heilige Scheiße«, flüstere ich und scrolle mich durch jede Menge Textnachrichten und verpasste Anrufe.

Offenbar bist du nicht da. Wo bist du?

Antworte, Amelia.

Wir sind noch nicht fertig.

Verdammt, wir müssen reden.

Löschen.

Löschen, löschen, löschen.

Auf dem Rückweg atme ich tief und versuche, mit der Kraft meiner Gedanken meinen Herzschlag zu beruhigen. Trotzdem zittere ich ein wenig. Am Tresen warte ich, bis der Barmann die Gläser auf ein Tablett gestellt hat. Der Abend ist wirklich prima gelaufen, ein bisschen muss ich noch durchhalten. Mit dem Tablett gehe ich zurück an den Tisch und muss lachen, als ich sehe, wie sich Bob und Sue auf der Tanzfläche mit geschlossenen Augen zu Jan Blomqvists »More« hin und her wiegen.

»Die alten Raver!« Gary gluckst.

»Das kann ja lustig werden, morgen auf dem Golfplatz.« Ich setze mich zu ihm.

»Ja, es wird ein paar böse Kater geben. So wie immer eigentlich. Ich glaube, während der ganzen Zeit, in der wir nun schon zusammenarbeiten, waren wir noch bei keiner Partie Golf komplett nüchtern.«

»Spielt Sue auch?«

»Sie ist die Beste.«

»Toll.«

»Vielleicht sollten Sie auch ein paar Stunden nehmen, Amelia.« Er wirft mir einen vielsagenden Blick zu.

»Meinen Sie?« Seine Bemerkung erinnert mich daran, dass ich mich dringend um die Golfstunden für meinen Vater kümmern muss. Ich setze es auf meine mentale To-do-Liste, gleich unter die Anrufe bei den Maklern wegen einer neuen Wohnung.

»Definitiv. Und Sue würde sich über ein bisschen weibliche Verstärkung auf dem Platz sicher freuen.« Er lässt die Augenbrauen tanzen.

Sagt er mir damit, dass sie auch über weibliche Verstärkung auf der Chefetage froh wäre? »Ich überlege mir das.« Lächelnd nippe ich an meinem Drink, lehne mich zurück und schaue Sue und Bob auf der Tanzfläche zu.

»Darf ich Ihnen noch einen Hinweis geben?« Gary beugt sich vor. Seine Aussprache ist ein kleines bisschen verwaschen. Nicht sehr, aber doch so, dass mir klar ist, dass hier gleich der Alkohol sprechen wird.

»Sehr gern.«

»Wenn … *falls* Sie eine der Partnerinnen werden, erwartet Sie ein völlig neues Level von Gerüchteküche.«

»Okay.« Ich versuche, mich nicht vorschnell zu freuen. Die Entscheidung, ob ich den großen Sprung schaffe, liegt schließlich nicht allein bei Gary.

»Es wird über eine Fusion zweier Investmentbanken gemunkelt.«

»Ach ja?« Ich rücke ein wenig näher. »Zwei, die in meinen Empfehlungen eine wichtige Rolle spielen?«

»Allerdings. Natürlich ohne Gewähr und im Moment nur hinter vorgehaltener Hand. Aber Sie wissen ja – ohne Feuer kein Rauch.«

»Sie meinen, ich muss auf der Hut sein?«

»Eine Fusion könnte Dynamik in den Markt bringen. Natürlich hängt das auch von den PR-Aktivitäten der betroffenen Banken ab. Die Kurse könnten anziehen oder auch sinken.« Was bedeutet, dass eine der Banken nicht gut dasteht.

»Halten Sie Augen und Ohren offen und seien Sie bereit, kurzfristig Änderungen vorzunehmen.«

»Verstanden.« Ich nicke. Mein nicht mehr allzu klarer Kopf fragt sich, ob Gary diese Information noch mit anderen geteilt hat. Zum Beispiel mit meinem Widersacher. »Vielen Dank für diese …« Meine Worte versiegen, mein Mund wird trocken und ich lehne mich langsam zurück. *Shit.* Die Hand um ein Glas gelegt, sitzt Jude am Ende der Bar und starrt zu uns herüber, als wollte er jemanden killen. *Verdammt!* Sein Blick hängt an Gary. *Oh Gott. Oh Gott, oh Gott.*

Mein Boss plaudert jetzt wieder mit ein paar von den anderen. Was zum Teufel soll ich tun? Dass Jude zu uns herüberkommt, kann ich nicht riskieren. Schon ein paarmal hat es zu unschönen Situationen geführt, wenn ich mich in seiner Gegenwart mit anderen Männern unterhalten habe. Er könnte mir diesen Abend komplett ruinieren. Und meine Karriere gleich mit.

»Entschuldigen Sie mich.« Ich nehme meine Clutch, stehe auf, atme tief durch und gehe hinüber zu Jude, bevor er gegenüber meinem Boss zum Neandertaler werden kann. Jude lässt mich keine Sekunde lang aus den Augen, doch seinem funkensprühenden Blick halte ich stand. Zum Weinen perfekt sitzt er da in seinen Jeans und einem schwarzen, eng anliegenden T-Shirt, das seinen durchtrainierten Oberkörper und seinen harten Bizeps betont. Wie immer ist sein dichtes Haar verführerisch zerzaust, sein Gesicht so markant und schön, wie ich es kenne.

Ich schüttle einen Anflug von Ehrfurcht ab und konzentriere mich wieder aufs Wesentliche. *Denk daran, weshalb du hier bist, Amelia. Vergiss nicht, dass er dich belogen hat.* Um mich mit Jude Harrison anzulegen, habe ich zu viel getrunken, aber aufhalten kann mich das nicht. »Du hast gesagt, du bist fast nie hier im Club«, schleudre ich ihm vorwurfsvoll entgegen.

»Stimmt.«

»Und wer hat dir verraten, dass ich hier bin?«

»Das tut nichts zur Sache.«

»Genauso, wie es nichts zur Sache tut, dass du mit Katherine schläfst?« Verdammt, so direkt und angriffslustig wollte ich gar nicht starten. Aber während ich dastehe, ihn anschaue und meine Kraft und meinen Verstand zusammennehme, um seiner Wirkung auf mich etwas entgegenzusetzen, werde ich sauer. Wütend. Er hätte es mir verdammt noch mal sagen sollen.

Das war er mir schuldig. Zumindest wäre ich dann gewarnt gewesen, als sie unverhofft bei mir aufgetaucht ist.

Sein Unterkiefer spannt sich, er hebt sein Glas und nimmt einen Schluck. Er kämpft seinen eigenen inneren Kampf, hat offenbar einige Mühe, ruhig zu bleiben und nicht zu explodieren. Hinter seiner steinernen Fassade wirkt er ziemlich gestresst. Immer wieder späht er düster hinüber zu der Gruppe, mit der ich hier bin. Ist er hergekommen, um eine passiv aggressive Stimmung zu verbreiten? Will er einfach nur hier rumsitzen, damit ich mich unwohl und beklommen fühle? Nervös darauf warte, was als Nächstes passiert? Das Mindeste, was er verdammt noch mal tun könnte, ist, sich bei mir entschuldigen.

»Rede, verdammt!«, zische ich. Mein Blut beginnt zu kochen. Verstockt und stumm sitzt er da. Ich möchte mit den Fäusten gegen seine Brust trommeln. Ihn anschreien, weil er mir die großartigste Nacht meines Lebens bereitet hat und mich an etwas hat glauben lassen, was es gar nicht gibt. Nur um dann alles kaputtzumachen.

»Was soll das bringen?«, fragt er schließlich mit ungerührter Miene. »Du willst ja sowieso nichts Ernstes.«

Ich zucke verletzt zurück. Aber richtig, das habe ich gesagt. Und meine Reaktion jetzt in diesem Moment passt nicht recht dazu. Ich spüre, wie mir die Kontrolle entgleitet, wie meine Wut wächst und Tränen in meine Augen drängen. Ich kippe den Rest meines Drinks in mich hinein. »Du bist ein Riesenarsch, Jude!« Damit knalle ich mein Glas auf den Tresen und flüchte, bevor meine Gefühle mich überwältigen können. Ich presche in die Damentoilette und erschrecke eine arme, arglose Frau, die gerade ein bisschen Rouge auflegt, indem ich frustriert aufschreie. »Sorry«, murmle ich, werfe meine Clutch auf den Waschtisch, stemme die Hände dagegen und lasse den Kopf hängen.

*Ich glaube, mein Problem ist jetzt noch größer als vor einer Stunde.*

*Heute Nacht hat sich nämlich verdammt ernst angefühlt.*

Erinnerungsfetzen wirbeln durch meinen wattigen Kopf. Sein Gesicht, als er mir im Bett den Verstand geraubt hat, unsere Arme und Beine, ineinander verschlungen, der glühende Blick, mit dem er mir während der intensivsten Erfahrung, die ich je mit einem Mann hatte, tief in die Augen geschaut hat.

Mit dem Mann, nach dem ich verrückt bin, wie ich mir zähneknirschend eingestehen muss.

Verrückt *war*. Jetzt ist er nur ein gut aussehender Typ, der ganz sicher mit mir spielt. Einer, dem man besser aus dem Weg geht. *Gefährlich*. Mein Gefühl ganz zu Anfang hat mich nicht getrogen.

Ich bin so verdammt blöd. Kaum stehe ich vor ihm, schon fange ich an zu zittern. Mir wird heiß. Mein Körper reagiert auf eine Art, mit der ich schwer umgehen kann. Selbst wenn ich wütend auf ihn bin. Ich muss an das Danach denken, daran, wie sich mir der Magen umdrehen wollte, als Katherine ihm die Textnachrichten geschickt hat. An die Angst, die mich gepackt hat, als mir bewusst geworden ist, warum mir das Herz so schwer wurde. Und an den netten Besuch dieser Frau vor meiner Arbeitsstelle.

Daran, was sie mir gesagt hat.

Es könnte alles so unkompliziert sein. Kein Stress, keine Verpflichtungen, nur ein bisschen Spaß. Keine Ablenkung.

Aber sobald Gefühle im Spiel sind, ändert sich alles. Und das nach nur einer einzigen gemeinsamen Nacht. Verdammt, sogar noch vor dieser gemeinsamen Nacht habe ich gespürt, wie die Gefühle sich angeschlichen haben.

Meine Reaktion auf Katherine sagt eigentlich alles. Ich kann das nicht. Ich kann nicht riskieren, mich kopfüber in diesen

Abgrund zu stürzen. Ich atme tief ein und dann wieder aus, schaue meinem Spiegelbild in die Augen. Jetzt bin ich allein.

Und dann plötzlich nicht mehr.

Jude stürzt herein, lässt die Tür zufallen und lehnt sich dagegen. Unsere Blicke treffen sich, mein Universum steht kopf, meine Welt gerät aus den Angeln.

Habe ich geahnt, dass er kommt? Ja. Wollte ich, dass er kommt?

Meine Kehle wird eng, ich schlucke und schaue beiseite. Jetzt keine Schwäche zeigen. Ich höre, wie er nähertritt, schon steht er hinter mir. Sein Blick ist wie Stahl.

»Fass mich nicht an.«

Er hört nicht auf mich, hebt die Hand.

»Nein, Jude.«

Seine Hand kommt näher.

»Nein, sage ich.«

»Und doch bewegst du dich nicht von der Stelle«, erwidert er mit rauer Stimme. »Woran liegt das?«

Ich möchte nicht antworten. Seine Hand landet auf meinem Ellbogen, kleine Eruptionen laufen in Wellen über meine Haut direkt zu meinem Herzen.

»Nein!«, schreie ich, drehe mich zu ihm und stoße ihn weg. Er vögelt eine verheiratete Frau. Er hat gesagt, sie sei niemand. Und hat mich in eine verdammte Löwengrube laufen lassen.

Jude fängt sich und ist schon wieder bei mir. Nein! Verzweifelt hole ich aus und verpasse ihm eine Ohrfeige. Er blinzelt, atmet ein und tritt noch näher. Er legt die Hände an meine Schultern, hält mich fest, sein Blick ist angespannt. Er hat sich besser unter Kontrolle als ich. Anders als sonst. Sanft schiebt er mich gegen die nächste Wand, sein Blick fällt dabei auf meinen Mund, seine Absicht ist eindeutig. Die Schwere, die ich zwischen den Beinen spüre, zwingt mich, sie zusammenzupressen. Ich befehle meinem Körper, sich zu benehmen. Flehe geradezu darum, während Jude schon die Lippen auf meine legt und mich zart küsst. Das Blut rauscht so heftig durch meine Adern, dass mir fast die Beine wegknicken.

Jude hebt den Kopf, seine Lippen schimmern feucht. »Was willst du dagegen sagen?«

Verzweifelt reiße ich mich los, stoße ihn weg und schlage ihm erneut ins Gesicht. Eine Sekunde lang drückt er die Augen zu, seine Nasenflügel beben, während ich dastehe und nach Luft ringe, halb wütend, halb in Flammen. *Himmel hilf.*

Er atmet tief durch, dann ist er wieder bei mir, unsere Lippen prallen aufeinander. Diesmal ist sein Kuss viel fordernder und raubt mir den Atem. Mit seinem Gewicht drückt er mich gegen die Wand, meine Brüste beginnen zu schmerzen, das Durcheinander in meinem Kopf wird noch größer. Knurrend stoße ich ihn erneut von mir weg und schlage noch einmal zu. *Nicht schwach werden.*

»Langsam verliere ich die Geduld, Amelia«, knurrt er zähneknirschend, schüttelt den Kopf, als wäre er ein wenig benommen, und schon ist sein Mund wieder auf meinem.

»Verpiss dich!« Ich beiße in seine Unterlippe, stoße ihn zurück. Meine Schlaghand bewegt sich wie auf Autopilot und holt bereits erneut aus. *Patsch!* Sein Kopf wird zur Seite geworfen, er verharrt in dieser Stellung und ich höre ihn schnaufen. Er atmet gegen seinen wachsenden Zorn an, ich gegen mein wachsendes Begehren. Flucht oder Angriff? Meine Wut diktiert, wofür ich mich entscheide.

Angriff. Kämpfe gegen ihn, mit allem, was du hast. Tu ihm weh. Schütze dich.

Judes Zunge streicht über seine Lippe, dann schaut er mir in die Augen. Seine sind ganz dunkel, voller Zorn. Doch ich sehe auch seine Verzweiflung. In Gegenwart dieses Mannes kann ich nicht klar denken. Mein Verstand setzt komplett aus und ich werde von einer vernünftigen Person zu einer ganz und gar irrationalen.

Schwer atmend lehne ich an der Wand, Schweiß tritt auf meine Stirn, mein Körper schreit nach ihm. Mein Blick wandert an ihm nach unten und ich sehe die Wölbung in seinen Jeans. Sein Zorn steht seinem Verlangen nicht im Weg. Und ich will es. Will ihn.

Ich gebe alles, um meinen bröckelnden Widerstand aufrechtzuerhalten, doch Jude kommt mit verbissener Miene näher. Er bewegt sich langsam, behält meine angriffslustige Hand im Blick. Doch mein Kampfgeist ist erloschen, ich kann nicht mehr. Seine Hand findet den Weg auf meine Taille und er zieht mich an sich. Seine Augen sind halb geschlossen, sein Atem streicht über mein Gesicht. Meine Hände suchen nach seinen Hüften, meine Wange reibt an seinen Stoppeln, als er die Nase in meiner Halsbeuge vergräbt.

Judes Härte drängt gegen meinen Bauch.

Sein Geruch umfängt mich und Ruhe breitet sich in mir aus. Seine Hände massieren meine angespannten Rückenmuskeln, bis ich locker werde und gegen ihn sinke.

Sein Mund schiebt sich zu meinem Ohr. »Ich will dich, Amelia«, flüstert er und legt mit seiner Stimme und seinen Berührungen den letzten Rest meiner Willenskraft lahm. »Ich will dich so verdammt sehr.« Er küsst die empfindliche Stelle unter meinem Ohrläppchen und meine Knie werden weich. »Wir müssen da gemeinsam durch.« Er legt die Hand an mein Kinn und dreht mein Gesicht so, dass ich ihn anschauen muss. »Wir können jetzt und hier wütenden Sex haben, du kannst deinen ganzen Zorn an mir auslassen. Oder du kannst mitkommen und mich versuchen lassen, es wiedergutzumachen.« Der Aufrichtigkeit in seinem Blick kann ich mich nicht entziehen. Ich schaffe es einfach nicht. »Nur einfach weggehen, ist keine Option.«

Voller Angst vor den Worten, die aus mir heraussprudeln wollen, beiße ich mir auf die Unterlippe. Voller Angst, mein Schicksal zu besiegeln.

»Das ist keine Option«, wiederholt er leise und hält mein Gesicht fest. »Komm mit.«

»Ich bin mit Leuten von der Arbeit hier.« Noch habe ich nicht vergessen, wo ich bin und warum. »Mit den Seniorpartnern der Firma. Ich kann nicht einfach verschwinden.« In meiner Handtasche klingelt mein Smartphone.

»Geh nicht ran«, sagt Jude. »Bitte.«

»Ich muss.« Das könnten Abbie oder Charley sein. Sicher machen sie sich Sorgen. Widerstrebend lässt er mich los und ich ziehe das Handy aus der Tasche. Es ist mein Boss. Oh Gott, hat er mich mit Jude gesehen? »Gary?«

»Ich wollte nur fragen, ob alles in Ordnung ist. Wir gehen jetzt ins Hotel.«

Ich beiße mir auf die Lippen. Ist alles in Ordnung? Ich betrachte Jude im Spiegel. Er wartet geduldig, doch ich spüre seine Anspannung.

»Alles in Ordnung«, versichere ich. »Gehen Sie ruhig. Ich habe mir für den Heimweg ein Uber bestellt.«

Jude schüttelt ablehnend den Kopf.

»Sie kommen klar?«, fragt Gary.

»Ja, ich habe mich hier im Damenklo mit jemandem verquatscht.« Ich verdrehe die Augen über mich selbst. »Sorry.«

»Kein Problem. Wie gesagt, ich wollte mich nur vergewissern, dass alles okay ist.«

»Viel Spaß beim Golf morgen. Und vielen Dank für diesen Abend.«

»Es war uns ein Vergnügen, Amelia. Bis Montag.«

Ich lege auf, schnappe nach Luft, denn Jude drängt sich an meinen Rücken. Dann greift er an mir vorbei nach meiner Clutch, nimmt mich an der Hand und führt mich aus der Toilette und quer durch den Club. Das Herz klopft mir bis zum Hals, meine Gedanken jagen. Was ist aus meiner Entschlossenheit geworden? Wo sind meine Empörung, meine Wut? Wo ist mein Wunsch, ihm aus dem Weg zu gehen?

Seine Anziehungskraft ist zu stark. Ich kriege einfach nicht genug von ihm und befürchte, dass das immer so weitergehen wird.

Meine Hand fest in seiner führt Jude mich aus dem Evelyn's durch den Glaskorridor zum Hotel. Ein Stück vor uns entdecke ich Gary und die anderen.

»Jude.« Ich gehe langsamer, sodass mein Arm lang gezogen wird. Über die Schulter hinweg schaut er mich fragend an. »Da vorn sind die Leute aus meiner Firma. Die Chefs«, sage ich leise. Kurzerhand schlägt er mit mir einen kleinen Haken und biegt in einen anderen Korridor zu einer anderen Treppe ab.

Oben in seinem Apartment lässt er meine Clutch auf die Couch fallen, hebt mich hoch und trägt mich in die Küche. Dort setzt er mich auf die Arbeitsplatte und schiebt sich zwischen meine Schenkel.

Er nimmt mein Gesicht zwischen die Hände und zieht es zu sich, aber er küsst mich nicht. Ich klammere mich an seine Handgelenke und warte darauf, dass er etwas sagt, was alles wiedergutmacht. »Ich hätte dir von Katherine erzählen sollen.«

Das macht zwar nicht alles wieder gut, aber zumindest gesteht er seinen Fehler ein. »Warum hast du das nicht getan?«

»Weil ich dachte, dass dich das abschrecken könnte.«

»Das tut es«, sage ich offen. »Auf eine Dreiecksbeziehung habe ich keine Lust.«

»Und am Sonntag hast du gesagt, du willst nichts Ernstes.« Er lacht auf. »Also sag mir, Amelia, was zum Teufel willst du wirklich?«

Überrascht und empört blinzele ich ihn an. Warum muss er sich benehmen wie ein Arsch? »Das Wiedergutmachen habe ich mir anders vorgestellt«, blaffe ich, reiße mein Gesicht weg und springe von der Arbeitsplatte. »Scheiß auf dich, Jude.« Mit diesem ständigen Auf und Ab komme ich nicht klar. Weder bei ihm noch bei mir. Andauernd dieser Wechsel zwischen Verlangen, Wut, Verzweiflung, Ruhe, Glück und Angst. Das ist nicht gesund und es ist nicht, was ich will.

»Amelia«, blafft er und greift nach meinem Arm.

Ich schaffe es, ihm auszuweichen, sprinte los und schnappe mir meine Tasche.

»Na prima, jetzt lässt du mich wieder stehen. Großartig. Wie verdammt vernünftig von dir.«

»Vernünftig?«, schreie ich schrill. »Du hast eine Affäre mit einer verheirateten Frau! Ist das alles bloß ein krankes Spiel für dich? Frauen nach deiner Pfeife tanzen zu lassen und sie mit deinem Charme zu dirigieren? Was stimmt nicht mit dir?«

Ich sehe sie kommen, die Explosion. »Mit mir stimmt überhaupt nichts!«, brüllt er, wirft sich herum und knallt die Faust gegen die Wand. Alarmiert mache ich einen kleinen Sprung von ihm weg. Unter seiner Faust bröckelt Gips von der Wand. »Fuck!« Fluchend hastet er zum Spülbecken und hält die aufgeschürften Fingerknöchel unters kalte Wasser. Dann atmet er ein paarmal tief durch und drückt die Augen zu. »Ich bin ein komplett kaputter Typ, Amelia«, sagt er ruhig. »Komplett kaputt. Also ja, am besten gehst du jetzt und machst einfach weiter mit deinem Leben.«

»Genau das habe ich versucht, bis du heute Abend aufgetaucht bist.«

»Du warst in meinem Club«, presst er zwischen zusammengebissenen Zähnen hervor.

»Und du hast an die Haustür meiner besten Freundin gehämmert. Also gib nicht mir die Schuld für diese

Shitshow.« Ich zeige auf die Tür. »Mit dem Versprechen, es wiedergutzumachen, hast du mich hier heraufgeschleppt. Und dann hast du es nur noch schlimmer gemacht.« Ich habe seine Unbeherrschtheit unterschätzt. Seinen Jähzorn. Während er das Wasser von seiner Hand schüttelt und sie mit einem Geschirrhandtuch abgetrocknet, sieht er aus, als stünde er an der Schwelle zum Wahnsinn. Verächtlich verzieht er den Mund. *Ich bin ein komplett kaputter Typ, Amelia.*

Im Moment sieht es wirklich so aus und mich macht er auch kaputt. Ich bin wütend und frustriert und habe das Gefühl, mir entgleitet jede Kontrolle.

»Du hast dich von mir hier heraufbringen lassen, Amelia, weil du von mir gevögelt werden willst, wie du es liebst.«

»Fahr zur Hölle.«

»Da bin ich doch längst!«, brüllt er, während ich wütend hinausstürme und die Tür hinter mir zuknalle. Ich stapfe zu dem Durchgang, der zum Hotel führt. Der Druck in meinem Kopf wird immer stärker. Ich reiße auch diese Tür auf und direkt vor mir steht Katherine.

»Oh!« Ich lache auf. »Perfektes Timing!«

Sie mustert mich von oben bis unten. »Wie bitte?« Düster starrt sie an mir vorbei. Ich wende mich um und sehe Jude auf uns zu laufen. Sein Gesicht eine Maske aus Schreck, Wut und Anspannung.

*Verdammt!*

*Dieser Mann.*

Mit einem aufgesetzten Lächeln deute ich auf Katherine. »Sieh doch nur, wer hier ist.« Ich schlage einen fröhlich aufgekratzten Ton an.

*Das ist wirklich krank.*

»Viel Spaß, ihr beiden.« Wütend über das Brennen in meinen Augen eile ich durch mehrere Doppeltüren, bis ich oben an der breiten Haupttreppe stehe. *Dieser Drecksack.* Und ich bin eine verdammte Idiotin.

»Amelia!«, ruft Jude hinter mir her.

»Verschwinde!«, zische ich, und frage mich, ob ich je zuvor in meinem Leben so viel geflucht und geschimpft habe.

»Amelia, verdammt noch mal!«

Ich mache mich auf den Weg die Treppe hinunter, doch schon auf der dritten Stufe werde ich von hinten gepackt. »Verschwinde, habe ich gesagt!«

»Das kannst du verdammt noch mal vergessen«, faucht er mir ins Gesicht. »Wir haben ein paar Dinge zu besprechen.«

Ich lache. »Was denn? Wie durchgeknallt du bist?«

»Wenn dich das glücklich macht.« Am Arm zerrt er mich zurück zu seinem Apartment, und gerade, als ich mich wehren will, erscheint Katherine. Ihr schockierter Gesichtsausdruck verrät, dass ich so wild aussehe, wie ich mich fühle.

Seine Schuld.

All das nur wegen eines Mannes.

Was ist bloß aus mir geworden?

Jude schiebt mich an ihr vorbei, und der Blick, den ich ihr zuwerfe, müsste sie eigentlich zu Stein erstarren lassen. »Du kannst ihn haben«, zische ich, und Jude drückt warnend meinen Arm. Sie zu siezen, wäre unter diesen Umständen seltsam.

»Du sagst das, als wäre das deine Entscheidung«, erwidert Katherine ungerührt.

»Das reicht, Katherine«, warnt Jude sie in einem ruhigen Ton und schiebt mich einfach weiter.

»Sag das deiner kleinen Nutte«, gibt sie zurück.

Ich huste auf und reiße mich los. *Hau ihr eine runter. Kratz ihr die Augen aus. Geh ihr an die Gurgel, verdammt!* »Seiner kleinen Nutte?« Mit zwei Schritten stehe ich vor ihr, ich sehe rot. »Korrigier mich, wenn ich falschliege. Aber ich glaube, *er* ist *deine* Nutte, schließlich bist du diejenige, die als verheiratete Frau einen anderen vögelt.«

Mit geschürzten Lippen neigt sie den Kopf, als würde sie darüber nachdenken. »Korrekt.« Sie lächelt überheblich. Offenbar genießt sie diese Situation. Ihr gefällt, dass ich so aufgebracht bin und mich nicht im Griff habe. *»Meine«*, bekräftigt sie.

Ist das hier ein Irrenhaus? Wo zum Teufel, bin ich hingeraten?

Katherine seufzt und gibt sich ungeduldig. »Wenn du schon irgendwelche Bettgeschichten hast, Jude, könntest du dir dann nicht wenigstens eine dafür aussuchen, die ein bisschen Klasse hat und sich nicht für wichtiger hält, als sie ist?«

»Oh mein Gott«, japse ich.

»Katherine!«, bellt Jude. »Halt verdammt noch mal die Klappe.«

Um mich nicht auf sie zu werfen, spanne ich alle meine Muskeln an. Für so etwas bin ich mir doch viel zu schade. *Bewahre deinen Stolz!*, ermahne ich mich. Zu spät.

Nichts wie weg.

Raus hier.

Ich muss weg, bevor ich mich noch mehr in Verlegenheit bringe. Doch ich komme keinen Schritt weit. Jude packt mich und schleift mich weiter. Ich schreie auf. »Was soll das, verdammt? Jude!«

»Halt die Klappe«, faucht er, wirft mich über seine Schulter und schleppt mich in sein Apartment. Die Tür schlägt zu und er stellt mich auf die Füße. »Ich bin noch nicht fertig.«

»Aber ich!«, schreie ich. »Ich bin fix und fertig mit dem allen hier. Ich wünschte, du wärst mir nie begegnet. Ich wünschte, du würdest nicht existieren. Ich wünschte, ich könnte dich vergessen! Ich wünschte, ich könnte die Zeit zurückdrehen und ein paar klügere Entscheidungen treffen, verdammt!«

Jude blinzelt, weicht einen Schritt zurück. Ist er verletzt? Wo denke ich hin?

»Du könntest mich vergessen, wenn du wolltest.«

»Nein, kann ich nicht.« Und das macht mich rasend. Er ist wie in meine Gedanken gemeißelt. Ich bin verloren, muss in Zukunft mit der Reue leben, weil ich so viel falsch gemacht habe. Mein Gefühl ganz zu Anfang hat mich nicht getrogen. Er ist gefährlich.

Ich muss weg.

Ich muss gehen.

Ich suche nach meiner Clutch und merke, dass ich sie wohl draußen verloren habe. Ich zeige auf die Tür. »Meine Handtasche liegt dort draußen.« Meine atemlose Stimme zeigt, wie erschöpft ich bin – körperlich und emotional.

»Warum kannst du mich nicht vergessen?«

Ich lasse den Arm sinken, mein Kopf wird leer. Die ausdrucksvollen Augen, die mich anstarren, könnten mich zerbrechen.

»Sag es mir, Amelia. Warum?«

»Ich gehe jetzt.«

»Du gehst nicht. Du bleibst und hilfst mir herauszufinden, was zum Teufel hier läuft.«

Hin- und hergerissen beiße ich mir auf die Unterlippe. Ich kann nicht mit einem Mann zusammen sein, der sich so wegwirft. Ganz gleich, wie ernst oder unwichtig die Affäre für ihn ist. Denn was wir hier erleben, ist *nicht* unwichtig. Verdammt, ich weiß, es geht tief.

Vorsichtig schiebt sich Jude näher an mich heran. Dabei fixiert er mich, als würde er nach Anzeichen dafür suchen, dass ich gleich wieder flüchte. Doch meine Füße sind wie festgewachsen. Meine Vorsätze bröckeln. Diesem Mann bin ich willenlos ausgeliefert, und ich kann nichts dagegen tun. Muss ich das Unvermeidliche einfach akzeptieren?

»Ich habe nur Interesse an dir, Amelia, nur an dir allein«, sagt er leise und rückt dabei näher. Er streckt die Hände aus. »Also nimm mich, verdammt. Zerstör mich. Tu mit mir, was du willst, denn es beginnt und endet mit dir.«

Seine Worte treffen mich tief. Mit ausgestreckten Händen steht er vor mir, als wollte er sich mir schenken. »Hör auf damit.«

»Nur dich. Willst du mich?«

Ich grabe die Zähne in die Unterlippe, damit sie nicht zittert.

»Antworte«, verlangt er.

Der Damm, der mein Verlangen nach ihm zurückhält, bricht, und ich greife nach seinen Händen. Das ist meine Antwort. Er reißt mich an sich, keiner von uns kann sich noch bremsen. Unsere Lippen finden sich, unsere Frustration und Verzweiflung ist stärker als wir beide. Wir küssen uns mit wilden Zungen, unsere Zähne prallen aneinander, unsere Hände sind überall.

Unzähmbar.

Unersättlich.

Unausweichlich.

Ich ziehe sein T-Shirt nach oben, reiße es ihm praktisch vom Leib und lasse es fallen. Mit fliegenden Fingern löse ich seinen Gürtel. Jude stöhnt in meinen Mund, während ich seine Hose öffne. Seine Lippen auf meinen tanzt seine Zunge weiter mit meiner, während er sich aus den Jeans schält, die Schuhe abwirft und sich die Socken auszieht. Dann bin ich an der Reihe. Er reißt mir das Top herunter und schiebt mir die Hose an den Schenkeln hinab. Dann hebt er mich hoch, damit ich die Hose und die Heels abschütteln kann, und ich beiße stöhnend in seine Unterlippe. Schon einen Atemzug später liege ich mit dem Rücken auf der hölzernen Arbeitsplatte und Jude beugt sich über mich. Ich schlinge die Beine um seine Taille, er zieht die Cups meines BHs nach unten. Mit einem Aufschrei werfe ich den Kopf zurück, als er sich über meine Brüste küsst, mich beißt und massiert.

»Verdammt, hab ich das vermisst«, murmelt er an meiner Haut. »Verdammt, diese Brüste, dein Mund, deine bettelnde Muschi.« Einer seiner Finger gleitet in mein Höschen und in meine Hitze. Ich kralle die Hände in sein Haar, ziehe und reiße daran und schlinge die Beine fester um ihn. Er schnappt nach Luft, taucht tief in mich ein und zieht sich wieder zurück. Dann legt er den Mund wieder auf meinen, legt eine Hand an meinen Hinterkopf und drängt mich, ihn heftiger zu küssen. »Du fühlst dich so gut an.« Seine Zunge spielt wild mit meiner, ich habe mich kaum noch unter Kontrolle. Sein Schaft kämpft um Freiheit.

Ich schiebe die Hand in seine Boxershorts und schließe die Hand um ihn, spüre atemlos die Hitze und das Pulsieren.

»Shit«, stöhnt er und vergisst einen Moment lang, mich zu küssen. »Gott, ich brauche dich so sehr.« Er rückt ein wenig von mir ab und streicht mit der Hand an meinem Bauch nach unten. Sein Blick folgt seinen Fingern. Ich recke mich ihm entgegen, die Vorfreude bringt mich um. Was für ein Anblick, wie er sich über mich beugt, mich bewundert, meinen Körper anbetet.

Unwiderstehlich.

Verlockend.

Mein Herz gerät ins Stolpern.

Durch die Wimpern seiner halb geschlossenen Augen hindurch schaut Jude mich an.

Dieser Blick? Er macht mich fertig. Pures Verlangen. So viel Verlangen. »Warum bist du so kaputt?«, frage ich leise.

Seine Hände wandern wieder an mir nach oben, ich wölbe mich ihm entgegen, kann den Blick nicht von ihm lassen.

»Ich will es nicht ruinieren«, flüstert er und schaut mir tief in die Augen.

»Dann tu es nicht.« Mein Atem geht laut, mein Pulsschlag dröhnt in meinen Ohren.

Er nickt und dreht mich um, drückt meinen Oberkörper auf die Arbeitsplatte und zieht mir das Höschen an den Beinen nach unten.

»Oh shit«, flüstere ich und presse die Handflächen auf die hölzerne Platte. Meine Brüste werden flach gedrückt. Über die Schulter hinweg schaue ich zu Jude, der über mir aufragt. Seine Hände reiben meine Hinterbacken. Die verzweifelte Begierde in seinen Zügen kann ich unmöglich falsch lesen. So viel Hunger. Sein Blick sucht meinen, dann zieht er sich die Boxershorts herunter, sein Schaft drängt heraus, lang und hart. Ich halte die Luft an und wappne mich.

»Schau zu, wie ich es dir besorge, Baby.« Er nickt an mir vorbei und ich schlucke und schaue nach vorn in die verspiegelten Türen des Kühlschranks.

Mit einem kleinen Seufzer stütze ich mich auf die Unterarme. Was für ein Anblick.

»Prima Aussicht, oder?« Er greift in mein Haar und zieht meinen Kopf zurück, dann atmet er tief aus und dringt langsam in mich. Sein Blick hängt am Spiegelbild meiner Brüste, meiner am Spiegelbild seines Gesichts. Die Anspannung macht ihn noch viel schöner. Seine Brustmuskeln schwellen an, seine Bauchmuskeln spannen sich, das Haar fällt ihm ins Gesicht.

Ich schließe die Augen, spüre, wie er mich ausfüllt, summe, als er sich vorbeugt und die Lippen auf meinen Rücken drückt, sich von einer Seite zur anderen küsst.

»Bereit?«, flüstert er.

Benommen vor Leidenschaft nicke ich, und er beginnt, sich zu bewegen. Langsam, aber hart stößt er zu, heizt uns beiden ein. Er findet seinen Rhythmus und hält ihn für ein paar überwältigende Minuten aufrecht. Dann wird er schneller, stößt tiefer und härter.

»Jude!«, stöhne ich. »Ja!« Im Spiegel schaue ich zu, wie er mich in Besitz nimmt. Unerbittlich und kraftvoll.

Er legt die Hände an meine Schultern und zieht mich seinen Stößen entgegen, sein Unterkiefer ist angespannt. Ich muss mich auf die Zehenspitzen stellen, seine Hüften bewegen sich wie maschinengetrieben.

Ich schreie auf vor Lust, doch mein Blick hängt an dem Mann im Spiegel. Die Adern an seinem Hals treten hervor, ich bin ihm rettungslos ausgeliefert. Er packt mich an den Hüften und macht weiter. Für diese überwältigende Leidenschaft gibt es keine Worte. Sein Anblick, unser Anblick, die pure Lust. Und dann die Geräusche, wenn wir zusammenprallen, der Geruch von Schweiß, von Jude und mir, alles vermischt sich. Bald steigt die vertraute Hitze von meinen Zehen aus nach oben, mein Magen zieht sich zusammen, meine Muskeln spannen sich. Ich halte den Atem an, versuche, den Orgasmus noch ein wenig hinauszuzögern. Unaufhaltsam stößt Jude weiter in mich hinein. Sein Blick ist vernebelt, sein Kopf fällt zurück, seine Lippen öffnen sich.

Ich stemme die geballten Fäuste gegen das Holz, um mich zu stabilisieren. Dieser Höhepunkt wird mächtig. »Ja!«, keuche ich und dränge mich ihm entgegen. »Ja, ja, ja.«

Jude saugt die Luft durch seine Zähne und macht gnadenlos kraftvoll weiter. »Komm! Ja, komm!«

»Ja!« Ich bin ganz nahe dran.

»Verdammt, Amelia!«, schreit er und stößt noch härter zu, pulverisiert alle Spannungen und alle Zweifel.

Ich bin wie gebannt, seine schweißbedeckte Brust schwillt, seine Halsmuskeln treten hervor. »Ja!«

»Fuck.«

»Ja!«

»Amelia!«

»Ja!«

»Verdammt, du bist einmalig.«

*Bang, bang, bang.*

»Sprich mit mir, Baby«, stöhnt er. »Sag mir, wann.«

»Jetzt!« Der Orgasmus packt mich und katapultiert mich in einen Zustand höchster Euphorie. Das Bild vor meinen Augen verschwimmt, Geräusche dringen nur noch gedämpft an meine Ohren. Judes Schreie höre ich wie aus weiter Ferne. Jeder Quadratzentimeter meiner Haut ist hypersensibel, mein Körper zuckt und bebt. »Oh Gott!« Mir ist schwindlig und ich schnappe nach Luft, kämpfe mich durch den Nebel, und Jude kommt mit mir. Sein Oberkörper kippt auf meinen Rücken, er zittert unkontrolliert. Hilflos überlassen wir uns unserer Lust, und es geht weiter und weiter. Ich liege flach auf der Platte, Jude flach auf meinem Rücken.

»Heilige Scheiße«, japst er schließlich und reibt seine schweißnasse Stirn an mir. Sein Haar kitzelt meinen Rücken.

Noch immer durchlaufen mich kleine Schauer. Ich kann mich nicht bewegen, kriege immer noch zu wenig Luft. Schwer atmend liege ich da. Ich kann nicht sprechen und wüsste auch gar nicht, was ich sagen soll. Meine Gedanken sind zerstoben und diese Art Sex macht meinen Kopf nicht klarer.

*Also nimm mich, verdammt. Zerstör mich. Tu mit mir, was du willst.*

Überwältigt schließe ich die Augen. Meine Clit pulsiert noch immer und die Muskeln in mir zucken. Ich versuche, mir auszumalen, wie ich bestenfalls aus dieser Sache hervorgehen könnte. Mit intaktem Herzen und intakter Würde. Mit etwas derartig Intensivem habe ich nie im Leben gerechnet. Mit *ihm* habe ich nie gerechnet.

Ich bin erledigt, denn Jude hat recht. Weglaufen ist keine Option.

Es ist auch völlig unmöglich.

Undenkbar.

*Ich bin ein komplett kaputter Typ, Amelia. Komplett kaputt. Also ja, am besten gehst du jetzt und machst einfach weiter mit deinem Leben.*

Aber ich kann hier nicht weg, und als ich es ganz naiv versucht habe, hat er mich aufgehalten.

*Ich will es nicht ruinieren.*

Gott, wovor hat er solche Angst?

Seine Hände wandern von meinen Schultern zu meinen Armen und meinen Händen und halten sie fest, drücken sie. »Du bist so still«, sagt er leise und lässt Küsse auf meine Schulterblätter regnen. »Sprich mit mir.«

»Ich will nicht, dass du es ruinierst«, flüstere ich, überrascht von meiner eigenen Ehrlichkeit. »Und ich will es auch nicht ruinieren.«

»Ich hätte dir von Katherine erzählen sollen«, sagt er leise.

»Ich habe Angst«, gebe ich zu. »Mit dir habe ich nicht gerechnet.«

Jude gleitet aus mir hinaus, Feuchtigkeit benetzt die Innenseiten meiner Oberschenkel. Er dreht mich zu sich, legt einen Arm um meinen Hals und zieht mich an seine Brust. Dann legt er das Kinn auf meinen Kopf. »Ich bin bei dir.«

Er ist bei mir.

Aber für wie lange?

In meinem derzeitigen Zustand kann ich nicht darüber nachdenken. Ich bin ausgelaugt. Erschöpft. »Okay.« Für den Moment lasse ich mich von seinen Worten trösten und erwidere seine Umarmung.

Seufzend küsst er mich aufs Haar, beugt sich vor und hebt mich hoch. »Du bleibst heute Nacht hier.« Er trägt mich zum Bett, legt mich auf die seidigen Laken, schiebt sich neben mich und zieht mich zu sich. Ich lege die Hand auf seine Brust, er legt seine Hand auf meine.

»Ich will nicht, dass du noch mal mit ihr schläfst«, sage ich leise.

»Okay«, antwortet er nur.

# Kapitel 26

Auch diesmal weckt mich Walgesang. Der Platz neben mir im Bett ist leer, ich drehe mich auf den Rücken und atme aus. Wie bin ich bloß wieder hier gelandet? Dumme Frage. Erinnerungen an die vergangene Nacht tanzen durch meinen Kopf und sagen mir sehr deutlich, was los ist.

Wir bringen uns gegenseitig um den Verstand. In jeder Beziehung. Großer Gott, so sprunghaft und unvernünftig war ich noch nie, und so spektakulär zugeschlagen habe ich noch nie im Leben. Ich bin schockiert über mich und furchtbar verlegen.

Ich setze mich auf die Bettkante und ziehe das Laken um mich. Jude finde ich in der Küche, genau an der Stelle, an der er mich heute Nacht genommen hat. Den Kopf in eine Hand gestützt, sitzt er da. Die Hand ist in seinem feuchten Haar vergraben, die andere liegt auf dem Touchpad seines Laptops. Er hat geduscht, trägt legere beigefarbene Chinos und ein weißes T-Shirt. Und er ist barfuß.

»Morgen«, sage ich verlegen.

Er blickt auf, schiebt den Computer beiseite und dreht sich zu mir. »Guten Morgen.« Er kommt zu mir, greift links und rechts in das Laken, das ich mir umgebunden habe, geht rückwärts zu seinem Hocker und zieht mich mit. Dann setzt er sich und schiebt mich dorthin, wo er mich haben will. Zwischen seine Oberschenkel. Aufmerksam mustert er mich.

Gott, ich schäme mich so fürchterlich. »Wie ich mich gestern aufgeführt habe, tut mir leid.«

Seine Mundwinkel kräuseln sich nach oben. Er ist amüsiert? Ich muss innerlich lachen. Als ich gestern wütend zugeschlagen habe, war er es nicht.

»Wenn ich das Gefühl habe, dich mit jemandem teilen zu müssen, bin ich auch nicht gerade ein Musterknabe.«

Allerdings. »Was ist mit Katherine?«

»Was soll mit ihr sein?«

»Ist sie gestern Abend hergekommen, um …« Ich kann es nicht aussprechen.

»Vermutlich.«

»Sie taucht einfach auf, und du stehst für sie bereit?«

»Wenn mir danach ist.«

Ich nicke und merke, dass ich Kopfschmerzen bekomme. Für diese Art Gespräch ist es einfach noch zu früh. Erinnert er sich daran, was ich in der vergangenen Nacht als Letztes gesagt habe? Das ist etwas, was ich nicht bereue. Und was noch wichtiger ist, erinnert er sich an seine Antwort?

»Und jetzt?« Ich will keine Unklarheiten, keine Unsicherheit. Die Situation gestern war schrecklich.

»Jetzt ist mir nur nach einer ganz bestimmten Frau.« Er küsst mich auf die Wange. »Und die ist nicht verheiratet.« Er hebt eine Braue, was hinreißend aussieht. »Oder?«

»Ist sie nicht.«

»Dann bin ich glücklich. Und du?«

»Wirst du das auch Katherine sagen?«

»Denk doch nicht immer an Katherine.« Mit einem Finger zeichnet er meinen Wangenknochen nach. »Also noch mal die Frage. Bist du glücklich?«

Es zuzugeben, macht mir beinahe Angst. Aber nicht an Katherine denken? Eine richtige Antwort war das nicht. »Ich bin glücklich.« Das klingt halbherzig, und er hört es, denn er kneift die Augen ein wenig zusammen und seufzt.

»Antworte ehrlich.«

»Ich werde glücklich sein, wenn du mir sagst, dass du nicht mehr mit Katherine schläfst.«

Wieder das Zucken um seine Mundwinkel. »Ich dachte, das hätte ich letzte Nacht getan.«

Er erinnert sich also tatsächlich. Ich ziehe die Nase kraus und er tut dasselbe. Dann beißt er mich sanft in die Nasenspitze und schlägt das Laken auseinander. Sein Blick wandert an mir nach unten. »Und falls es dich interessiert, ich bin *sehr* glücklich.«

Ein wohliges Kribbeln durchläuft mich. Unaufhaltsam. An den Zipfeln des Lakens zieht er mich zu sich und nimmt eine meiner Brüste in den Mund. Seufzend genieße ich den Moment.

»Zeit für die Arbeit.« Er klopft mir auf den Hintern und schiebt mich weg.

»Wie bitte?«

»Ich muss arbeiten«, erklärt er. »Und du hilfst mir dabei.«

»Hey, es ist Wochenende.«

»Willst du behaupten, du liest am Wochenende keine E-Mails?«

Beim Lesen bleibt es meistens nicht. »Und wobei helfe ich dir?«

Er küsst mich auf die Wange, klappt den Laptop zu und klemmt ihn sich unter den Arm. »Komm in einer halben Stunde in die Library Bar.« Er macht sich auf den Weg zur Tür. »Deine Handtasche und dein Handy liegen auf der Kücheninsel.«

»Wo gehst du hin?«

»Ich muss ein paar Anrufe erledigen.«

»Oh.« Gewappnet für eine ganze Flut verpasster Anrufe und Nachrichten angle ich mir mein Telefon. Und genau so ist es auch. »Shit.« Als Erstes rufe ich Abbie an und sie möchte einen Videoanruf. Verdammt. Widerstrebend stimme ich zu und setze mich auf einen Hocker.

Einen Moment lang mustert sie mich stumm. Das Laken, mein Haar, meine vermutlich geschwollenen Lippen. Dann schaut sie an mir vorbei. »Wie saublöd kann man eigentlich sein?«

»Wenn du mich letzte Nacht erlebt hättest, würdest du noch was viel Schlimmeres sagen.«

»Moment, ich hole Charley dazu. Du bist uns beiden ein paar Antworten schuldig.«

Ich mache mich auf dem Hocker ganz klein, und schon erscheint Charley mit Ena auf der Hüfte auf dem Display. Sie mustert erst mich, dann den Hintergrund. »Wie saublöd kann man eigentlich sein?«

»Meine Rede«, knurrt Abbie. »Was ist passiert?«

»Er ist im Club aufgetaucht.« Keine Ahnung, wer ihm verraten hat, dass ich dort war. Aber ist das noch wichtig? »Es ist … ziemlich turbulent geworden.«

»Und welche Ausrede hat er dafür, dass er zweigleisig vögelt und vergessen hat, dir das zu sagen?«

»Er hat keine Ausrede. Er hat ein Arrangement mit Katherine und ihr Ehemann weiß Bescheid.«

»Bitte was?«, schnauft Charley.

»Ja, ich dachte auch, ich höre nicht richtig«, gebe ich zu. »Aber es ist vorbei und …«

»Und du bist eingeknickt.« Abbie hebt die Brauen. »Amelia!«

»Ich kann einfach nicht anders«, jammere ich. »Kaum schaue ich ihn an, schon bin ich hinüber. Mit mir passiert etwas Merkwürdiges, und es fühlt sich so gut an. Wenn er mich anfasst, schmelze ich. Wenn er redet, überläuft mich ein Prickeln. Wenn ich ihn rieche, könnte ich ohnmächtig werden.«

»Du lieber Gott.« Charley übergibt Ena an Lloyd und rückt näher an die Kamera heran. Ja, das hier ist ernst.

»Und was jetzt?«, fragt Abbie.

»Keine Ahnung.« Ich stehe auf und tappe ins Ankleidezimmer. Dort öffne ich eine ganz bestimmte Schranktür und dahinter stehen die grünen Mules. Ich schlucke. »Er sagt, er interessiert sich nur für mich.« Ich schließe die Schranktür und gehe ins Badezimmer.

»Und du glaubst ihm?«

Haben die beiden recht? Bin ich völlig plemplem? Wieder? Meine Freundinnen haben gut reden. Schließlich stecken sie nicht in meiner Haut. »Ich glaube ihm.« Wenn sie gesehen hätten, wie er mich letzte Nacht angeschaut hat, würden sie ihm auch glauben. »Hört mal, ich weiß nicht, was ich euch sagen soll.« Ich gehe zur Dusche. »Aber die Finger von ihm lassen, kann ich nicht. Deshalb warte ich jetzt einfach mal ab, wie es weitergeht.«

»Vielleicht mit einem Antrag und Ringen?«, fragt Charley.

»Was? Nein!«

»Babys?«

»Sei nicht albern.«

»Dann ist das also nur eine Bettgeschichte.«

»Worauf willst du hinaus?« Langsam werde ich ärgerlich, denn natürlich weiß ich genau, worauf sie hinauswill.

»Ich will darauf hinaus, dass du gerade mit Nick Schluss gemacht hast. Nach fünf Jahren. Weil er plötzlich etwas richtig Ernstes wollte. Und jetzt könnte man glauben, du denkst, die Geschichte mit Jude Fuckboy Harrison könnte etwas richtig Ernstes sein.«

»Und etwas Ernstes willst du nicht«, setzt Abbie hinzu, steckt sich ein Marshmallow in den Mund und grinst mich um die Zuckerbombe herum sarkastisch an.

Ratlos starre ich meine besten Freundinnen an. »Was machen wir denn heute Abend?«

Beide lassen den Kopf in den Nacken fallen, beide stöhnen fassungslos auf.

»Lasst mir einfach ein bisschen Zeit rauszufinden, was das hier ist.« Ich werfe das Laken in einen Wäschekorb. »Weshalb muss eigentlich immer alles ein Etikett haben?«

»Weil ich finde, in so einer Beziehung sollten sich die Beteiligten darüber klar ein, welche Erwartungen sie selbst und die andere Person haben.« Die ewig vernünftige Charley trägt das Telefon durch ihr Haus. »Ich muss jetzt aufhören. Wir haben hier einen Tsunami in einer Windel. Kommt ihr um sechs zu mir?«

»Um sechs.« Ich nicke, dann verlässt Charley den Anruf und ich bin mit Abbie allein. »Ich bin bald zu Hause. Dann können wir uns gemeinsam fertig machen.«

»Pass auf dich auf, Amelia.«

»Das klingt plötzlich ganz anders als das, was du kürzlich noch gesagt hast«, sage ich lachend.

»Ja, weil ich jetzt mehr weiß als kürzlich. Sei kein Trottel, okay?«

Ich lächle, dann lege ich auf, setze mich auf den Rand der Badewanne und drehe das Smartphone in der Hand. Ich will die Sache nicht zerdenken, aber was erwarte ich? Was erwartet Jude? Die Anspannung, die Wut, die Schreierei gestern Abend – hätten wir darüber nicht sprechen müssen?

Haben wir das in gewisser Weise vielleicht schon getan?

Stöhnend rappele ich mich hoch. Mein Handy klingelt und ich zucke zusammen. Es ist Nick. »Oh Gott«, stöhne ich und drehe schnell die Dusche auf, um nicht zu hören, wie mein Ex mich anruft. Schon wieder.

# Kapitel 27

Die Lobby ist voller ankommender Wochenendgäste. Angestellte rollen Gepäck und Golftaschen umher, Willkommensdrinks werden serviert. Um die verschiedenen Grüppchen herum gehe ich weiter zur Library Bar. Von der Schwelle aus sehe ich Jude mit seinem Smartphone am Tresen sitzen und bleibe stehen. Genau dort hat er auch bei unserer ersten Begegnung gesessen – etwas links von dem rauchblauen Lampenschirm aus geriffeltem Glas, sodass der Blick auf ihn frei ist. Und der Anblick trifft mich wieder wie am ersten Tag. Mein Magen beginnt zu flattern.

»Oh du schöner Mann, der mir den Kopf verdreht«, flüstere ich. Im selben Moment blickt er auf und entdeckt mich. Er legt sein Telefon weg, lehnt sich zurück, verschränkt die Arme und schaut zu, wie ich ihn mustere. Ich bin verloren.

»Beweg deinen Hintern hier rüber«, sagt er ernst und macht eine auffordernde Kopfbewegung. »Jetzt.«

»Und wenn nicht?«

»Willst du dich mit mir streiten?«

Kokett, wie es eigentlich gar nicht meine Art ist, kaue ich an meiner Unterlippe. »Vielleicht.«

Mit einem leichten Grinsen beugt er sich vor und stützt die Unterarme auf den Tresen. »Dann freue ich mich schon darauf, dich zu bestrafen. Später.«

»Ich kann es kaum erwarten.«

Ein schönes Lächeln breitet sich über sein Gesicht und er streckt seufzend die Hand nach mir aus. »Komm her, Baby.«

*Ich schmelze.*

Ich gehe zu ihm, gebe ihm meine Hand und lasse sie ihn halten, während ich mich auf den Hocker neben ihn schiebe. Clinton hebt eine Braue. Ist er verwundert? Neugierig? »Schön, Sie wiederzusehen«, sagt er und dreht sich dann zu Jude.

Ich bemerke den müden Blick, mit dem Jude den Laptop zuklappt. Dann zieht er einen Ordner zu sich und schlägt ihn auf. Der Anblick seiner aufgeschürften Fingerknöchel schmerzt mich.

»Also los«, sagt er.

Ich versuche zu erkennen, was er sich anschaut. »Was soll das denn werden?«

»Eine Cocktailprobe.«

»Hast du nicht was von Arbeit gesagt?«

»Ja genau.« Er streicht mit dem Daumen über meine Unterlippe, und sofort stehe ich wieder in Flammen. »Clinton arbeitet gerade an ein paar neuen Rezepten für die Cocktailkarte und wir müssen sie probieren.«

»Es ist zehn Uhr morgens.«

Jude lächelt milde, und sofort spüre ich wieder dieses ganz besondere Kribbeln. »Nur probieren, Amelia. Wir saufen uns nicht gegenseitig unter den Tisch.«

»Der Erste ist der Arlington«, erklärt Clinton, trocknet sich die Hände ab und schiebt eine langstielige Cocktailschale vor uns hin.

Jude verschränkt die Arme und nickt mir auffordernd zu, also nehme ich das Glas und Clinton hält erwartungsvoll inne.

»Eine Frage.« Ich bewundere den riesigen dekorativen Eiswürfel im Glas, der eine Kirsche umschließt. »Da sind keine Nüsse drin, oder?«

»Keine Nüsse.«

»Shit«, japst Jude erschrocken. »Daran hätte ich denken müssen.«

»Ich habe ja daran gedacht.«

»Aber das wäre meine Aufgabe gewesen.«

Stirnrunzelnd sehe ich mit an, wie er immer aufgebrachter wird. »Du bist nicht für alles verantwortlich, was ich zu mir nehme, Jude.«

Doch das beruhigt ihn kein bisschen. Ein wenig ratlos lasse ich das Glas sinken. Weshalb regt er sich so auf wegen nichts?

»Ich hätte das bedenken müssen«, knurrt er und beugt sich über den Tresen, um nachzusehen, was dort alles steht. »In denen.« Er zeigt auf ein paar Glasbehälter. »Sind da irgendwo Nüsse drin?«

Der arme Clinton ist so perplex wie ich. Er hält eins der Gläser in die Höhe. »Mandeln.«

»Warum zum Teufel haben wir Mandeln?«

»Für den Celeste.«

»Den süßen Martinicocktail?«

»Ja genau.«

Jude dreht sich zu mir. »Bestell dir den nie.« Er setzt seine Inspektion fort und langsam mache ich mir Sorgen. »Und das, was ist das?«

»Das sind Chilinüsse«, antwortet Clinton. »Und das hier Pistazien, das Walnüsse und das dort geröstete Cashews.«

Jude sieht aus, als würde ihm gleich eine Ader platzen. »Warum zum Teufel haben wir hier tonnenweise Nüsse?«

»Das ist eine Bar, Jude«, erklärt Clinton trocken. »Die Leute wollen zu ihren Drinks was zu knabbern.«

»Okay. Wir müssen dieses Zeug loswerden.«

»Jude«, raune ich fassungslos. »Die Nüsse können gern bleiben.«

»Was passiert, wenn du welche isst?«

»Ich esse keine«, versichere ich ihm. »Weil ich allergisch bin.«

»Und wenn Clinton Nüsse anfasst und danach ein Glas, aus dem du trinkst?«

Ich betrachte das Glas vor mir. »Haben Sie heute schon irgendwelche Nüsse angefasst, Clinton?«

»Bloß meine eigenen. Aber danach habe ich mir die Hände gewaschen.«

Ich pruste los.

»Das ist nicht lustig, verdammt«, blafft Jude.

»Jetzt komm mal wieder runter.« Glucksend tätschele ich sein Knie. »Diese Allergie habe ich jetzt schon dreißig Jahre lang und lebe immer noch.« Was in aller Welt ist in ihn gefahren? Ich nehme einen Schluck aus dem Glas vor mir und bin hingerissen. »Hmm, der ist gut.«

Jude schürzt die Lippen. »Wie kannst du nur so gelassen sein?«

»Wie kannst du nur so unentspannt sein?« Ich schiebe ihm das Glas hin. »Probier mal.«

Er nickt, probiert und nickt wieder. »Sehr gut.«

»Eine Kombination aus süß und salzig.«

»Und ganz ohne Nüsse.« Clinton knallt den Deckel auf seinen Mixer und schüttelt ihn kräftig. »Das heißt, Daumen hoch?«

»Daumen hoch«, bestätige ich. »Und der Nächste? Das Spiel gefällt mir.« Aber ich muss mich vorsehen, sonst bin ich noch vor dem Lunch völlig hinüber, und der Abend mit den Mädels fällt flach.

Ich spüre, wie Jude mich beobachtet, und werfe ihm aus dem Augenwinkel einen Blick zu. »Was?«

»Nichts.« Er legt eine Hand auf mein Knie und drückt es. »Du schmutziges kleines Ding.« Sein Blick huscht über meine Kleider vom Vorabend.

»Ich bin ein schmutziges kleines Ding, weil du darauf bestanden hast, dass ich hier übernachte.«

»Und heute Nacht bleibst du auch.«

Ich schüttle den Kopf. »Ich habe Pläne mit den Mädels.«

»Oh.« Das klingt enttäuscht, aber dann schaut er an mir vorbei und seine Miene hellt sich auf. Ich drehe mich um und schaue nach, was ihn plötzlich so heiter stimmt.

Katherine.

Sie schaut zwischen uns hin und her, hebt das Kinn und setzt sich an einen Tisch am Fenster. Von dort aus fixiert sie uns. Was soll das werden? Ich wende ihr den Rücken zu, spüre aber ihren Laserblick im Rücken. Judes Hand liegt plötzlich in meiner, er rückt seinen Hocker näher zu mir.

»Her mit dem Nächsten.« Er zeigt auf das Martiniglas, das Clinton gerade gefüllt hat. »Was macht sie hier?«, frage ich. Die Atmosphäre hat sich von einer Sekunde auf die andere komplett verändert. Von verspielt zu absolut unentspannt.

»Achte nicht auf sie.« Er schiebt mir das Glas zu. »Probier lieber.«

Ich gebe mir tatsächlich alle Mühe, sie zu ignorieren, und nippe an dem Cocktail. »Gut.« Ich setze ein Lächeln auf und halte Jude das Glas hin.

Anstatt es zu nehmen, beugt er sich zu mir. Mit einem tiefen Blick in meine Augen leckt er mit der Zungenspitze über meinen Mund. »Köstlich«, flüstert er, und plötzlich gibt es nur noch ihn.

Bis ich ein dramatisches Schnauben höre, das Scharren von Stuhlbeinen auf dem Boden und gleich darauf stampfende Schritte.

Ich sehe Katherine davonstürmen und beiße mir auf die Unterlippe. »Das war ziemlich frech von dir«, sage ich zu Jude, ohne ihn anzusehen. Er zieht mich zu sich.

»Daumen hoch von mir«, sagt er leise und streichelt dabei meinen Oberschenkel.

»Und von mir.« Ich schiebe die Gedanken an Katherine aus dem Kopf.

»Zwei hätten wir schon, jetzt sind es noch acht«, verkündet Clinton und macht sich wieder an die Arbeit. *Noch acht?* Gütiger Himmel. »Der nächste Drink hat noch keinen Namen. Erst überwältigt er deine Sinne, dann kommt der Wumms.«

»Dann nennen wir ihn Amelia«, erklärt Jude sofort und drückt meinen Oberschenkel. Clinton lacht auf, während ich Jude aus zusammengekniffenen Augen mustere. Er zieht die Nase kraus, beugt sich vor und hält mir seine Lippen hin. »Ich wette, er hat einen feurigen Nachgeschmack.«

»Das finden wir gleich raus.« Ich rücke näher an ihn heran, schaue tief in seine schönen Augen und ertrinke.

Ein Hüsteln holt mich wieder auf die Erde zurück. »Der Amelia. Bitte schön.« Clinton stellt eine Sektflöte vor mich hin. »Prosit.«

Ich nehme einen Schluck und stöhne wohlig auf. Möglicherweise ist dieser Cocktail das Beste, wovon ich je gekostet habe.

Mit Ausnahme von Jude Harrison.

»Wow.« Ich gebe Jude die Flöte. »Ich glaube, das ist bis jetzt mein Favorit.«

Er nickt, nimmt einen kleinen Schluck und summt anerkennend. Einen Moment lang hebt er das Glas und betrachtet es. Dann richtet er den Blick auf mich. »Auch mein Favorit, *definitiv*«, sagt er leise.

* * *

Obwohl ich jedes Mal nur einen einzigen Schluck nehme, fühle ich mich am Ende der Verkostung ein bisschen benebelt. Fast jeden der Drinks hätte ich zugegebenermaßen gern ganz ausgetrunken. Besonders den mit dem vorläufigen Namen Amelia. Eine flüssige Geschmacksexplosion.

Clinton dankt uns und verschwindet durch die Tür hinter der Bar.

»Du bleibst über Nacht«, sagt Jude noch einmal und diesmal mit mehr Nachdruck. Er dreht meinen Hocker so, dass wir uns ins Gesicht schauen können, und beugt sich zu mir. Sicher wird er gleich schwere Geschütze auffahren.

Trotzdem schüttle ich den Kopf. Der Schmollmund, den er zieht, sieht geradezu niedlich aus, obwohl ein gewisser Ernst in seinem Blick liegt. Er legt die Hände auf meine Oberschenkel. »Bist du sicher?«

*Nein.* »Ganz sicher.« Ich nehme seine Hände und schiebe sie zu ihm zurück. Er kneift die Augen zusammen und scheint zu überlegen, wie er mich doch noch überzeugen kann.

»Morgen?«

Seine Frage überrascht mich. Ich sollte Nein sagen. *Sollte.* »Morgen.«

Nickend schiebt er seinen Ordner und den Laptop beiseite. »Erzähl mir von dem Meeting mit den Partnern gestern Abend.«

Wieder bin ich überrascht. Das interessiert ihn? Ich schlage die Beine übereinander. »Das war kein Meeting, eher ein ziemlich aufschlussreiches informelles Treffen.«

Mit schief gelegtem Kopf zieht er eine Dose Chips zu sich, öffnet sie und greift zu. »Erzähl mir mehr.« Er schiebt sich eins der knusprigen Dinger in den Mund und beginnt zu kauen. Sofort hängt mein Blick gebannt an seinen Lippen, die sich langsam im Takt seiner Kiefer bewegen.

»Ich weiß nicht, was ich dir sagen soll.« Er isst bloß irgendwelches verdammtes Knabberzeug, und mir wird ganz heiß. »Oder was ich denken soll.« *Kann mir bitte jemand einen Kübel Eiswasser bringen?* »Sie haben mich auf ihrem Radar. Mich und den netten jungen Mann, den du vom Stuhl geworfen hast.«

Er verdreht die Augen und greift noch einmal in die Dose. »Ich bin mit dem Fuß an seinem Stuhl hängen geblieben. Aus Versehen.«

»Klar.«

»Seine Körpersprache hat mir nicht gefallen. Und auch nicht die Art, wie er dich angeschaut hat.«

»Mir auch nicht.« Ich nicke und Jude wirft mir einen glühenden Blick zu. »Womöglich werden sie mir bald anbieten, als Partnerin in die Firma einzusteigen. Aber ich möchte mich nicht zu früh freuen.« Ich nehme mir einen von den Chips und beiße davon ab. Jude beobachtet mich amüsiert. »Und meine Zahlen spielen eine große Rolle.«

»Bist du auf einem guten Weg?«

»Bin ich.«

»Und der nette junge Mann, dem ich aus Versehen den Stuhl unter dem Hintern weggetreten habe?«

»Leighton ist ein Ekel, aber er ist erfolgreich. Und er ist ein Draufgänger. Bei einer bestimmten Klientel kommt er recht gut an, wenn du weißt, was ich meine.«

»Bei Frauen.«

»Ja.«

»Dann musst du dich vorsehen.«

Ich lächle. »Es gibt eine sehr angesehene Finanzberaterin, Tilda Spector, die in Zukunft etwas kürzertreten möchte. Sie wird ein paar ihrer Klienten weitergeben.«

Jude nickt nachdenklich und hält mir die Dose hin. »An dich?«

»Ich denke, ja.« Ich nehme mir mehr von dem Knabberzeug. »Die schmecken prima.«

»Oh ja.«

»Wir haben uns während der Konferenz hier im Haus unterhalten«, fahre ich fort und knabbere weiter. »Tilda hat unglaublich viel Erfahrung und meint, ich soll mir einen Mentor suchen, der mich auf meinem weiteren Weg unterstützt.«

Er hebt eine Braue. »Ich kann sehr gern dein Mentor sein.«

»Im Schlafzimmer?«

»Überall.« Er kaut weiter, seine Augen sind voller Versprechen, und ich räuspere mich und werfe ihm einen warnenden Blick zu. »Oder soll ich dieses Leighton-Ekel für dich aus dem Weg räumen? Dann hast du freie Bahn.«

»Das würdest du für mich tun?« Mit ernster Miene drücke ich eine Hand auf mein Herz.

Sein unwiderstehliches Grinsen breitet sich von einem Mundwinkel aus langsam über sein ganzes Gesicht. Dann packt er mich und ich lasse mich lachend auf seinen Schoß hieven. Er kitzelt mich an den Rippen, ich kreischte, zapple, aber es hilft nichts. Ich bin in seinen Armen gefangen, ihm ausgeliefert. Und er weiß, was er tut. Er hört auf, mich zu quälen, und küsst meinen Hals. Von dort aus arbeitet er sich weiter zu meinem Gesicht vor.

Als er mein Haar zurückstreicht und mir in die Augen schaut, seufze ich wohlig auf.

»Du bist absolut umwerfend, Amelia.«

Ich schmelze. Völlig neue Gefühle überkommen mich, und sie werden von Minute zu Minute stärker. Dass er sich für meine Karriere und meine Ziele interessiert, macht mich glücklich. »Danke«, flüstere ich und lege die Arme um seinen Hals.

»Du schaffst das.«

Er ahnt ja nicht, wie viel mir diese Worte bedeuten. Und ich kann nicht anders, ich lege den Mund auf seinen und freue mich über das genießerische Summen, mit dem er die Lippen öffnet. Dann umkreist seine Zunge ganz langsam meine.

Das Drama von gestern Abend scheint plötzlich Ewigkeiten her.

»Komm, ich möchte dir was zeigen.« Er steht auf, steckt sein Telefon ein, verstaut den Ordner und den Laptop hinter dem Tresen und nimmt mich an der Hand. Willig lasse ich mich von ihm führen. Durch die Außenanlagen gehen wir zum Evelyn's. Für Gäste ist der Club um diese Uhrzeit geschlossen, aber die Lichter sind an und einige Angestellte sind mit Putzen und anderen Arbeiten beschäftigt. Durch eine rustikale Tür führt Jude mich im Inneren eine Treppe aus Backsteinen hinunter. Automatisch schalten sich ein paar Lichter an. Sie sind gerade so hell, dass wir erkennen, wohin wir gehen. Aber wo führt diese Treppe hin?

»Vorsicht«, sagt er und dreht sich zu mir um. Lächelnd schaut er zu, wie ich auf meinen hohen Absätzen die Stufen hinunterstelze.

»Was ist?« Ich halte mich am Geländer fest.

»Nicht das passende Schuhwerk.«

»Stimmt, aber im Moment das einzige.« Unten angekommen bleibe ich fasziniert stehen. »Oh mein Gott.« Vor mir erstreckt sich ein gemauertes Gewölbe.

»Das war früher ein Luftschutzkeller, jetzt lagern hier der Wein und der Champagner.« Eine Minute lang lässt er mich den Tunnel bestaunen, der sich vor uns erstreckt. »Ist dir kalt?«, fragt er dann, stellt sich hinter mich und reibt mir die nackten kalten Arme.

»Nur ein bisschen.« Langsam wandere ich durch das Gewölbe. Links und rechts stehen Weinregale, etwa alle zehn Meter gibt es einen gemauerten Bogen. »Unglaublich!«

»Ja, nicht wahr?«, sagt er hinter mir.

Meine Schritte hallen über das Kopfsteinpflaster des Tunnelbodens. Hier und da entdecke ich ein paar große Holzfässer.

»Wir bieten hier auch Weinproben an.«

»Das müsst ihr auch!« Lächelnd streiche ich mit den Fingerspitzen über die hölzernen Regale, aus denen mir Aberhunderte von Flaschenhälsen entgegenragen. »Wie viele Flaschen lagern hier?«

»Zweitausend.«

Erstaunt schaue ich ihn an. »Du machst keine halben Sachen, Jude Harrison.«

Ein sündiges Blitzen tritt in seine Augen. »Geh weiter«, sagt er und folgt mir gemächlich, die Hände in den Taschen.

»Yes, Sir.« Ich wandere tiefer in den Tunnel hinein und mir wird wärmer, denn Jude geht dicht hinter mir. Fast am Ende erscheint eine gläserne Wand. Erst beim Näherkommen erkenne ich, dass es sich um einen ganzen verglasten Raum handelt.

»Hier lagert der Champagner.« Seine Stimme ist ganz nahe bei mir. Durch die riesige Glasscheibe hindurch betrachte ich die unzähligen Champagnerflaschen, gestapelt vom Fußboden bis hinauf zur Decke. Dafür hat man in diese Nische unter einem Backsteinbogen extra ein aufwendig gebautes hölzernes Gestell eingepasst. An einer Seite steht eine Leiter auf Rädern. In der Mitte des gläsernen Raums sind auf einem ovalen Holztisch Champagnerflöten aneinandergereiht.

Was für ein Anblick.

Über meine Schulter hinweg drückt Jude auf einen Knopf und die Glaswand fährt mit einem zischenden Geräusch auf. Kühle Luft streicht über meine Haut. Ich drehe mich zu ihm um, und er nickt mir auffordernd zu.

Ganz verzaubert trete ich über die Schwelle. »Warum wird der Champagner separat gelagert?«

»Er braucht eine andere Temperatur.« Jude nimmt eine Flasche aus dem Gestell und betrachtet das Etikett. »Bollinger La Côte aux Enfants 2013.« Unter halb geschlossenen Lidern hervor schaut er mich vielsagend an, und schon spüre ich wieder ein Pochen zwischen den Beinen. Während er die Folie vom Flaschenhals löst, geht er zu einem Knopf innen in dem gläsernen Kellerabteil, drückt ihn und lässt die Tür wieder zugleiten.

Über Champagner weiß ich nicht viel, nur dass der Jahrgang wichtig ist. Und der hier ist mehr als zehn Jahre alt. »Für diese Uhrzeit habe ich wirklich schon mehr als genug Alkohol getrunken.« Langsam sehe ich für den Mädelsabend schwarz.

»Den hier trinkst du auch nicht.« Den Blick auf seine Hände gerichtet, löst er die Metallfolie vollends ab. »Zieh deine Hose aus.«

Ich starre ihn an, aber er merkt es gar nicht, so vertieft ist er in das, was er gerade tut. Wir stehen hinter einer Glaswand, in einem endlos langen Tunnelgewölbe voller Wein. »Jude, ich …«

»Zieh die Hose aus.« Diesmal schaut er mich an. »Sonst wird sie nass, Amelia.«

*Du lieber Himmel.*

Ich öffne den Reißverschluss an der Seite, lasse die Hose zu Boden fallen und steige heraus.

»Und dein Top.« Sein Grinsen ist dunkel und doch verspielt. »Den BH auch.«

*Himmel hilf.*

»Und das Höschen.« Lässig stützt er die Flasche auf den Tisch ab und wartet mit schief gelegtem Kopf.

Dieser Mann. Dieser Mann ist mein Verderben.

Doch ich tue, was er verlangt, und stehe am Ende nackt auf meinen Heels. Meine Haut ist kalt und heiß zugleich. Betörend.

»Komm her.«

Neugierig, was jetzt passieren wird, gehe ich zu ihm. Er legt eine Hand zwischen meine Brüste und schiebt mich rückwärts zum Tisch. Ich schaue ihm fest in die Augen, setze mich und stütze die Hände auf die Holzplatte. Jude macht einen Schritt zurück und dreht die Metallöse der Agraffe auf.

Dann lässt er den Korken knallen. Bei dem Geräusch zucke ich zusammen, doch schon sprudelt der Champagner aus dem Flaschenhals über meine Brust. Ich schnappe nach Luft und erstarre, während die sündhaft teure prickelnde Flüssigkeit über meinen Oberkörper hinunter zwischen meine Beine rinnt. Ich lasse mich auf den Rücken fallen und Jude verliert keine Zeit. Er packt mich an den Fußgelenken, und ich schaffe es gerade noch, mich festzuhalten.

Sein Mund legt sich auf mein pulsierendes, hungriges Fleisch. Hitze mischt sich mit der Kühle des Champagners und durchjagt mich wie ein Stromschlag. »Fuck!« Mein Körper bäumt sich heftig auf, meine Hände krallen sich in Judes Haar. Er fällt über mich her, saugt an meiner Clit, beißt in die zarten Lippen und taucht seine Zunge tief in mich ein. »Jude.« Wilde Leidenschaft packt mich. Seine Stoppeln reiben an der empfindlichen Haut an der Innenseite meiner Oberschenkel. Schmerzhaft und herrlich zugleich. Kurz davor, den Verstand zu verlieren, schaue ich hinunter auf seinen Kopf zwischen meinen Beinen. Dieser Mann ist einfach teuflisch. Mein Herz gerät ins Stolpern, ich schließe die Augen, lege den Kopf auf den Tisch ab und schlinge die zuckenden Beine um Judes Schultern. »Oh Gott«, stöhne ich und spanne die Muskeln. »Jude«, stoße ich hervor. »Jude, ich komme.« Meine Worte scheinen ihn anzuspornen, die Geräusche, die er macht, klingen nach purem Genuss. »Himmel, Jude!« Er beißt in meine Clit, dann saugt er kräftig daran. Alles Blut weicht aus meinem Kopf, mein Körper steht in Flammen und ich werde von einem Orgasmus geschüttelt. »Jude!« Hilflos überlasse ich mich diesem perfekten Sturm und zucke unter seinem Mund. Um mich dreht sich der Raum, mir bleibt die Luft weg, das Pulsieren wird so heftig, dass ich beinahe von der Tischplatte schnelle. Mir vergeht Hören und Sehen, mein armes Herz schreit um Hilfe, während er mich mit seinem Mund gefangen nimmt und den Orgasmus aus mir heraussaugt. »Oh Himmel, verdammt!« Ich stoße die Worte zusammen mit einem Atemzug aus und lockere meinen Griff. Vermutlich habe ich ihm ganze Haarbüschel ausgerissen.

Jude lässt von mir ab und leckt sich über meinen Bauch nach oben. Ich finde die Kraft, den Kopf zu heben, und schaute zu, wie er genüsslich summend mit der Zunge die perlende Flüssigkeit von meiner Haut wischt. Seufzend lasse ich mich wieder zurückfallen und strecke die Arme über den Kopf. Das Backsteingewölbe über mir verschwimmt mir vor den Augen, während Jude mich in aller Ruhe sauber leckt.

»Kannst du noch?«, flüstert er mir ins Ohr, als er dort ankommt. Ich habe kaum die Kraft, den Kopf zu schütteln. Er nimmt mein Kinn und dreht mein Gesicht zu ihm. Seine Augen sind dunkelgrün. »Dreh dich um.« Die Hände an meinen Hüften hilft er mir dabei. »Gut festhalten.« Er führt meine Hände zur Tischkante, und bei dem Geräusch, mit dem seine Hose zu Boden fällt, klammere ich mich fest. Er greift in mein Haar und zieht meinen Kopf zurück. Seine feuchte Spitze drängt sich an meine Mitte. »Bereit?«

Für Jude Harrison? Was für eine Frage.

Ich schließe die Finger fester um die Tischkante und schaue geradeaus in den schummrig beleuchteten Tunnel. »Ja«, flüstere ich, nur um gleich darauf aufzuschreien, denn mit einem kräftigen Stoß dringt er in mich ein. Einen Moment lang wartet er ab, gibt mir Zeit, mich an das Gefühl zu gewöhnen. Das Vorspiel ist vorbei. Ich bin zerflossen. Jetzt ist er an der Reihe.

Dank der Reflexion in der Glaswand vor uns kann ich sehen, dass er mit nackter Brust hinter mir steht. Seine Züge sind angespannt, seine Kiefer mahlen. Langsam gleitet er aus mir hinaus, hält inne und stößt dann wieder zu. Dabei macht er ein kehliges Geräusch und ich stöhne auf. Ohne Hast zieht er sich wieder zurück, meine Finger spannen sich um das Holz.

*Bang!*

Wieder stöhne ich und spüre, wie er sich quälend langsam zurückzieht.

*Bang!*

Meine Kopfhaut prickelt unter seinem Griff in mein Haar, meine Lider werden schwer.

*Bang!*

Die Welt um mich versinkt, meine Knie werden weich, als er noch tiefer dringt, bevor er wieder fast ganz aus mir gleitet. Ich lasse die schweren Lider vollends zufallen.

*Bang!*

Dunkelheit verschluckt mich, die Schwere zwischen meinen Beinen nimmt zu.

*Bang.* Er wird schneller.

*Bang!*

Schon spüre ich, wie sich ein neuer Höhepunkt in mir aufbaut.

*Bang!*

Der Druck seines harten Schafts in meinem Inneren macht mich ganz wild.

*Bang!* Schneller.

*Bang!* Schneller.

*Bang!*

Er bellt meinen Namen, das Wort hallt durch den verglasten Raum.

Mühsam öffne ich die Augen und schaue über meine Schulter, will ihn sehen, wenn er kommt, und bin selbst schon wieder kurz davor. Seine Lider sind halb geschlossen, auf seiner Stirn liegt ein Schweißfilm, sein Unterkiefer bebt, seine Züge sind ernst und konzentriert. *Atemberaubend.*

Plötzlich lässt Jude mein Haar los und dreht mich auf den Rücken, legt meine Beine über seine Schultern und dringt mit einem Aufschrei wieder in mich ein.

Der Anblick ist überwältigend. Mein Gott. Mit angespannter Miene stößt er in mich. Bei jedem Stoß steigt ein Laut aus seiner Kehle. Seine Finger graben sich in meine Oberschenkel, der Raum hallt wider vom Zusammenprall unserer Körper.

Zwischen meinen Beinen fliegen Funken, meine Bauchmuskeln schmerzen, so sehr spanne ich sie an. Rasend schnell ist der Höhepunkt da.

»Shit!« Völlig überwältigt lasse ich mich in den freien Fall katapultieren. Dieser Orgasmus fühlt sich an, als wollte er mich zerreißen. Judes Kopf fällt in den Nacken, die Venen an seinem Hals treten deutlich hervor, dann schreit er auf, stößt noch ein letztes Mal heftig in mich und hält tief in mir vergraben inne. Sein Beben, als er kommt, mischt sich in mein wildes Pulsieren.

Ich ringe nach Luft. Meine Lunge brennt, meine Brust hebt und senkt sich krampfhaft. Jude sinkt auf mich, drückt mich auf die Tischplatte, sein lauter, schneller Atem füllt mein Ohr.

»Großer Gott« keucht er. Seine nasse Brust gleitet über meine.

Einen Moment lang bleiben wir so liegen, versuchen, uns zu erholen und unseren Atem unter Kontrolle zu bringen. »Das waren definitiv fünf Sterne«, flüstert er.

Ich bin völlig erledigt, völlig geschafft. Trotzdem stiehlt sich ein breites Lächeln auf mein Gesicht, als er aus mir hinausgleitet und mir auf die Füße hilft. Ich nutze die Zeit, in der er seine Jeans hochzieht, den Reißverschluss und den Knopf schließt, um seine breite Brust zu reiben. Als er fertig ist, schiebt er eine Hand in mein Haar und massiert meine Kopfhaut, als wüsste er, dass sie gelitten hat. »Hats wehgetan?« Sein Blick ist aufrichtig.

»Nur ein bisschen. Aber nicht nur da.« Ich weiß, ich werde ihn zwischen meinen Beinen spüren bis zum nächsten Mal.

»Gut.« Er küsst mich auf die Stirn, dann hebt er meine Kleider auf und zieht mich langsam an. Fasziniert schaue ich ihm dabei zu. Sein Haar ist so herrlich zerzaust. Während er die Träger meines Tops zurechtlegt, wirft er mir einen Blick zu. Sein Mundwinkel hebt sich. »Was?«

»Nichts.«

»Habe ich dich dazu gebracht, doch über Nacht zu bleiben?«

Gott, ich wünschte, ich könnte. Widerstrebend schüttle ich den Kopf und er seufzt. Er nimmt mich an der Hand. Mit der freien Hand greift er sich die Champagnerflasche und drückt mit der Öffnung auf den Knopf für die Tür.

»Wie viel ist diese Flasche wert?«, frage ich, während ich ihm auf wackeligen Beinen folge. »Oder wie viel *war* sie wert?«

»Fünfzehnhundert«, antwortet er ungerührt, und ich bleibe erschrocken stehen. Über seine Schulter hinweg wirft er mir einen ernsten Blick zu. »Die besten fünfzehnhundert, die ich je ausgegeben habe.«

Ich lächle zufrieden. »Du musst mich nach Hause fahren.«

»Wenn du darauf bestehst«, murmelt er unglücklich.

Es geht weiter mit uns und ich fühle mich so zufrieden wie nie zuvor.

# Kapitel 28

Als Abbie und ich bei Charley ankommen, ist sie zwar fertig angezogen, aber ziemlich durch den Wind. Lloyd ist eine Stunde später nach Hause gekommen als versprochen, sie ist abgehetzt und genervt. Im Taxi zum Restaurant erklärt sie, das Thema Männer sei heute Abend tabu. Ich nehme an, das gilt auch für das Thema Jude und bin ganz froh darüber. Ich habe sowieso keine Ahnung, was ich den beiden sagen soll. In einer Sekunde habe ich ihn noch gehasst und schon in der nächsten war ich wieder ganz hingerissen von ihm.

»Seid ihr sicher, dass wir ins Amazonico sollen?«, frage ich, als wir am Berkeley Square um die Ecke biegen.

»Das ist mein Lieblingsrestaurant«, sagt Charley. »Wir müssen hin.«

»Ja, aber beim letzten Mal haben wir dort ziemlich wild gefeiert und sind ohne zu zahlen gegangen.«

»Die behaupten, wir *hätten* bezahlt.«

»Nur dass keine von uns etwas davon weiß«, halte ich dagegen.

»Sicher ist alles in Ordnung.« Abbie hakt sich bei mir unter und deutet auf mein cremefarbenes seidenes Slipkleid. »Ich liebe dieses Kleid.«

»Danke.« Ich unterdrücke ein Grinsen. Es ist locker und leicht und reibt nicht an den wund gescheuerten Stellen an den Innenseiten meiner Oberschenkel.

An der Tür zeigen wir unsere Reservierung und werden hineingebeten. Der Angestellte, der uns begrüßt, scheint uns nicht zu erkennen.

»Siehst du, alles ist gut.« Charley nennt der Empfangsdame ihren Namen und wir werden problemlos zu unserem Platz geführt. Charley nickt mir zuversichtlich zu, meine Nerven beruhigen sich. »Wir müssen uns keine Gedanken machen.«

Sobald wir sitzen, schnappt sich Abbie eine Speisekarte, und ich werde noch etwas lockerer. Uns bedient derselbe Kellner wie beim letzten Mal. Mit seinen asiatischen Zügen und den gepiercten Nasenflügeln ist er leicht wiederzuerkennen. Auf dem Weg zu unserem Tisch hält er inne und schon befürchte ich Schlimmes.

Sein Missfallen ist kaum zu übersehen. »Muss ich unserer Security sagen, sie soll Ihren Tisch bewachen, damit Sie nicht wieder verschwinden, ohne zu zahlen?«

»Oh mein Gott«, flüstere ich und sinke auf meinem samtgepolsterten Stuhl ein Stückchen tiefer. *Gebt mir den Gnadenschuss.* Meinen Freundinnen werfe ich einen Todesblick zu. *Ich habs doch gesagt!* Aber, Moment mal. Ich setze mich auf. »Als ich am nächsten Tag angerufen habe, hat man mir gesagt, die Rechnung sei bezahlt.«

»Das haben Sie einem Paar zu verdanken, das ein paar Tische weiter gesessen hat.« Er wackelt mahnend mit dem Zeigefinger, grinst aber dabei.

»Wie bitte?« Charley legt die Stirn in Falten. »Jemand hat unsere Rechnung übernommen?«

»Ja, nachdem Sie davongetaumelt sind und ich gemerkt habe, dass Sie weg waren.« Während er uns Wasser eingießt, zieht er einen Schmollmund. »Ich glaube, denen habe ich leidgetan.«

Ich schaue zwischen den Mädels hin und her. Sie denken dasselbe wie ich. Ein Abend hier ist nicht billig. Wer in aller Welt übernimmt die Rechnung für drei unbekannte betrunkene Frauen? »Haben die edlen Spender ihre Kontaktdaten hinterlassen?«

»Nein.« Er lächelt. »Ich bin Fendy, nur falls Sie sich nicht mehr erinnern. Und heute Abend für Sie da. Bitte gehen Sie nicht wieder, ohne vorher zu zahlen.«

»Das war ein Versehen. Ganz ehrlich.« Mir ist das furchtbar peinlich. »Wir hatten ein bisschen viel getrunken und jede von uns hat geglaubt, eine andere hätte bezahlt. Wie gesagt, sobald wir am nächsten Tag das Missverständnis bemerkt haben, habe ich hier angerufen.« Mit brüllenden Kopfschmerzen.

»Ich weiß.« Er zückt seinen Block. »Cocktails?«

»Ja. Aber falls wir irgendwann Shots verlangen, bringen Sie uns bitte, bitte keine«, sagt Abbie und Charley lacht. »Ich möchte einen Pornostar.« Fendys gezupfte Brauen heben sich. »Den Martinicocktail, meine ich«, stellt sie klar.

Nachdem wir unsere Bestellungen aufgegeben haben, verschwindet Fendy. »Ein fremdes Paar hat für uns bezahlt?« Ich lasse den Blick durchs Restaurant schweifen. »Sehr seltsam.«

»Wisst ihr schon, was ihr essen wollt?« Charley lässt das offenbar kalt.

Mich dagegen bringt es ins Grübeln.

* * *

Eine Stunde später haben wir uns verschiedene Gerichte geteilt, aber keine von uns hat gewagt, mehr als zwei Gläser zu trinken. Fendy beobachtet uns mit Adleraugen. Wie peinlich. Ich nehme meine Clutch und stehe auf. »Ich muss mal«, erkläre ich und marschiere los.

Ein paar Minuten später wasche ich mir die Hände und meine Gedanken gehen auf Reisen. Was macht er heute Abend? Verdammt, er fehlt mir. Ich spüre ein leichtes Wundheitsgefühl zwischen den Beinen und beiße mir auf den Mundwinkel. Seufzend lege ich frischen Lippenstift auf und verlasse die Damentoilette.

Doch auf dem Weg durchs Restaurant entdecke ich jemanden, den ich nun wirklich nicht sehen möchte. »Oh shit.« In der Hoffnung, dass sie mich nicht bemerkt, schlage ich einen Haken und gehe hinter ihr vorbei. Dann lasse ich mich auf meinen Stuhl fallen. »Wir zahlen«, blaffe ich in einem Ton, der Abbie und Charley zusammenzucken lässt. »Katherine ist hier.« Meinen Freundinnen fällt die Kinnlade herunter, und natürlich recken sie sofort die Köpfe und schauen sich um. »Nicht hinsehen!« Ich winke Fendy zu uns. »Die Rechnung bitte«, sage ich lächelnd und versuche, mich ganz klein zu machen.

»Mit wem ist sie hier?«, fragt Abbie.

Ich suche Deckung hinter Charley und spähe um sie herum. »Keine Ahnung.« Mit einer anderen Frau. »Wo bleibt die verdammte Rechnung?«

»Sie ist hübsch«, stellt Abbie fest und fängt sich dafür von mir einen entsprechenden Blick ein. »Sorry. Völlig daneben.«

Ich halte mein Smartphone an das Gerät, das Fendy mir entgegenstreckt. Direkt nach dem »Ping«, mit dem die Zahlung bestätigt wird, stehe ich auf. »Nichts wie weg.« Doch das Universum hat einen ganz schlechten Moment und Katherine schaut ausgerechnet jetzt zu mir herüber. »Oh Gott«, flüstere ich, denn sie setzt sich interessiert auf.

»Hat sie ein Amelia-Radar?« Charley schiebt sich neben mich wie ein Bodyguard. »Wir werden kämpfen bis zum letzten Blutstropfen.«

»Wo ist meine Kriegsbemalung?« Jetzt steht auch Abbie neben uns. »Verdammt, sie kommt rüber.«

Abbie setzt sich wieder, aber ich bleibe stehen und wappne mich gegen das Gift, das Katherine sicher gleich versprühen wird.

»Amelia«, schnurrt sie. »Wie schön, dich zu sehen.«

Ach ja? Bei unserer letzten Begegnung musste Jude mich davon abhalten, ihr an die Gurgel zu gehen. Nur mit größter Mühe gelingt es mir zu lächeln, und ich weiß genau, wie künstlich das aussieht.

Katherines Freundin gesellt sich zu ihr. »Chardonnay, das ist Amelia«, erklärt Katherine, ohne mich aus den Augen zu lassen.

»Ah, *die* Amelia?«

»Ja, Judes neuestes Spielzeug.«

»Okay, wir sind weg.« Ich werfe den Mädels einen drängenden Blick zu.

»Spielzeug?« Charley lacht auf und schiebt sich vor mich.

»Lass es, Charley.«

»Oh nein, verdammt. Sie sind verheiratet. Welcher Mann findet es denn völlig in Ordnung, dass seine Frau einen anderen vögelt?«

»Zeit zu gehen!«, singt Abbie ziemlich schrill und nimmt Charley am Ellbogen. »Bevor She-Ra der Kragen platzt.«

Ich hasse das höhnische Lächeln auf den Gesichtern der beiden anderen Frauen, als wir das Lokal verlassen. Hasse es. »Ah, *die* Amelia?«, murmle ich auf dem Weg zur Tür. »Was zur Hölle sollte das denn heißen?«

»Offenbar hat Katherine dieser Chardonnay ein paar Nettigkeiten über dich erzählt.« Abbie grinst mich schief an.

»Ich brauche was zu trinken.«

*Spielzeug?*

»Manchen Frauen ist das Wort ›Bitch‹ geradezu auf die Stirn tätowiert.« Charley hakt sich bei mir unter und lächelt.

»Tut mir leid, Süße. Aber in meinen Augen hat Jude einiges gutzumachen.«

Mir wird schwer ums Herz, denn ich möchte nicht, dass meine Freundinnen etwas gegen ihn haben. Aber kann ich ihnen das vorwerfen? »Ich weiß«, sage ich widerstrebend. Aber wird er das tun?

»Trotz meiner Bedenken, was ihn angeht, musst du nicht glauben, dass ich tatenlos dabeistehe, wenn eine seiner Ex-Geliebten versucht, dir ans Bein zu pinkeln.«

»Charley ist auf dem Kriegspfad.« Abbie schnappt sich meinen anderen Arm.

»Das liegt an den Kindern«, erklärt Charley. »Die wecken die innere Löwin in mir.«

»Die innere?«, frage ich. »Ich hatte schon Angst, ich müsste gleich deine Krallen aus ihren Augen pulen.«

»Roarrr«, brüllt Charley und wir lachen.

* * *

Nachdem wir uns geschworen haben, Katherine in den nächsten Stunden nicht mehr zu erwähnen, marschieren wir zur nächstgelegenen Weinbar, um unseren Abend wieder in Schwung zu bringen. Jetzt, wo wir nicht mehr als potenzielle Zechprellerinnen unter Beobachtung stehen, halten wir uns auch nicht mehr eisern zurück.

Bis zum fünften Cocktail und inzwischen ziemlich beschwipst haben wir alle unsere bisherigen Mädelsurlaube noch einmal Revue passieren lassen. Wir haben gelacht, in Erinnerungen geschwelgt und den Trip fürs kommende Jahr geplant. Diesmal wollen wir nach Barcelona. Abbie sucht auf ihrem Handy bereits nach Ferienwohnungen. Es ist wirklich allerhöchste Zeit, mal wieder zusammen loszuziehen.

»Hey, habt ihr die Einladung zum Jahrgangstreffen schon gesehen?« Charley schwenkt ihr Telefon. »Auf Facebook?«

»Ich bin kaum noch auf Facebook.« Ich signalisiere dem Kellner, dass die nächste Runde fällig wird. »Dasselbe noch mal?« Meine Freundinnen heben ihre fast leeren Gläser. »Dasselbe noch mal«, rufe ich.

»Jahrgangstreffen?« Abbie öffnet Facebook auf ihrem Handy. »Ich habe keine Einladung gesehen.«

»Da! Schau!« Charley hält ihr ihres unter die Nase.

Ich öffne die App auf meinem Smartphone und ziehe beim Anblick der unendlich vielen Benachrichtigungen die Schultern hoch.

»Es ist eine Gruppe«, erklärt sie. »Dazu muss man eingeladen werden. Ich habe die Einladung bis jetzt noch nicht angenommen, weil ich erst euch beide fragen wollte, ob ihr hingeht.«

»Da ist sie.« Ich klicke auf meine Einladung.

»Ich habe keine«, schimpft Abbie. »Wer organisiert das denn?«

Ich schaue nach. »Fiona Fuller.« Ich presse die Lippen zusammen und stelle fest, dass Charley neben mir das exakt gleiche Gesicht zieht. Ein Ach-du-liebe-Scheiße-Gesicht.

Abbie stößt die Luft aus. »Diese bescheuerte Trulla!« Sie nimmt mein Telefon, schaut sich die Seite an und japst auf. »Sie hat tatsächlich alle aus unserem Jahrgang eingeladen – nur mich nicht.«

»Vermutlich ist sie immer noch sauer, weil du hinter dem Fahrradschuppen mit ihrem Freund rumgeknutscht hast.« Mir ist ein bisschen schwindelig und ich spüre, wie mein innerer Zeiger von beschwipst auf betrunken springt. »Wie hieß er gleich noch mal?«

»Ben Hunter«, brummt Abbie. »Und wir waren sechzehn!«

Charley prustet los und ich schnaube und versuche, mir nicht anmerken zu lassen, wie lustig ich das finde.

Abbie klatscht das Smartphone auf den Tisch. »Vermutlich wäre das halb so schlimm, wenn sie ihn nicht geheiratet hätte.« Sie trinkt den letzten Schluck aus ihrem Glas, und als der Kellner an den Tisch kommt, reißt sie ihm das neue fast aus der Hand.

Eine Stunde später weiß ich zwar kaum noch, wie ich heiße, aber dass wir im kommenden Frühjahr nach Barcelona fliegen, habe ich abgespeichert. Außerdem habe ich mich für Golfstunden angemeldet, Charley hat einen Beratungstermin für eine Brust-OP und Abbie hat sich für den London Marathon registriert. Wir sind ziemlich hinüber und das fühlt sich verdammt gut an. So befreiend. Kein Gerede über Männer und was dies oder das nun zu bedeuten hat. Wir sind einfach wir selbst, so wie wir waren, bevor Jobs, Karrieren, Verantwortung und Babys alles geändert haben. Gerade als Abbie mit einer weiteren Runde zum Tisch zurückwankt, leuchtet mein Handydisplay auf. Ich kneife die Augen zusammen, sehe, wer mir geschrieben hat, und lächle.

Abbie beugt sich ganz dicht über mein Telefon. »Oh! Jude Fuckboy Harrison«, nuschelt sie.

»Jude Fuckboy Millionär Harrison«, ergänzt Charley und schnappt sich ihren Drink. »Ein stinkreicher Mann, der schmutzige Dinge mit dir anstellt.« Sie hebt ihr Glas so schwungvoll, dass es überschwappt. »Ein Prost auf alles Schmutzige!«

»Auf alles Schmutzige!«, stimmen Abbie und ich ein.

Doch so betrunken, dass ich mich an all die schmutzigen Dinge, die er mit mir gemacht hat, nicht mehr erinnern könnte, bin ich nicht. Ich grinse vor mich hin, dann runzle ich die Stirn. Habe ich den Mädels vom Champagnerkeller erzählt?

Abbie schnappt sich mein Telefon, tippt auf die Nachricht und gibt meine PIN ein. »Ich hoffe, du hattest einen netten

Abend mit deinen Mädels«, liest sie mit einer grauenhaft imitierten und sehr nuscheligen Männerstimme laut vor. »Wann soll ich dich morgen abholen?« Sie legt die Stirn in Falten und schaut mich an. »Du triffst dich morgen wieder mit ihm?«

»Ich dachte, heute Abend reden wir nicht über Männer?«

»Keine Männer!«, schimpft Charley.

»Er ist ziemlich kaputt.« Erschrocken mache ich den Mund zu. Weshalb habe ich das gesagt?

»Was?«

»Behauptet er selbst von sich«, setze ich hinzu. »Er sagt, er ist kaputt.« An der Stelle hätte ich eigentlich verschwinden sollen, aber er hat es nicht zugelassen. Und eigentlich wollte ich ja auch gar nicht gehen.

»Hast du ihn gefragt, was er damit meint?« Abbies ernstes Gesicht passt nicht zu ihrer undeutlichen Aussprache.

»Ja. Aber er hat nur gesagt, er will das mit uns nicht ruinieren. Und dass er mir von Katherine hätte erzählen sollen.« *Ich bin komplett kaputt.* Der Selbsthass mit dem er die Worte herausgeschleudert hat, lässt vermuten, dass ein echtes Problem dahintersteckt. Warum hat er mich aufgefordert zu gehen und mit meinem Leben weiterzumachen? Großer Gott, darüber nachzudenken, schafft mein Hirn im Augenblick nicht.

»Trotzdem ziemlich süß.« Charley lächelt vor sich hin. »Dass Jude dir schreibt.«

»Kann jemand gleichzeitig süß und schmutzig sein?«, fragt Abbie.

»Keine Ahnung.« Charley schürzt die Lippen. »Wir können ihn ja anrufen und fragen.« Kurzerhand drückt sie auf das Icon mit dem Hörer, und noch bevor mein alkoholbenebeltes Hirn versteht, was gerade passiert, bekommt Jude einen Anruf.

»Amelia?« Seine tiefe Stimme klingt leise und schlaftrunken.

Abbie und Charley legen beide einen Handrücken an ihre Stirn und sinken vornüber auf den Tisch, als würden sie ohnmächtig. Dann richten sie sich schlagartig wieder auf. »Schmutzig!«, rufen sie laut und lachen sich halb tot. Ich muss noch betrunkener sein, als ich dachte, denn ich habe keine Ahnung, was hier gerade los ist.

»Amelia?«, fragt Jude etwas lauter. »Alles in Ordnung?«

»Jude?« Ich schnappe mein Smartphone und drücke es ans Ohr.

»Ja? Was ist denn?«

»Verdammt!« Hat mir jemand ein Megafon an den Kopf gehalten?

»Der Lautsprecher ist an, du Dussel«, kichert Abbie.

»Was ist denn los, Amelia?«, fragt Jude. »Wo bist du?«

Ich schaue mich um, nehme mein Glas und schlürfe einen Schluck. »In einer Weinbar.« Ich schließe ein Auge und versuche, das Neonschild über den Regalen hinter der Bar zu lesen. »Gropes Cock.«

»Was?«

Charley bekommt dicke Backen, dann platzt der letzte Schluck von ihrem Cocktail aus ihr heraus. Abbie und ich kriegen einen Sprühnebel ab.

»Shit!«, schimpfe ich. »Mist, verdammter.« Ich springe auf, um mich abzuwischen. Ein grober Fehler. »Holla!« Ich wanke, sehe drei Charleys und vier Abbies vor mir. »Wenn alle mit nach Barcelona wollen, müssen wir noch ein paar Flüge buchen.« Ich falle zurück auf den Hocker, vor mir dreht sich der Tresen. Abbies und Charleys lachende Gesichter verschwimmen vor meinen Augen. »Ich glaube, ich hatte zu viele Winetails.« Und damit endet der Abend für mich.

# Kapitel 29

Noch bevor ich ganz wach bin, weiß ich, diesen Kater werde ich so schnell nicht mehr los. *Heilige Scheiße.* Ich drücke die geschlossenen Lider noch fester zu und wappne mich stöhnend für den Moment, in dem ich dem Tag ins Auge sehen muss. Und für das Licht.

Erst mal öffne ich nur ein Auge.

Lege die Stirn in Falten.

»Ich bin stinksauer.« Judes ernste Miene, die über mir erscheint, gleicht einer missbilligenden Grimasse. »Trinkst du immer, bis dir die Beine wegknicken und du keinen geraden Satz mehr rausbringst?«

»Nein.« Meine leise Stimme klingt verlegen. »Eigentlich so gut wie nie.« Nur alle paar Wochen mal. Aber seit ich Jude Harrison kenne, tatsächlich öfter und mehr. Stöhnend setze ich mich auf. »Was tust du hier?« Ich reibe mir die Augen, mein Schädel dröhnt. Dann wird mir klar, wo ich bin. »Moment mal, was tue *ich* hier?«

»Eine so sturzbetrunkene Frau habe ich im Leben noch nicht gesehen.« Er steht auf, das Bett bewegt sich. Schon dieses leichte Schwanken jagt wie eine Schockwelle durch mich hindurch direkt in meinen Schädel.

»Shit.«

»Im Ernst, Amelia, du warst komplett hinüber.«

»Schon gut, Dad, hab verstanden«, murmle ich. Jude hebt überrascht eine Braue und ich verdrehe die Augen. Großer Fehler. »Autsch.«

Er hält mir eine Flasche Mineralwasser hin.

»Danke.« Ich versuche, sie aufzuschrauben, gebe mir alle Mühe. Doch schon diese kleine Anstrengung jagt mir stechende Schmerzen in die Schläfen und von dort direkt in mein Hirn. »Ich kriege sie nicht auf«, grummle ich. »Der Verschluss sitzt zu fest.«

Jude öffnet die Flasche und gibt sie mir zurück. Gierig trinke ich unter seinen Augen das himmlische eiskalte Wasser. Er ist noch nicht fertig. Schnaufend lasse ich mich auf den Rücken fallen und ziehe mir die Decke über den Kopf. Jude zieht sie mir sofort wieder weg. »Hast du deinen Freundinnen erzählt, ich hätte Probleme, mich zu beherrschen?«

Ich erstarre. Habe ich das gesagt? Oh mein Gott, mir fehlt jede Erinnerung an gestern Abend. Trotzdem … »Woher weißt du, was ich meinen Freundinnen erzähle?«

»Sie haben es mir gesagt.«

»Wann?«

»Als ich euch nacheinander zu meinem Wagen getragen habe.« Sein bohrender Blick ist vorwurfsvoll.

»Oje.« Ich schlage die Hände vors Gesicht. »Du warst in der Bar?«

»Nein, als ich endlich verstanden habe, was du da brabbelst, bin ich hingefahren.«

»Oh.«

»Ich habe deine Freundinnen nach Hause gebracht.«

»Oh.«

»Schmutzig?«

»Was?«

»Jude Fuckboy Harrison?«

Ich presse die Lippen zusammen. »Sorry.«

»Es wird dir gleich noch viel mehr leidtun.« Er legt sich auf mich und drückt mich aufs Bett. Sein Gesicht schwebt über mir, seine Haut wirkt so unverschämt frisch. »Du stinkst.«

»Dann geh runter von mir«, gebe ich zurück.

»Niemals.« Er drückt den Mund auf meinen und küsst mich lange und hart. Vermutlich schmeckt er dabei die Unmengen Alkohol, die gestern Abend über meine Lippen geflossen sind. Schön ist es trotzdem. Und eine echte Überraschung, so geweckt zu werden.

Ich seufze, mein Kater ist vergessen, die Lust erwacht. Ich lege die Arme um seine nackten Schultern und umschlinge ihn mit den Beinen. »An alldem ist bloß die Cocktailprobe schuld, zu der du mich gezwungen hast.«

Er schnaubt. »Ja, klar. Melde dich lieber bei deinen Freundinnen.«

»Mache ich gleich.«

Er schiebt sich von mir hinunter und ich knurre frustriert.

»Dein Telefon hat ein paarmal geklingelt. Ich wäre ja rangegangen, aber ich weiß nicht, ob ich mit deinem Ex reden will.« Noch ein harter Kuss, dann geht er davon.

Ich fahre hoch und muss dafür bitter bezahlen. Der Schmerz ist die Hölle. Ich drücke die Hand an meinen Kopf. »Warum ruft Nick mich an?«

»Genau das frage ich mich auch.«

Stöhnend werfe ich die Bettdecke zurück und suche nach meinem Smartphone. »Für Sarkasmus fehlt mir im Moment die Energie.« Ich schleppe mich in den Wohnbereich und finde mein Telefon auf dem Couchtisch. Kühle Luft streift meine Haut. Meine nackte Haut. Ich trage nur mein Höschen. Drei verpasste Anrufe finde ich auf meinem Telefon, wische sie weg und gehe in die Küche. Dort schiebe ich mich auf einen Hocker. »Kannst du meiner Erinnerung vielleicht ein bisschen auf die Sprünge helfen?« Jude steht am offenen Kühlschrank. Mein Blick fällt auf seine Boxershorts, seinen Hintern, seine Oberschenkel.

Mit ein paar Orangen in den Händen lässt er die Kühlschranktür zufallen. »Der Anruf ist vier Minuten nach Mitternacht gekommen.« Er legt die Orangen auf ein Schneidebrett. »Dass du sturzbetrunken warst, war mir ziemlich schnell klar. Als ich dann endlich auch verstanden habe, was du gesagt hast, habe ich sämtliche Geschwindigkeitsbegrenzungen zwischen hier und London missachtet und dich und deine beiden aufgekratzten Freundinnen vorgefunden, wie ihr ein paar Dancemoves aufgeführt habt, die vermutlich illegal sind.«

*Oh Gott.* Was haben wir getan?

Er nimmt einen Entsafter aus dem Schrank und schließt ihn an. »Nachdem ich betatscht worden bin und mir diverse Vorhaltungen wegen meiner Unbeherrschtheit und gewisser privater Entscheidungen angehört habe …« Er wirft mir einen vorwurfsvollen Blick zu. »… hatte ich euch irgendwann alle in meinem Wagen und musste erst mal Charleys Mann anrufen, um rauszufinden, wo sie wohnt. Von euch konnte sich keine daran erinnern.«

»Oh.«

»Er hat in etwa so glücklich ausgesehen, wie ich mich gefühlt habe.« Er steckt Orangenhälften in den Entsafter, und ich winde mich unter seinem anklagenden Blick. »Dass Abbie dort in den Flur gekotzt und mit ihrer Singerei das Baby aufgeweckt hat, hat die Sache nicht besser gemacht.«

»Oje!«

»Dann ist Charley die Treppe raufgefallen und hat das andere Kind geweckt.«

»Klingt chaotisch.«

Jude drückt den Knopf des Entsafters und das Ding beginnt zu röhren. Das Geräusch ist Folter für meinen armen Kopf und er weiß es. Ich schließe die Augen, halte mir die Ohren zu und warte, dass er das verdammte Gerät ausschaltet. »Abbie ist dortgeblieben und dich habe ich mit zu mir genommen. Ich wollte nicht, dass du an deinem eigenen Erbrochenen erstickst.« Er schenkt mir Orangensaft ein und schiebt ihn mir her. »Verdient hast du das nicht.«

»Tut mir leid«, murmle ich, und das ist nicht gelogen. Offenbar hatte er eine ziemlich anstrengende Nacht und ich muss jetzt dafür bezahlen. »Ich weiß nicht, was passiert ist. Verzeihst du mir?«

»Vielleicht.« Er lehnt sich an die Küchentheke. »Wie willst du es denn wieder gutmachen?«

»Such dir was aus.« Ich trinke einen Schluck Saft und seufze, weil das so guttut.

»Dieses Angebot wirst du vielleicht bereuen.« Er schenkt sich ebenfalls Saft ein, leert sein Glas mit einem Zug und spült es aus.

»Ich bereue nichts.«

Mit einem kleinen Lächeln verstaut er das Glas in der Spülmaschine. »Beruhigend. Zieh dich an. Mein großer kleiner Bruder ist aufgetaucht, ich will dich ihm vorstellen.«

Ich verschlucke mich und muss husten. Er will mich seinem Bruder vorstellen? »Jude! Ich habe einen höllischen Kater und sehe sicher grauenhaft aus.« Was wird sein Bruder von mir denken? Und trifft man die Familie denn nicht erst, wenn es richtig ernst wird? Ist das hier richtig ernst? *Dummchen.*

»Du siehst perfekt aus.« Er streicht mir das Haar von der Schulter. »Aber du riechst scheußlich.«

»Danke.«

»Stell dich unter die Dusche. Wir treffen uns in der Piano Bar.« Damit lässt er mich stehen, streicht sich beim Weggehen durchs wellige Haar, und ich kann nur zuschauen, wie sich jeder seiner Rückenmuskeln dabei unter seinem Hemd abzeichnet. Will er mich bestrafen?

»Kein Sex?«, rufe ich hinter ihm her.

Er schaut über seine Schulter. »Keine Sorge, Baby. Später kriegst du es so richtig hart.«

»Keine leeren Versprechungen, bitte.«

Er schüttelt den Kopf und verschwindet. Ich schnappe mir mein Telefon und rufe Abbie an. Sie geht nicht ran, also versuche ich es bei Charley. Jemand nimmt ab, aber es ist nicht Charley.

»Hi, Lloyd«, sage ich bemüht fröhlich und stütze mich auf der Arbeitsplatte ab. Ich habe kaum die Kraft, mich aufrecht zu halten.

Er schnauft unglücklich und kurz darauf habe ich Charley am Apparat. »Ich muss mir merken, dass ein Kater keinen Spaß macht, wenn man Kinder hat.«

»Macht ein Kater jemals Spaß?«

»Wenn man den ganzen Tag im Bett liegen und sich bemitleiden kann, ist das auf jeden Fall spaßiger als die Hölle, durch die ich gerade gehe.«

»Wie gehts Abbie?«

»Die ist grün im Gesicht.«

»Und Lloyd?«

»Spricht kein Wort mit uns. Obwohl, gerade hat er mich gefragt, weshalb wir eine Terminbestätigung für eine Brustvergrößerung in unserem gemeinsamen E-Mail-Posteingang haben.«

Ich schnaube. »Oh mein Gott.«

»Und du hast am Montag deine erste Golfstunde.«

»Was?«

»Ein paar Sachen sind mir schon wieder eingefallen. Falls neue Informationen dazukommen, lasse ich es dich wissen. Verdammt!« Sie schnappt nach Luft. »Du bist bei ihm.«

»Und er ist auch nicht glücklich.«

»Großer Gott, was sind wir bloß für Loserinnen. Elijah! Nein! Nicht Tante Abbies Lippenstift essen! Ich muss Schluss machen. Ich glaube, ich muss noch mal kotzen, und den Teppich im Flur muss ich auch noch sauber machen.«

»Warte!«

»Was ist?«

»Nick haben wir gestern Abend nicht gesehen, oder?«

»Ich glaube nicht. Warum?«

»Ich habe ein paar verpasste Anrufe von ihm.«

»Vielleicht hat er gehört, dass du mit dem reichsten, fittesten Mann von England in die Kiste gehst.« Sie legt auf und ich erschaure. Verdammt, ich hoffe nicht. Eine Sekunde später klingelt mein Telefon.

»Oh mein Gott, ich glaube, ich sterbe«, stöhnt Abbie.

»Wie zum Teufel konnten wir uns dermaßen betrinken?« Ich schiebe es auf die Cocktailprobe vor dem Mittagessen, was bedeutet, es ist eigentlich Judes Schuld.

»Das war nicht schwer. Wir haben nur jede Menge Cocktails gebraucht. Vor allem du, nach der Begegnung mit der stacheligen Trulla.«

»Katherine«, stöhne ich. »Shit, die habe ich völlig vergessen.«

»Einer der Vorteile, wenn man sich die Birne derart zuknallt.«

Ich reibe mir den pochenden Schädel. »Ich trinke nie wieder einen Schluck Alkohol.«

»Ich auch nicht. Ich möchte wirklich etwas gegen Jude Fuckboy Harrison haben, aber ohne ihn würden wir vermutlich immer noch versuchen, uns zu erinnern, wo wir wohnen.«

»Er will mich seinem Bruder vorstellen.«

»Huch! Das klingt aber ernst. Oder ist es normal, dass Fuckboys ihren Brüdern ihre Betthäschen vorstellen?«

»Hör auf.«

»Das muss ich sowieso. Ich glaube, ich muss gleich wieder kotzen. Und Lloyd redet nie wieder ein Wort mit mir, wenn ich es diesmal nicht bis zum Klo schaffe.« Sie legt auf und ich lege mein Telefon beiseite. Warum zum Teufel hat Nick versucht, mich anzurufen? Macht er sich immer noch Hoffnungen? Oder hat er herausgefunden, dass ich jemanden kennengelernt habe? Ich könnte ihm eine Nachricht schreiben und fragen, aber eigentlich will ich das nicht.

Deshalb stelle ich mich erst mal unter die Dusche und schlüpfe dann in die Kleider von gestern Abend. Mit ein bisschen Rouge und Lippenstift versuche ich zu verhindern, dass ich aussehe wie eine Leiche. Ich schaue mich im Spiegel an, lockere mit den Fingern meine Wellen und blinzele heftig, um meine trockenen Augen ein wenig zu befeuchten. Augentropfen. Ich brauche Augentropfen. Hat Jude vielleicht welche? Ich öffne einen der Schränke unter dem Waschbecken und staune über die vielen Pflegeprodukte für Männer.

Stöhnend gehe ich in die Hocke, schiebe jede Menge Duschgel, Lotionen und anderes Zeug beiseite und danke den Augentropfen-Göttern, als ich das Gesuchte vor mir habe. Doch dann entdecke ich noch etwas anderes.

Eine Schachtel Tabletten. Ich nehme sie und lese den Aufdruck. »Antidepressiva?« Schnell stelle ich die Schachtel zurück, schließe die Schranktür und richte mich auf. Natürlich wird mir dabei sofort schwindelig. Er leidet unter Depressionen? *Ich bin komplett kaputt.* Ich beiße mir auf die Unterlippe. Einerseits habe ich ein schlechtes Gewissen, weil ich in seinem Schrank gestöbert habe, andererseits tut er mir leid. Er hat kurz nacheinander beide Eltern verloren. Kein Wunder, dass es ihm nicht gut geht. Nimmt er die Tabletten noch? Braucht er sie?

Fragen kann ich ihn nicht, aber …

Meine Neugier ist größer als die Scham. Deshalb mache ich den Schrank noch einmal auf und schaue in die Tablettenschachtel. Vier Streifen mit Tabletten sind darin, nur zwei Tabletten fehlen. Auf dem Aufkleber außen stehen Judes Name und seine Adresse. Und das Datum. Mein Magen zieht sich zusammen, jetzt mache ich mir wirklich Sorgen. Die wurden ihm erst letzten Monat verschrieben?

Ein Ping von meinem Smartphone lässt mich zusammenzucken. Schnell stecke ich die Streifen wieder in die Schachtel, stelle sie zurück und schließe die Schranktür.

Bist du wieder eingeschlafen?

Ich tippe eine kurze Antwort, beuge mich zum Spiegel, gebe Tropfen in meine Augen und wische mir die Flüssigkeit ab, die mir dabei über die Wangen gelaufen ist. Dann atme ich tief durch und mache mich auf den Weg nach unten.

In dem cremefarbenen Slipkleid von gestern Abend.

Innerlich schüttle ich unterwegs den Kopf über mich. Ich folge der Beschilderung zur Piano Bar und bald stehe ich in einem sehr weißen Raum. Sogar der Flügel ist glänzend weiß lackiert. Jude sitzt lachend in einem riesigen mitternachtsblauen Samtsessel in einer Ecke. Einen Moment lang vergesse ich, wo ich bin und was ich hier tue, so sehr zieht er mich in seinen Bann. Im Augenblick sieht er nicht aus wie ein Mann, der unter irgendetwas anderem leidet als unter seiner eigenen Unwiderstehlichkeit. Doch seine Unbeherrschtheit, die Tabletten und seine Neandertalerreaktionen in gewissen Momenten sprechen eine andere Sprache. Umwerfend schön, sehr kompliziert. Von Weitem ein Kunstwerk. Aus wie vielen chaotischen Pinselstrichen es besteht, sieht man erst beim Näherkommen.

Ich nehme meine Gedanken zusammen und gehe zu ihm. Dabei schaue ich mir den Mann an, der ihm gegenübersitzt. Auch er sieht großartig aus, sein Haar ist genauso dicht wie Judes, nur kürzer und dunkler. Er registriert mich, setzt ein wissendes Lächeln auf, und auch Jude wird auf mich aufmerksam.

»Ich nehme an, das ist sie.« Judes Bruder steht auf und geht um den kleinen weißen Tisch zwischen ihnen herum. Jude erhebt sich ebenfalls.

»Das ist sie.« Er lächelt milde. »Amelia, das ist Casey, mein großer kleiner Bruder.«

»Amelia.« Casey küsst mich auf beide Wangen. »Du bist eine ziemliche Überraschung.«

Was soll ich dazu sagen? Ich schaue Jude an und er zuckt die Achseln.

»Schön, dich kennenzulernen.«

Casey schaut an mir hinunter. »Hübsches Kleid.«

Ich sterbe tausend Tode. »Dass ich heute Morgen hier bin, kam etwas überraschend.«

»Setz dich.« Jude lässt sich wieder nieder und schenkt mir Kaffee ein. Ich lächle ihm dankend zu.

»Ja, ich habe gehört, du hattest gestern eine harte Nacht.«

Ich werfe Jude einen ungläubigen Blick zu, aber wieder hebt er nur die Schultern.

»Dein Bruder übertreibt.«

Jude schnaubt in seine Tasse und Casey lacht. »Was machst du beruflich, Amelia?«

»Ich bin Finanzberaterin«, antworte ich und versuche, meine Verwunderung zu verbergen. »Ziemlich langweilig.«

»Wie habt ihr beide euch denn kennengelernt?«

Wir überspringen also das Vorspiel? Kein freundlicher Small Talk? Interessiert mustere ich Jude. Diese wichtige

Information und was ich beruflich mache, hat er seinem Bruder noch nicht verraten? Sicher würde ein Familienmitglied so was doch als Erstes fragen, wenn es erfährt, dass man jemanden kennengelernt hat. Wie und wo habt ihr euch zum ersten Mal getroffen? Was macht sie denn so?

Jude schaut nur stumm zu, sitzt ganz lässig in dem Sessel, einen Ellbogen auf der Armlehne und einen Knöchel auf seinem Knie.

»Ich war mit meinen Freundinnen zu einem Wellnesstag hier«, antworte ich.

»Wie schön.«

»Den haben sie mir zum Geburtstag geschenkt.«

»Ein sehr großzügiges Geschenk.«

Ich lache. »Es war ein Schnäppchen, eine Werbeaktion.«

Casey legt die Stirn in Falten. »Eine Werbeaktion?«

Jude verlagert sein Gewicht und räuspert sich. »Zu unserem Fünfjährigen«, erklärt er. »Ein paar wenige Aktionstage.«

»Ach«, sagt Casey nachdenklich. »Seit wann gibt es hier denn so was?«

»Seit Kurzem.« Judes Ton klingt abweisend, in seinem Blick liegt so etwas wie eine Warnung. Neugierig schaue ich ihn an. Er ist verärgert? Warum?

Casey lässt die Sache auf sich beruhen, scheint aber ziemlich verwundert. »Sieht aus, als hättest du für dein Geld mehr als nur einen Wellnesstag bekommen.«

»Casey«, warnt Jude, und seine Züge verfinstern sich jetzt ganz eindeutig.

Habe ich irgendetwas verpasst? Es ist, als hätte dieses Gespräch noch eine weitere Ebene, zu der ich keinen Zugang habe.

»Ihr seid euch also bei deinen Wellness-Schnäppchen zum ersten Mal begegnet …?«

»Und dann noch einmal, als hier in Arlington eine Finanzkonferenz abgehalten wurde.« Was dazwischen passiert ist, überspringe ich.

»Finanzkonferenzen veranstaltet ihr hier neuerdings auch?« Jetzt klingt Casey amüsiert. »Wellness-Sonderangebote, öde Konferenzen – Mutter würde sich im Grab umdrehen.«

Ich sehe, wie sich Judes Unterkiefer spannt, und lehne mich alarmiert zurück.

»Lass das«, sagt er zu seinem Bruder, und plötzlich muss ich an die Tabletten im Badezimmerschrank denken.

Casey hebt eine Braue. »Klingt, als hätte das Schicksal euch füreinander bestimmt.« Plötzlich ist die Atmosphäre frostig, die Brüder fixieren einander. »Ich hoffe, es gibt ein Happy End für dich, Bruder.«

Jude beugt sich vor und nimmt seine Kaffeetasse, und ich bin froh, dass in dieser Sekunde mein Telefon klingelt.

»Entschuldigt mich.« Ich stehe auf und die Männer erheben sich. »Den Anruf muss ich annehmen.« Im Weggehen sehe ich, wie Jude jetzt mich fixiert. Sicher denkt er, es sei Nick. *Du lieber Himmel, bitte jetzt nicht auch noch Nick.* Ich fische das Smartphone aus meiner Tasche und atme auf, als ich sehe, dass meine Mutter anruft. »Hi, Mum.«

»Amelia. Du klingst grässlich.«

»Ich habe doch bloß zwei Worte gesagt«, antworte ich lachend.

»Bist du verkatert?«

»Mir gehts gut. Was gibts denn?«

»Wann genau bist du denn heute da?«

»Ich habe nicht gesagt, dass ich heute komme.«

»Aber sonntags kommst du doch immer. Grandma und Grandpa sind hier.«

»Ich komme morgen nach der Arbeit vorbei.«

»Ach. Na ja. Was machst du denn gerade?«

»Ich arbeite.« Ich schnaufe genervt. »Was ist das? Die spanische Inquisition?«

»Du bist so anders in letzter Zeit.«

Ich schaue zum Durchgang zur Piano Bar. »Wirklich, Mum. Es ist alles in Ordnung.«

Ihr Summen klingt nicht überzeugt, und ich bin ja auch tatsächlich ziemlich durcheinander. »Dann sehen wir dich also morgen. Vielleicht schaffen Grandma und Grandpa es dann ja auch.«

»Vielleicht? Sie wohnen um die Ecke. Sie sind sowieso fast jeden Tag bei euch.«

»Sei nicht so schnippisch. Das steht dir nicht.«

»Ich weiß. Das sagt Dad auch immer.«

»Bis morgen.« Mein genervtes Durchatmen hört Mum nicht mehr, denn sie hat bereits aufgelegt. Obwohl ich nicht weiß, ob ich mich zu den Brüdern wagen will, gehe ich zurück zu Jude und Casey. Zwischen den beiden steht definitiv nicht alles zum Besten.

»Eine Pussy ist wie die andere«, höre ich Jude sagen und bleibe hinter dem Pfeiler stehen, der mich verdeckt. »Explosiv macht es die Chemie, die Verbindung. Und diese Frau ist der Hammer, Casey. Nur gerechnet habe ich damit nicht, und jetzt bin ich … Na ja.« Er seufzt. »Ich bin komplett aufgeschmissen, ehrlich gesagt.«

»Großer Gott, Jude. Worauf hast du dich da eingelassen?«

Erschrocken schaue ich auf meine Füße, vergesse alles Erfreuliche, was Jude gerade gesagt hat, und höre nur noch seine müden, niedergeschlagenen letzten Worte. Er ist aufgeschmissen. Warum?

»Du bist der Älteste«, fährt Casey fort. »Eigentlich solltest du von uns allen der Gefestigtste sein.«

Die Antidepressiva. Wissen seine Brüder davon? Und warum zum Teufel hat mit mir zusammen zu sein etwas damit zu tun, wie gefestigt Jude ist – oder eben nicht?

»Ich kriege das schon geregelt.« Judes Stimme klingt leise, nachdenklich.

»Ich hoffe es für dich.«

»Ich kriege das hin«, knurrt er. »Sie ist es wert.«

Wovon zum Teufel redet er da? Was will er geregelt kriegen? Weiß Casey von Katherine? Tausend Fragen wirbeln mir durch den Kopf, während ich mich ein paar Schritte entferne und dann dafür sorge, dass meine Absätze laut klicken, als ich mich wieder nähere. Die Brüder stehen beide auf. »Sorry, das war meine Mutter«, sage ich und versuche, mich unbeschwert zu geben.

Casey nickt, streckt Jude die Hand hin, und als Jude sie nimmt, zieht sein Bruder ihn zu einer Umarmung an sich. »Vor meinem nächsten Charter bin ich ein paar Wochen lang hier.«

»Hast du was von unserem kleinen Bruder gehört?«

»Nein.« Casey sieht besorgt aus. »Du?«

»Ich habe ihm gesagt, er soll dich anrufen.« Jude streckt die Hand nach mir aus und zieht mich zu sich. Ich bemerke Caseys überraschten Blick. »Er sitzt mal wieder in der Patsche.«

Casey lacht. »Für Rhys der Normalzustand. Was ist es diesmal?«

»Irgendwas mit einem Sexvideo.« Jude schüttelt den Kopf.

Mir fällt die Kinnlade herunter, aber Casey lacht. »Ach du Schande. Überrascht dich das?«

»Er war in Dublin, also bin ich am Montag für ein paar Tage rübergeflogen und habe versucht, die Sache zusammen mit seinem PR-Team zu klären.«

Mit seinem PR-Team? Was macht er denn bloß?

»Und? Ist es dir gelungen?«, fragt Casey.

»Es gibt jede Menge gerichtliche Verfügungen. Rhys rebelliert. Ein paar Tage bin ich geblieben, aber im Moment kann ich mich nicht auch noch um seine Dramen kümmern.«

Er wirft mir einen Seitenblick zu, der mir nicht gefällt. Er kann sich nicht um die Dramen seines Bruders kümmern, weil er seine eigenen hat? Na großartig. Deshalb also die tagelange Funkstille. Weil er bei seinem Bruder in Dublin war.

»Wenn er sich sortiert hat, ruft er mich an. So wie immer.«

»Okay.« Casey nickt mir zu und deutet eine Verbeugung an. »Es war schön, dich kennenzulernen, Amelia.«

»Ja, hat mich auch gefreut.«

Er küsst mich auf beide Wangen. »Lass dich von meinem großen Bruder nicht ruinieren.«

»Verpiss dich, Casey«, schimpft Jude und zieht mich schützend an seine Seite.

*Ich will es nicht ruinieren.*

Ich habe so viele Fragen, aber vor allen wüsste ich gern, ob Casey von Katherine weiß.

Mit einem letzten Blick über die Schulter verlässt er die Bar.

»Tut mir leid, dass es mit deinem anderen Bruder Probleme gibt.« Auch dazu habe ich Fragen, aber mich beschäftigt viel zu sehr, was mit Jude los sein könnte.

»Das muss dir nicht leidtun. Ich habe ständig seinen Mist am Hals.« Er dreht mich zu sich. »Wie gehts dir jetzt?«

*Diese Frau ist der Hammer.*

*Ich bin komplett aufgeschmissen.*

*Worauf hast du dich da eingelassen, Jude?*

»Gut«, antworte ich lächelnd. Eine glatte Lüge. Ich bin verunsichert, meine Fragen lassen mir keine Ruhe und von Minute zu Minute werden es mehr.

Jude beugt sich vor, sodass unsere Augen auf gleicher Höhe sind, und legt die Stirn in Falten. »Wirklich?«

Ich nicke und lächle noch breiter, was vermutlich nicht sehr überzeugend wirkt. Und tatsächlich zeigt die Art, wie er den Kopf neigt, seine Zweifel. »Ich bin bloß ziemlich müde.«

»Hast du vielleicht Lust auf einen Hey Jude?«

Wie von selbst blasen sich meine Backen auf, ich schmecke Galle in der Kehle und mein Magen rumort. Aber auch sonst stimmt hier einiges nicht.

»Oder lieber ein bisschen frische Luft?« Er streckt mir die Hand entgegen und ich lege meine wie selbstverständlich hinein. »Komm.«

Wir verlassen das Gebäude durch den Hintereingang und gehen am Küchengarten vorbei. Jude schweigt und ich versuche, das ungute Gefühl in mir niederzukämpfen. Immer wieder lächelt er zu meinen hohen Schuhen auf dem unebenen Boden hinunter. »Wars ein schöner Abend vor deinem Blackout?«, fragt er.

Das wäre die Gelegenheit, ihm von Katherine zu erzählen. Aber ich lasse es bleiben, denn was soll das bringen? »Es war lustig.« *Bis deine Ex aufgetaucht ist.*

»Wart ihr den ganzen Abend in der Bar?«

»Nein, zuvor waren wir im Amazonico. Unserem Lieblingsrestaurant.« Ich wünsche mir die Unbeschwertheit zurück, aber der Small Talk hilft nicht weiter.

»Okay«, seufzt er, bleibt am Eingang zum Labyrinth stehen und schaut mir ins Gesicht. »Irgendwas stimmt nicht. Was ist los?«

*Sag ihm, du hast gehört, was er seinem Bruder gesagt hat!* »Nichts.« Ich lächle, und um meine Antwort zu unterstreichen, drückte ich die Lippen auf seine und küsse ihn. »Wie gesagt, ich bin nur müde.« Mein Telefon klingelt. Einen schlechteren Augenblick hätte Nick sich dafür gar nicht aussuchen können. Sein Name strahlt vom Display und die Atmosphäre zwischen Jude und mir wechselt von kühl zu eisig.

»Willst du rangehen?« Judes Ton klingt ungeduldig.

Ich schaue ihn müde an. »Glaubst du, dass ich das will?«

»Sag du es mir.«

»Großer Gott, kriegen wir jetzt wieder Zoff? Dafür fehlt mir im Moment die Energie.« Kräftig tippe ich mit dem Daumen den Anruf weg und kann sehen, wie heftig Judes Brust sich beim Atmen hebt und senkt, obwohl er versucht, ganz ruhig zu bleiben.

»Was zum Teufel soll das heißen?«

»Das heißt, du musst etwas gegen deine passiv-aggressive besitzergreifende Art unternehmen«, fauche ich, mache kehrt und stapfe über den Rasen davon. Meine Heels sinken ein, und ich muss stehen bleiben und mir die Schuhe ausziehen.

»Hast du ihn gestern Abend getroffen?«, blafft Jude.

»Nein, Jude, ich habe ihn gestern Abend nicht getroffen.« Ich marschiere weiter, doch nach ein paar Schritten bleibe ich stehen, fahre zu ihm herum und zeige mit einem meiner Schuhe auf ihn. »Aber Katherine habe ich gesehen.«

Er reißt die Augen auf.

»Im Restaurant, und natürlich hat sie mich angesprochen, wenn du weißt, was ich meine.« Ich lächle sarkastisch. »Davon habe ich dir bis jetzt noch nichts erzählt, weil ich nicht wollte, dass wir uns wieder streiten. Was zum Teufel tut sie in London?«

Er atmet müde aus und reibt sich die Schläfen. »Sie lebt näher an London als an Oxford.«

Zu gern würde ich fragen, warum in aller Welt sie dann in Arlington Hall trainiert, zum Essen geht und dort an der Bar sitzt. Aber das wäre eine ziemlich blöde Frage. Wieder klingelt mein Smartphone. »Halt die Klappe!«, schreie ich das Gerät an und stapfe weiter. »Und du, lass mich in Ruhe«, fauche ich Jude über die Schulter zu und reibe mir den schmerzenden Kopf. Für diesen ganzen Mist bin ich viel zu verkatert.

Ich spüre sein ungläubiges Schnauben im Rücken und gleich darauf seinen Körper. Von hinten schlingt sich ein starker Arm um mich und reißt mich von den Füßen. Erschöpft von uns beiden sinke ich gegen Judes Brust. Uns streiten. Uns versöhnen. Wieder und wieder.

Auf seinen Armen trägt er mich in das Labyrinth, biegt um die Ecken dieses grünen Ozeans, als wären wir auf dem Weg ins Unbekannte. Wie passend. »Warum tust du nie, was ich sage?«, murmle ich an seiner Brust. Seine Schritte sind lang und entschlossen.

»Weil du Mist redest.«

Mir fällt die Kinnlade herunter.

»Warum tust *du* nie, was ich sage, Amelia?«

»Gutes Stichwort.« Ich versuche, mich von ihm loszumachen. »Ich habe dich etwas sagen gehört. Zu deinem Bruder. Nämlich dass du komplett aufgeschmissen bist.«

Abrupt bleibt er stehen und stellt mich überraschenderweise ins Gras. Ich lasse ihm nicht die Zeit für eine Erklärung, denn für Jude Harrison bin ich heute tatsächlich zu erschlagen. Also mache ich kehrt, schiebe mich an ihm vorbei und gehe den Weg zurück, den wir gekommen sind. Denke ich. Aber hier sieht alles gleich aus. Ich biege links ab und stehe vor einer grünen Wand. Weiche zurück und pralle direkt gegen seine Brust.

Ich werde herumgewirbelt, an der Rückseite der Oberschenkel gepackt und hochgerissen. Er presst mich an sich, im nächsten Moment liegt sein Mund auf meinem und schon werde ich aus meiner Frustration an den unglaublichen Ort katapultiert, wo mein Kopf leer wird und Leidenschaft meinen Körper füllt. Ich küsse ihn genauso heftig zurück und dränge mich an ihn. Hier kann ich mich abreagieren.

Und abreagieren muss ich mich jetzt.

Hastig ziehe ich ihm das T-Shirt herunter, und er ist gezwungen, mich dafür abzusetzen. Er zerrt mir das Kleid über den Kopf, ich reiße seine Jeans auf. Er dreht mich um, drückt mich auf Hände und Knie ins Gras und schiebt sich hinter mich.

Das wütende Vorspiel ist erledigt.

Er schiebt mein Höschen beiseite, dringt mit einem harten Stoß in mich ein und schreit dabei auf. Meine Hände krallen sich ins Gras, mein Kopf fällt zurück. Alles, was ich jetzt noch spüre, ist, wie er mich ausfüllt.

»Los!«, verlange ich. *Befrei mich von aller Unsicherheit. Zeig mir, weshalb wir zusammen so gut sind.*

»Bitte mich darum«, knurrt er und packt mich an den Hüften. »Fleh mich an.«

»Bitte«, flüstere ich, spüre, wie ich mich um ihn zusammenziehe, und will mehr. »Bitte, bitte, bitte.«

»Oh, Baby.« Er streicht an meinem Rückgrat nach unten. »Noch mal.«

»Bitte!«

»Sind wir gut zusammen, Amelia?«

»Ja!«

Langsam gleitet er ein Stück aus mir hinaus. »Vertraust du mir?«

»Ja!«

Ein harter Stoß. »Bitte mich darum.«

»Ich bitte dich«, presse ich zwischen zusammengebissenen Zähnen hervor. Die Umgebung verschwimmt vor meinen Augen.

»Ja«, keucht er, gibt mir einen kräftigen Klaps auf den Hintern und legt los. Heftig stößt er in mich hinein, wenn ich aufschreie, mahnt er mich, still zu sein. Mein Gott, er ist so kraftvoll. So tief. Die Mischung aus Schmerz und Lust raubt mir jeden Gedanken und meine Leidenschaft wächst von Sekunde zu Sekunde. Mühelos bewegt sich sein feuchter Schaft in mir, wir passen perfekt zusammen.

»Ich komme, Amelia«, keucht er und wird noch schneller. »Fuck, ich komme.«

Ich spüre, wie er noch mehr anschwillt, schreie auf und mein Orgasmus trifft mich wie ein Blitzeinschlag. Meine Knie geben nach, ich falle ins Gras und reiße Jude mit. Einen Moment lang reibt er sich noch weiter an mir und ich sauge all diese überwältigenden Gefühle bis zum letzten Rest in mir auf.

»Shit«, flüstere ich dann. Das war so nicht geplant. Ich bin sauer auf ihn.

Aber ist das nicht das Faszinierende an uns? Selbst wenn wir wütend aufeinander sind, passiert noch etwas Magisches.

»Ich bin komplett aufgeschmissen, weil ich nicht damit gerechnet habe, dass es so wird mit dir, Amelia«, raunt er mir atemlos ins Ohr. »Ich bin aufgeschmissen, weil du alle meine Gedanken ausfüllst. Ununterbrochen. Ich bin aufgeschmissen, weil ich nur noch dich im Kopf habe.« Sein Mund liegt an meinem Ohr, während mein schwerer Atem über die Grashalme streift und ich versuche, mich von meinem Orgasmus zu erholen. »Hörst du, was ich sage?«

Ich nicke, obwohl ich nicht weiß, ob ich ihn richtig verstehe. Weshalb ist er deswegen aufgeschmissen? Er gleitet jetzt ganz aus mir hinaus und dreht mich auf den Rücken. Dann schiebt er sich über mich und nimmt mein Gesicht zwischen seine Hände. »Was immer das hier ist, es gefällt mir«, sagt er fast ehrfurchtsvoll und schaut zu, wie ich unter ihm nach Luft ringe. »Was wir haben – uns –, das gefällt mir wirklich.«

*Frag ihn nach den Tabletten.*

»Mir auch«, flüstere ich und schlucke die nächsten Worte hinunter. *Aber was ist das, was wir haben?*

Blöde Frage. Ich bin dabei, mich in ihn zu verlieben.

»Gut.« Judes Mund schwebt über meinem. Ich höre den stummen Befehl, und natürlich gehorche ich, lege die Arme um seine Schultern und küsse ihn. »Du bleibst über Nacht«, sagt er an meinen Lippen, dreht sich auf den Rücken und nimmt mich mit.

»Lass das.« Ich stemme mich hoch, sodass ich auf seinem Schoß sitze. »Ich kann nicht jede Nacht hier verbringen.«

»Warum nicht?«

»Weil ich in London lebe. Und arbeite.«

»Aber du fehlst mir so sehr, wenn du nicht da bist, Baby.« Er schiebt die Unterlippe vor und ich lächle. »Könntest du dir vorstellen, aufs Land zu ziehen?«

Ich halte inne. Ein paar Augenblicke lang war ich tief zufrieden, jetzt löst dieses Gefühl sich wieder auf. »Wie bitte?« Meint er, ich soll meinen Job aufgeben, um näher bei ihm sein zu können?

Seine Augen weiten sich. »Hey, Moment mal«, sagt er, legt die Hände auf meine Oberschenkel und hält mich fest. »Lies nicht zu viel in diese Frage hinein. Ich bitte dich nicht, irgendetwas aufzugeben, schon gar nicht deine Karriere.«

Himmel, er kann gar nicht ahnen, wie sehr ich das hören wollte. »Da bin ich aber froh.«

Er verdreht die Augen. »Ich will dir nahe sein.«

»Im Moment bist du mir ziemlich nahe.«

»Immer, Amelia.«

»Das ist süß.«

»Mach keine Witze.«

Ich küsse ihn sanft. »Wir lassen uns was einfallen«, sage ich und meine es auch so. Wir haben alle Zeit der Welt.

Jude zieht mich an sich und hält mich fest. »Ich bin so froh, dass ich dich getroffen habe.«

Nachzufragen, weshalb er froh ist, erscheint mir albern. Aber irgendwie klingt das merkwürdig. »Alles in Ordnung mit dir?«

»Ich …« Er räuspert sich. »Ich glaube, ich …«

Ich halte den Atem an, frage mich …

»Verdammt, ich weiß nicht, wie ich es sagen soll.« Er knurrt frustriert. »Ich glaube, ich …«

»Ich hab mich verlaufen!«, ruft eine Kinderstimme ganz in unserer Nähe. Sie bewegt sich auf der anderen Seite der Hecke neben uns entlang.

»Shit«, japst Jude, springt auf und zieht mich mit sich hoch. Panik erfasst mich, denn ich stehe so gut wie nackt im Gras, und jede Sekunde kann hier jemand auftauchen. »Zieh dich an, Amelia«, zischt Jude, kickt mit dem Fuß mein Kleid zu mir und zieht sich hastig die Jeans an seinen langen, starken Beinen hoch.

Anziehen, ja genau. Ich schnappe mir das Kleid, kämpfe mich hinein und verfange mich mit den Armen in den Trägern. »Verdammt, ich stecke fest«, schimpfe ich, drehe mich im Kreis und versuche, das Kleid an mir hinunterzuziehen. Judes Lachen lässt mich schmelzen, und einen Augenblick lang vergesse ich, weshalb ich so panisch bin. Ich bleibe stehen und höre einfach zu.

»Komm«, sagt er und hilft mir, das Kleid zu entwirren und zurechtzurücken. »Bitte schön.«

Ich puste mir das Haar aus dem Gesicht, presse die Lippen zusammen und unterdrücke ein Kichern. Jude legt eine Hand an meine Wange und schaut mich mit einem hinreißenden Lächeln an. Schaut mich an, als ob …

Ich schüttele den Kopf, verbiete meinen Gedanken, in diese Richtung zu laufen. »Uups«, flüstere ich. Er lacht und küsst mich sanft.

»Iihh!«

Ohne unseren Kuss zu unterbrechen, spähen wir nach links und sehen einen etwa zehnjährigen Jungen, der die Wangen aufbläst, als wollte er sich übergeben.

Ich lache, der Junge läuft davon, und Jude reißt mich von den Füßen und trägt mich in seinen Armen aus dem Labyrinth. An seine Schultern geklammert studiere ich sein Profil.

»Du bleibst über Nacht«, sagt er noch einmal und so, als wäre das bereits beschlossene Sache.

»Nein, ich …«

»Willst du dich mit mir streiten?«

Grinsend lege ich den Kopf an seine Schulter und überlasse mich diesem Moment. Als er den Kopf zu mir dreht und mich zärtlich küsst, passiert etwas in meiner Brust. Es ist ein wunderbar warmes Gefühl, und ich weiß, was es bedeutet.

*Himmel hilf.*

# Kapitel 30

Am Montag bin ich immer noch müde und nicht bloß wegen des Angriffs auf meine Leber am Samstagabend. Den Rest des Sonntags habe ich mit Jude verbracht. Wir haben in der Piano Bar gegessen, wo es ein bisschen lockerer zugeht als im Sternerestaurant, danach haben wir uns in seiner Wohnung gegenseitig verschlungen, bis ich ihm widerstrebend erklärt habe, ich müsse zurück nach London, und er mich widerstrebend hingebracht hat. In einem atemberaubenden schwarzen Ferrari. Danach habe ich die halbe Nacht wach gelegen, mir gewünscht, ich hätte mich von ihm überreden lassen, in Arlington Hall zu bleiben, und versucht, damit klarzukommen, dass ich mich in ihn verliebt habe. Ihn nicht zu lieben, ist völlig unmöglich. Seine Eigenheiten, seine Verletzlichkeit, die er sicher kaum jemandem zeigt. Wenn überhaupt. Ich bin verliebt. Da kann man nichts machen.

Im Lauf des Morgens hat jeder einzelne Seniorpartner in meinem Büro vorbeigeschaut, um Hallo zu sagen und über den Golftag zu plaudern. Sue hat die anderen in Grund und Boden gespielt. Sie prahlt nicht mit ihrem Sieg, aber das selbstzufriedene Lächeln, das sie eigentlich verbergen wollte, ist mir nicht entgangen. Später am Vormittag hole ich mir einen

Kaffee, rufe in dem Golfclub an, wo ich Stunden gebucht habe, und lasse sie auf meinen Vater übertragen. Wieder ein Häkchen auf meiner To-do-Liste. Die Bestätigungsmail leite ich an meinen Bruder weiter. Danach rufe ich bei den Maklerfirmen an, um nachzufragen, ob sie schon eine Wohnung für mich haben. Vergeblich.

Aber bei allem, was ich tue, vermisse ich ihn. Ständig muss ich mich ermahnen, mich auf die Arbeit zu konzentrieren.

Ein Ping von meinem Computer lässt mich von den Schriftstücken aufblicken, durch die ich mich gerade durchkämpfe. Und da steht er, sein Name. Mein Lächeln kommt von selbst, mein Herz quillt über.

Ich greife zur Maus und öffne seine E-Mail.

An: amelialazenby@lbandbfg.co.uk
Von: JH@arlingtonhall.co.uk

**Beratung**
Miss Lazenby, ich brauche Beratung.

Mit freundlichen Grüßen
Jude Harrison
Arlington Hall Luxury Hotel & Spa

An: JH@arlingtonhall.co.uk
Von: amelialazenby@lbandbfg.co.uk

**Re: Beratung**

Welche Gegenleistung bekomme ich für die gewünschte Beratung?

Amelia Lazenby
Chartered Financial Planner
LB&B Finance Group
www.lbandbfinancegroup.co.uk

An: amelialazenby@lbandbfg.co.uk
Von: JH@arlingtonhall.co.uk

**Re Re: Beratung**
Was hätten Sie denn gern?

Mit freundlichen Grüßen
Jude Harrison
Arlington Hall Luxury Hotel & Spa

An: JH@arlingtonhall.co.uk
Von: amelialazenby@lbandbfg.co.uk

**Re Re Re: Beratung**
Es sollte nass und verschwitzt enden.

Amelia Lazenby

Chartered Financial Planner
LB&B Finance Group
www.lbandbfinancegroup.co.uk

Sofort klingelt mein Telefon. Ich nehme das Gespräch an und lehne mich zurück. »Hey.«

»Ich rufe an, um die Übergabe des Honorars zu besprechen.«

Mein Lächeln wird breiter. »Was für einen Rat brauchst du denn?«

»Ich möchte gern wissen, um wie viel Uhr ich dich von der Arbeit abholen kann. Du bleibst über Nacht.«

Ich verziehe das Gesicht. »Nach der Arbeit muss ich zu meinen Eltern.« Und nachdem ich das Wochenende über rein gar nichts für die Arbeit getan habe, bin ich im Rückstand. Eigentlich gibt es das bei mir nicht. Jetzt, wo es mit meiner Karriere vorangeht, muss ich am Ball bleiben.

»Oh«, murrt Jude. »Heißt das, ich sehe dich heute Abend nicht?«

»Während der Woche zwischen London und Oxfordshire zu pendeln, ist ganz schön aufwendig.« Ich stehe auf und strecke mich.

»Dann komme ich zu dir.«

Ich betrachte den Stapel Unterlagen, mit denen ich mich noch beschäftigen muss. Wenn Jude zu mir kommt, werde ich nichts davon schaffen. Er ist eine wunderbare Ablenkung, aber ich darf mich nicht zu sehr ablenken lassen.

»Wie wärs mit morgen?«, frage ich und spüre meine eigene Enttäuschung. Er fehlt mir. Er fehlt mir sehr. »Ich muss noch einiges nacharbeiten, und nach dem Treffen mit den Partnern letzten Freitag ist es jetzt ganz besonders wichtig, die Nase vorn zu behalten.«

Nach einer kurzen angespannten Pause seufzt er. »Verstehe«, sagt er, und ich lasse die Schultern hängen. Ich bin froh, dass er nachgibt, denn wenn er möchte, kann Jude sehr überzeugend sein.

»Tut mir leid.«

»Du musst dich nicht entschuldigen, wenn du arbeiten musst. Okay? Ich komme schon klar. Ich weiß, wie wichtig dir dein Job ist.«

Ich setze mich und mein Herz wird ganz weit. »Du bist mir auch wichtig«, sage ich, obwohl ich nicht ganz sicher bin, ob ich das wirklich aussprechen sollte.

»Und du mir«, sagt er sanft. »Deshalb will ich auch ständig mit dir zusammen sein.«

Lachend greife ich nach einem Stift und klopfte damit auf den Schreibtisch. Verdammt, ich möchte ihn sehen. »Wie wärs mit einem gemeinsamen Lunch?« Ich werfe einen Blick auf die Uhr. Eine Stunde könnte ich mir stehlen.

»Ich wünschte, ich könnte hier weg. Aber Anouska will mich bei einigen Meetings dabeihaben. Moment.« Eine Sekunde später kommt die Anfrage für einen Videoanruf. Ich springe auf und schließe meine Bürotür, dann nehme ich den Anruf an. Judes Gesicht erscheint auf dem Display und ich seufze.

»Da bist du ja.« Er hält das Telefon auf Armlänge von sich entfernt und setzt sich in Bewegung. Heute trägt er wieder einen eleganten Anzug. Nur seine Stoppeln verhindern, dass er darin allzu adrett aussieht. Lecker.

»Wo bist du?« Ich setze mich an den Schreibtisch und lehne das Smartphone gegen den Computermonitor.

»Auf dem Weg zu unserem Sommelier. Wir müssen die Weinliste durchgehen.«

»Du trinkst also wieder bei der Arbeit?« Meine Frage bringt ihn zum Lächeln und er fährt sich mit der Hand durchs Haar. Dieser Mann ist wirklich zum Niederknien schön.

»Ich wollte nur dein Gesicht sehen.« Er bleibt stehen und lehnt sich gegen eine Wand. Dann fixiert er mich. »Um es irgendwie durch die nächsten vierundzwanzig Stunden zu schaffen.«

»Du bist süß, wenn du romantisch bist.« Ich beiße mir auf die Unterlippe und er grinst.

»Hast du heute schon was von den Seniorpartnern gehört?«

»Jeder einzelne war hier in meinem Büro, um Hallo zu sagen.«

»Offenbar hast du einen durchschlagenden Eindruck hinterlassen«, sagt er. »So wie bei mir.«

Ich lache. Der Eindruck, den Jude Harrison bei mir hinterlassen hat, war geradezu explosiv. Aber immerhin ist mein Herz noch intakt.

Er schaut an der Kamera vorbei, nickt und winkt jemandem zu. »Mist, ich muss los.«

»Okay.«

»Amelia?«

»Was?«

Das Schweigen dehnt sich aus. »Du fehlst mir.«

Ich ziehe die Nase kraus und presse die Lippen zusammen, um nicht hemmungslos zu strahlen. »Du fehlst mir auch.«

Judes leises Lachen klingt beinahe verlegen. »Ich lege jetzt lieber auf, bevor es zu kitschig wird.«

Lachend lehne ich mich zurück. »Ich mag den kitschigen Jude.«

Er verdreht die Augen. »Denk an deine Dehnübungen.«

»Dehnübungen? Wofür brauche ich die denn?«

»Damit du morgen nicht zerbrichst, wenn ich dich nach meinem Willen forme.«

»Den dominanten Jude mag ich auch sehr.«

»Und ich *liebe* die devote Amelia.« Er legt auf, ich bleibe sitzen, spiele mit meinem Stift und verliere mich in einem Tagtraum. Ich habe noch Muskelkater von gestern, die Haut an der Innenseite meiner Oberschenkel ist wund. Er liebt die devote Amelia. Ich beiße mir auf die Unterlippe und reibe mir die Brust.

Die Bürotür fliegt auf und ich zucke zusammen. »Heute ist hier aber jemand sehr gefragt«, verkündet Leighton, schlendert zu meinem Regal und studiert die Rücken der Ordner, die dort stehen. Durch meine Wimpern hindurch schaue ich ihm zu, lege die Hand auf die Computermaus und schließe alles, was ich gerade auf dem Bildschirm habe. Ihm ist also aufgefallen, wie viele Besucher ich heute hatte.

»Guter Tag?«

Auf seine Feststellung gehe ich nicht ein, um ihm kein Futter geben. »Sehr gut.«

Er dreht sich zu mir und lächelt. Aufrichtig geht anders.

»Was kann ich für dich tun?«

»Jemand hat mir zugeflüstert, du wärst am Freitagabend mit den Partnern unterwegs gewesen.«

Ich schalte den Computer aus und schnappe mir meine Tasche. »Huch, schon Mittag!« Ich marschiere an ihm vorbei und verlasse das Büro. Dabei kann ich mir ein selbstzufriedenes Grinsen nicht verkneifen.

Er ist besorgt.

* * *

Bei Mum und Dad angekommen, rufe ich laut Hallo, lasse meine Taschen und Ordner im Flur und stecke den Kopf ins Wohnzimmer. »Hey, ihr beiden.«

Grandma und Grandpa sitzen an den üblichen Plätzen und strahlen mich an. »Da ist sie ja.« Grandpa lässt seine Zeitung sinken und winkt mich zu sich. Mit seinen weichen alten Lippen küsst er mich auf die Wange.

»Wo sind denn Mum und Dad?«, frage ich und gehe zu Grandma.

»Deine Mutter ist in der Küche, dein Vater im Büro.«

»Dabei behauptet er immer, er sei in Rente.«

»Hallo!«, ruft Clark und wirft die Haustür zu. Dann kommt er in seinem Büroanzug ins Wohnzimmer.

»Wirklich sehr adrett, unser junger Mann«, lobt Grandma, und Grandpa klopft auf seine Armlehne.

»Setz dich, Clark. Erzähl mir von deinem Tag.«

Ich verdrehe die Augen und mache mich auf den Weg in die Küche. »Hast du meinem Ex inzwischen gesagt, dass er nicht zu deiner Hochzeit kommen kann?«, raune ich meinem Bruder im Vorbeigehen zu und werfe ihm einen strengen Große-Schwester-Blick zu.

»Ich arbeite dran«, knurrt er.

»Beeil dich lieber. Nächste Woche ist es so weit.« An der Küchentür bleibe ich überrascht stehen. »Holla!« Auf der Arbeitsplatte steht ein riesiger Strauß Pfingstrosen.

Mum dreht sich mit einem Rührlöffel in der Hand zu mir um. »Die sind für dich.«

Ich kann ein genervtes Seufzen nicht unterdrücken. Während ich hoffe, dass Nick endlich aufgibt, legt er sich nur noch mehr ins Zeug. Der Strauß ist doppelt so groß wie seine Vorgänger.

Mum deutet mit dem Rührlöffel auf die Blumen. »Vielleicht solltest du die Karte lesen.«

Mit einem schlechten Gewissen suche ich zwischen den üppigen Blüten nach der Karte. »Die ganze Situation macht mir keine Freude, Mum.« Ich finde die Karte und öffne das Kuvert. »Ich habe wirklich versucht, rücksichtsvoll zu sein, aber offenbar mache ich ihm damit nur neue Hoffnung.«

Mum schaut mich an und verschränkt die Arme. Ihre wortlose Botschaft ist nicht schwer zu verstehen. Dass sie mir zusätzlich ein schlechtes Gewissen macht, ist nicht fair. Ich ziehe die Karte aus dem Umschlag.

Du fehlst mir.

»Mist.« Seufzend betrachte ich die wunderschönen Blumen. »Mum, ich liebe ihn nicht.«

»Die sind nicht von Nick.«

Ich fahre zu ihr herum.

»Ich habe heute wieder im Blumengeschäft ausgeholfen.« Sie kommt näher, schaut an mir vorbei und vergewissert sich, dass wir allein sind. »Da war ein Mann. Groß, sehr attraktiv, dunkelblondes Haar, etwa so lang.« Sie zeigt auf ihren Nacken und ich weiß Bescheid. »Eleganter Anzug, schicker schwarzer Sportwagen. Und dann hat er den teuersten Strauß genommen, den wir gerade hatten.« Sie zeigt auf die Blumen auf dem Tisch. »Du kannst dir gar nicht vorstellen, wie überrascht ich war, als er erst deinen Namen und dann Abbies Adresse als Lieferadresse aufgeschrieben hat.«

*Du lieber Himmel!* »Was sagt man dazu«, flüstere ich. »Und anstatt die Blumen liefern zu lassen, hast du sie mit nach Hause genommen?«

»Amelia«, zischt sie leise. »Du hast gerade Nick den Laufpass gegeben, um dich auf deine Karriere zu konzentrieren!«

»Was ist denn hier los?« Clark steckt den Kopf in die Küche.

»Ein Mann hat Amelia diese Blumen geschenkt. Ein Mann namens Jude Harrison.«

»Ach ja?«

»Du kennst seinen Namen?«, frage ich meine Mutter überrascht.

»Selbstverständlich! Den habe ich für das Lieferformular gebraucht.«

Ich lasse mich auf einen Stuhl fallen und stütze den Kopf in die Hände. »Ich bin eine erwachsene Frau, Mum.«

»Hast du deshalb mit Nick Schluss gemacht? Weil du diesen anderen hattest?«

»Wie bitte?« Fassungslos starre ich sie an. »Nein!«

Clark kommt zu mir und legt mir eine Hand auf den Rücken. »Lass sie in Ruhe, Mum. Zu Nicks Zeiten gab es Jude Harrison noch nicht.«

Sie schnappt nach Luft. »Du weißt davon?«

»Warum sagst du das, als wäre es ein Verbrechen?«, blaffe ich. »Ein Mann schenkt mir Blumen. Nicht mehr und nicht weniger.«

»Du warst bei ihm, nicht wahr? Deswegen warst du gestern nicht hier. Und der Rolls-Royce vor ein paar Tagen, das war seiner.« Die Neugier steht ihr ins Gesicht geschrieben. »Oder vielmehr, *auch* seiner. Wer ist er, Amelia?«

»Mum, bitte.« Hilfe suchend schaue ich meinen Bruder an.

Er presst die Lippen zusammen. »Die Blumen würde ich lieber verschwinden lassen, bevor Dad nach Hause kommt«, sagt er, als ginge es hier vor allem um Schadensbegrenzung.

»Du liebe Güte, ja!« Mum ringt die Hände. »Er wird sich denken, dass die nicht von Nick sind. Sie sind viel zu …« Sie betrachtet den riesigen Blumenstrauß und wirkt einigermaßen überwältigt. »… zu teuer.«

Clark schnaubt und ich gebe ihm einen Klaps auf den Arm. »Sei still und hilf Mum, die Blumen zu verstecken.« Für ein Verhör durch meinen Vater fehlt mir im Moment die Energie.

»Ja bitte. Ich habe nämlich auch die Nase voll von den dauernden Klagen eures Vaters.« Sie rumort weiter in der Küche herum.

»Vielleicht solltest du ihm das sagen«, schimpfe ich.

»Ach, Amelia, du kennst ihn doch. Glaubst du, ich kann ihn nach fast vierzig Ehejahren noch ändern? Er will doch nur dein Bestes.« Sie schiebt die Unterlippe vor. »Aber warum hast du mir nichts gesagt? Ich bin deine Mutter.«

Mein Bestes? Ich kann es nicht mehr hören. »Weil du dann vor Dad Geheimnisse hättest, und ich weiß, wie sehr dir das zuwider ist.«

Sie lässt die Schultern fallen. »Na, so richtig erfreulich ist das alles ja auch nicht, oder? Schließlich hast du dich gerade erst von Nick getrennt. Wie hast du diesen Jude denn kennengelernt?«

Ich schnaube innerlich über ihre Frage.

»Und was macht er beruflich? Immerhin fährt er einen Rolls-Royce und einen schicken Sportwagen!«

»Mum!«, schnaufe ich.

»Oh Gott, was wird bloß dein Vater sagen?«

»Wir erzählen es ihm einfach nicht«, entgegne ich. Nicht dass ich mich schämen würde, aber ich habe keine Lust auf eine Belehrung und noch mehr schlechtes Gewissen. Außerdem wüsste ich gar nicht, was es zu erzählen gäbe. *Du bist verliebt in ihn, Dummchen!*

»Wo ist denn euer Problem?« Clark klingt so genervt, wie ich mich fühle. »Ihr wollt doch beide, dass sie heiratet, Kinder kriegt und dann ihre Familie bekocht. Vielleicht ist er ja derjenige, mit dem sie das möchte.«

Ich schaue meinen Bruder überrascht an. »Ich schlafe mit ihm, von Heiraten ist nicht die Rede.«

»Amelia!«, japst Mum.

»Nein wirklich.« Perplex über meine eigenen Worte lache ich. Sicher wäre Jude nicht ganz glücklich damit. Aber im Moment möchte ich die Sache gern herunterspielen, meinen Eltern Zeit geben, über Nick hinwegzukommen, und Nick Zeit geben, über mich hinwegzukommen. Und wer weiß schon, was aus Jude und mir tatsächlich wird?

Bilde ich mir etwas ein?

»Ich schlafe mit ihm«, wiederhole ich mit mehr Nachdruck. »Und ich …«

Die Haustür geht auf, ich höre Dad hereinkommen. »Shit«, murmelt Clark und schnappt sich die Blumen.

»Herrje«, flüstert Mum.

»Fuck«, zische ich.

»Amelia!«

Ich will Clark dabei helfen, die Blumen zu verstecken, und nehme sie ihm ab. Genau in dem Moment spaziert Dad herein und Clark und ich erstarren.

»Hübsche Blumen«, stellt Dad fest.

»Die habe ich für Rachel gekauft«, erklärt Clark, nimmt sie mir aus den Händen und grinst. Ich reibe mir seufzend die Stirn. Wie albern.

»Das sind meine.« Wieder packe ich die Blumen und lächle meinen Bruder dankbar an. Aber ich bin dreißig Jahre alt und Single. Ich muss mich nicht verstecken.

»Deine?«, fragt Dad.

»Ich habe jemanden kennengelernt.«

Im selben Moment, in dem Dad einen Schritt zurückweicht, erscheint jemand hinter ihm.

Mir fällt die Kinnlade herunter. »Nick«, hauche ich.

»Oh Mist«, schnauft Clark.

»Herrje«, flüstert Mum schon wieder. »Wie unglücklich.«

Ich starre Nick an und er starrt auf die viel zu üppigen Blumen in meinen Armen.

»Ich habe Nick zum Abendessen eingeladen«, erklärt Dad ziemlich sachlich.

Ich funkele ihn wütend an.

»Was ist denn hier los?« Auf seinen Gehstock gestützt, humpelt Grandpa in die Küche. »Ach, Nick. Schön, dich zu sehen.«

»Du hast jemanden kennengelernt?« Nicks Stimme ist ruhig, doch wie sehr ihn das verletzt, ist ihm deutlich anzusehen.

»Es ist nichts Ernstes.« Mum hantiert lautstark mit dem Geschirr. »Sie schläft bloß mit ihm.«

»Mum!«, platzen Clark und ich gleichzeitig heraus.

»Wer ist er?«, fragt Nick. Dad tätschelt ihm die Schulter. Mich durchbohrt er mit seinem Blick. Die Übeltäterin.

»Nick, es ist …«

»Wer ist er?«, wiederholt Nick und sein Blick wirkt plötzlich verschwommen. *Bitte nicht!*

»Du kennst ihn nicht.«

»Wer!«, blafft er. »Wer ist er?« Er schnappt nach Luft. »Du hattest eine Affäre? Hast du dich deshalb von mir getrennt?«

»Nein, natürlich nicht.«

»Den Neuen hast du aber verdammt schnell kennengelernt. Ich dachte, du willst keine Beziehung? Ich dachte, deine über alles geliebte Karriere wäre wichtiger als ich und unsere gemeinsame Zukunft.«

»Okay, ich glaube, wir beruhigen uns jetzt besser alle.« Clark nimmt mich am Ellbogen. »Das sind nur ein paar Blumen.«

*Nur ein paar Blumen.*

Unter Dads missbilligendem und enttäuschtem Blick wird mir die Kehle eng. »Ich hatte keine Affäre.« Das zu betonen, ist mir wichtig. »Ich habe unerwartet jemanden kennengelernt und er hat mir Blumen geschickt.«

»Und du schläfst mit ihm«, fügt Nick hinzu. »Ist es was Ernstes?«

Das wüsste ich selbst gern. Was ich für Jude empfinde, weiß ich genau, aber ich habe furchtbare Angst davor, es laut zuzugeben. Vor allem gegenüber Jude. Abgesehen davon, stehen wir noch ganz am Anfang, obwohl es sehr intensiv ist und verdammt heiß.

»Ich gehe jetzt besser.« Mit den Blumen im Arm marschiere ich in den Flur und schnappe mir umständlich meine Tasche und die Ordner.

»Amelia«, ruft Nick hinter mir her. »Warte.«

Mit aller Macht kämpfe ich gegen Tränen der Enttäuschung an und verlasse das Haus. Draußen holt Nick mich ein, packt mich am Arm und hält mich zurück.

»Nein, Nick.«

»Ich liebe dich, Amelia.« Seine Stimme klingt flehentlich. »Bitte lass es uns noch mal versuchen. Wir vergessen die Kinder, die Hochzeit. Was immer du willst.«

Ich schüttle den Kopf. »Es ist zu spät.«

»Aber ich liebe dich«, krächzt er. »Und ich weiß, du liebst mich auch.«

Ich glaube nicht, dass ich Nick je geliebt habe. Ich habe ihn bewundert, ihn respektiert, aber wirklich geliebt oder mir eine Zukunft mit ihm vorgestellt, das habe ich nicht. Mir das einzugestehen, fühlt sich nicht gut an. Aber seit ich Jude kenne, weiß ich, was Liebe ist. Trotz aller Fragezeichen, die über Jude und mir hängen, ist es einfach überwältigend. Unaufhaltsam und unbezähmbar. Und es macht verletzlich. Man setzt sein Herz aufs Spiel und hofft, dass derjenige, dem man es schenkt, behutsam damit umgeht.

»Ich liebe dich nicht.« Wie schwer mir die Worte fallen, ist mir anzuhören. Ich möchte Nick nicht noch mehr verletzen. »Bitte, Nick. Du musst loslassen.« Damit wende ich mich ab und gehe davon.

»Niemals!«, ruft er hinter mir her. »Ich werde nicht aufgeben, und bald siehst du es ein!«

Er hat tatsächlich dafür gesorgt, dass ich etwas einsehe, nämlich wie tief meine Gefühle für Jude sind. Mit Jude bewegen sie sich auf einem ganz anderen Level.

*Das ist Liebe.*

Hinter mir steigt Nick in seinen Wagen und gibt Gas. Dann biegt er praktisch auf zwei Rädern um die Ecke. Er ist wütend.

»Fuck«, zische ich. Dass er auf diese Art von Jude erfährt, wollte ich nicht.

»Amelia, Darling!«

Grandma kämpft sich aus dem Haus zu mir. »Was machst du denn, Grandma?« Ich eile zu ihr, nehme sie am Arm und stütze sie.

Sie wischt meine Hand weg. »Wusste ich doch, dass ich einen Mann an dir rieche«, flüstert sie, zieht ihre Strickjacke um sich zusammen und legt dann ihre Hände an mein Gesicht. »Bringt er deinen Magen zum Flattern?«

Ihre Frage überrascht mich. Ich hole Luft, nicke und meine Großmutter lächelt milde. Wissend.

»Lässt er dein Herz schneller schlagen?«

»Ja.« Verdammt schnell. Immer.

»Spürst du ein Kribbeln, wenn du an ihn denkst?« Sie lächelt verschmitzt. »An ganz bestimmten Stellen?«

»Grandma!«

Sie verdreht die Augen. »Und?«

»Ja«, flüstere ich verlegen.

»Dann schnapp ihn dir, Grandgirl. Und lass dir von niemandem einreden, das ginge nicht.« Sie drückt mein Gesicht und küsst mich, dann macht sie auf ihren Filzpantoffeln kehrt und geht zurück ins Haus.

Mir ist zum Weinen.

Ich schaue hinauf in den Himmel und wünsche mir von ganzem Herzen, ich hätte mich von Jude von der Arbeit abholen lassen. Hätte getan, was er wollte.

»Mist.« Ich mache mich auf den Weg zur U-Bahn. Unterwegs gehen ganze Salven von Textnachrichten bei mir ein. Alle von Nick.

Wer ist er?

Sag es mir. Das habe ich verdient.

Wie konntest du nur? Du hast mich zum Deppen gemacht.

Ich hoffe, du bist glücklich.

Eine Antwort schicke ich nicht, doch mein Herz ist schwer. Ich will Nick nicht noch mehr verletzen.

# Kapitel 31

In Abbies Wohnung stelle ich die Blumen auf den Tisch und kann sie endlich so bewundern, wie sie es verdienen. Dann hole ich eine Flasche Wein aus dem Kühlschrank. Jude ruft an und ich lächle. »Hey.« Mit der Schulter klemme ich mir das Telefon ans Ohr und ziehe den Korken aus der Flasche.

»Hey«, antwortet er, und das reicht, um mein Lächeln noch breiter werden zu lassen.

»Danke für die Blumen.«

»Gern geschehen.«

»Wusstest du, dass du sie in Abbies Laden gekauft hast?«

»Ja. Aber sie war nicht da. Eine Frau mit silbernem Haar hat mich bedient.«

»Meine Mutter.« Ich nehme ein Glas aus dem Schrank.

»Wie bitte?«

»Das war meine Mutter.«

»Ich habe die Blumen bei deiner Mutter gekauft, und sie fand es unnötig zu erwähnen, dass die Frau, der ich sie habe schicken lassen, ihre Tochter ist?«

»Ja, offenbar.« Ich versuche, mir Mums Gesicht vorzustellen, als Jude Harrison vor ihr gestanden hat. »Und sie hat sie mir auch nicht liefern lassen. Sie hat sie mit nach Hause genommen und mir gegeben, als ich vorhin kurz bei meinen Eltern war. Erst dachte ich …« Ich beiße mir auf die Lippen und sage Jude lieber nichts von meiner Vermutung, von wem die Blumen hätten sein können.

»Du dachtest, die sind von deinem Ex«, sagt er, und ich beiße mir auf die Unterlippe. »Moment mal. Schickt er dir Blumen?«

Mein Schweigen ist Antwort genug.

»Muss ich etwas unternehmen?«

»Lass uns nicht streiten«, bitte ich leise, schenke mir Wein ein und setze mich an den Tisch. Für heute bin ich bedient.

Er seufzt. »Erzähl mir, was heute sonst noch so war.«

»Das Finanzjahr endet demnächst. Deshalb habe ich Empfehlungen für meine Klienten geschrieben und ihnen Investitionsvorschläge gemacht. Langweile ich dich schon?«

»Du langweilst mich nie.«

Ich trinke lächelnd einen Schluck Wein. »Wie war dein Meeting im Weinkeller?«

»Ich musste ständig den Tisch ansehen, auf dem ich es dir besorgt habe. Dadurch war ich ziemlich abgelenkt und habe dich noch mehr vermisst. Aber immerhin habe ich den nächsten Champagner entdeckt, den ich über dir ausgießen und dann von dir ablecken möchte.«

Ich versuche, nicht allzu laut einzuatmen, und presse die Lippen zusammen. »Und was machst du jetzt?«

»Ich bringe dich mit meiner Stimme zum Kommen«, murmelt er, und mein Körper reagiert sofort. »Stell das Weinglas ab.« Ich schlucke und schaue das Glas an. Woher wusste er das? »Stell es weg, Amelia.«

Ich stelle es ab und warte mit angehaltenem Atem auf seine nächste Anweisung.

»Schieb dein Kleid hoch.«

»Woher weißt du, dass ich ein Kleid trage?«

»Schieb es hoch.«

Ich schürze die Lippen und streife mein Kleid an meinen Schenkeln nach oben.

»Leck deine Finger ab.«

Ich atme tief durch, dann lecke ich meine Finger. »Es ist schöner, wenn du das machst«, sage ich leise.

»Dann hättest du dich heute Abend mit mir treffen sollen«, gibt er zurück. »Wie feucht bist du?«

»Sehr.« Mit angehaltenem Atem schiebe ich die Finger in mein Höschen und lasse sie über meine Mitte gleiten.

»Fuck«, raunt Jude. »Fühlt sich das gut an?«

Ich summe und rutsche auf dem Stuhl tiefer. »Fasst du dich auch an?«

»Damit würde ich einiges Aufsehen erregen, Baby«, sagt er ernst. »Ich sitze in der Library Bar.«

Ich lache auf und verliere dabei meinen Rhythmus.

»Konzentrier dich«, befiehlt er mir leise.

»Tue ich.«

»Lass deine Finger in …«

Hinter mir fliegt die Tür auf und Abbie steht mit einem Arm voller Blumen im Raum. »Mist«, zische ich und ziehe hektisch mein Kleid zurecht. Ich kann nur ihre Augen sehen, der Rest ihres Gesichts ist durch die Blüten verdeckt. Düster schaut sie mich an. »Abbie ist gerade nach Hause gekommen«, zwitschere ich, und Jude stöhnt. »Ich muss aufhören.«

»Okay.« Er klingt niedergeschlagen. »Verdammt, du fehlst mir.«

Ich schmelze dahin. »Du mir auch.« Mein Herz weitet sich vor Glück.

»Ruf mich an, wenn du wieder allein bist, okay?«

»Okay.«

»Und, Amelia?«

»Ja?«

»Ich li…« Er bricht ab und eine längere Pause entsteht. Ich warte, rätsle, hoffe. Er … Was? »Nichts«, murmelt er. »Wir reden später.« Er legt auf, ich schlucke, lege mein Smartphone beiseite und starre es an. Er …? Mein Herz galoppiert, während Abbie mit vorwurfsvollem Blick an mir vorbeigeht.

Verlegen schaue ich beiseite. »Wusstest du, dass Jude diese Blumen heute in deinem Laden gekauft hat?« Ich zeige auf den Strauß.

Abbie schaut ihn sich an. »Sieht aus, wie von Corey gebunden.«

»Bedient hat ihn Mum.«

»Wie bitte? Wusste er das? Wusste *sie*, wer er ist?« Abbie setzt sich, ruft Charley an und hält ihr Smartphone so, dass unsere Freundin uns beide sehen kann. »Jude Fuckboy Harrison war heute im Flora Flora und hat bei Jenn Blumen für Amelia gekauft«, fasst sie zusammen.

»Wie bitte?« Charley schnappt nach Luft. »Wusste er, wer sie ist? Moment mal. Wusste deine Mum, wer *er* ist?«

Ich sinke auf meinem Stuhl tiefer, nehme das Weinglas und muss die Lippen aufeinanderpressen, weil das Kribbeln zwischen meinen Beinen immer noch anhält. »Jude hat Abbies Adresse als Lieferadresse angegeben. Mum konnte sich also einiges zusammenreimen. Aber dass er mit meiner Mutter gesprochen hat, hat er erst später durch mich erfahren. Sie hat die Blumen mit nach Hause genommen, und ich dachte, sie wären von Nick. Und gerade, als Clark sie verstecken wollte, ist Dad nach Hause gekommen. Mit Nick. Deshalb weiß Nick jetzt, dass ich mit jemandem schlafe, und wirft mir vor, ich hätte ihn betrogen. Mehr Drama habe ich für heute nicht zu bieten.« Ich nehme einen Schluck Wein und lächle.

»Oh, Mist«, sagen die beiden wie aus einem Mund.

»Im Moment will ich nicht in deiner Haut stecken«, fügt Charley hinzu.

Ich schnaube, seufze und trinke noch einen Schluck. »Eine Neuigkeit habe ich noch: Ich glaube, ich bin verliebt.«

»Sag uns was, was wir noch nicht wissen.« Abbie verdreht die Augen und ich starre in mein Glas. Heute bei unserem Anruf wollte Jude etwas sagen, hat es aber dann doch nicht getan. Ganz ähnlich wie gestern.

Nur was?

»Ich muss los«, sagt Charley. »Lloyd und ich haben heute ein Date.«

»Tennisclub?« Abbie grinst vielsagend und fängt sich dafür zum Abschied eine deftige Antwort von Charley ein.

Die mitgebrachten Blumen stellt sie in eine Vase. »Du hast es dir also endlich eingestanden.«

»Dieser Mann bringt mich um den Verstand.« Ich seufze. »Aber … ich weiß nicht. Irgendetwas bremst mich.«

»Was denn zum Beispiel?«

»In seinem Badezimmerschrank habe ich Antidepressiva gefunden«, vertraue ich ihr an. »Als ich nach Augentropfen gesucht habe.«

Abbie holt sich ein Glas, setzt sich zu mir und schenkt sich ein. »Er nimmt also Antidepressiva. Ist das ein Wunder, nach dem, was du mir über seine Eltern erzählt hast?«

»Das ist es ja. Ich glaube, er nimmt sie gar nicht. Sie waren ganz hinten im Schrank und das Datum auf dem Aufkleber war vom letzten Monat. Der Arzt hat sie ihm also erst kürzlich verschrieben.«

»Du könntest ihn danach fragen.«

Ich nicke und verliere mich einen Augenblick in Gedanken. »Ich habe noch nie einen lieben Menschen verloren. Vermutlich ist es ganz normal, danach Unterstützung zu brauchen, oder?«, sage ich schließlich. Aber Jahre später?

»Mit so was geht jeder anders um.«

»Er ist sehr sprunghaft«, setze ich die Liste widerstrebend fort. »So als hätte er ein Monster in sich, das er nur mühsam bändigen kann.« Sein aufbrausendes Temperament beunruhigt mich mindestens so sehr wie die besitzergreifende Art, die er oft an den Tag legt.

»Und trotzdem bist du in ihn verliebt.«

Abbie lehnt sich zurück und ich schweige. Ich muss gar nichts sagen.

»Jeder hat Fehler. Und wenn sein Fehler eine kurze Zündschnur ist, dann …«

»Er hatte was mit einer verheirateten Frau«, gebe ich zu bedenken. »Die immer noch in seiner Nähe herumhängt wie ein schlechter Geruch.« Was zum Teufel hält Katherines Ehemann davon? Wie kann er das tolerieren? Sie ist zwar eine schöne Frau, aber auch boshaft und gehässig, und das macht sie hässlich. Gibt es vielleicht noch etwas, was ich nicht weiß? Ich stöhne über die Richtung, die meine Gedanken nehmen, stütze den Kopf in die Hand und nehme noch einen Schluck Wein.

Ein »Ping« von meinem Telefon lenkt unsere Blicke auf das Display.

Ich habe für morgen Abend einen Tisch reserviert. An einem ganz besonderen Ort. Lass uns tiefer gehen.

Ich spüre ein Flattern in der Brust. Mein verdammtes Herz. In solchen Momenten verfliegen alle meine Zweifel. Aber … *Lass uns tiefer gehen?* Weshalb macht mich das nervös?

»Klingt, als würde er dasselbe empfinden wie du«, sagt Abbie sanft.

»Unsicherheit?«

»Er ist sich sicher. Was will man mehr?«

Ich nicke und tippe eine Antwort.

Freue mich schon.

Und danach nehme ich dich mit zu noch einem besonderen Ort. Nur dich und mich. Deinen Körper, meinen und Champagner.

Ich lächle das Display an, denke an den Champagnerkeller und mein Körper reagiert. Abbie kichert, steht auf und arrangiert noch einmal die Blumen. »Soll ich kochen? Auf Netflix gibt es eine neue Serie, die wird ziemlich gehypt.«

Ich beiße mir auf die Unterlippe. »Bist du sauer, wenn ich was anderes mache?«

Sie schaut mich über ihre Schulter hinweg an. »Du versetzt mich?«

Ich lächle und stehe auf. »Er fehlt mir«, gebe ich zu. Das Flattern in meiner Brust spricht seine eigene Sprache. Sobald ich an ihn denke, geht es los. Weshalb habe ich mich nicht einfach heute Abend mit ihm getroffen? Zu meinen Eltern zu gehen, war ein Riesenfehler, und jetzt bin ich völlig niedergeschlagen. Jude kann das ändern.

Abbie lehnt sich an die Küchentheke und mustert mich mit einem wissenden Lächeln. »Sagst du ihm, was du für ihn empfindest?«

»Dass ich mich in ihn verliebt habe?«

»Ja.«

»Vielleicht.« Mit zwei Schritten bin ich bei ihr und küsse sie auf die Wange. »Danke, dass du du bist.«

»Sag es ihm«, ruft sie hinter mir her, während ich in mein Zimmer haste und ein paar Sachen zusammenpacke. Auch frische Kleider für morgen. Lächelnd stopfe ich meinen Hoodie in die Sporttasche. Ich brauche definitiv eine Umarmung. Eine Jude-Umarmung. Und ich weiß, die führt zu Sex.

Und auf Wolke sieben.

Ohne mich lange umzuziehen, rufe ich mir ein Ubertaxi, gehe direkt zur Hauptstraße und tracke es auf meinem Telefon, bis es an der Ecke hält. Ich springe hinein.

»Oxfordshire?«, fragt der Fahrer.

»Wenn Sie das in unter einer Stunde schaffen, gibts ein extra Trinkgeld.«

Ich spüre das Lächeln auf meinem Gesicht, die Vorfreude wächst.

Ich liebe ihn.

So war das alles nicht geplant, aber jetzt ist es so.

Ich bin verliebt.

Und ich muss es ihm sagen.

# Kapitel 32

Als der Fahrer neben dem Brunnen hält, steht Stan an seinem üblichen Platz. Er öffnet mir die Tür. »Miss Lazenby«, begrüßt er mich. »Sieht aus, als hätten Sie es gerade noch rechtzeitig geschafft. Es wird Regen geben. Haben Sie Gepäck?«

»Auf dem Sitz.« Ich steige aus und lasse ihn die Tasche vom Rücksitz holen. Am Himmel hängen schwarze Wolken. »Ich kann sie selbst nehmen.«

»Ganz sicher nicht. Ich lasse Ihre Sachen in Mr Harrisons Apartment bringen.«

Ich danke ihm lächelnd und eile zum Eingang. Die Glastür fährt auf, in der Lobby ist es still. Vermutlich sitzen alle Gäste an der Bar oder sind beim Dinner. Ich gehe am verlassenen Rezeptionstisch vorbei und werfe einen Blick in die Library Bar. Einen Moment lang zögere ich, denn dort sitzt Katherines Ehemann Rob in einem Sessel am Feuer – mit einem Bier in der Hand und einem Lächeln auf dem Gesicht. Von Katherine sehe ich nur die übereinandergeschlagenen Beine. Ihr schwarzer Stilettostiefel berührt Rob am Knie.

Nach einem grimmigen Blick zu den beiden bin ich bereits an der Treppe und nehme immer zwei Stufen auf einmal.

Ich kann bereits seinen Duft riechen.

Eilig gehe ich durch die vielen Türen, dann stehe ich vor Judes Apartment und klopfe. Voller Ungeduld klopfe ich gleich noch einmal und lausche mit angehaltenem Atem. Ich kann es kaum noch erwarten, ihn zu sehen.

Endlich geht die Tür auf und da steht er, überwältigend und atemberaubend wie immer. Und diesem Moment weiß ich ganz sicher, dass ich ihn liebe. Alle Zweifel sind wie weggeblasen. Mein Magen schlägt Purzelbäume, ich werfe mich an Judes Brust und drücke die Lippen auf seine. *Ich liebe dich!*

»Amelia«, sagt er an meinem Mund, doch meinen Kuss erwidert er nicht. Er wirkt ziemlich steif und angespannt.

An ihn geschmiegt lege ich den Kopf zurück und schaue ihn an. Sofort fallen alle wunderbaren Gefühle von mir ab. Mir gefällt nicht, was ich sehe. Er ist nervös.

»Ich wollte dich überraschen.« Ein kalter Schauer läuft mir über den Rücken.

»Das ist dir gelungen.«

Ich weiche bis auf Armlänge zurück. »Ist alles in Ordnung?«

»Ja, es ist nur … Ich habe nicht mit dir gerechnet. Du hast gesagt, du rufst mich zurück.«

Das ist nicht die Begrüßung, auf die ich gehofft habe. »Ich habe ganz spontan beschlossen, zu …« Das Klirren eines Glases in seinem Apartment lässt mich abbrechen. Ich schaue an ihm vorbei. Der kalte Schauer verwandelt sich in Eis. »Du bist nicht allein«, sage ich leise.

»Ich …« Er fährt sich mit der Hand durchs Haar. »Shit.«

Ich schlucke, dränge mich an ihm vorbei und marschiere wie auf Autopilot in seine Wohnung.

»Amelia!« Er hastet hinter mir her.

Das Wohnzimmer ist leer.

»Amelia, warte.«

Am Esstisch halte ich an, doch im selben Moment höre ich wieder ein Geräusch. Es kommt aus der Küche.

»Amelia.« Jude verstellt mir den Weg. Er nimmt mich an den Armen, hält mich fest und beugt sich zu mir. »Bevor du …«

Ich reiße mich los und stürme an ihm vorbei.

»Amelia!« Jetzt klingt er panisch. Er läuft hinter mir her. »Hör mir zu!«

An der Schwelle zur Küche bleibe ich abrupt stehen. Eine Frau sitzt an der Kücheninsel, sie hat ein Weinglas in der Hand.

»Katherine«, sage ich atemlos. Sie dreht sich auf dem Hocker zu mir und schlägt die Beine übereinander.

»Fuck.« Jude steht hinter mir und nimmt mich am Ellbogen. Ich schüttle ihn ab, bemerke Katherines Schuhe. Rote Stilettos.

»Ich dachte …« Mir wird schwindelig. »Ich dachte, du sitzt mit deinem Mann in der Bar.«

»Ach«, sagt sie gelassen. Ihre roten Lippen dehnen sich zu einem Lächeln. »Er nimmt ein paar Drinks mit seinem Spielzeug?«

*Spielzeug.*

»Oh mein Gott.« Ich weiche zurück und pralle gegen Judes Brust.

»Amelia, ich …«

»Sag jetzt nicht, ich soll dir zuhören«, fauche ich. Der Schmerz in meiner Brust ist kaum zu ertragen, nur meine Wut verhindert, dass ich verzweifelt zu Boden sinke.

»Bitte hör mich an.« Jude versucht, mich zu ihm zu drehen.

»Lass es, habe ich gesagt!« Ich stoße ihn weg, will ihn nicht in meiner Nähe. Die Kücheninsel ist für zwei gedeckt. Zwei halb leere Teller, zwei Weingläser. Auf dem Herd steht ein Topf, neben dem Schneidebrett sind Behälter mit Gewürzen aufgereiht. Er hat für sie gekocht? Mein Blick findet zu Katherine. »Du schläfst immer noch mit ihm?«

»Amelia.« Jetzt steht Jude vor mir, beugt sich herunter und schaut mir in die Augen.

So unbewegt und kühl, wie ich nur kann, erwidere ich seinen Blick. »Mit dir rede ich nicht«, sage ich eisig und mache einen Schritt zur Seite, damit ich Katherine ansehen kann. »Schläfst du immer noch mit ihm?«

Gemächlich stellt sie ihr Glas ab und schaut Jude an. In diesem Moment frage ich mich, weshalb er es nicht empört abstreitet. »Und?«

»Nein«, sagt Jude endlich. Aber das ist zu wenig und kommt viel zu spät.

»Nein?«, hake ich nach. »Und was bedeutet dann das hier?« Ich zeige auf die Kücheninsel mit dem halb gegessenen Abendessen.

»Sag es ihr, Jude.« Katherine klingt beinahe gelangweilt. Ganz entspannt nimmt sie einen Schluck Wein.

»Sag mir was?«

Judes Kiefer pulsiert, er fixiert Katherine mit einem vernichtenden Blick. »Halt deine verdammte Klappe, Katherine.«

»Was sollst du mir sagen?«, schreie ich und spüre, wie mir die Kontrolle entgleitet.

»Du warst eine Wette, Süße«, gurrt sie.

»Katherine!«

»Wir haben mitbekommen, wie du mit deinen Freundinnen gefeiert hast. Gern geschehen, übrigens.«

»Verdammt, Katherine!« Jude packt mich und schleppt mich buchstäblich weg von der giftigen Zunge seiner Geliebten. Seiner Geliebten. Seiner verheirateten Geliebten, deren Ehemann mit seinem Spielzeug unten in der Bar sitzt. In was für einen kranken Albtraum bin ich bloß geraten? Mit kurzer Verzögerung zünden Katherines Worte in meinem Kopf wie eine Bombe. *Wir haben mitbekommen, wie du mit deinen Freundinnen gefeiert hast.*

Jude stellt mich auf die Füße, ich schaue an ihm hinauf und traue mich kaum zu fragen. »Ihr habt unsere Rechnung bezahlt?«, flüstere ich. Der Kellner hat von einem Paar an einem Nebentisch gesprochen. »Das wart ihr beide?«

Er schließt die Augen, lässt den Kopf in den Nacken fallen und der Riss in meinem Herzen wird noch tiefer.

»Lass es mich dir erklären.«

»War ich eine Wette?«, schreie ich und rücke unwillkürlich von ihm ab. Langsam weicht die Wut der Verzweiflung. »Sag mir ein einziges verdammtes Mal die Wahrheit!«

Er schluckt und verzieht gequält das Gesicht. »Du warst eine Wette«, bestätigt er widerstrebend.

Mein Herz reißt mittendurch, instinktiv suche ich noch mehr Abstand von ihm. Er sieht geschlagen aus. Zerbrochen. Kein Vergleich dazu, wie ich mich jetzt fühle. »Warum?«, frage ich tonlos.

»Weil er den Thrill liebt.« Katherine lacht und es klingt wie Fingernägel auf einer Schultafel. »Die Jagd, den Triumph, die wachsende Spannung, bevor er der Frau gibt, worum sie ihn anfleht, und sie danach abserviert.«

Wütend fährt Jude zu ihr herum. »Halt verdammt noch mal die Klappe, Katherine«, zischt er. »Du bist ein verdammtes Gift.«

»Aber einsame Spitze im Bett«, gibt sie zurück und hebt ihr Glas.

Der pinke Fleck an Judes Kinn fällt mir auf. Er hat die Farbe von Katherines Lippenstift. Ich strecke die Hand danach aus, berühre den Fleck und Jude zuckt zurück.

»Nein.« In seinem Blick liegt Panik.

»Ich habe es so unendlich satt.« Zitternd vor Anstrengung mache ich auf dem Absatz kehrt und gehe davon. Nur mit aller Kraft gelingt es mir, nicht die Beherrschung zu verlieren, zu weinen, zu schreien. Mich zu ohrfeigen, weil ich so verdammt naiv war.

»Amelia!« Die Erschütterung durch Judes eilige Schritte vibriert durch meine Beine. »Amelia, bitte, geh nicht!«

Wackelig flüchte ich auf meinen hohen Absätzen weiter.

»Lass uns reden!«

»Es gibt nichts zu reden.« Ich reiße eine Tür nach der anderen auf, stelze durch die Korridore von Arlington Hall. Immer dicht gefolgt von Jude.

»Lass es mich dir erklären«, drängt er.

Auf dem Weg die Treppe hinunter halte ich mich am Geländer fest. Dass er nicht versucht, mich körperlich zu stoppen, mich festzuhalten, ist mir nur allzu bewusst. Er weiß, dass er das nicht kann.

Unten an der Treppe habe ich einen guten Blick in die Library Bar und kann jetzt die Frau, die bei Katherines Ehemann sitzt, ungehindert sehen. Sie ist blond, jünger. Wie verdammt krank diese Leute doch sind!

Anouska kommt gerade von draußen herein. Sie entdeckt mich und hinter mir den gestressten Jude. Betreten blickt sie zur Seite.

»Haben Sie es gewusst?«, frage ich sie im Vorbeilaufen. Ihr Gesicht sagt mir alles. Es war alles eine verdammte, gigantische Lüge.

Ich schaffe es nach draußen, doch der Himmel hat alle Schleusen geöffnet, der Regen prasselt auf mich nieder. Ich laufe weiter, achte nicht auf die schweren Tropfen, die hart auf meine Haut prallen.

»Amelia, ich bitte dich, hör mich an«, schreit Jude über das Rauschen des Regens hinweg und steht plötzlich vor mir. Ich gehe um ihn herum, schaue an ihm vorbei.

»Ich wollte es dir sagen.«

Jedes Wort ist wie ein Messer, das mir noch tiefer ins Herz schneidet.

»Ich habe nicht damit gerechnet, dass ich dich so sehr mögen würde.«

*Mögen?*

»Es war eine blöde Wette, und sie ist aus dem Ruder gelaufen.«

*Geh weiter. Hör nicht hin.*

»Komm schon, Amelia. Wo zum Teufel willst du hin? Es ist dunkel.«

*Lauf einfach weiter. Du musst hier weg.*

»Verdammt, Amelia! Bleib stehen.«

Ich tue es, aber nicht, weil er es sagt. Ich fahre so heftig zu ihm herum, dass Regentropfen von mir wegschleudern. Jude ist genauso durchnässt wie ich, das weiße Shirt klebt ihm an der Brust.

»Ich bin hergekommen, um dir zu sagen, dass ich …« Ich breche ab, suche nach einem klaren Gedanken.

»Was?«

*Sag es ihm nicht!* »Dass ich dabei bin, mich in dich zu verlieben!«, schreie ich und verberge meine Gefühle nicht länger. Jude weicht zurück, macht ein betroffenes Gesicht. Jetzt kommen die Tränen und mischen sich auf meinen Wangen mit den Regentropfen. »War das auch Teil eures scheiß Spiels?«

Er sagt nichts. Was für ein jämmerliches Bild eines Mannes, der jetzt stumm vor mir steht.

»Komm nie wieder in meine Nähe!«, blaffe ich und bin wütend, dass ich dabei schluchze. Ich weiche einen Schritt zurück. »Ich hasse dich!«

Damit wende ich mich ab und stapfe weiter, die Tränen strömen jetzt so heftig wie der Regen, der Schmerz in meiner Brust ist kaum zu ertragen. Schluchzer schütteln mich. Ich kann nicht richtig atmen, alles tut weh. Ich schaue hinauf zum Himmel und brülle meine Wut hinaus, habe das Gefühl, den Verstand zu verlieren. Ich will etwas kaputt machen, alles vernichten, was sich mir in den Weg stellt.

»Warum?« Mit den Händen reiße ich an meinem Haar, bestrafe mich dafür, dass ich so verdammt blöd war.

Nass bis auf die Knochen erreiche ich das Tor und halte in der Hoffnung auf Empfang mein Smartphone in die Luft. Es ist glitschig und nass und ich kann durch die Tränen hindurch kaum etwas sehen. »Bitte«, flüstere ich und gehe auf und ab. Nichts. »Shit.« Am Rand der schmalen Landstraße stolpere ich weiter, bete um den einen magischen Balken, der mir die Macht gibt, verdammt noch mal hier wegzukommen. Nach ein paar Schritten spüre ich einen brennenden Schmerz am Bein, schaue hinunter und sehe, dass ich mich an einem Dorn gerissen habe. Zusammen mit den Regentropfen bildet sich ein kleines blutiges Rinnsal, aber ich bin viel zu sehr damit beschäftigt, nach Empfang zu suchen. Das Gestrüpp am Straßenrand wird dichter, ist voller Unkraut und Dornen und reicht mir schon bis zu den Knien. Meine Absätze sinken in den weichen Boden. »Fuck.« Ich verliere einen Schuh, bleibe stehen und suche danach. Doch er ist zwischen den dornigen Ranken verschwunden. Ihn jetzt in der Dunkelheit finden? Unmöglich. »Verdammte Scheiße.« Ich gebe den verlorenen Schuh auf. Der Drang, hier wegzukommen, ist größer als alles andere. Ich ziehe den zweiten Schuh auch noch aus, werfe ihn wütend ins Dickicht und taste mich barfuß weiter die schmale Straße entlang. Endlich erscheint auf dem Display der erhoffte Balken.

Ich rufe ein Uber und schluchze auf: Es wird erst in zwei Stunden hier sein. »Nein«, flüstere ich, lasse mich am Straßenrand auf den Hintern fallen und weine.

Ich weine hemmungslos, aber er wird mich nie hören. Niemand wird mich hören.

Denn der prasselnde Regen reißt alles mit.

# Danksagungen

Unglaublich, dass ich mich schon seit über zwölf Jahren in der Romance-Welt herumtreibe. Manchmal fühlt es sich an, als wären es erst fünf Minuten. Damals, als alles begann, hätte ich nie gedacht, dass ich auch nach Jahren noch schreiben, mir Geschichten ausdenken und sie erzählen würde. Aber noch erstaunlicher ist, dass Sie auch noch da sind und auf mein nächstes Buch (oder den nächsten Alpha) warten. Danke! Nichts spornt eine Autorin mehr an als die Begeisterung und Unterstützung ihrer Leserinnen und Leser.

Ein besonderer Dank geht an Georgie, die meinte, ich soll mich wieder in den JEM-Flow stürzen. Das habe ich getan und das Ergebnis sind Jude und Amelia. Diese beiden haben mich getragen, und ich bin mir sicher, Sie werden sie lieben.

Und Sasha und Lauren – euch danke ich dafür, dass ihr diese Geschichte genauso liebt wie ich und ihr bei Amazon Publishing ein Zuhause gebt.

Willkommen in Arlington Hall!
JEMx

## Folge der Autorin auf Amazon

Wenn dir dieses Buch gefallen hat, folge Jodi Ellen Malpas auf Amazon. Dann erhältst du eine Benachrichtigung, wenn die Autorin ihr nächstes Buch veröffentlicht. Um der Autorin zu folgen, gehe bitte folgendermaßen vor:

### Desktop:

1) Suche auf Amazon.de oder in der Amazon App nach dem Namen der Autorin.
2) Klicke auf den Namen der Autorin, um auf die Autorenseite zu gelangen.
3) Klicke auf den »Folgen«-Button.

### Smartphone und Tablet:

1) Suche auf Amazon.de oder in der Amazon App nach dem Namen der Autorin.
2) Klicke auf einen Titel der Autorin.
3) Klicke auf den Namen der Autorin, um auf die Autorenseite zu gelangen.
4) Klicke auf den »Folgen«-Button.

### Kindle eReader und Kindle App:

Wenn du dieses Buch auf einem Kindle eReader oder in der Kindle App liest, wird dir automatisch angeboten, der Autorin zu folgen, nachdem du die letzte Seite des Buches gelesen hast.

Printed in Dunstable, United Kingdom

74294090R00234